本书属国家社科基金后期资助项目的扩展项目
汉江师范学院湖北省高校人文社科重点研究基地汉水文化研究基地专项基金的资助项目

秦巴歌魂
秦巴古老长篇传说故事歌谣汇编

潘世东　编著

线装书局

图书在版编目（CIP）数据

秦巴歌魂：秦巴古老长篇传说故事歌谣汇编 / 潘世东编著 . -- 北京：线装书局，2022.6
ISBN 978-7-5120-4937-6

Ⅰ. ①秦… Ⅱ. ①潘… Ⅲ. ①民间歌谣—作品集—中国 Ⅳ. ① I276.2

中国版本图书馆 CIP 数据核字（2022）第 020694 号

秦巴歌魂：秦巴古老长篇传说故事歌谣汇编
QINBA GEHUN QINBA GULAO CHANGPIAN CHUANSHUO GUSHI GEYAO HUIBIAN

编　　著：	潘世东
责任编辑：	林　菲
出版发行：	线装書局
地　　址：	北京市丰台区方庄日月天地大厦 B 座 17 层（100078）
电　　话：	010-58077126（发行部）　010-58076938（总编室）
网　　址：	www.zgxzsj.com
经　　销：	新华书店
印　　制：	三河市龙大印装有限公司
开　　本：	710mm×1000mm　1/16
印　　张：	35
字　　数：	605 千字
版　　次：	2022 年 6 月第 1 版第 1 次印刷
印　　数：	001—600 册
定　　价：	298.00 元

在中国南方汉民族民歌第一村吕家河村采风访谈，访问李征康、姚启华、付启斌、侯同贵、王彩芬等歌手

在湖北民歌之乡郧西景阳乡采风访谈，访问赵天禄、武戈、王光华、王成贵、梁友宾等歌手

在湖北民歌之乡竹溪县向坝镇采风，访问王学农、杨福凤、邵济生、张和平、袁连辉、卢泽英、倪和平等歌手

在湖北民歌之乡竹山县官渡镇采风，访问张佑德、熊仁宝、黄继珍等歌手

序 言

杨鲜兰

一

秦岭横亘在中国的中部，是长江、黄河的分水岭，号称神州脊梁、中华龙脉所在。秦岭之名起于秦汉时期，由于这里曾是秦国属地，而这条山脉又是秦国的主要山脉，所以被人们称为秦岭。秦岭山脉全长约800公里，山势北陡南缓，群山相连、峰峦重叠。巴山是陕南与四川之间的一道天然屏障，西起嘉陵江谷，东至湖北武当山，山脉绵延300公里，山岭交错、重峦叠嶂，是汉中、安康盆地与四川盆地的分水岭。秦巴地区，是秦岭和巴山之间一个巨大的褶皱地带，西起青藏高原东缘，东至西南部，跨秦岭、大巴山，地貌类型以山地丘陵为主，间有汉中、安康、商丹和徽成等盆地，雄跨河南、湖北、重庆、四川、陕西、甘肃六省市，包含并涉及西安、襄阳、洛阳、南阳、十堰、达州、宝鸡、汉中、绵阳、广元、商洛、陇南、南充、巴中、安康、平顶山、三门峡等6个省、17个地级市和80个县市，国土总面积为22.5万平方公里，集革命老区、连片山区、古老林区、大型库区和自然灾害易发多发区于一体。

秦巴地区地跨长江、黄河、淮河三大流域，连接神州东西，沟通中华南北，属华夏腹心之地，是淮河、汉江、丹江、洛河等河流的发源地，既是国家重要的生物多样性和水源涵养生态功能区，也是中国大陆腹心地带一个相对独立的地理单元，更是古老的五千年中华历史文明一块相对完整的文化圈层。

巍巍秦巴，国之奥府，不仅是一个自然历史形成的政治地理界线，也是一个传统历史文化宝库。对于秦巴地区历史人文演变轨迹的追寻，要从先秦时期汉水中上游秦巴古老民族的迁徙融合开始。

先秦时期汉水中上游的移民，可以上溯到远古时代。早在100万年前后，人类的祖先就在汉江两岸肥沃的阶地上繁衍生息了，辛勤地从事原始农业和渔猎生产，使用简陋的石制和骨制生产工具，与大自然和野兽进行搏斗，过着俭朴维艰的生活，创造了丰富的物质财富和精神财富，在伟大民族的文明史上写下了光辉的一页。据考证，《尚书·禹贡》云："华阳黑水惟梁州。"梁州之名因古梁部族的一支迁居于此而得。汉水初名漾水，后因帝尧长子监明封迁于此，因其字"汉"，故其部落以其字"汉"命名为汉部族，其辖域内的"漾水"改名为"汉水"。监明之子刘式（本为姬姓，因居刘地而改姓刘）发扬光大父亲的基业，在此建立了部落大汉国。据传，大汉国人身材高大而俗好加大冠冕，其部分族人南迁于蜀，广汉、汉源、汉宣等名均因汉族大汉国而得。汉江上游的大汉国地居中央，故又称"汉中"或汉川；黄帝后裔勉部族的一支迁居汉水上游后，又称"汉水"为"沔水"（"沔"与"勉"同音），称其居地为勉（今勉县）；禹治水时，其族的一支褒人随往，后留居勉人之地，又称居地为褒，水为褒水。可见勉、褒之名均因氏族名而来。舜帝后裔商均族的一支和尧后裔丹朱的一支结合，因居于苍野（今商州市）而称苍梧族。他们的一支迁于汉水的中下游一带，和良人结合（良人因居汉水旁故又称浪人）称"苍浪族"，故"汉水"又有"苍浪水"之称。夏代建立后，汉中的禹之后裔褒国人又称为夏人，且因褒国吞并了附近一些小部落古国，地域较广，所以又称汉水为"夏水"。《尚书·禹贡》所说的"沔水"，《集解》郑玄说的"汉阳西""汉水""汉嘉县"等，均因汉人古氏族而名，且很古老。

据巫其祥考证，夏商之时，汉水中上游一带，分布着许多土著民族，被视为"南蛮"之域。大约商前，湖北清江流域的巴人自西而东迁徙到汉水流域，成为汉水流域的古代民族——巴族。清江古称夷水，源出川鄂交界的利川佛宝山麓，横贯鄂西南山区的鹤峰、长阳地区，最后在宣都注入长江。据《海经·海内经》记载："西南有巴国。犬浩生咸鸟，咸鸟生乘厘，乘厘生后照，后照是始为巴人。"又据《世本》和《后汉书·南蛮西南夷列传》记载，在今湖北长阳县西北78里的武落钟离山生活着巴氏、樊氏、瞫氏、相氏、郑氏五姓部落。巴氏子务相聪明精干，造土船能浮于清江，被五姓推为首领——廪君。廪君就是巴人的祖先。他率领五姓部落，乘独木舟沿清江至长阳，然后散布在鄂西山区洞穴居住。巴人在鄂西山区一代接一代繁衍壮大，自然向人烟罕见的西南山区和汉水流域进军。在当时的条件下，独木舟是不可能溯长江闯越三峡天险，抗衡峡中惊涛骇浪的。于是，巴人便经清悠的夷水，再转向四川东部进发。散居于鄂西山区的巴人便乘独木舟溯汉江而上，定居于汉水两岸，建立自己的巴国。据《华阳国志·巴志》记载和考古工作者在汉水上游发掘出土的大量巴族遗物，证明汉水上游在从前曾为巴人活动定居之区无疑，这说明巴源自清江流域，后散居鄂西山区，又一代一代向汉水流域中上游迁徙之说是可信的。

从历史文献看，秦巴地区的宁强和南郑，自先秦以来就是古羌族聚居之地。西周末，周幽王时代郑国国民外逃，一部分南越秦岭迁至汉水上游古褒国一带，称为南郑。巴人、羌人和南郑部落人，带来了南方中原地区和关中先进农业耕作技术和手工业技术，加速了汉水上中游的开展。到战国时期，汉水上游已成为一个著名经济区，并使汉水成为兵家所关注的要津。《战国策·燕策》记苏秦对燕王说："汉中之甲，乘舟出于巴，乘夏水而下汉，四日而至五渚。"苏秦对秦惠王也说："大王之国，西有巴蜀、汉中之利。"把汉中与巴蜀并提，显示出汉水上游经济已发展到相当高的水平，为秦国统一大业和秦汉时大发展打下了基础。

这里物华天宝，人杰地灵，历史文明蔚为壮观。有史以来，长江文化、巴蜀文化、秦陇文化、中原文化和荆楚文化在这里辐集交汇、沉淀累积，孕育产生了璀璨的古人类文化和神农文化、神圣的诗经文化和汉民族史诗文化，神奇古奥的道教文化和神秘诡异的巴巫文化，更有宏大富丽、源远流长的汉水文化和汉文化……这些文化交融交汇，相互激荡，共同成就了秦巴文化的丰富深厚和壮丽辉煌，不仅是秦巴之巅上永远盛放不败的花朵，更是中华优秀传统文化的精髓和瑰宝。

二

秦巴地区不仅胸有千山万壑、千川百流，风物、风情、风光无限，也是一方生长歌谣、钟情热爱歌唱的土地，更是一片永远沸腾喧嚣的民歌歌海和一个民歌歌手纵横驰骋、欢乐沉醉的王国。其歌唱的传统非常深厚悠久，其歌唱的水平异常发达，而其民歌的数量与质量在同类区域中几乎是绝无仅有。据考证，中国文学史上南歌的第一声清音和第一个有名可考的诗人都出自古老的秦巴地区。

据文学史记载，真正称得上中国南方诗歌起源的歌谣，当属传说中大禹妻子涂山氏的"候人猗兮"了。当时大禹为了治平泛滥宇内、为害天下的洪水，离家在外13年，风餐露宿，胼体胝足，三过家门而不入。这种胸怀天下、大公无私的壮举，让普天之下遍享幸福的黎民感激涕零，却给长年独守空房的涂山氏带来了绵绵无尽的寂寞和孤独。在每天黄昏时分，涂山氏都会拖着沉重的步履，一个人走到门前的高岗上，引颈长望，一遍又一遍地吟唱着"候人猗兮"，意思就是"我在等待着那个人哟……"那种空谷传响、哀转久绝的孤寂凄凉情境，让人不忍遐想。不承想，这令人同情哀悯的痛苦呻吟，竟成了中国南方诗歌的滥觞。① 而大禹正是从秦巴地区走出的治水英雄。

据华中科技大学张良皋教授在《巴史别观》②中考证，《诗经》十五国风的编次是严格按照其作品产生源流的先后顺序和流传路线而确定的。十五国风首为《周南》，次为《召南》。周南地区在汉中盆地西部及汉水中上游一带，召南地区在汉中盆地东部及南阳一带，号称"二南"。可以作为佐证的材料是清同治版《房县志》载："周文王化行江汉，是为召南。""二南"地区是周的基本地盘，泛称南国，但当时其基本群众不是周族。周南之地是蜀人，召南之地是巴人，所以"二南"实为"蜀风"和"巴风"。而"巴风"和"蜀风"的发源地则在古庸国，其源头应该是庸风，亦即后来流散到河南的鄘风。在《周南》《召南》之后，才有邶风、鄘风、卫风、王风、郑风、邻风、魏风、唐风……这些国风，都可以逆向反溯，从中都能找到它们和《周南》《召南》的影响关系。

张良皋先生认为，庸风或曰《鄘风》在十五国风中地位显赫，表明了庸国民间歌谣向中原的直接流传。但这种流传关系，不是指具体的唱和旋律，而是指的体裁。庸国作为"诗"这一体裁的渊源，并不垄断流风所及地区的次生创造。作为创造力最旺盛的渊源之地，以楚辞这一体裁之继起，证明其能量之巨大。③

也正是因为如此，"沧浪之水清兮，可以濯我缨；沧浪之水浊兮，可以濯我足"这首秦巴地区汉江之畔的野歌，才会让一代圣人孔子侧耳倾听，驻足沉

---

① 潘世东.汉水文化论纲［M］.武汉：湖北人民出版社，2008，7.
② 张良皋.巴史别观［M］.北京：中国建筑工业出版社，2006，5.
③ 张良皋.巴史别观［M］.北京：中国建筑工业出版社，2006，5.

思，留下文坛千古佳话；而同样是这首秦巴地区汉江之畔的野歌，几个世纪过后，又黄钟轰鸣，让一代爱国诗人、楚辞巨擘屈原如五雷轰顶，如痴如醉，在《渔父》中发出永恒喟叹……

众所周知，楚辞的闪亮登场是中国文学史上一个划时代的重大事件。从此，中国文学进入了一个由集体口头创作到个人书面创作、由民间创作到文人创作的新时代。在此前，所有的诗篇都被视为民间集体口头创作，都是无名氏作品，包括中国最早的诗歌总集《诗经》。作为这个时代的代表人物便是屈原。从屈原以后，文学开始了署名创作的时代。但是，随着文物考古和历史研究的深入，人们发现事实远不是如此。早在西周时代，在汉水流域已经响起了《诗经·周南·召南·鄘风》嘹亮的歌唱，从秦巴地区的大山腹地走出了一位文武双全的著名诗人尹吉甫。有史可考，尹吉甫不仅是中国文学元典《诗经》的实际编纂者，也是部分有名可考诗作的创作者之一，因为他的原因，秦巴腹地房县被中国文学界称为"诗祖故里"。

三

秦巴地区是歌谣的重镇。从古到今，从乡野到城镇，其歌谣浩如烟海，多如繁星。秦巴歌谣的题材较多，如劳动歌谣、时政歌谣、仪式歌谣、生活歌谣、历史传统歌谣、道德教训歌谣、情歌小调、儿歌童谣，以及不入流的杂歌谣等，应有尽有，无类不有。秦巴地区民歌历史悠久，其内容蕴涵博大精深，其发达繁富的程度可以通过当代最著名的汉民族南方民歌第一村、民歌部落吕家河村民歌生态一斑窥豹。

1999年，"汉族民歌南方第一村"的吕家河的发现，开始让人们对汉水流域民歌刮目相看。汉水之滨、武当山金顶后山古神道的吕家河村，是一个令人神往的"民歌之都"。据目前调查统计结果，全村182户749人，能连续唱两小时以上民歌的歌手达85人，占总人口比例为1/10强，能唱100首以上的歌手达120人，备受大家推崇的歌手男有四大歌王，女有八朵金花。其中能唱千首以上民歌者有四人，在如此一个小村就集中了这样多的歌手，堪称奇特。不仅歌手特多，一般村民也普遍爱唱民歌。如遇学者或民间文学专业学生实习采风要采访录音时，人们随叫随唱，毫不忸怩作态，甚至争先恐后，以唱歌为荣，行走乡间，随时可闻歌手们自然地引吭高歌。在这里，"唱歌，是快乐，是忧伤，是绵绵不绝的符号，更是生生不息的文化密码……男女老少都爱唱民歌，劳动时唱，休憩时唱，逢年过节时唱，婚丧嫁娶时唱，甚至吵架争执时也唱。无论春夏秋冬，这个村子里总有歌声飘荡"。湖北省民间文艺家协会主席、华中师大教授刘守华实地考察后认为：这是一个"富有汉水文化特色的罕见的汉族民歌村"。

无独有偶，20世纪80年代初，秦巴地区腹地的陕西省紫阳县文艺工作者就大规模采风，采录到紫阳民歌及民间故事传说数千件，整理后编印民歌10册800余首，故事传说5册。2003年3月，紫阳县被文化部授予"中国民间艺术（民歌）之乡"的称号。2006年5月20日，国务院公布了第一批国家非物质文化遗产保护名录，紫阳民歌列入其中。一个时期以来，汉水沿岸城乡都采取了一些积极的措施，开发和利用汉水民歌资源。举办民歌培训班，编写民歌教材，在学校的音乐课加上民歌内容等，使汉水民歌大放异彩，遍地开花。

秦巴民歌最精髓、最深厚的底蕴其实深深地扎在中国的歌谣元典《诗经》中。2004年，湖北省民间文艺家协会在房县采风时发现，房县流传的传统民歌，与2000多年前的《诗经》有一定的渊源！这个发现令人非常振奋。为此，2005年秋，房县全县开展了一场民间文化大普查，3个月收集到民间歌谣1.2万首、民间故事8500多篇、民间戏曲800出、古唱本100册、手抄民歌本1.2万本。初步统计，全县会唱民歌的有5万人，会讲民间故事的有6.5万人，能唱1000首民歌的歌手有250人，能唱300首以上民歌的歌手有7000多人……最令人惊奇的是，房县民歌中的《诗经》元素并非个别，不少民歌用《诗经》的诗句开篇，有的则直接在"原版"上增加口语化的后缀，这些民歌简直就是古老《诗经》的"活化石"。究其原因，其最深远古老的勾连则是因为以房县为腹地的汉江中上游的广袤大地都一度是产生《诗经》歌谣的沃土，都是《诗经》"周南""召南"两种国风的故乡。

"嫁人的时候唱轻快的调子，丧事上就唱悲伤的调子。"《诗经》民歌传人邓发鼎介绍，当地人将《诗经》原文、译文和当地的乡土风情结合，再以当地的民歌小调吟唱："不同场合有不同的唱法"。姐儿歌、号子歌、乡村小调、南山号子、哀哀调……无不闪烁着《诗经》的影子，流淌着《诗经》的情韵，譬如嫁女时的《燕燕》就是用乡村小调来演唱的，丧礼上唱的是"哀哀调"。在当地，唱诗经早与人们的生活融为一体，诗经民歌的内容也真实反映了当地的民风民俗。"关关雎鸠往前走,在河之洲求配偶,窈窕淑女洗衣服,君子好逑往拢绣,姐儿羞得低下头……""《诗经》民歌"这种神奇的现象已经使房县成为一块超越时空、千古不老的"《诗经》飞地"。

在秦巴地区的诸多民歌发现之中,一部被誉为"汉民族创世神话史诗"《黑暗传》的发现,是20世纪80年代中国历史界、文化学术界为数不多的重大文化历史事件之一,它不仅使神农架再次成为全球学者的神往之地,同时,它填补了中国文化历史的一项空白,极大地提升了中华民族文明史、文化史的世界地位,彻底颠覆了黑格尔关于中国汉族没有史诗的论断。的确,《黑暗传》读后,每每都会给人一种不可名状的兴奋和惊疑,既有对绝无仅有、旷古超奇发现的巨大喜悦,又不免对依然无法坐实、貌似空穴来风之叙述的近乎本能的置疑。正是基于此,有人说《黑暗传》是文化大河在漫长历史时期遗落堆积在洄湾处一个庞大杂乱的沙滩、是一锅模糊莫辨、五味混融的文化大杂烩,与此相反,有人则说《黑暗传》古奥渊博、浑厚雄奇,是一部深不可测、名至实归的中华文化稀世宝典,是被不重"怪、力、乱、神"主流历史文化传统强行湮没而又顽强地延续幸存于民间的真正的汉民族史诗。其实,拨开迷雾、披沙拣金,从文化底蕴的角度去探测《黑暗传》,我们的确可以发现它异彩纷呈、暗流汹涌、深不可测。吕家河村民歌的繁荣兴旺、蜚声中外是秦巴地区民歌文化生活化、节令化、风俗化、制度化的一个缩影,也是秦巴地区民歌顽强生命力、蓬勃生长力、深刻感染力的一个突出印证。

四

好雨知时节,当春乃发生。2013年8月20日,习近平总书记在全国宣传思想工作会议上讲话时指出:"历史和现实都证明,中华民族有着强大的文化创造力。每到重大历史关头,文化都能感国运之变化、立时代之潮头、发时代之先声,为亿万人民、为伟大祖国鼓与呼。没有中华文化繁荣昌盛,就没有中华民族伟大复兴。中华优秀传统文化是中华民族的突出优势,中华民族伟大复兴需要以中华文化发展繁荣为条件,必须大力弘扬中华优秀传统文化。要对传统文化进行创造性转化、创新性发展,让收藏在禁宫里的文物、陈列在广阔大地上的遗产、书写在古籍里的文字都活起来。"正是基于这种认识，才有了潘世东同志的大型传统歌本汇编《秦巴歌魂》的应时而动，应节而生。

一位知名文化专家曾有过类似论断：一首歌能够历经数十年依然不被忘记，是因为它是时代，是历史，更是每一个人的回忆与安慰……歌有自己的脚，然后它走自己独立的路。而所有经典的歌曲一定是超越所有造假的规范跟强制的压迫，而能够触及最普遍的人心灵深处最柔软的那一块，一定能够成为经典。《秦巴歌魂》正是秦巴地区民众共同创造或经历过的历史时代，是生活在秦巴区域内的群落或民族共同的文化记忆和情感安慰，更是秦巴地区民众心灵的镜子，也是该地区人们人性和精神的闪光、灵魂的折射。透过这面镜子，我们可以更加真切地感受秦巴荆楚大地的沧桑与灵性、汉水文化的浑厚深邃与强劲脉动：秦岭巴山腹地紫阳、商洛、向坝、官渡之风情歌魂，千年帝王谪放重镇房县《诗经》飞地的风雅之音，南方汉民族民歌第一村吕家河的高歌长啸，鄂西北神山圣水之流韵清音，故楚荆襄沃野南船北马之长风吟啸，道源寿乡荆门之长江汉水的浑融交响，一代帝乡汉源南阳之高迈野风，原田湖汉沔阳之风姿神韵，神农故里随州之古奥风神，孝都董永故里孝感之精魂异彩，汉水流域民间英雄史诗中始祖灵魂之光辉，汉民族神话史诗《黑暗传》之沧桑遗响……

人事有代谢，往来成古今，江河不废万古流。最后，我衷心祝愿汉水文化研究行稳致远、根深蒂固、生机勃勃！热切期待汉水文化研究基地成果丰硕、人才济济、兴旺发达！

（序作者为汉江师范学院原党委书记、博士生导师）

2021 年 5 月

目 录
CONTENTS

第一编　秦巴歌谣中的民族共同历史记忆…………………………… 001
 一、《黑暗传》原始资料之一　　　　　　　　　　　　　003
 二、《黑暗传》原始资料之二　　　　　　　　　　　　　007
 三、《黑暗传》原始资料之三　　　　　　　　　　　　　011
 四、《黑暗传》原始资料之四　　　　　　　　　　　　　024
 五、《黑暗传》原始资料之五　　　　　　　　　　　　　035
 六、《黑暗传》原始资料之六　　　　　　　　　　　　　040
 七、《黑暗传》原始资料之七　　　　　　　　　　　　　047
 八、《黑暗传》原始资料之八　　　　　　　　　　　　　068
 九、《黑暗传》原始资料之九　　　　　　　　　　　　　070
 十、《黑暗传》原始资料之十　　　　　　　　　　　　　089
 十一、《黑暗传》原始资料之十一　　　　　　　　　　　093
 十二、《黑暗传》原始资料之十二　　　　　　　　　　　094
 十三、《黑暗传》原始资料之十三　　　　　　　　　　　096
 十四、《黑暗传》原始资料之十四　　　　　　　　　　　097
 十五、《黑暗传》原始资料之十五　　　　　　　　　　　100
 十六、《黑暗传》原始资料之十六：《混沌传》　　　　　102
 十七、《黑暗传》原始资料之十七：《洪荒传》　　　　　108
 十八、《黑暗传》原始资料之十八　　　　　　　　　　　116

十九、《黑暗传》原始资料之十九：《神农出世》　　118
　　二十、《黑暗传》原始资料之二十：《地母传》　　120

第二编　秦巴歌本中的历史朝代演变　　135
　　二十一、小《史记》纲鉴　　137
　　二十二、大全传　　146
　　二十三、小排朝　　166
　　二十四、历史纲鉴　　169
　　二十五、纲鉴英雄　　186
　　二十六、纲鉴　　199
　　二十七、盘古朝代接替　　208
　　二十八、《黑暗传》续谣：《盘庚歌》　　212

第三编　秦巴歌本中的著名历史人物　　231
　　二十九、彭祖的故事　　233
　　三十、神农出世　　237
　　三十一、姜太公卖面　　240
　　三十二、子牙背榜　　244
　　三十三、纣王降香　　248
　　三十四、麒麟送子　　251
　　三十五、秦始皇赶山乱石窖　　254
　　三十六、韩信算卦　　256
　　三十七、彭越游宫　　258
　　三十八、刘备哭灵　　261
　　三十九、刘伶醉酒　　264
　　四十、李渊辞朝　　267
　　四十一、庐陵王访贤　　272
　　四十二、洪武放牛　　274
　　四十三、崇祯测字　　281

第四编　秦巴著名历史传说故事歌本⋯⋯⋯⋯⋯⋯⋯⋯⋯⋯⋯⋯⋯⋯⋯⋯ 283

  四十四、吴汉杀妻　　　　　　　　　　　　　　　　285

  四十五、关公歌　　　　　　　　　　　　　　　　　291

  四十六、关公降曹　　　　　　　　　　　　　　　　298

  四十七、关公辞曹　　　　　　　　　　　　　　　　301

  四十八、关公挑袍　　　　　　　　　　　　　　　　303

  四十九、关公辞曹（1）　　　　　　　　　　　　　 305

  五十、关公辞曹（2）　　　　　　　　　　　　　　 308

  五十一、过五关斩六将　　　　　　　　　　　　　　310

  五十二、三国英雄历史传说故事（之一）　　　　　　312

  五十三、三国英雄历史传说故事（之二）　　　　　　328

  五十四、草船借箭选段　　　　　　　　　　　　　　337

  五十五、庞统献计　　　　　　　　　　　　　　　　339

  五十六、七擒孟获　　　　　　　　　　　　　　　　342

  五十七、哭祖庙　　　　　　　　　　　　　　　　　345

  五十八、说唐故事歌　　　　　　　　　　　　　　　349

  五十九、魏征斩老龙　　　　　　　　　　　　　　　370

  六十、薛仁贵投军　　　　　　　　　　　　　　　　375

  六十一、薛仁贵破木天岭　　　　　　　　　　　　　381

  六十二、薛刚反唐（之一）　　　　　　　　　　　　385

  六十三、薛刚反唐（之二）　　　　　　　　　　　　402

  六十四、吴奇薛刚结义　　　　　　　　　　　　　　409

  六十五、罗成问卦　　　　　　　　　　　　　　　　411

  六十六、罗成托梦　　　　　　　　　　　　　　　　414

  六十七、罗通报仇　　　　　　　　　　　　　　　　417

  六十八、王佐断臂　　　　　　　　　　　　　　　　447

  六十九、四郎探母　　　　　　　　　　　　　　　　456

  七十、宜城缅怀张自忠将军组歌　　　　　　　　　　470

第五编　秦巴歌本中宝贵历史经验教训……………………………………477

　　七十一、十二月醒世歌　　　　　　　　　　　478

　　七十二、帝王将相醒世歌　　　　　　　　　　482

　　七十三、十二月古人　　　　　　　　　　　　485

　　七十四、乱唱十古人　　　　　　　　　　　　492

　　七十五、叹世歌　　　　　　　　　　　　　　494

　　七十六、十二月警世歌　　　　　　　　　　　501

　　七十七、古人调　英雄谱　　　　　　　　　　504

　　七十八、英雄赋　叹古人　　　　　　　　　　510

　　七十九、十二月历史歌　　　　　　　　　　　515

　　八十、四十叹亡喻世歌　　　　　　　　　　　518

　　八十一、十字歌中唱春秋　　　　　　　　　　525

后　　记………………………………………………………………………533

第一编

秦巴歌谣中的民族共同历史记忆

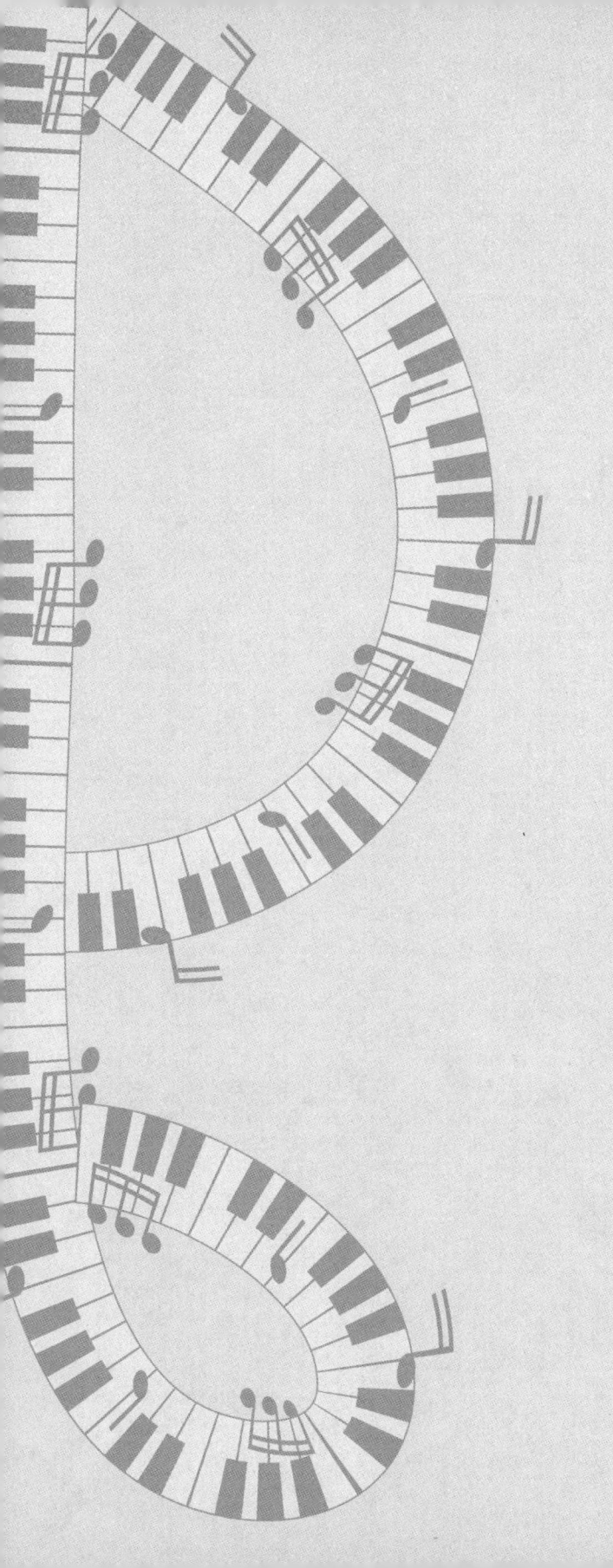

一、《黑暗传》原始资料之一①

唯有唱歌之人胆子大，火不烧山石不炸，
歌不盘本人不怕。
古来混沌有爹妈，然后它才分上下。
为什么分四分？为什么分八卦？

---

① 黑暗传，《黑暗传》是长期流传在秦巴地区及其周边地区的一部关于汉民族神话历史的叙事长诗，多以清代手抄本传世，为薅草锣鼓、丧鼓艺人演唱底本。《黑暗传》也叫《混沌传》《混元记》《盘古传》《玄黄始祖记》，从明、清时代开始流传，它生动形象地描述了世界形成、人类起源的历程，融汇了混沌、浪荡子、盘古、女娲、伏羲、炎帝神农氏、黄帝轩辕氏等许多历史神话人物事件，并且与我国现存史载的有关内容不尽相同，显得十分珍贵，被誉为远古文化的"活化石"。秦巴是楚文化的发源地和传播地。多年来，秦巴地区通过大量的田野调查，获得了《黑暗传》的第一手资料，发现十多种《黑暗传》不同时代的手抄版本，而且保存的完整性令世人震惊。《黑暗传》内容多元，深受儒释道影响，凡有打丧鼓、唱孝歌的民俗活动之地，就有《黑暗传》的流传。《黑暗传》大体包括：天地起源混沌黑暗，无天无地无日月，玄黄老祖收了众弟子，弟子奇妙吞下珠宝，尸分五块为五方，珠宝化青气上升为天等一系列神奇故事，此为"先天"黑暗。到盘古分天地，请日月上天，死后化生万物，"后天"黑暗为昊天圣母，吞了三个龙蛋，生下三个儿子，三个儿子一个管天，一个管地，一个管幽冥。此间，黑水、红水、清水三番洪水滔天几万年，漫长的洪水期，有天地藤上结一大葫芦，被洪沟老祖破开，见是一对童男童女，劝其婚配，成婚30载生下众子孙又死于洪水，后来又女娲造人，人类才开始诞生，止于三皇五帝治世。《黑暗传》作为"孝歌""薅草锣鼓"由众多歌师在不同场合演唱，深受民众喜爱。《黑暗传》时空背景广阔，叙事结构宏大，内容古朴神奇，是一部难得的民间文学作品。自20世纪80年代中期发现以来，受到海内外学术界、文化界的广泛重视。其中清代手抄本不仅配有河洛图和八卦解说，而且长达20回3000多行。《黑暗传》全文分《先天黑暗传》《后天黑暗传上部》《黑暗传三生卷》《下卷排王之位》，一直叙述至"一十三岁皇太子"。2011年6月被国务院列入国家级非物质文化遗产名录。《黑暗传》于2007年6月6日被省人民政府鄂政发〔2007〕38号文件公布为湖北省第一批国家级非物质文化遗产保护项目。《黑暗传》的重要传承人有胡崇俊、陈人麟、宋进潮、唐尚洁、陈长维，以及本书注明的各位收藏者等。

《黑暗传》原始资料之一，系孝歌唱本。藏抄者曾启明，林区松柏镇堂房村人，中共党员，时年63岁，农村山歌手。旧社会上过两年私塾。大约1946年，他在房县西蓄坪给一家私人铁矿搬运矿石时，他从一个同伴那里借来一本手抄本《黑暗传》转抄，由于那个同伴要回家了，可惜他只抄了几个片断。（转下页）

为什么分阴阳？为什么分造化？
昔日草里寻蛇打，歌师知得这根芽，
好好对我说实话。

歌师提起混沌祖，我将混沌问根古，
不知记得熟不熟？什么是混沌父，
什么是混沌母，混沌出世哪时候，
还有什么在里头？歌师对我讲清楚，
我好拜你为师父。

当时有个潋澡①祖，潋澡生浦湜，
浦湜就是混沌父，潋澡就是混沌母，
母子成婚配，生出一元物，
泡罗②万象在里头，好像鸡蛋未孵出。
汗清又出世，潋澡变滇汝，
混沌从前十六路③。一路变潋澡，
潋澡生浦湜，浦湜生滇汝。
二路生江泡，三路生玄真，
四路生泥沽，五路生汗水，
六路生提沸，七路生雍泉，
八路生泗流，九路生红雨，

（接上页）就他所抄的几个片段的内容来看，首先提出混沌父，混沌母，混沌田，母子婚配后又传下十六代，一大串带三点水的怪名字，似乎都与水的起源有关，那些名字是否与道教，或佛教有关？现在还不能做出解释。特别是江沽造水，（他如何造水的情节，因为抄本缺页，还不十分清楚）。在中国神话传说中，还属少有。共工是个水神，但没说他造水。这种远古人类对水的来源的解释是很独特的。

还有，关于天之萌芽起源于荷叶上的露珠，后被浪荡子吞掉，江沽把他尸分五块，化成五座高山，地才有实体，这也一个新奇独特的神话，也不见经传。这个神话传说，大概是起源于长江流域的水乡，碧绿的荷叶上的晶莹的露珠，如果长成天，显得多么明澈而清亮啊。另外，混沌被刺凿其额的神话又与《庄子》的记载相吻合。总之，虽然是几个片断，包含了几个新奇的神话传说，它的价值是"极可珍贵"的（袁珂语）。

① 潋澡（音悠汗），来历不详，她传下十六代，大概都是造水神的祖先。
② 泡罗，指天地混沌时期，产生的一种类似水泡似的原始胎胞，由此产生万物。
③ 十六路，即十六支系。

十清气路生，十一路生泽沸，
十二路生重汗，十三生浬浯，
十四生浮浬，十五生洞潚，十六生江沽，
江沽①他才造水土。（下缺）

油波滇氾消沸化，口含吐水放金霞，
他比混沌十个大。波泥轧坤化雷电，
氰气上浮成了天，赤气下降为地元。
九垒三磊十二焱，焱焱②森森服，
渴渴氽氽氽③波潭。

下有赤气降了地，内有泡罗吐清气，
生出一个叫元提。唯有元提有一子，
一子更名叫沙泥，沙泥传沙滇，
沙滇传沙沸，沙沸传红雨，
红雨传化极，化极传苗青，
苗青传石玉。谁人知得这根基，
你看稀奇不稀奇？

一声闪电沙泥动，霹雳交加雷轰轰，
分开混沌黑暗重。
唯有黑暗根基深，哪位歌师他晓明？
化得混沌有父母，化得黑暗无母生，
黑暗出世有混沌，混沌之后黑暗明，
才把两仪化成形。
两仪之后有四象，四象之中天地分。
然后才有日月星。非是愚下无学问，
鼓上不敢乱弹琴。

---

① 江沽，造水之神，关于他的故事情节，由于原始资料缺页不详。据歌手们说，江沽之前，只有青赤两种气体，江沽使二气相合，才造出水来。江沽原为水爬虫修炼而成。
② 焱，读作 yàn，本意是指光华，光焰，也指光彩闪耀。
③ 氽（tǔn），方言，意思是漂浮。

提起黑暗一老祖，一无父来二无母，
你看怪古不怪古？
当日有个江沽皇，出世他在水中藏。
原是水爬虫修炼，修成龙形百丈长，
他有两个徒弟子，名叫奇妙和浪荡，
一天游到水上玩，见一物体放毫光，
他俩来到跟前望，一匹荷叶无比大，
一颗露珠①叶里荡，浪荡子一见甚可爱，
一口吞下腹中藏。奇妙子忙去禀师父，
一下气恼江沽皇："露珠原是生天根，
'骂声'胆大小孽障，生天无根怎得了？"
一下咬住浪荡子，尸分五块丢海洋。
海洋里长出昆仑山，一山长出五龙样，
五龙口里吐血水，天精地灵里头藏，
阴阳五行才聚化，盘古怀在地中央。
怀了一万八千岁，地上才有盘古皇，
身长一尺，天高一丈，
始分清浊有阴阳。

愚下一步到丧前，听到歌师讲黑暗，
我今领教问根源。听说仁兄讲得熟，
当日有个混沌祖，天地自然有根古。
内中他还有一物，名曰泡罗生水土，
土生金，金生水，水上之浮为天主，
刺凿其额名江淇②，三爻五爻是乾象，
飞龙化在羽毛毒，无天无日无星斗。
糊里糊涂说出口，哪个知得这根古？（下缺）

---

① 露珠，原为天的萌芽，后被浪荡子所吞。
② 江淇，据庄子《天运篇》所载，混沌是中央之帝，无鼻子无眼，由他的两个朋友忽和倏刺凿出七窍，结果被刺凿其额而死。头颅化为乾象（天象）。又载"帝鸿氏之裔子浑敦（混沌）"。

二、《黑暗传》原始资料之二[①]

来在歌场上前站，闻听歌师讲黑暗，
随着歌师唱一番。
讲起黑暗这根基，那时哪有天和地，
那时哪有日月星，人与万物皆未有，
到处都是黑沉沉。有个老母[②]黑天坐，
神通广大无比伦，石龙老母是她的号，
又收复元[③]一门人。复元法术多妙哉，
出世才把仙根埋，长出玄黄[④]老祖来。
玄黄出世玄又玄，无有日月共九天，
无山无水无星斗，更无火来又无风，
也无人苗和万物。

讲起玄黄[⑤]他的根，还有四句好诗文：
一块黄石九丈高，周围四方出仙苗，

---

① 《黑暗传》原始资料之二，流传在神农架林区朝阳乡水果园村。转抄者唐义清，25 岁，初中文化程度，爱看民间杂书，其父唐文灿，65 岁，老民间歌手。资料之三为唐文灿所记的片段。自唐义渭记录转抄给我的。1974 年 6 月，胡崇俊请唐义清在当地帮之收集《黑暗传》，唐义清答应给胡崇俊收集一部完整的木刻本。在当年 7 月初唐义清托人带给胡崇俊他转抄的几段，以后胡崇俊再也没有见到唐义清。
② 老母，传说黑暗时代有个"黑天老母"，又叫石龙老母，来历不详。
③ 复元，黑天老母的门徒，意为他能使天地复原。
④ 玄黄，恐怕出于《老子》与《诗经》，老子解释玄为：深奥、幽远、神妙、玄，黑而赤也。《传》："玄化之门，是谓天地根。"（《老子•六章》）"载玄载黄，我朱孔阳"（《诗经•豳风》）"天地玄黄"（《千字文》），北方为玄天，水色里，故曰玄天，(《吕览》)。
⑤ 玄黄，指天地的颜色。玄为天色，黄为地色。《易•坤》："夫玄黄者，天地之杂也，天玄而地黄。"但在这里，玄黄则是天地之根。

老祖坐在石台上，放起霞光透九霄。

按下玄黄我不说，一朵青云往下落，
长出昆仑山①一座。
自从昆仑它长成，不知过了多少春。
昆仑生出五条岭，生出一个五龙形，
曲曲弯弯多古怪，五龙口中流红水，
聚在深潭内面存，就在此处结仙胎，
盘古从此长出来。

盘古出世多古怪，引出四句诗文来，
歌师听我唱开怀。盘古出世雷声响，
一股灵气透天光，冲开黑暗云和雾，
小小微亮在西方。

盘古出世我不提，玄黄门下一徒弟，
黑暗传上有名的，本姓为子名义人，
他是玄黄一门生。玄黄身坐法台上，
唤来他的小徒弟："为师叫你无别事，
你上昆仑走一程，昆仑山上有宝珍，
将它拿来交于我，快去快来莫消停②。"
义人遵了师父的令，忙在昆仑山上行，
来在昆仑四下寻，见一珠宝在此存，
弯腰下去正要捡，忽见前面来一人，
义人只顾将他看，不顾取得宝和珍。
来人抢了那珠宝，将它拿在手中心。
义人一见心大怒，叫声来的是何人，

---

① 昆仑山，神话传说中的"神山"，形成著名的"昆仑神话"系统，最早见于《山海经》《天问》。关于昆仑山的位置，过去学者认为酒泉南山，现在有的学者认为是巴颜喀拉山，有四条水发源此山，即黑水（金沙江）、洋水（嘉陵江）、赤水、（雅王军江）、弱水、赤水（澜沧江上游的扎曲、吉曲二水），这样来解释昆仑五条岭，发源五条河，红水（一说血水），即赤水，是相符的。

② 消停，怠慢的意思。

怎敢抢我贵宝珍?此人一听心大怒,
怎么这等无礼信①!?你要问我名和姓,
听我从头说分明:"我名就叫浪荡子,
专到此地取宝珍。"义人当时听得清,
开口浪荡叫一声:"此乃是我师父的宝,
你敢拿去胡乱行。"浪荡子一听怒火起:
"你若再说三不敢,我就把它一口吞,"
义人一听怒生嗔:"你不敢,不敢,真不敢,
不敢吞我宝和珍!"三个不敢说完了,
浪荡子胸中火腾云,张口就把天来吞。

说起浪荡吞天事,此处又有四句诗:
一颗珍珠圆又圆,困在海中万万年,
有朝一日珠复现,又吞日月又吞天。

浪荡他把天来吞,义人一见怒生嗔,
把他拉住不放行。拉拉扯扯到昆仑,
吵吵闹闹不留停,一起来见玄黄祖,
玄黄老祖开言问。义人上前急回禀,
口里连连叫师尊:"弟子奉了师父命,
前去山上取宝珍,谁知来了浪荡子,
抢了师父贵宝珍,弟子与他把理论,
他就拿来下口吞。"玄黄一听怒气生,
便把浪荡骂一声,"吞了天来了得成!"
当时法台传下令,吩咐奇妙子一人,
快把浪荡拿下去,把他拿来问斩刑。
奇妙领了玄黄令,斩了浪荡小畜生,
尸分五块成五行,从此五方有了名。
左手为东右手西,左脚南来右脚北,

---

① 礼信,礼节、礼行,即礼貌的行为的意思。

东西南北有根痕①。首级又把中央定，
一个正身难得分，来了盘古到此地，
手拿斧头不留情，劈开两半上下分，
开天辟地有了名。

盘古来把天地劈，清浊二气上下离，
从此有了天和地。
盘古他把天地分，此处还有好诗文，
四句诗词讲得明，听我唱给众人听：
举斧开天真奇异，两指代剪却为真，
善能安排天和地，剪起缭绕雾沉沉。
四句诗儿不打紧，多少歌师不知情。

---

① 根痕，方言，根源的意思。

三、《黑暗传》原始资料之三[①]

青龙山，[②]为阴地，昆仑乃是阳山林，
从此阴阳来相感[③]，配合阴阳二山林。

[①]《黑暗传》原始资料之三的内容也是从无天无地无日月的混沌黑暗谈起。从石龙老母、复元老祖、玄黄老祖，到长出昆仑山、长出盘古，浪荡子吞天，奇妙杀死浪荡子，尸分五块，化为五行（五方神），盘古劈开正身（躯体），分为两半，上为天，下为地。从此有了天地。情节虽然简略，除了盘古是人们熟知外，其余的神，都是陌生的神话人物，不失为一个新奇独特的神话。胡崇俊于1984年9月到新华乡，借得黄承彦保存的同治本把原文转抄下来。后谷定乐亲自把他的抄本送到胡崇俊处。这个抄本的内容与水果园村唐义清转抄的相似。但更为详细、丰富。不失为一份珍奇的神话资料。其中，特别应该关注的是：第一，青龙山与昆仑山相感，产生赤、白、黑三气，化为元物。第二，玄黄把黄石变为他的"莲台座"。在阴阳二孔里得到自己的姓名。第三，收奇妙子做门生，为二气化身，有了得力的助手。第四，玄黄师徒在昆仑山上找洞府安身。见到许多奇景。第五，师徒发现"地眼""滑瑭坑"。落下一颗明珠似的元物，为天之精。欲取回，被浪荡子抢去鲸吞，浪荡子为一气化身。第六，玄黄把浪荡子尸分五块。并用"甘露水"浇活，化为五人，成为五行之神，把抽象的五行，拟人化。第七，与"猛兽禽"混沌斗法，经过激烈的战斗，玄黄取胜，并收服了混沌，并将之封为䮵兜神。这里似乎像黄帝战蚩尤的神话。第八，女娲生下两个元物（肉球），里面是十个男子十二个女子。玄黄配成天干地支。解释甲子的来历。第九，玄黄把一个葫芦传于他的另一个徒弟泥隐子。又传于他三支铁笔，画日月星辰、画江河山林、画女娲、画三皇五帝，画人体。

从以上九个内容来看，中心人物是玄黄，是他占据了昆仑山，收了弟子，把浪荡子尸分五块，使之化为五行，与混沌大战，分天干地支，授弟子三支铁笔，画日月星辰、地理、人形，总之玄黄至高无上，神通广大，法术无边。玄黄，究竟是佛教还是道教之神？从歌谣中看，恐怕是道教派生出的神人，抑或是把抽象的"天地玄黄"形象化拟人化，也未可知。里面虽然有佛教色彩，但本色与底色却是道教，道教色彩是很浓厚的。此资料保存了大量的原始昆仑神话。玄黄一手遮天，不知怎么把"西王母"排斥在外，这点值得注意。

《黑暗传》原始资料之三，流传在神农架林区新华乡，苗丰乡。藏书人黄承彦，30岁，系新华乡公安特派员。原在"文革"期间当封建迷信之书搜缴来的，为清代同治七年五月二十日甘入朝转录抄留。另一抄本为新华卫生院医生谷定乐所藏。为近年用钢笔转抄在蓝皮塑料日记本里。两抄本的内容基本上相同。

[②] 青龙山，不详，是否是阴山山脉？也不能确定。

[③] 相感，此意见于《老子·42章》："道生一，一生二（阴阳）、二生三（阴、阳、冲气），冲气、二气交感，生万物。

且说昆仑山一座,一道赤气起空中,
左边昆仑来接起,一道白气透九重。
中间黄气往下降,山前黑气往上升。
五色瑞气空中现,浩浩荡荡结成团。
结成五色一圆物,一声响亮落地平。
又见一道红气起,空中结起五彩云,
五道光华空中现,昆仑山上亮通红。
此人又往黄处走,原是黄石①面前存,
黄石高来有九丈,一十二丈为周圆,
此人就在石上坐,一阵清风到来临,
哈气黄石来变化,变成九色莲台②身。
此人坐在莲台上,心中欢喜有十分,
自己细细来思想,要给自己取姓名,
先看两山之间有二孔,内藏"玄黄"③二字文,
一个玄字就为姓,一个黄字就为名。
玄黄自己取了名,坐在莲台真欢心。

青龙山上白光起,左边昆仑黄光生,
结一圆物空中现,落在昆仑山中存,
随风一吹成人形,身子长来有九丈,
膀阔五周有余零。面白发黑遍身黄,
眉清目秀圣人形,忽然睁眼往下看,
四周黑暗不分明,中间半山霞光起,
照得山上放光明,此人直往亮处走,
一座莲台面前存,看见一人台上坐,
遍体金光透虚空,顶上庆云④垂璎珞。
此人看罢开口问:"莲台坐的是谁人?

---

① 黄石,意为天地之根。
② 莲台,为佛教神座,如观音。莲为佛教圣物,取圣洁之性。
③ 玄黄,玄黄的出处见原始资料之二的注解。
④ 庆云,祥云的意思。

为何不言又不语？一人独坐为何因？"
玄黄老祖开言道："吾今在此来修身，
打坐修身炼无炁①。"此人双膝跪在地，
口称"师父收我身，我今愿做一门生。"
玄黄睁眼将他看，看他形格是神人，
此人后来大作为，原是二炁来化身。
玄黄老祖开言问："你今若无名和姓。
就取奇妙是你名。"此人一听心欢喜，
手掌双合拜师尊。玄黄忙把徒弟叫：
"你我山上走一巡，"说罢下了莲台座，
二人游玩看山林。师徒游玩有几日，
看见一座石洞门②，石门框来石门坎，
就像黄金一般形。师徒来把二门进，
举目观看喜十分。内有常开不谢花，
一步一处好风景。师徒心中多欢喜，
不觉又到三层门。当中宽阔又高大，
无边景致爱煞人。三层以内多热闹，
正是一座洞府门。老祖来把徒弟叫：
"你我洞中可安身，只是洞中无名字，
我想立碑刻下名。"老祖走在洞门外，
立下一碑在一门。此碑高有五丈三，
宽有四丈有余零。碑上刻着诗一首，
题诗一首作证明：西域③地方独生吾，
能知变化长生衍，掌握皆归内发出，
能制天地玄机关。又在头门刻对子，
一十八字表分明："玄三三五炁化身万万，

---

① 炁，即气的意思，是道教的写法。
② 石洞门，见《山海经·海内经》："昆仑之墟方八百里，高万仞，上有木禾，长五寻，大五围。面有五井，以玉为槛，面有九门，门有开明兽守之"。
③ 西域，西方佛地。

天六六天忌成劫七七"①。头门刻的"洪濛洞,"
玄黄走进二层门。二门刻的"波恩宫,"
三层门上刻对联:"一粒粟中岁世界,
半边锅中煮乾坤②。"三门取名"游云宫",
师徒宫中来住下,修身养性炼真身。

玄黄老祖洞中坐,不觉心中好烦闷,
老祖叫声奇妙子:"随我出洞散精神。"
玄黄抬头来观看,山下"地眼"③放光明。
青赤二气团团转,结成圆物囫囵形,
一声响亮落大地,落在玄黄山上存。
山上一块平坦地,落在"滑塘"④乱滚滚,
圆物乱滚不打紧,放出毫光怕煞人。
毫光乱扰真古怪,玄黄仔细看分明。
此时是天来出世,有诗一首作证明:
"天生黍黍落滑塘,内藏五鸟接三光,
中藏五山并八卦,玄黄头发分阴阳。"
玄黄此时看分明,忙叫徒弟奇妙身,
"你可去到山顶上,滑塘落下一宝珍,
溜溜滚滚一圆物,快去捡来莫消停。"
奇妙子当时领了令,来到山顶看分明,
只见一块大岩石,岩石百丈有余零。
当中一条深溪涧,名为"五行滑塘坑"。
圆物落在坑中间,溜溜滚滚不住停。
细看圆物不多大,不过三尺零五分。
奇妙子看了多一会儿,正要伸手取宝珍。
空中急忙一声喊,天空飞下一个人。

---

① 天六六天忌成劫七七,据道家的《三五至精图》"三五与一,天地至精"(三五·一十五)、天六六,指伏羲的先天八卦。
② 半边锅中煮乾坤,指道教的炼丹术。
③ 地眼,意指昆仑之墟。
④ 滑塘,又叫滑塘坑,意为生殖之门。

此人身长有五丈，红面黑须黄眼睛。
四个獠牙颠倒挂，眉如钢刀眼如钉。
落在滑塘不说话，伸手就要拿宝珍。
奇妙子一见高声骂："休要捡起贵宝珍。
此是我师玄黄宝，特派我来取宝珍。
你今为何来捡宝？姓甚名谁何处人？"
此人名叫浪荡子，他是一气为化身，
正要伸手来捡宝，忽听喊叫着一惊。
浪荡子连忙抬头看，看见奇妙子一人。
浪荡子开口把话问："我今问你名和姓，
为何到这里抢宝珍？我今是来此取宝，
看你把我怎么行！奇妙子说："你捞坏了，
捞坏叫你一命倾。"浪荡子说："只要惹我发性子，
一口鲸吞你宝珍。"奇妙子说："你不敢！"
浪荡子开言把话论："只要你说'三不敢！让你后悔十万分！'"
奇妙一听气冲冲："谅你不敢真不敢，
真的不敢吞宝珍。"浪荡子伸手抢珍宝，
就是一口肚内吞，呼噜一声来吞下，
骇坏奇妙子一人。大叫一声跳过去，
"你好大胆子吞我宝，去见我师说分明！"
奇妙子将他来拉住，拉拉扯扯见师尊。
一气拉到莲台下，方才放了浪荡身。
奇妙子双膝来跪下，连连来把师父称：
"那宝是他来吞了，只看师父怎施刑。"
玄黄一见浪荡子，大骂畜生不是人，
"为何见我不跪禀，姓甚名谁说我听！"
浪荡子这里开言道："你等在上听原因，
东海有个道法主，荷叶老祖①是他名，
我是他的一弟子，特派我来取宝珍。
吾神安得给你跪？惹怒老祖不饶人！"

---

① 荷叶老祖，不详。有的又称末叶、爱芽。在神农架的方言中，荷、宋、麦音相近。

"今若你要不下跪，好生站住听吾言。
气正万化我为先，炼好万化出先天，
黑黑暗暗传大法，威威武武出玄黄。"
玄黄一遍说完了，浪荡子微微笑几声。
"你说你的威力大，吾神不信半毫分，
到底把我怎么办？我却不怕你逞能！"
玄黄一听心大怒，手挽剑诀制罚人，
诀剑一挽喝声"斩！"，半空飞下剑一根。
连把畜生骂几声了，"快把宝物交还我，
万事甘休不理论！"浪荡子一听心大怒，
就骂玄黄老畜生，"你那宝物我吞了，
看你把我怎施行！"玄黄一听手一指，
"哗"的一声要斩人。一口飞剑如风快，
一声响亮头落地，尸分五块命归阴。
宝剑斩了浪荡子，依然飞上半天云，
飘飘荡荡不落地，只在老祖头上巡。
玄黄灵章口中念，宝剑"嗖嗖"落在身，
此剑该归玄黄祖，来做玄黄一护身。
宝剑斩了浪荡子，五块尸体五下分。
肠中流出那宝珍，那宝在地乱滚滚。
玄黄一见不消停，开口便叫奇妙子！
此是二炁① 化红青，它是天地产育精，
青的三十三天界，黄的地狱十八层。

玄黄开言把话明："吾将葫芦与你拎，
拿到前往池边去，取水一葫芦见我身。"
要知葫芦玄妙处，有诗一首作证明：
小小葫芦三寸高，玄黄山上长成苗，
装进五湖四海水，不满葫芦半中腰。
小小葫芦三寸零，奇妙子忙将葫芦拎，

---

① 二炁，道教《太平经》之意，"一气为天，一气为地，三气为人"。天地为二气。

后将葫芦放水中,打满奉与老师尊。
上前观看浪荡子,尸首五块五下分,
忙将葫芦来洗身,名为甘露水①度人。
每块尸上吹口气,死尸借炁化人形。
顷刻五人来跪下,脸分五色五样形。
一人身高五丈五,面如锅底一般形;
一人身长三丈五,面如胭脂来染红;
一人身长有九丈,面如蓝靛一身青;
一人身长有七丈,面如白霜似银人;
一人身长有一丈,面如黄金一样形②。
五人抬头四下看,四方黑暗不分明。
一眼看见玄黄祖,一个葫芦手中存,
五人上前开口问:"尊声你是什么人?
拿的一个什么宝?万道金光照眼睛。"
玄黄微笑来答道:"西天未生吾在先,
曾将玄妙炼真金,先生吾来后生天,
黑暗未有日月星,若问老祖名和姓,
玄黄真一③我的名。"五人一起跪在前,
一齐来把师父称:"望乞师父收留我,
愿拜师父做门人。"老祖说道:"好,好,好,
我与你们取下名,注定金木水火土,
先天五姓五个人。一人取名'知精准',
名曰星辰火德君,在天为雨又为云,
在地为水又为冰,归在人身为血水,
北方壬癸水为珍。一人姓孔名'明宴',
故名楚域星德君,在天为日又为闪,
在地为火又为烟,归在人心为心火,

---

① 甘露水,为佛教的仙水,如观音的净瓶之水,能起死回生。
② 指五形神的来历。这里是按黑、赤、青、白、黄来排列顺序的。
③ 玄黄真一,真一、为太一。"太极者,太一也。"(《路史·前纪》)。太一出两代(天地)、两仪出阴阳……万物所生,造于大一。(《吕民春秋》)

南方丙丁火为精。一人取名'人知孙',
故曰'摄提青龙星',在天便为桫椤树①,
在地便为木和林,归在人身为肝木,
东方甲乙木中金。一人取名'义长黄',
又名太白长庚星。在天为雷又为电,
在地为银又为金,归在人身为肝经,
西方庚辛金之精。一人取名'义厚戟',
故名中央匂陈星,在天为雨又为雾,
在地为土又为尘,归在人身为脾胃,
□□□中央戊已土之精。"老祖取名方才了,
五人一齐来谢恩,尸分五块变人形②。

老祖出了洪濛洞,后跟弟子众门人。
老祖带领众弟子,游山观景往前行,
来到昆仑山一座,楼台殿阁好风景。
重殿九厅有九井③,玉石栏杆两边分。
凤阁凌霄真华美,此地景致爱煞人。
玄黄师徒正观看,一阵狂风扫山林,
吹起黑风遮天地,乌云腾腾怕杀人。
老祖滚过风头去,抓住风尾把话论,
开言便叫众弟子:"谨防恶兽到来临!"
一言未曾说完了,跳出一个猛兽禽④。
张牙舞爪多厉害,有诗一首作证明:
头黑身绿尾色黄,六足色白红眼睛。
毛似黄金色一样,二角五尺头上生。

---

① 桫椤树,高大乔木,又名天师栗,七叶树,为道教的神树,相传张道陵在树下得道,生于月宫。
② 五形神,各属其性,各主其事,以天道附会人事。
③ 九井,见《山海经·海内经》:"昆仑之墟方八百里,高万仞,上有木禾,长五寻,大五围。面有五井,以玉为槛,面有九门,门有开明兽守之。"
④ 猛兽禽,这里好像是指"神陆吾"和"开明兽","西南四百里曰昆仑之丘,是实惟帝之下都。神陆吾司之,其神状虎身而九尾而爪……有兽焉,其状如羊而四角。"

此兽高有四丈五，足长六尺有余零。
獠牙四个如钢剑，张口似簸名混沌①。
众位弟子来看见，各个吓得战兢兢。
只有老祖他不怕，上前几步喝一声：
"畜生快来归顺我，免得吾来费辛勤！"
混沌开言来说话："我有玄妙大神通，
你不知我生何处，你且站住听我云。"
混沌吟出诗四句，诗中根由是真情：
"吾神本是土中生，炼此全身无量神，
借山元气养吾身，黑暗独生吾混沌。"
玄黄听得微微笑："不过畜中你为尊，
怎比吾神神通大？有诗一首作证明：
"真一生花天未开，遇得五色宝莲台，
炼此金身法无边，天下独一显奇才。"
混沌听言叫老祖："任你怎么我不顺，
你我口说不为凭，各显神通定假真。"
混沌把鼻吼三下，一道黑烟往上升。
黑烟之中现一宝，身长一丈不差分。
此宝能长又能短，能粗能细贵宝珍。
此物名叫混天宝，金光闪闪怕煞人。
混沌也有两只手，藏在颈项里面存，
混沌双手来拿起，对准老祖全无情。
玄黄将身来躲过，忙在耳边取宝珍，
就把耳朵拍一掌，放出白光往上升，
白光之中现一宝，此宝名为定天针。
此针只有一丈长，老祖拿在手中存，
招架混沌镇天棍，一神一兽大相争，
交锋几合无胜败，混沌又放宝和珍，
用手朝天指一下，放出三个恶鸟身，

---

① 混沌，这里把混沌说成一个狰狞凶猛而法术无边的凶兽。并有三只恶鸟。是开明兽吗？不得其解。

一个叫作鹃鸹鸟①，红嘴黑身金眼睛；
二个叫作鸦昉鸟，三手六足绿眼睛，
鸟三叫作鸹鹏鸟，六目三翅赛大鹏。
玄黄一见取珍宝，阴阳锦囊祭空中，
收了混沌三件宝。混沌又放宝和珍，
眼睛朝上翻一下，大火熊熊空中腾，
满天火光高万丈，要烧玄黄一个人。
玄黄取出一件宝，雌雄化丹空中呈，
大叫一声"变，快变！"变成一鸟空中腾，
此鸟名叫鸠鹬鸟，口吐大雨似倾盆。
一日大火俱灭了，混沌一见吃一惊，
摇身变成麓狸兽，摇头摆尾要吃人。
玄黄一见也变化，变只骏猊更威风。
混沌一见来变化，拔下毫毛八十一根，
变成八十一混沌，各个拿的镇天棍。
困住老祖大相争。玄黄摇身也变化，
变了一千玄黄身，各个手中拿兵器，
拿的定天针一根，困住混沌大交兵。
混沌急驾祥云去，大叫玄黄你且听：
"你今若有真手段，敢到空中定输赢？"
玄黄这时微微笑，"我何曾怕你畜生！"
双足一跺驾云去，两个空中又相争，
战得混沌心烦恼，身上又取一宝珍，
此宝名为蒙兽宝，能发狂风怕煞人。
一切恶物并猛兽，一齐奔来助混沌，
玄黄一见忙不住，取出葫芦手中存。
拿着葫芦一抛去，恶物猛兽收干净。
混沌一见破了法，大吼一声如雷鸣。
口中放出一宝剑，此剑名叫无形风，
要说此风多厉害，无影无形又无踪。

---

① 鹃鸹鸟，几种鸟的来历，不明出处。

看见人形它追赶，神仙遇着也遭凶。
先从顶门来吹进，吹进五脏人无踪。
玄黄乃是五炁化，根本不怕无形风。
东风吹来往西走，南风吹来往北行。
吹得玄黄心烦恼，便把锦囊来抛起，
收了混沌无形风。玄黄收了贵宝珍，
大喝一声叫畜生！混沌一惊抬头看，
心想此时难逃生，一声响亮惊天地，
混沌扒在地埃尘。六足伏地不能走，
这时玄黄拢了身，银链一响来落下，
锁住混沌二骨榫。便把畜生骂几声：
"到底归顺不归顺？不顺叫你命难存！"
混沌两眼双流泪，望着银链哑了声。
"只要你今归顺我，头点三下饶性命。"
混沌把头点三下，俯首帖耳地埃尘。
"吾今封你驩兜神①，"混沌点头忙谢恩。
六足站定立起身，玄黄一下来骑上，
众位徒弟随后跟。

放下老祖收混沌，再讲故事说你听，
玄黄骑上混沌兽，看见一个女佳人，
老祖便把仙女问："一人独坐为何因？
莫非你是娲神女？"仙女一听着一惊：
"你怎知道吾名字？"玄黄说道"早知音"，
仙女一听开言道："你怎知道未来情？
吾今身边两元物，看你知情不知情？"
玄黄上前仔细看，"元物两个分大小，
内包二十二个人，一个大的是男子，
弟兄一共十个人。个儿小的是女子，
姊妹一十二个人。"女娲摆头说："不信，

---

① 驩兜，又名驩头，相传是三苗首领。

此话是假还是真？""女娲若还不相信，
待我砍开现原身。"玄黄对着肉球念，
念着急章咒语文。两个肉珠溜溜滚，
内包天干与地支。肉包顷刻来离分，
一声响亮震耳鸣。十个男子十二女，
跳出肉球两离分。齐在女娲面前走，
各个拍手笑吟吟。玄黄连忙吹口气，
生出七长八短人。各个相貌五色样，
青面獠牙古怪形。女娲吓得魂不在，
战战兢兢问一声："口称玄黄老师尊，
这是一些什么人？"玄黄便对女娲讲：
"此是天干地支神，该你生他来出世，
后来为神治乾坤。待给他们取上名，
配合夫妻阴阳成。"玄黄手指十个男，
"你们为天干十个人。按定甲乙和丙丁，
戊巳庚辛壬癸。"玄黄又指十二女，
十二地支是你们，子丑寅卯辰巳午，
未申酉戌亥名。天干为男又为阳，
地支为妻又为阴，封你天干为大必，
地支为母十二人。众人谢恩来站起，
玄黄吩咐转回程。不表玄黄回洞府，
再表西方泥隐子[①]，说起西天泥隐子。
打开洪濛两山门。玄黄便把徒弟叫：
"吾今仙法传你身，葫芦一个传与你，
后收湖水葫中存。铁笔三支传与你，
听我从头说分明：一支名叫画天笔，
后画日月与星辰，二支名叫画地笔，
画出江河与山林，三支名叫画人笔，
一画盘古来出生，二画女娲传世人，
三画天皇十二个，四画地皇十一人，

---

① 泥隐子，又叫泥因子、立引子。

五画人皇人九个,六画伏羲八卦身,
七画神农尝百草,十画轩辕治乾坤。
先画眉毛并七孔,五脏六腑画完成。
画上三百六十人骨节,又画血脉身上存。
然后又把三清化,金水水火土画人形。(下缺)

四、《黑暗传》原始资料之四[①]

书录一本古今文，先有吾神后有天，
听我从头说分明。先天唱起立引子[②]，
后天唱起末叶神[③]。海蛟他把天来灭，

洪水泡天无有人，只有先天立引子，
他是先天开辟人。知道天地已该灭，
蓬莱山[④]上坐其身，天地俱无少世界，
四座名山雾沉沉。昆仑蓬莱山二座，

[①] 《黑暗传》原始资料之四，系手抄本，藏书人熊映桥，神农架林区医药公司药务工作人员，家住秭归县青滩乡龙江村。此抄本系他父（已故）所传。在林区的新华乡、长坊乡均有流传（有变异）。

这个抄本前半部分有浓厚的佛教色彩，也掺和道教、盘古等神话传说。用佛教的阿鋬轮回转世的神话传说来改造传统的盘古开天辟地的神话传说。在《黑暗传》几个不同的异文中，是少见的。它流传在长江中下游的秭归和神农架的南坡，说明佛教在这里的影响不浅。

资料之四，从后天（洪水泡天）开始讲述的。开天辟地的立引子和后天传世的末叶结合在一起。这些都是与盘古、女娲的神话传说不同的；又说洪水泡天是挂在弘儒头上的葫芦吐水引起的，弘皓也是一样。后来弘钩（女子）由立引子做媒，与末叶成婚，传下后代，弘儒头上的葫芦开始放出清水，洪水才趋于平静，渐渐消退。后来末叶不相信他是立引子用泥巴塑造而成的。立引子当他的面又塑了一个。

最后，阿鋬盼咐皮罗崩婆到东土开天辟地，到咸池去叫日月。日月不肯，阿鋬用法术把日月纳入手心。皮罗崩婆化成仙桃，脱生盘古。佛祖又交给弘钩一个石匣子，里面有一支铁笔，用它来画出天地万物：安天安地，盘古出世，用铁笔画出眉毛孔窍，骨节、汗毛，成人形，接着又画江河湖泊，五谷禾苗，请出日月二神，安排星辰，分四大部洲，后出三皇五帝治世。

这个被佛（道）用净瓶水洗礼过的中原神话，其中不失有趣的故事，轮回转化。傣族的"查姆"，也有阿鋬的轮回转世，每一个轮回，就是一部神话长诗，据说共有五百部。可是阿鋬到长江流域，却没有把汉族的神话轮回转化过来，成了破绽百出的"畸形儿"。

[②] 立引子，又叫泥因子。
[③] 末叶神，有的又称末叶、爱芽。在神农架的方言中，荷、宋、麦音相近。
[④] 蓬莱山，为东海仙山。

太荒村对泰山林。四大名山①无人住,
只有立引子来游行。

紧打鼓,慢逍遥,黑暗根源从头道:
昆仑山有万丈高,二山相对②真个好,
两水相连响潮潮,泥引子欢看荷叶发,
二水冲成一河泡③。化为人形三尺八,
荷叶上面起根苗。泥引子,抬头看,
忽见水泡成人形,水淹成人真古怪,
随时与他取个名,取名末叶一个人,
无称无极是他身。

末叶得了名和姓,就问泥引子名和姓,
泥引子来回言道:"我今一一说你听,
吾是先天泥引子,故此给你取姓名。"
正在说时抬头看,阴山流水响沉沉,
一具浮尸水上漂,生下孩儿人三个,
弘儒、弘皓与弘钧④。三人出世亥交子,
天翻地覆子会中。弘儒他把西方坐,
头顶挂着一葫芦,放出洪水泡天地,
子令一万八千春,洪水泡天无世界,
泥引子,未动身。二弟弘皓来出世,
顶上也挂一葫芦,葫芦放出是黑水,
黑水淹地无有人。第三弘钧来出世,
她为人形是女人,泥引子,把媒做,
配合夫妻两个人⑤。二人低头来下拜,
谢了立引子做媒人。泥引子,开言道,

---

① 昆仑、蓬莱、太荒、泰山为四大名山。
② 二山相对,指昆仑与阴山。
③ 河泡,河中水泡。与泡罗相似。
④ 弘儒、弘皓不详,弘钧又叫洪钧老祖,是否是《封神演义》中出现的洪钧?
⑤ 配合夫妻两个人,这里说弘钧为女娲,由立引子做媒与末叶成婚。

口称末叶你是听,今来无天又无地,
先天世界传你身,你传后天世上人。
说话将身只一变,隐入青山不见形。

末叶出世教孝顺,不觉数代有余零,
顶上还挂一葫芦,葫芦放出是绿水,
绿水青山到如今。

三人出世子会今,天翻地覆未生成,
犹如鸡蛋一个形,昏昏暗暗不得明。
末叶对着引子说:"我今不拜你为尊。"
引子听了心中怒,口骂忘恩负义人:
"你是西北一块土,是我塑你一人形①。"
土人听了全不信:"这些胡言我不听,
你今若是真手段,再塑一人我看看。"
引子当时塑一人,摇摇摆摆甚斯文,
一口仙气吹将去,土人睁眼笑吟吟。
身长三丈零一尺,横眉竖眼獠牙生,
土人一见心欢喜,拜他二人为师尊。
引子一见心欢喜,师徒三人上山林。
唱到此处诗几句,不知歌师喜不喜?
听我从头说详细。真空之中无一物,
三道归来全始终,空者一概无所立,
图名陵洁一轮回。"我今无影本无形,
无父无母本来人"。

捏不成图法不开,看来看去又成胎。
有人道我先天地,安麻六乱托仙胎。
渺渺茫茫道为主,身居雷霆坐莲台,
冷眼无边看世界,黑暗憔悴怎得开?

---

① 泥立引子造人:似女娲抟黄土造人的神话。

老祖眼观一十八，一人跪在地尘埃，
阿休罗王旁边站，又有三千谒帝神①。
元始天尊奉宝剑，通天教主奉宝珍，
准提道母长帆盖，弘钧老祖奉玉盆，
燃灯、陆压分左右，西天老母②随后跟，
一十八人说不尽。三父八母③谁人晓？
几人知得这根苗？三灾八难来讲起，
大海九连窝一座，横身叮的海螺丁，
蚊虫乱咬身不动，芦根穿身灾难尽，
头顶乌鸦不动身，随来土长是真人。

无天无地无乾坤，又无日月两边分，
天行国④内是他父，蔡力国内他母亲。
他母怀他十六岁，四月初八午时生。
一眼观定乾坤界，身坐西方半边天。
昆仑大仙旁边站，白莲老母⑤站台前，
左边站定四十八老母，秦氏老母站右边。

又将世尊来表明，世尊坐在灵山岭，
天愁地惨实难忍，鬼哭神叱好伤心，
开口就把阿銮⑥叫，你上前来听原因，
恐怕皮罗崩婆⑦到，叫她前来见我身。
阿銮因言："我知道，师父不必挂在心。"
再说皮罗崩婆到，走上前来称弟子，
来求师父慈悲心。万国九州无日月，

---

① 不详。
② 西天老母，西王母。
③ 三父八母，不详。
④ 天行国，似乎是天空国之误，蔡行同不详。
⑤ 白莲老母，似乎是指观音。
⑥ 阿銮，佛教的轮回之神。
⑦ 皮罗崩婆，佛教梵文，佛神。

切望开天西方明。世尊当时开言问：
"姓甚名谁说我听"，皮罗崩婆来施礼，
"崩婆就是我的名。"世尊说给崩婆听，
日月出在咸池①内，月姓唐来日姓孙。
孙开、唐末②是他名。一个男来一个女，
住在陷阳海中沉。忙差地神把他请，
请来日月照乾坤。地神行到陷阳海，
孙开、唐末远来迎，地神坐下开言道：
"来请日月照乾坤。"日月听得心思想：
恩情难舍两离分。回答地神我不去，
转奏西天佛世尊。世尊又把崩婆叫，
日月化在手心内，念动真言③随你行。
崩婆二到陷阳海，就把真言念七遍，
日月赤气入手心，日月入了崩婆手，
回到灵山见世尊。世尊一见心欢喜，
有劳弟子费辛勤。日月二君交给你，
你随吾灵山过几春，差你快往东土去，
天地从此要你分。崩婆又把师父拜，
"弟子何处去脱生？"世尊当时来吩咐，
你往太荒山中行，闯入日月中间内，
变作仙桃一样形，七十四回并九转④，
吾令弘钧到此地，提笔画出形容像，
借像还魂你出身。我今赐你凿与斧，
执斧就把天地分。开天首君就是你，
阳寿一万八千春。崩婆又把佛祖拜，
"孤身一人怎劈分？"世尊又将神将赐，
八百神将跟他行。往东行到太荒山脚下，

---

① "日出于旸谷，浴于咸池"（《淮南子》）。
② 孙开、唐末，传说是日月的名字。
③ 真言，咒语。
④ 崩婆化桃：与阿銮轮回神话有关。

化为仙桃一个形，行将一变入土内，
盘古到此来托生。

不唱崩婆入混沌，再唱佛祖差弘钧，
开言便把弘钧叫，叫声弘钧听原因：
"石匣一个交于你，你往东土走一程，"
弘钧石匣接在手，合掌告别辞世尊。
起身就往东土去，弱水上面乱纷纷，
鹅毛落水飘不起，葫芦落水沉到底。
脚踏木鱼来得快，漂洋过海往东行。
收了木鱼打一看，太荒山在面前存。
我佛当日吩咐我，打开石匣看分明：
三支铁笔看分明。谁人知得先天事，
铁笔根由说你听。一支铁笔能安天，
二支铁笔能安地，三支铁笔来拿起，
有诗一首作证明："三支铁笔定乾坤，
口中呵气把笔润，连呵九十一口气，
画出盘古天地分。"弘钧把笔来提起，
口中吐出青烟气，画出盘古初出世。
太荒山上出人形。一气二气来出世，
三气四气出顶门，五气六气画眉毛，
八字蛾眉两边分。七孔八窍安停当，
五脏六腑画得清。九十画得四肢出，
十一十二画眼睛，二十六七从头画，
画了骨节三百六十零五根。三十二三又提起，
汗毛十万八千根。三十八九四十二，
顶平额角都画尽，十指肝肺手连心。
五十一气停铁笔，犹如天上定盘星。
六十二三又提笔，湖海江河又费心；
七十二气从头画，五湖四海才安顿。
八十四气用笔点，五谷禾苗尽生根。
左生毫毛二十九，合共三十单六根。

两目犹如太阳像，头顶四万头发青；
转身又画九十气，九十一气画完成。

西天发下白虎星，金刚菩萨安左右，
青石板上现原形。佛祖睁开慧眼看，
又把弘钧叫一声："日月二宫交予你，
满天星宿要你分。"起身又往东土去，
漂洋过海往来行。日月二宫托在手，
不觉来到太荒村，左手放下太阳星，
转身又到阴山下，右手放出太阴星。
月中桂木安停当，无当相伴是月神。
"你在此山且安下，只等盘古开天现原身。"

日月二宫都安了，又安巡更过天星，
安下天宫九曜星，二十八宿轮流转，
紫微星君坐天庭。南极老人朝北斗，
罗睺、计都两星君，诸般星斗安停当，
又安牛郎织女星，天河阻隔两分离，
周天三百六十五度整，要知天高地矮事，
除非舜王才知情。璇玑玉珩贵宝珍，
身长八尺孔一寸，周围二丈五尺不差分。
日月五星为七政，天包地外得知情。
周天三百六十零五度，极地一百八十二度半，
天有六天青黄赤白黑，又带紫微名。
六天地有二地神，瀛洲、昆仑为二地。

不唱弘钧安星辰，再唱盘古来出生，
有诗一首作证明，盘古计天而出世，
生于太荒有谁知？混沌世界怎开辟？
凿子凿来斧头劈。说盘古，讲盘古，
多亏弘钧一老祖。九十二气费尽心，
五行方位安其身，浑身上下元气足，

崩婆借像才出生。一座高山来阻路,
盘古开言把话论。此山像把斧子形,
拿起不重也不轻,盘古得了宝和珍。
一把斧子拿在手,此乃名叫"敲金坎",
开金气,往东行,又有一山来阻路,
他就拿起笑吟吟,一凿一斧往前行,
抡起斧子上下分,气之轻清上浮者为天,
气之重浊下凝者为地,砍开天地分阴阳,
现出太阳与太阴。日月五星照苍穹,
才分三光七二照四方,四大部洲在中央。
东胜神洲安东方,南赡部洲安南方,
西牛贺洲西方定,北方盘古定三光。
盘古开了天和地,立一石碑三丈长:
"亥子交始终,依然今似昔。"
五言四句此碑立,此碑立于大荒地。

不唱盘古立碑事,世尊传下一法旨,
阿銮领旨太荒去。盘古开言问分明,
"手捧净瓶为何因"? 阿銮说与盘古听,
"恐有严毒害你身!净瓶甘露浑身洗。"
盘古听得喜欢心。阿銮执瓶将他洗,
题诗一首作证明:只因合掌知一笑,
今乃一万八千春,顶上悠悠失三魂,
一滚化为仙桃形,阿銮收入净瓶内,
收了崩婆见世尊。两目付与日和月,
毫毛付与山林管,寿高一万八千春,
又该天皇来出世,隐入青山不见形。

开天于生天皇氏,唱起天皇来出生,
天皇一姓十二人,弟兄十三管乾坤。
天皇名字叫天灵,出世就把干支配,
十二地支造分明。河下又治十二决,

一生操了许多心，管了一万八千春，
又该地皇来出生，隐入青山不见形。

地辟子丑地皇君，地皇一姓十一人，
弟兄十一管乾坤，生于陕西龙门县，
他的名字叫岳铿，出世才把山神定，
他今才把昼夜分，七十二候才来临，
二十四气是他分。又把四时八节定，
也管一万八千春，又该人皇来出生，
隐入青山不见形。

人生于寅人皇主，人皇兄弟九个人。
生于形马提帝国，弟兄九人分区明。
各管一区镇乾坤，制纲常，立人伦，
才有三党共六亲。天皇地皇人皇君，
共管四万五千八百春。

人皇弟兄为龙海，又该五龙来出生，
一黄伯，二黄仲，三黄叔，四黄季，
五黄五龙出世分，金木水火土中存。
才有宫商角徵羽，五龙四帝五处分。
有巢氏构木为巢教百姓。
又出五丁氏，教百姓挖一坑，
一个坑儿百丈深，躲水躲雨好安身。
燧人氏，有道君，钻木取火教万民，
春杨夏柘来取火，秋杏冬檀取火星。
定婚姻，教嫁娶，男子三十娶下亲，
女子二十嫁出门。百姓各个喜欢心，
有父有母到如今。

燧人氏，把驾崩，仓颉皇帝把位登，
看鸟兽，观龙行，以后他把字来造，

观察万物以象形，他今造字教百姓，
在位一百一十春。仓颉先师过了世，
唱起当日有皇氏，衔神氏，驾元龙，
养出中皇氏，生于山东鲁国地，
曲阜县有个大庭氏，出了六粟氏，
他把叔里来杀了，几个知得这段情？

唱个地名陕西城，太昊圣母出山林，
一见神人面前走，太昊圣母随后跟。
阴人踏了燧人气，怀孕一十四年春，
才生伏羲一个人。三十岁上坐龙廷，
画出八卦知天文，削桐木，来造琴，
作乐歌，传后人。撞着共工乱乾坤，
女娲娘娘驾祥云，杀了共工坐龙廷，
女娲娘娘她为神。

唱起神农来出世，生下三天能说话，
五天之中能走行，七天牙齿俱长齐，
置下方书山中行，尝百草，救万民，
流毒躲在老山林，神农皇帝识流毒，
不知流毒哪边存。长沙茶陵把命倾，
在位一百四十四年春。

轩辕黄帝立朝纲，置五谷与衣裳，
造屋宇、造饮食，天下万物造齐备。
炎帝驾崩他为神，又出五帝把位登。
少昊金天随后跟，颛顼高阳氏，
帝喾是高辛，帝则帝舜称五帝，
才到尧王把位登。九男二女他亲生，
传至舜王君，又将二女配他身，
又传禹王把位登。唱起禹王管天下，
八个将军手段能，开九州，定九策，

铸九鼎，疏九河，禹王分下三支脉，
三十六山才有名。开出龙门说分明，
开出禹门三汲浪，南月门，背鬼门，
中间曰人门，埋人棺材陷人坑。

夏传子，家天下，才出仲康把位登，
其子又被后羿谋，又出韩浞[①]乱乾坤，
杀了后羿坐龙廷，纪舒太子起义兵，
诛了韩浞一个人，传至桀王是昏君。

---

① 韩浞，夏朝的乱国奸臣。

五、《黑暗传》原始资料之五[①]

先天出了上天皇，开天辟地手段强，
相传一十二万载，洪水泡天八千年，
后天盘古把天开，日月三光又转来。
乾坤一十二万载，依然黑暗水连天，
不表先天黑暗事，后天黑暗唱几声，
三生卷土唱起来，不知记得清不清？

[①] 《黑暗传》原始资料之五，为清光绪十四年（1888年）李德樊抄本。流传于神农架林区的新华乡。现藏书人黄成彦为新华乡公安特派员。

该资料因残缺不全，不能看到完整的内容，但比较详细地叙述了第二个黑暗混沌（后天黑暗），洪水泡天时期，黄龙和黑龙混战，昊天圣母，用定天珠打败了黑龙，黄龙为了感激昊天圣母，生下三个龙蛋，圣母喜欢，就吞下了三个龙蛋，身怀有孕生下定光（日神）、婆婆（人间）、后土（冥府）"三才"之神。后来，混沌转化为盘古，才开天辟地，劈开混元石，把日月二神从洞中救了出来，让他们上天，并派鹰龙（应龙）来保护他们。

最后，蓬莱山下，大海之中五条龙捧着一个大葫芦，被洪钧收住，打开一看，葫芦里有童男、童女兄妹两个，问其根源，葫芦为昆仑山上所长，结在千丈无叶藤上。葫芦开口说话，叫他们躲进葫芦肚里，避免洪水泡天时淹死，他俩在葫芦里漂漂荡荡，由五条龙保护，不知过了多少年，才被洪钧发现收住。

洪钧劝他俩成婚，繁衍人类，童女执意不肯，要他（洪钧）的金龟讲话，金龟竟然开口说话了，要他俩成亲。童女恼怒，用石块把金龟砸成八块（象征后来的八卦），童男见了，心下不忍，就用尿淋，金龟复活了，仍然相劝，洪钧也加以相劝。说他们这些神人都不是肉体，有的是金石所化，有的是树木、水虫、鸟兽而成，只有他们两个是有血有肉之躯，才能传下人种，这样，童男童女兄妹二人才勉强成婚，过了三十年，才生下一个肉袋，生下十个人，伏羲、神农等人都为她所生，分别管了九州等等。

以前许多专家认为葫芦神话，只是少数民族共有的神话，现在汉民族也有了自己的葫芦神话，究竟是少数民族袭用了汉民族的神话，还是汉民族族借用了少数民族的神话？孰先孰后？是值得研究的。

提起灵山须弥①洞，昊天圣母②一段情，
圣母原是金石长，清水三番成人形。
石人得道称圣母，名唤昊天是她身。
圣母坐在须弥洞，要到灵山走一程。
站在灵山四下望，洪水滔滔怕煞人，
两条长龙在争斗，二龙相斗气腾腾，
只见空中黑云现，黄龙当时逞威武，
抓得黑龙血淋淋。黑龙当时来聚会，
弟兄五个显威能，黄龙一时败了阵，
直奔灵山洞府门。圣母观了多一会，
定天珠在手中存，便把黑龙来打败，
七窍流血逃性命，漫天黑云不见形。
往西逃走不见了，这时洪水稍平静。
黄龙落在灵山上，思念圣母有恩人。
生下三个龙蛋子，三个龙蛋放光明，
圣母一见心欢喜，将蛋吞在腹中存。
吃了三个龙蛋子，腹中有孕在其身，
怀孕不觉三十载，正月初七降下身，
一胎生下人三个，圣母一见甚欢心。
长子取名叫定光③，次子后土④是他身，
第三取名叫婆婆⑤，须弥洞中生长成。（下缺）

混沌辞别师父去，太荒山前走一程，
只见乌云沉沉黑，不知南北与西东，
混沌便把旗来绕⑥，现出太荒一座山。
转身住在太荒地，不觉又是五百春。

---

① 须弥，即昆仑，佛经为须弥，译意"妙寓。"
② 昊天圣母，即太昊，指女娲。古书中有关于她杀黑龙氏的记载。这里似乎是天神之母。
③ 定光，指日神。
④ 后土，又叫幽冥，豁阴府之神。
⑤ 婆婆，又叫湿婆。
⑥ 绕，方言，摇摆、挥动的意思。

只见太荒金石现，石斧铁锤现原身，
混沌得了开天斧，改名盘古把天分。
盘古来在山顶上，一斧劈开混元石，
清气浮而九霄去，重浊落在地下沉，
天高地厚才形成。昆仑有个太阳洞，
住着孙开是她名，她有儿子十二人。
昆仑有个太阴洞，洞中唐末太阴星。
盘古来到此处地，开天斧在手中存，
只见红光高万丈，劈开昆仑见分明，
忽听一声雷震响，现出东方太阳星，
扶桑国内升上界，宝树顶上金鸡鸣。
太阳星君把言开，"叫声盘古你且听：
天地初开妖魔广，只恐妖魔害我身。"
盘古便把太阳叫："你且升天照乾坤，
我今来到昆仑地，去叫鹰龙①保你身。"
说罢一声雷震响，太阳升上九重天。（下缺）

来到蓬莱山脚下，眼看东洋大海门，
只见海中红水现，五龙抱着葫芦行，
五龙听得老祖叫，弃了葫芦不见形，
洪钧当时来收住，带回洞中看分明？
忙将葫芦来打破，现出两个小孩童。
一男一女人两个，兄妹二人二八春，
如何生在葫芦内？二人如何海中行？
老祖就把二人问，叫他二人说原因，
二人上前讲根由，"昆仑山中岩石缝，
忽生一根葫芦藤，藤子牵有千丈余，
无有叶子只有藤，结了一个大葫芦，
见了我俩把话明：叫我钻进它肚内，
里面天宽地又平，马上洪水要泡天，

---

① 鹰龙，是否是应龙？指雷神。

藏在里头躲难星。我俩钻进葫芦内，
不知过了几年春。当时天昏地也暗，
洪水滔滔如雷鸣。"老祖便把男童叫：
"我今与你取个名，取名就叫五龙氏，
如今世上无男女，怎传后代众黎民？
我今与你把媒做，配合夫妻传后人。"
童女这时把话云："哥哥与我同娘养，
哪有兄妹结为婚？"老祖这时来劝说：
"只因洪水泡天后，世上哪有女子身？
世上虽有人无数，却非父母赋人形。
也有金石为身体，也有树木成人形，
也有水虫成人形，也有鸟兽成人形。
只有你们人两个，一男一女正相姻，
你们都有肉身体，有血有肉是真人。
劝你二人成婚事，生男育女传后人。"
童女一听忙答话，"请听我来说原因，
若要兄妹成婚配，要你的金龟把话应。"
忽然金龟来说话，"叫声童女你是听，
混沌初开有男子，世上哪有女子身？
一来不绝洪水后，二来不绝世上人"。
童女一听怒生嗔，石头拿在手中心，
将石就把金龟打，打成八块命归阴。
童男又把金龟凑，八块合龙用尿淋，
金龟顿时又说了，开口又把话来明：
叫声童女姑娘听，生也劝你为夫妻，
死也劝你为婚姻。童女这时心思量，
难得逃躲这婚姻。二人成亲三十载，
生下男女十个人。长子取名伏羲氏，
姬仙女纪管中州。第二取名神农氏，
姬赵女纪管湖州。第三取名云阳氏，
姬钱女纪管江州。第四取名祝融氏，
姬孙女纪管海州。第五取名葛天氏，

姬李女纪管福州。第六取名人皇氏，
姬周女纪管辽州。第七取名燧人氏，
姬吴女纪管山州。第八取名轩辕氏，
姬郑女纪管鄱州。第九取名有巢氏，
姬王女纪管云州（下缺）

女娲一百六十载，出了公孙轩辕君，
轩辕黄帝登龙位，蚩尤争位害黎民。
蚩尤兄弟人九个，困住轩辕难脱身，
轩辕当时慌张了，即往大泽去搬兵。
风后力牧为大将，摆下握机八门阵，
打败蚩尤这贼兵，蚩尤血飞三千里，
飞在山西盐田城。（下缺）

六、《黑暗传》原始资料之六[①]

混沌无有天和地，古祖灵山[②]出世起，
寒阳洞里修行去。
乾坤混沌几万秋，度下开天辟地斧。
古佛祖，弥勒佛，勤山讲根由：
说起混沌无天地，古佛老祖出世起，
三花聚顶降真炁，寒阳洞里来修炼，
昆仑山上讲根由，乾坤黑暗亥子边，
传下徒弟混沌仙。

歌师听我说与你，方才把你当徒弟。
混沌未分有一山，天心地胆在中间，

---

① 《黑暗传》原始资料之六，系神农架林区松柏镇敬老院张忠臣的藏抄本，包括了三个不同内容的孝歌唱本：一是《黑暗大盘头》、二是《黑暗纲鉴》、三是《史记纲鉴》，共3000多行，两万多字。当胡崇俊在1973年5月发现这个本子后，即将之选录于《神农架民间歌谣集》中，后被有关学者的注意，加以介绍。并以此为线索，此歌本成为胡崇俊追溯《黑暗传》以及其他有关神话的开端。

张忠臣，林区松柏镇蔬菜村人，当年66岁，中共党员，敬老院院长，是有名的民歌手。1963年，他从林区一名筑路工人手中借得一本名曰《黑暗传》的手抄本，于是他付酬请年已71岁的李鹤亭给他转抄。李曾当过多年的火居道的掌坛师。

这个抄本，虽然出现几个佛家的神名，实质却是道家的东西，它跟前面几个资料一样，是佛、道、儒三家的混合物，都是将古籍记载的神话（被儒家改造过的），道教或佛教又来一番加工改造，用以说明道、佛的神不但早于盘古，而且连盘古就是他们的弟子，受他们的点化、扶持才能成功。这些拙劣的行径说明一个问题，宗教（特别是后来的宗教），只能篡改利用原始神话，但不能产生神话，都是利用神话在人们中的影响，来宣传他们宗教教义的。

不难看出在资料之六中，还是保存着一些原始神话的影子。如"四十八母动干戈，不周山上起风波，乾坤暗暗如鸡蛋，密密濛濛几千层""当时有个混沌祖，咸池请日月"等等便是。

② 灵山、佛山，这里指昆仑山。

麦芽老祖他在先，他在山中十万八千年，
度下古佛与禅专，那时洪水才泡天。
讲起混沌有根基，我有一句来问你：
洪水泡天有根源，叫声歌师听我谈，
洪水泡天有几番？自从洪水泡了天，
混沌黑暗谁在先？清水泡天有几番？
从头至尾讲根源，那时才算你为先。

混沌之时你不晓，莫在鼓上胡打搅①，
凡事需要问三老②。听我从头说根源，
自从洪水泡了天，只有麦芽老祖③他在先，
洪水泡天有三番，三老老祖他在先，
清水泡天出古祖，才有古祖在弥山。
清水泡天有几番，清浊相连无有天，
《黑暗传》上仔细观，糊里糊涂莫乱谈。

不周山上来讲教，四十八母④齐来到，
窄天圣母不知道。四十八母动干戈，
不周山上起风波，触断天柱万丈多，
元古老母开天河。洪水泡了天和地，
混沌一炁降世起，生在青梅山前地。
青梅山上把道传，度下徒弟弥利仙，
讲道德，说根源，混沌还让你为先。

说起古佛根痕远，无天无地他在先，

---

① 胡打搅，方言，胡乱干扰的意思。
② 三老，所谓三老是古代掌教化的乡官。《汉书·高帝纪上》记载，刘邦在汉二年（前205年）二月癸未，令民除秦社稷，立汉社稷。刘邦颁布了新的政令："举民年五十以上，有修行，能率众为善，置以为三老，乡一人。择乡三老一人为县三老，与县令、丞、尉以事相教，复勿徭戍。以十月赐酒肉。"秦朝已置"乡三老"，但刘邦是设置"县三老"政治制度的第一人。
③ 麦芽老祖，一说末叶，荷叶。
④ 四十八母，又称四十八老祖，据传她们是最早天地创造者。

万里乾坤不自然。度下徒弟把道传,
差了洪钧去开天,洪水滚滚满山川,
洪钧昆仑自修炼,三花门斧劈开天。
洪濛老祖降世起,出洞不见天和地,
乾坤暗暗混二氘。

老祖抬头把眼睁,清浊二气不分明,
转身回到古洞门。忙差徒弟下山林,
蓬莱口上开天门。洪钧、洪濛二道主,
出洞不见天地式,惨惨乾坤将何治?
二仙上山同游玩,遇着一位古祖仙,
讲道德,说根源,混沌还让你为先。

我把天地谈一谈,乾坤暗暗如鸡蛋,
谁人知得这根源?密密濛濛几千层,
二氘相交看不清,听我一一说混沌?
混沌山上十八祖,昆仑岭上昆仑山,
昆仑山上起青烟,三千七百岩庙洞,
八百洞中降真仙,听我一一说根源,
混沌只有他在先。

紫霄宫中洪钧主,他是开天辟地首,
曾将一氘传三友,昆仑山上诚修炼,
他在山上四十九万年,置下乾坤到如今。
带领十万八千子弟孙,带到东土立人伦,
那时还让他为尊。

金鼓一停我接住,提起黑暗一段古,
歌师听我从头数。无有乾坤无有天,
只有古祖他在先。自从洪水泡了天,
渺渺茫茫无自然,山中十万八千年,
才出古祖得道仙。讲起古祖来出世,

原来生在天古寺，我今说与歌师知。

三花聚顶来至气，五气朝元他在先，
聚龙三百六十员，寒阳洞里讲神仙。
无底道法永无边，乾坤黑暗得自然。
混沌老祖初出世，无有天地无形势，
一炁三化将人治。站住仔细四下观，
举目抬头看一看，四方都是黑暗暗，
清浊二炁上下连，无有人形将世传。

心中思想多一会，画成人形都齐备，
眉毛七孔成双对。当时有个混沌祖，
他镇中央戊己土，无鼻无眼又无口，
活像一个大葫芦。老祖这里显神通，
画出三毛并七孔，照定人形来画成，
一口仙气往上冲，混沌这时成人形。

蓬莱大仙来出世，听我从头说根痕：
他有仙丹十二颗，一一传与弟子身，
你到东土立人伦。便叫弟子你且听：
你把弹子①带在身，去到东土立人伦。
给你弹子二十颗，一一从头说分明：
一颗便是如来佛，二颗便是小洪钧，
三颗便是太阳像，四颗便是太阴星，
五颗天皇氏，六颗地皇君，
七颗人皇氏，八至十二是五帝，
剩下化鸟兽，天下万物都化成。

三皇出世无地人，走马山前这条根，

---

① 弹子，是道教仙丹派的说法。

元始祖，李老君，通天教主化三清①，
只有十二不分明，将来凡间化众生，
后出盘古立乾坤。混沌初开出盘古，
身长一十二丈五，手执开天辟地斧。
佛祖差他下山林，来到太荒山前存，
观音大士到来临，金盘放在地埃尘，
仙丹一颗里面存，四十九转画人形，
点化盘古下山林。

点化盘古下山林，佛祖赐他三十二字文，
哪个知道这根痕？
叫声列位听分明：三十二字讲原因，
咒曰：赐你斧，开天地自开，
你成功，金圣通，是不将入世世，
今一代，二万八千归自在。
三十二字讲分明，歌师你看真不真，
腊子奔索②领了令，一路行程须小心，
正行举目观分明。见一浮石面前存，
能大能小像斧形，盘古一见喜十分，
不满功果不回程。
盘古来到东土山，黑黑暗暗四下连。
不觉来到高山岭，雾气腾腾怕煞人，
不见天地怎么分？手执开天斧一把，
"心经咒语"念分明，劈开天地上下分，
又无日月照乾坤。

盘古开了天和地，功果圆满转回去，

---

① 三清，即玉清、上清、太清，乃道教诸天界中最高者，玉清之主为元始天尊，上清之主是灵宝天尊，太清之主乃太上老君。这三清尊神乃是道教中，世界创造之初的大神，故号称三清道祖。
② 盘古又有一个名字叫腊子或奔索，也许与彝族的"腊"（虎）有关。

留下头尾再后叙。
盘古来到太荒岭，此处却要立碑文，
碑上刻了二十字，万古流传到如今。
诗曰：吾乃盘古氏，开天辟地基，
亥子重交媾，依然出人世。
题罢诗句转回程，俯伏莲台见师尊，
回禀开天一段情。佛祖说与观音听，
再令盘古下山林，不知功果如何论？

二神商议天地情，忽见盘古转回程，
佛祖一见喜十分，叫声盘古你是听：
你功果圆满转回程，差你后山去修行。
盘古后山修行去，观音佛祖来商议：
盘古开了天和地，却少日月照乾坤，
谁个出去立功勋？后山又把盘古请，
佛祖开口把话云：叫声盘古你是听，
你今开了天和地，差你咸池走一程，
相请日月上天庭。盘古听了心纳闷，
道行浅来根不深，难请日月上天庭。
盘古无奈往前行，一路逍遥喜欢心，
红光满面好惊人。雾气腾腾看不清，
摸到咸池把话论。说到咸池有根痕，
咸池是个大海洋，宽有九万有余零，
深有万丈不见底，里有日宫和月殿，
住着日月两尊神。盘古来到把话论：
我今领了佛祖令，相请二神上天庭。

孙开、唐末日月名，阴阳配合成夫妻，
海中金子配水精。叫声盘古你是听，
"我们不肯上天庭！"盘古拜别转回程，
来到莲台见师尊，观音大士把话论，
叫声腊子你且听：你请日月上天庭？

功果可满转回程？盘古回答尊一声，
"我到咸池枉费心，日月不肯上天庭"。
观音大士把话论，咸池再把日月请，
又赐心经七个字，还有一件宝和珍，
心经七字保你身。盘古一听心欢喜，
再到咸池走一程。

日神月神尊一声，我今领了佛祖令，
要请二神上天庭。日月不理半毫分，
盘古一见怒生嗔，心经七字念分明。
咒曰："暗夕姐多拨达罗"，真言咒语念得真，
孙开、唐末无计生，夫妻只得上天庭。
一月夫妻会一面，普照乾坤世上人。

七、《黑暗传》原始资料之七[①]

混沌初开分天地，盘古出世此时起，
谁人知得这根底？两手举斧安日月，
开天辟地走乾坤，盘古知道地理与天文，
阴阳二气搅一团，二气不分成混沌。

---

① 据胡崇俊考证，《黑暗传》原始资料之七，原名为《黑暗大盘头》，为张忠臣藏抄，原抄本封面书名为《黑暗传》，这个抄本于1983年5月发现，后经过删节选入《神农架民间歌谣集》中。与资料之七内容基本相同的还有四个抄本，如李树刚、宋从豹、危德富、王凯等的藏抄本。本卷胡崇俊将四个抄本内容互缺的部分，做了补充，恢复原来的面貌，还有盘古出世的那段"一山长成五龙形……"及神农尝百草、识五谷的那段是后来在林区新华乡，宋洛乡收集到的《神农传》的片段补充进去的。

这个以盘歌形式出现的《黑暗大盘头》，从盘古出世到三皇五帝，把神话、传说、历史都熔铸在里面，一问一答，内容庞杂。但都是记录性的，人物事件一带而过，没有铺陈的描写，没有情节的展开，它与真正的《黑暗传》是不同的，可以说它是《黑暗传》的缩写。尽管目前还未收集到《黑暗传》原始本（大部头的木刻本），根据调查情况来看《黑暗传》虽然是七言诗句，但不能用于唱孝歌。孝歌（又叫丧鼓歌、待尸歌），是要一定的格式，才能合得上板式。如开头都要有"三句头"开头，"垛子"词要灵活，每一段唱词最好一韵到底（叫溜子韵），这样民歌手们就要求《黑暗传》的诗句变成孝歌形式的唱词，把《黑暗传》中的细致描写、人物形象来一番简化，只提"过纲"所以变成《黑暗大盘头》的这种形式了。

胡崇俊指出，他们收集的几个原始资料，都是孝歌唱词，都显得简略，但都是取材于《混沌记》《黑暗传》《洪淹传》《神农传》中的情节内容的。而且，歌手们根据自己的宗教信仰、情趣、爱好和自己知道的传说，来改写它，使它变异。在胡崇俊等同志还未找到《黑暗传》的原始本之前，还无法比较、对照来说明《黑暗传》的流变性。总之，凡是以孝歌形式唱天地起源、盘古开天地、洪水泡天、人类再造等内容的，都是来自《黑暗传》《混沌记》这个母题的，所以胡崇俊等同志把收集来的片断资料，都叫《黑暗传》原始资料之几。

原始资料之七，是目前在林区广泛流传的歌本。如松柏镇、阳日镇、盘水乡、古水乡等地，与新华乡的风格不同。资料之七，是一个宗教色彩比较淡薄，而且比较系统地连缀、演绎了汉文献上的神话，历史记载，可贵的是民间歌手在加工时，加进了当时、当地的民间传说，如盘古出世、开天辟地、日月的来历，八十一氏女皇君、兄妹成婚、神农尝草别谷、颛顼时闹鬼、解释鼓的来源，等等，都是很有研究价值的神话资料。胡崇俊等同志指出，对于出于古籍上的神话故事，我们也不能一概以"抄书"为由来加以否定。

二气来分开，才成天地形，
气之轻清往上升，气之重浊往下沉，
方才成个天地样，才算开天第一人。

歌师你请慢消停，我把仁兄称一声，
盘古怎么来出身？提起盘古问分明，
盘古怎么来出世，怎么来把天地分，
盘古他在哪里走，哪里行，
怎么得的开天斧，那斧是宝还是精，
或是木头来砍就，还是铜铁来打成？
你把根源说我听，才算歌中第一人。

歌师听我说分明，我把根由说你听，
今日鼓上遇知音。混沌之时出盘古，
洪濛之中出了世，说起盘古有根痕。
当时乾坤未成形，青赤二气不分明。
一片黑暗与混沌，金木水火土，
五行未成形，乾坤暗暗如鸡蛋，
迷迷濛濛几千层，不知过了多少年，
二气相交产万灵，金木水火是盘古父，
土是盘古他母亲。盘古怀在混沌内，
此是天地产育精。混沌里面是泡罗，
泡罗吐青气，昆仑才形成，
天心地胆在中心，长成盘古一个人。
不知过了几万春，长成盘古一个人，
盘古昏昏如梦醒，伸腿伸腰出地心，
睁开眼睛抬头看，四面黑暗闷沉沉，
站起身来把腰伸，一头碰得脑壳疼。
盘古心中好纳闷，定要把天地来劈分。
这时盘古四下里寻，天为锅来地为盆，
青丝严缝扣得紧，用头顶，顶不开，
用脚蹬，蹬不成，天无缝来地无门，

看来天地不好分。

盘古奔波一路行，往东方，东不明，
往北方，看不清，往南方，雾沉沉，
在西方，有颗星。盘古摘来星星看，
西方金星来变化，变一石斧面前存，
盘古一见喜十分，不像金来不像银，
也不像铁匠来打成，原是西方庚辛金，
金精一点化斧形。盘古连忙用手拎，
拿在手中万斤重，喜在眉头笑在心，
拎起斧子上昆仑。

黑暗混沌一盘古，身高一百二十五（丈），
好似一根撑天柱。盘古来到昆仑山，
举目抬头四下观，四下茫茫尽黑暗，
看是哪里连着天。原来连天是石柱，
不砍石柱难开天。手举巨斧上下砍，
东边砍，西边砍，南边砍，北边砍，
声如炸雷冒火星，累得盘古出大汗。
眼看清气往上升，那就成了天，
浊气往下坠，那就成地元。
天地空清风云会，阴阳两合雨淋淋，
盘古斧石化雷电，千秋万代镇天庭。
盘古根痕说你听，不知知情不知情？

歌师唱得可是真？我今还要问几声，
不知仁兄听不听？盘古既然把天地分，
还是天黑地不清，还要什么照乾坤。
太阳太阴怎么出？盘古见了怎么行？
天有日月来相照，怎么又有满天星？
怎么又有风云会？怎么又有雨淋淋？
你把根由说我听，才算歌中一能人。

歌师你且慢消停，我把根由说你听，
看我说得真不真？盘古分了天和地，
天地依然是混沌，还是天黑地不明。
盘古想得心纳闷，要找日月种星辰，
来在东方看分明，见座高山毫光现，
壅塞阻拦不通行。盘古用斧来砍破，
一轮红日现出形，里面有个太阳洞，
洞里有棵扶桑树，太阳树上安其身，
太阳相对有一山，劈开也有一洞门，
洞中有棵桫椤树，树下住的是太阴。
二神见了盘古的面，连忙上前把礼行，
"天地既分海水清，缺少光明照乾坤，
你今来意我晓得，要叫我们照乾坤。"
盘古听了心欢喜，"请了，请了我相请，
要请二神上天庭。"太阳太阴儿女多，
跟着母亲上了天，从此又有满天星。
夫妻二神相交和，阴阳相和雨淋淋。
我今一一说你听，不知说得真不真？

歌师唱歌莫消停，再把盘古问一声，
方才算你有学问。盘古分开天和地，
又有何人来出生？盘古还是归天界？
还是人间了终身？盘古过世一首诗，
七言四句正相因，你把诗句说我听，
我今拜你为诗尊。

歌师听我说分明，我把根由说你听，
不知说得真不真？盘古分成天和地，
又有天皇出世根，盘古得知天皇出，
有了天皇治乾坤，盘古隐匿而不见，
浑身配与天地形，头配五岳巍巍相，
目配日月晃晃明，毫毛配着草木枝枝秀，

血配江河荡荡流。头东脚西好惊人,
头是东岳泰山顶, 脚在西岳华山岭,
肚挺嵩山半天云, 左臂南岳衡山脉,
右膀北岳恒山岭, 三山五岳才形成。
盘古过世诗一首, 七言四句果是真。
诗曰: 盘古先天而出世, 生于混沌有谁知?
黑暗节候应开辟, 御世三皇轩重熙。

歌师这话果是真, 又把三皇问一声,
不知记得清不清? 天皇出世人多少?
弟兄共有几个人? 怎么来把天下治?
又是怎么治乾坤? 天皇过后几多岁?
弟兄共有几多春? 又有何人来出世?
何人出世治乾坤? 你把根由说我听,
才算歌场高明人。

金鼓一住暂消停, 我把歌师尊一声,
慢慢听我讲根痕。你问天皇来出世,
弟兄共有十三人, 天皇出世人民少,
淡淡泊泊过光阴。又无岁数和年岁,
又无春夏与秋冬。天皇那时来商议,
商议弟兄十三人, 创立天干定年岁,
又立地支十二名, 那时方才定年岁,
暑往寒来一年春。天皇弟兄一万八千岁,
又有地皇出了身, 天皇隐匿不见形。
我把天皇说你听, 你说地皇行不行?
地皇出于什么地? 一姓共有几多人,
地皇怎么治天下, 什么方法定乾坤?
地皇过后几多岁? 又有何人来出生?
你把根由说我听, 歌场才算你为能。

歌师听我说分明, 我把根由说你听,

看我讲得明不明？地皇雄耳龙门出了世，
一姓共有十一人，他以太阳把日定，
又以太阴把夜分，三十日为一月，
十二月为一春，那时才有年和月，
昼夜才能得分明。地皇过后一万八千岁，
又有人皇来出生。歌师傅老先生，
又把人皇问一声。仁兄是否记得清？
人皇出于什么地？一姓共有几多人？
几人几处治天下？他在何处教黎民？
人皇怎么现天象？黎明光景如何样？
几处太平不太平？人皇共有几多春？
你把根源说我听？才算歌场人上人。

歌师唱歌本有名，我讲人皇一段文，
不是行家莫谈论。行马山前来出世，
弟兄一姓有九人，九人九处治天下，
他在中央管万民。九人九处都太平，
选才德，作用人，那时才有君臣分。
驾云车，观地象，东南西北才摸清。
渴有清泉饮，饥摘树叶吞，
寒有木叶遮其身，男女交欢无分别，
只认其母无父尊。人皇过后一万五千五百春，看我讲得真不真？

歌师傅，老先生，
果然书文记得清，还有几句问一声，
说起三皇到尧舜，共有八十女皇君，
哪一氏，生禽兽？哪一氏，修平水旱道路行？
旱地有车水有舟，天下百姓能远行？
哪一氏，出凤凰？几只凤凰一路行。
哪一氏，人多人吃兽，哪一氏，兽多兽吃人，
哪一氏，架雀巢，
蔽雨晴，百姓专打鸟兽吞？

哪一氏，钻木取火星，
生冷燥湿得烽蒸？
哪一氏，造字文，
万物各色都有名？
哪一氏，听鸟声，
作乐歌，神听和平人气和？
哪一氏，造出五弦琴，
阴阳调和天下平？
哪一氏，用葫芦来造笙？
开化愚昧人聪明？八十余氏问不尽，
略叫歌师答几声。
洪水泡天怎么起，怎么平？
谁又传下后代根？

歌师问得有学问，讲起三皇到尧舜，
八十余氏果是真。讲古还要讲根痕，
前后才能说得清。当日海中有五龙，
青黄赤白黑五色形，捧一葫芦水上行，
葫芦藏着两兄妹，以后兄妹成了婚，
兄妹成婚三十载，生出肉蛋里面有百人，
此是人苗来出世，才有世上众百姓。
五龙氏，生禽兽，豺狼虎豹遍地行。
钜灵氏，开险处，修平水旱道路平，
造车船，才远行。皇覃氏，出凤凰，
六只凤凰一同行，后分六处传子孙。
有巢氏，人吃兽，后来兽多兽吃人。
架雀巢，蔽雨晴，百姓专打鸟兽吞。
燧人氏，钻木来取火，食物得烹饪。
史皇氏，有仓颉，看鸟兽，仿脚印，
观天象，察人形，造下文字记事物，
万物各色都取名。祝融氏，听鸟音，
作乐歌，神听和平人气和，

能引天神和地灵。
女娲氏，她用葫芦造成笙，
开教化，育子孙，
百姓听了开智化愚都聪明。
伏羲氏，山中听风声，
风吹木叶美声音，就削树木来制琴，
面圆底平天地形，五条琴弦相五行，
长有七尺三寸零，上可通天达地神，
又修人身调气平。你问我，说你听，
快快拜我为师尊。

说得是来道得真，又把伏羲问一声，
歌师你可记得清？伏羲怎样来出世，
生于何方何地名，怎样来把天下治，
怎样作为定乾坤，怎样来把百姓教？
人伦礼义到如今。

金鼓一住又唱起，歌师又来问伏羲，
听我从头说与你。他是五帝开首君，
说起太昊他母亲，华胥地方坐其身；
华胥地方也不远，陕西蓝田县地名。
太昊圣母闲游走，见一大人脚迹形，
圣母忽然春意动，天上虹霓绕其身，
圣母忽然身有孕，成纪地方生圣君。
成纪地方在何处？甘肃巩昌岷州城。
伏羲仁君观天象，日月星辰山川形，
才画八卦成六爻，六十四卦达神明。
教人来嫁娶，治起婚姻礼，
女儿嫁与男为妻。五帝首君说分明？
可算歌场一能人。

歌师讲得真有趣，又把伏羲问几句？

不知仁兄喜不喜？伏羲出世出龙马，
不知出在何地名？龙马生得什么样，
高有几尺几寸零？背上又有何物现，
不知是吉还是凶？他今又把何物治，
修身理性答神明？伏羲在位年多少，
又有何人治乾坤？你把根由说我听，
歌场里面你为君。

歌师又把伏羲问，伏羲乃是仁德君，
礼义人伦从他兴。孟河一日祥云起，
一匹龙马来出世，生得满身有甲鳞，
高有八尺五寸零，背上又有河图现，
天降祥瑞吉兆临。在位一百一十五年春，
又出共工乱乾坤。

又把歌师问一声，说起共工一段文，
共工怎么乱乾坤？他与何人来交战，
不知谁输谁是赢？何人输了气不过，
一头撞倒什么山？当时倒了什么柱，
何人一见怒生嗔？何人又把天来补，
天补满了诛谁人？何人一见气不过，
涌起洪水乱乾坤？何人一见心大怒，
杀了恶人定太平？又是何人立皇帝，
又造何物得安宁？何人在位几多岁，
又有何人来出生？

上卷歌头丢开去，再将二卷来唱起，
我把根由说与你。共工本是一帝君，
贪色无道失民心，祝融一见怒生嗔，
领兵与他来相争。共工大败走无门，
当时心中气不过，两头触崩不周山，
当时倒了擎天柱，女娲一见怒生嗔。

说起女娲哪一个，她是伏羲妹妹身，
洪水泡天结为婚。当时她把天补满，
要杀共工这恶臣。共工一见气不过，
涌起洪水乱乾坤，女娲一见心大怒，
杀了共工定太平。百姓一见心大喜，
就尊女娲为上君。共工撞倒不周山，
上方倒了擎天柱，下方裂了地与井，
洪水泛滥又混沌。好个女娲有手段，
忙炼彩石去补天，断鳌足，立四极，
地势得其坚，聚灰止洪水，
天地复依然。至今北方有些寒，
北方寒冷有根源。女娲在位三十年，
又有神农来出世，歌师传来老先生，
七言四句念你听，诗曰：
圣人诞生自天工，首出称帝草昧中，
制作文明开千古，补天浴日亘苍穹。

歌师果然记得清，提起神农一段文，
又将神农问先生。神农出在什么地，
又是怎样教百姓？神农山中尝百草，
七十二毒神怎么行？哪个山中寻五谷，
几种才有稻麦生？又有何人无道理，
反叛神农有道君？又有什么人不可，
哪个大怒杀何人？百姓一见心恼恨，
聚集人马诛反臣。何人力寡不敌众，
百姓杀死命归阴？神农仁君多有道，
何方归服有道君？神农在位多少年，
崩于何方什地名？歌师一一说我听，
我好煨酒待先生。

歌师问得真有趣，听我一一说与你，
神农治世从此起。神农皇帝本姓姜，

指水为姓氏，又称烈山名。
南方丙丁火德王，又号炎帝为皇上。
提起神农有根痕，他是少典亲所生，
母亲峤氏女贤能，安登夫人是他名，
配合少典结为婚，生下两个小娇生，
长子石莲次神农，烈山上面长成人，
他今教民耕稼事，女子采桑蚕吐丝。
当时天下瘟疫广，村村户户死无人，
神农治病尝百草，劳心费力进山林，
神农尝草遇毒药，腹中疼痛不安宁，
急速尝服解毒药，识破七十二毒神，
要害神农有道君，神农判出众姓名，
三十六七[①]逃了生，七十二种还阳草，
神农采回救黎民，毒神逃进深山林，
至今良药平地广，毒药平地果然稀。

神农尝百草，瘟疫得太平，
又往七十二名山，来把五谷[②]来找寻。
神农上了羊头山，仔细找，仔细看，
找到粟籽有一颗，寄在枣树上，
忙去开荒田，八种才能成粟谷，
后人才有小米饭。大梁山中寻稻籽，
稻子藏在草中间，神农寄在柳树中，
忙去开水田，七种才有稻谷收，
后人才有大米饭。朱石山，寻小豆，
一颗寄在李树中，一种成小豆，
小豆好种出薄田。大豆出在维石山，

---

① 三十六七，这里根据流传在林区的《神农传》片段而补充的，据传神农尝百草所遇七十二毒神，就是"日遇七十毒"（《淮南子》）的来历，当神农用七十二种还阳草解毒以后，七十二毒神就逃进深山化为毒药。如神农架的草医所用之药就是七十二种七和七十二还阳草。如羊角七（草乌）、扣子七（参叶）、螃蟹七、九死还阳、筋骨还阳、打死还阳，等等。

② 五谷，关于神农寻找五谷的事，也出自《神农传》和道教经书《五谷经》中。

神农寻来好艰难，一颗寄在桃树中，
五种成大豆，后有豆腐出淮南。
大小麦在朱石山，寻得二粒心喜欢，
寄在桃树中，耕种十二次，
后人才有面食餐。武石山，寻芝麻，
寄在荆树中，一种收芝麻，
后来炒菜有油盐。神农初种五谷生，
皆因六树来相伴。神农教人兴贸易，
物物相换得便宜，斩木为耒来耕地，
才有农事往后继。

又有夙沙太欺心，要反神农有道君，
大臣箕文劝不可，夙沙大怒杀箕文。
百姓群集心大怒，要杀夙沙这反臣。
夙沙孤寡不敌群，被百姓杀死命归阴。
神农坐位居于陈，就是河南陈州城，
在位一百四十春，崩于长沙茶陵城。

自从神农把驾崩，又有何人治乾坤？
请你一一说分明。天下有道是无道，
又有何人来兴兵？哪个与他战不过，
悄悄迁都让反臣？又有何人来出世，
他与反臣大交兵？你今一一说我听，
才算歌中一能人。

歌师你且慢消停，我今本要说你听，
又怕你去传别人。自从神农皇帝崩，
又有榆罔治乾坤，只有榆罔多无道，
反臣蚩尤大兴兵，榆罔惧怕蚩尤凶，
悄悄迁都让反臣，又有轩辕来出世，
他与蚩尤大交兵。

不提轩辕不问你，提起轩辕问根底，
轩辕他住何方地？母亲怎么身有孕，
几多月份来降生？轩辕生于何方地，
龙颜圣德如何论？他与蚩尤大交兵，
不知谁输是谁赢？轩辕怎么得吉兆，
要得强力两个人？怎么访得二人到，
不知才干如何能？不知设下什么法，
要捉蚩尤这反臣？不知擒到未擒到，
轩辕怎么为仁君？你今说与众人听，
才算歌中的老生。

歌师要我讲分明，说起轩辕有根痕，
要你洗耳来恭听。轩辕原是有熊君，
如今河南有定城，附宝名字是他母，
一日出外荒郊行，见一大电绕北斗，
不觉有孕在其身，二十四月怀胎满，
生于开封新郑城。景星庆云明王德，
四面龙颜天生成。

蚩尤作乱真胆大，铜头铁额兴人马，
要与轩辕争高下。上阵就是烟雾起，
层层瘴气遮天地，白日犹如黑夜里。
黄帝兵败乱如泥，轩辕战败心中闷，
夜得一梦好惊人，狂风一阵卷沙尘，
梦一猛虎驱群羊，手执钩竿钩一张。
醒来心中自思量，必有高贤在此方，
原是风后和力牧。访得风后力牧到，
两个果然本事强。轩辕造起指南车，
风后力牧各显能，摆下八卦无极阵，
烟雾再难迷大军。蚩尤困在阵中心，
东撞西冲难脱身，涿鹿之野丧残生。
斩了蚩尤天下喜，小国各个皆畏惧，

共尊轩辕为皇帝。轩辕黄帝坐天下，
河洛之中出龙马，见得地理无边涯，
山川草木万物华。轩辕本是仁德君，
无数作为定乾坤，又命大桡造甲子，
又命隶首作算术；又命伶伦作律吕，
又命车区制衣襟。轩辕见民多疫症，
又命岐伯作《内经》。轩辕将崩有龙迎，
他就骑龙上天庭，在位却有一百载，
少昊接位管乾坤。

不提少昊我不问，提起少昊问先生，
人不知来尔不愠。少昊本是轩辕子，
少昊他是哪家子？哪个母亲把他生？
少昊登基坐天下，不知吉凶如何论？
那时民间出什么？百姓安宁不安宁？
少昊崩驾几多岁？葬在何方什地名？
什么山前来安葬？又是何人把位登？
歌师傅来老先生，请你从头说分明。

少昊本是轩辕子，黄帝原配嫘祖生，
少昊登位坐天下，正是身衰鬼①弄人，
民间白日出鬼怪，龙头金睛怪迷人，
东家也把鬼来讲，西家也把怪来论，
王母娘娘降凡尘，教化民间收妖精，
这是少昊福分浅，天降奇怪害黎民，
少昊驾崩八十四，葬在衮州西阜城，
云阳山上来安葬，又出颛顼把位登。

---

① 身衰鬼，关于少昊氏出鬼、颛顼时闹鬼、治鬼的故事，可能是古文献记载的"颛顼有三小子，生而亡去为疫鬼，一居江水，一居若水，是为魍魉鬼疫，一居人宫室区隅讴庚，善惊小儿"。这里加以变异，成为鬼的来历，不失为一份民俗资料。

歌师果然讲得清，又问颛顼他出身，
你可知道说我听。颛顼怎么治天下？
百姓清平不清平？东村人家出什么鬼？
怎么治鬼得安宁？西村人家出什么鬼？
何人收服鬼妖精？颛顼在位多少岁？
葬于何方甚地名？颛顼高阳崩了驾，
又是何人把位登？

歌师听我讲与你，把你当作我徒弟，
我今一一传给你。颛顼高阳把位登，
多少鬼怪乱乾坤，颛顼仁君多善念，
斋戒沐浴祭上神，东村有个小儿鬼，
每日家家要乳吞。东村人人用棍打，
打得骨碎丢江心，次日黑夜又来了，
东村人人着一惊，将他紧紧来捆绑，
绑块大石丢江心。次日黑夜又来了，
东村扰乱不太平。将一大树挖空了，
放在空树里面存。上面牛皮来盖紧，
铜钉钉得紧腾腾。又将酒饭来祭奠，
这时小鬼才安宁。小鬼有了酒饭吃，
再也不来闹东村。西村又出一女鬼，
披头散发迷倒人，西村也挖大空树，
女鬼空树躲其身。忽见一人骑甲马，
身穿黄衣腰带弓，一步要走二十丈，
走路如同在腾云，就把西村人来问，
可见披发女鬼精？西村人说不知道，
黄衣之人哼一声，你们不必来瞒我，
她乃是个女妖精。她有同伙无其数，
八十余万闹西村，颛顼仁君多善念，
又奉王母旨意行，捉拿女妖归天界，
西村才得乐太平。西村听说忙回禀：
空树之中躲其身。黄衣之人忙起身，

空树之中捉妖精。一见女鬼腾云起，
黄衣人赶到半空中，忽然不到一时辰，
鲜血如雨落埃尘。从此挖树做大鼓，
穿着黄衣驱鬼神。这里顺便说一句，
颛顼之时有天梯，神仙能从天梯下，
人能顺梯上天庭，人神杂乱鬼出世，
闹得天下不太平。颛顼砍断上天梯，
从此天下得安宁。颛顼在位七十八，
葬于卜阳东昌城，颛顼高阳崩了驾，
帝喾高辛把位登。

二卷故事且不提，再把三卷讲几句，
三卷根由来问你。歌师讲得很分明，
又把高辛问先生，高辛建都什么地？
今是什么县地名？帝喾高辛治天下，
又有何人做反臣？高辛要杀反臣子，
何人提头见高辛？帝喾娶得某民女？
其女叫作什么名？可恨房王做反臣，
有人斩得房王首，赐他黄金与美人。
高辛有个五色犬，常跟高辛不离身，
忽然去见房王面，房王一见喜欢心：
高辛王犬归顺我，我的江山坐得成。
当时急忙摆筵宴，赐予王犬好食品。
五色犬见房王睡，咬下他的首级见高辛。
高辛一见心欢喜，重赐肉包与它吞，
王犬一见佯不睬，卧睡一日不起身。
莫非我犬要封赠？会稽王侯来封你，
又赐美女一个人。又有何样好吉兆？
身怀有孕几月零？此处叫作什么地？
那时生下是何人？高辛又聚某氏女？
此女叫作什么名？不觉身怀也有孕，
那时生下什么人？高辛在位年多少？

又尊何人为天子？是否是个有道君？
你今一一说我听，才算有知有识人。
仁兄问得好出奇，这些故事来问起，
听我一一说根底。高辛建都名子台，
如今河南偃师域。高辛仁君治天下，
王犬忙把恩来谢，领了美女只交情，
后生五男并六女，人身犬面尾后形，
后来子孙都繁盛，就是狗头国的根。

高辛娶得陈年女，名曰庆都是她身，
庆都年近二十岁，一日黄云来附身，
身怀有孕十四月，丹陵之下生尧君，
高辛又要娶訾女，名曰常仪是她身，
娶訾常仪生一子，子挚乃是他的名。
元妃姜嫄生稷子，次妃简狄生契身，
高辛在位七十载，顿丘山上葬其身，
至今大明清平县，还有遗迹看得清。
子挚接位无道君，九年便被奸臣废，
就立尧帝为仁君，尧帝为君多有道，
我把根由说你听。

不提尧帝不问你，提起尧帝问根底，
不知根底怎样起？尧帝是个仁德君，
圣泽滔天民感恩，无奈气数有变改，
又出几样甚怪名？民间又把百姓害，
害得百姓不安宁，尧帝又令何人治？
不知那人能不能？何人与他来交战？
怎么收服得太平？尧帝在位多少载？
帝子几人贤不贤？帝要交位何人坐？
何人躲于什么山？何人推病不得闲？
当时群臣来商议，又荐何人治乾坤？
你今从头说分明，歌场之中你为尊。

你将尧帝来问我，我将尧帝对你说，
叫声歌师你听着：尧帝本是圣明君，
天降灾难于黎民。十日并出有难星。
禾苗晒得枯焦死，百姓地穴躲其身。
忽然又是狂风起，民间屋宇倒干净。
又有大兽大蛇大猪三个怪，它们到处乱吃人。
尧帝一见使羿治，羿的弓箭如天神，
羿就当时寻风伯，他与风伯大战争，
风伯被他射慌了，急忙收风得太平。
十个日头真可恨，羿又取箭手中举，
一箭射去一日落，九箭九日落地坪，
原是乌鸦三足鸟，九箭九日不见形。
还有一日羿又射，空中响如洪钟声。
此是日光天子来说话："有劳大臣除妖精，
当年混沌黑暗我出世，就有许多妖魔与我争，
九个妖光今除尽，从此民安乐太平。"
羿就当时来跪拜，拜谢日光太阳君。
九个日妖都射出，尧帝赏了大功臣。
尧帝在位七十二，帝子丹朱不肖名，
尧帝要让位许由坐，许由躲于箕山阴；
又叫子交接父住，他又推病在其身。
当时群臣来商议，才荐大舜治乾坤。

不提舜帝犹似可，提起舜帝治山河，
你把根源对我说。他父名字叫什么？
他母又叫什么名？怎么又以姚为姓？
他是何人几代孙？象是他的亲兄弟？
怎么处处害大舜？这个根痕你不明，
我今一一说你听：

舜帝父亲名瞽叟，握登乃是他母亲，
握登生舜姚墟地，故此以姚为姓名，

黄帝是他八代祖，他是轩辕后代根。
他的亲母早年死，继母才生象弟身，
继母要把舜害死，唆使瞽叟变了心，
父亲象弟心一样，设计要害舜一人。
我把根由说你听，二回免得问别人。

舜帝力耕什么山？时常打鱼何地名？
他又牧羊什么山，又陶瓦器何地名？
那时尧帝有诏到，不知所为何事情？
不知舜帝怎回答？尧帝赐他什么人？
又将何物付与他？他的父亲怎么行？
如何又要将他害？怎么设计怎么行？
不知害死未害死？可有救星无救星？
后又舜继尧帝位？四海咸服称仁君。

歌师听我说分明，舜帝当日是明君。
我今一一讲你听：大舜勤耕于历山，
雷泽地方做渔人，时常牧羊雷泽地，
又陶瓦器在河滨。当时尧帝有诏到，
舜帝即忙见尧君，尧君就问天下事，
对答如流胜于君。尧帝一听心大喜，
二女与他做妻身，大者名曰娥皇女，
二者名唤是女英。又将牛羊仓廪付，
又将百官九男赐他身。舜帝回家见父母，
继母越发起妒心，象弟当时生一计，
悄悄说与瞽叟听。父亲叫舜上仓廪，
象弟放火黑良心。大舜看见一斗笠，
拿起当翅飞出廪，大舜并未带损伤。
象弟一计未使成，又献一计与父亲。
叫他古井去淘水，上用石头丢井中。
说起他家那古井，却是狐精一后门，
九尾狐狸早知道，象弟今要害大舜，

吩咐小狐忙伺候，按住大舜出前门，
九尾狐狸来指路，指条大路往前行。
父母二人与象弟，俱在古井把井平，
大舜走至卧房内，来弹琴弦散散心。
忽听舜房琴声响，走进一看掉了魂：
瞽叟见舜害不死，舜子果然有帝分。
害他念头从此止，尧帝让位于大舜。
当时黄龙负河图，越常国献千年龟，
朝中一日有祥瑞，八元八恺事舜君。
尧帝在位九十年，龙归大海升了天，
阳寿一百单八春。舜帝见尧辞凡尘，
避于河南三年春，天下百姓感恩深，
趋从如市讴歌声，天下诸侯来朝觐，
不让丹朱而让舜，一统山河乐太平。

舜为天子号有虞，不记象仇封有神，
心不格奸真仁义。舜流共工于幽州，
放驩兜，于崇山，杀三苗，于三危，
殛鲧于羽山，后来才生禹。
舜因巡猎崩苍梧，娥皇、女英心中苦，
终日依枕哀哀哭，泪水涨满洞庭湖：
"我夫在位五十年，一旦辞世归了天，
丢下商均子不贤，我们姊妹无靠山，
怎不叫人泪涟涟。"舜帝过后谁出生？
又有谁来治乾坤？又请歌师说分明。
舜帝过后出大禹，夏侯禹王号文明，
受舜天下管万民，国号有夏治乾坤。

他的父亲名叫鲧，以土掩水事不成，
天上盗息壤，上帝发雷霆，
斩于羽山尸不烂，后生大禹一个人。
说起大禹他出生，歌师看我说得真不真？

歌师说得果是真,禹王治水多辛勤。
疏九河来铸九鼎,从此九州才有名。
三过其门而不入,决汝汉,疏淮泗,
㴂①济漯沂都疏通,引得八水归海中,
十三年来得成功,天下无水不朝东。
禹王告命涂山上,涂山氏女化石像。
行至茂州遇大江,黄龙负图来朝王,
大禹仰面告上天,黄龙叩首即回还,
渡过黄河到涂山,天下诸侯都朝见。
黎民都乐太平年,禹王为君真贤能,
治水千秋定乾坤。他一饭食九起身,
慰劳民间情,外出见罪人,
下车问原因,两眼泪淋淋,
左规矩,右准绳,不失寸尺于百姓。
禹王在位二十七,南巡诸侯至会稽,
一旦砠落归天去,至今江山留胜迹。

---

① 㴂,方言,疏通的意思。

八、《黑暗传》原始资料之八[①]

黑黑暗,黑黑暗,独母娘娘空中转。
身怀有孕十万八千年,生下一子叫混元,
混元老祖空中站,眼观世界昏昏暗,
手里八卦掐指算,叫声混沌大徒弟,
三颗仙丹把与你,一颗仙丹化青天,
一颗仙丹化地理,一颗仙丹无处用,
拿给徒弟化无极,无极生太极,
太极生两仪,两仪生四象,
四象生八卦,八卦出世分阴阳,
才有天地人三皇。听讲仁兄讲黑暗,
天地日月星斗寒,有段故事甚非凡。
天地有好大,有好长,有好远?过[②]尺量量有好厚?
东到西有几度?南到北,有好远?
几多名称在里边?仁兄如果记得全,
真真算得歌神仙。

听说仁兄记得熟,天地自然有根古,
截里元庵吴仁覆,当日有个混沌祖,
闵文苍宰是宰主。东西南北极乐府,
善见故能杠轴枢。乾见鬼神惊,
一月行一周,而又余一度,

[①] 《黑暗传》原始资料之八,系松柏镇堂房村曾启明所转抄。详细情况见原始资料之一的说明。原名叫《混天记》。这里只是一个开头的片段。
[②] 过,方言,用的意思。

行箔笋，无发无额，又无度，
上到下：二亿一万六千七百八十一周零半度。
南到北：二亿三万三千五十七周二十零五度。
东到西：三亿三万七千六周九十零二度。

九、《黑暗传》原始资料之九[①]

开了歌头莫住声，或唱古往与来今，
或唱怪力与乱神，或唱地理与天文，
或唱日月共五星，或唱五岳众山名，
或唱稀奇并古怪，或唱旧文与新文，
或唱盘古与混沌，或唱开天辟地人，
或唱山青并水秀，或唱历代帝王君，
或唱武将和文臣，或唱地府与天庭，
或唱八仙会上人，或唱走兽共飞禽，
或唱礼乐讲道经。各个都要唱几声，
一夜玩耍到天明。

盘古三皇且不提，六十六代唱几句，

[①] 《古孝歌史记纲鉴全木》，为神农架林区松柏镇清泉村李树刚村长所收集，为楮皮皮纸手抄本，无年代依据，据说为清末宋姓人所抄。与此相同的还有土改时宋从豹抄本、1964年张忠臣抄本、20世纪80年代危德富等抄本。《史记纲鉴》民间歌手称为《大纲鉴》《大排五》，从五帝之首伏羲、女娲说起，到明代止，主要是因为此抄本从宋以后破烂不堪，字迹模糊，故舍弃。据民间歌手说，是明代的木刻本子。这种《大纲鉴》，比较忠实于史料。类似"帝王世家"谱普系的编年史歌。它不及《小纲鉴》流传广，民间歌手常常以《大纲鉴》与《小纲鉴》较量。借以显示唱《大纲鉴》者的学识。歌手之间常常引起一番"舌（歌）战，"叫"挖老疙瘩"、翻田埂（盘根底）。

这种《大纲鉴》，民间把它作为一种乡土历史教科书。能唱《纲鉴》的歌手，其乡间社会文化地位很高，往往被人们称为歌场中的"秀才"而受到尊重。这些"秀才"们，也正是《纲鉴》之类歌本的转抄、传播者。他们在转抄时，根据他们自己的观点，经常对原作作一些删减或增补，或加进一些野史传说，不断丰富着原作的内容，改变着原作的面貌。

《大纲鉴》中的神话传说部分，大都是有史可依的，虽不珍贵，但有一定的研究价值。原来，我们以为《黑暗传》是带历史朝代的，现在从收集的实际材料证明，《黑暗传》只有神话传说。从天地起源到三皇五帝就完了。原来的说法是错的，现在应订正过来。为了与《黑暗传》区别，应作为研究《黑暗传》的附属资料加以收录。

伏羲女娲出世起。五帝伏羲氏为首，
人头蛇身生得丑，聪明智慧世少有。
置宇造文契，治八卦分阴阳，
男女教嫁娶，伉俪为礼将，
流传万古到如今，至今不敢乱伦常。

歌郎即知书中窍，我把伏羲问根苗，
只怕仁兄未看到，伏羲姓甚母何名？
他在何处生长成？生长下来为何形？
后来何处建都城？共有几十几年春？
八卦名字说我听，不枉同场把歌论。

太昊圣母名华胥，看看日落西山地，
荒郊野外闲游戏，忽见巨人一足迹。
太昊圣母动了意，心中思想那足迹，
感动上天那虹霓，五色祥云飞下地，
缠住圣母交情意，不觉有孕附身体。
生下伏羲女娲在城纪，蛇身人头真奇异。
后来建都宛丘地，在位一百一十春，
至今人伦不差移。八卦乾坎与艮震，
又有巽离与坤兑。阴阳顺逆轮流走，
八卦名字说与你，后来有书传《周易》。

仁兄唱歌莫逞能，果然史书记得清，
棋逢高手走输赢。哪个构木为巢室，
树叶为衣衿？哪个结绳记其事，
钻木取火星？哪个撞倒不周山，
天塌并地崩？哪个炼彩石，
忙把天补成？哪个尝百草，
医药传如今？哪个造甲子，
四时八节分？哪个作算术，
九归除得成？你若达不到这段文，

才算歌场丢了人。

歌师莫说自己能，听我说来洗耳听，
一一从头讲根痕。有巢构木为巢室，
树叶为衣襟；燧人结绳记其事，
钻木取火星；共工撞倒不周山，
天塌并地倾；女娲炼彩石，
忙把天补成；神农尝百草，
医药传如今；大桡造甲子，
四时八节分；隶首作算术，
九归除得成。当日共工来作乱，
祝融领兵来交战，共工撞倒不周山。
上方倒了擎天柱，下方裂了地与井，
洪水泛滥又混沌，好个女娲手段能。
飞剑去把共工斩，忙炼彩石去补天，
断鳌足，立四极，地势得其坚，
始就平川万万年，至今北方有些寒。

提起神农有根痕，他是少典亲所生，
母亲乔氏女佳人，名唤安登女钗裙，
配合少典结为婚。生下神农多奇异，
脑壳生角牛头形，封他火德王，
南方治乾坤。接了伏羲位，
智慧仁义有道君，亲自尝百草，
医药救万民，教人为贸易，
买卖有权衡，治五谷粮蒸煮，
他为黎民费心情，在位一百四十春，
传与儿孙管乾坤。

神农皇帝归了天，长子临魁坐江山，
一共坐了八十春，江山一旦付帝承，
帝承接位六十年，帝明四十九年零，

帝宜五十九年崩，帝莱江山六十八，
帝里四十三年整，后生节茎掌乾坤，
节茎生帝克戏，克戏才生榆罔君。
江山共有五百二十春，乾坤一旦付公孙。

提起轩辕掌乾坤，水有源来木有根，
打开始纪看分明。他父名唤有熊君，
母亲附宝老夫人，那夜得梦着一惊，
梦见大电在天庭，绕北斗，枢众星，
夫人从此有了孕，怀胎二十四月零，
生下轩辕一个人，却在河南开封城，
新郑县里长成人，国号轩辕氏，
取名叫公孙，封他水德王，
北方管万民。只因蚩尤来作乱，
黄帝四下访贤人，风后力牧本事能，
太山稽上显威灵，先秦、江鸿二大臣，
六人在朝镇乾坤，排下八卦无极阵，
捉住蚩尤一命倾，江山一旦才安宁。
江山一百一十春，轩辕黄帝归天庭。
长子玄嚣掌乾坤，少昊、玄嚣和昌意，
都是轩辕所亲生，嫘祖就是他母亲。
他母怀胎有来因，夜梦天庭众将星，
大星如虹照浑身，生下少昊曲阜城，
国号金天氏，掌了锦乾坤，
封了金德王，江山八十四年春，
阳寿一百岁，一旦把驾崩，
葬于荥阳城，后来颛顼把位登。

提起颛顼也有名，也是轩辕后代根，
他是昌意所亲生，母亲昌璞女佳人，
夜得奇梦祥瑞生，不觉腹中有了孕，
生下颛顼一帝君。孙接祖业把位登，

国号高阳氏，封为水德君，
七十八年把位登，葬于濮阳一座城，
原名东昌大府城，后出帝喾把位登。
讲起帝喾一段文，他是轩辕四代孙，
父传子、子传孙。提起帝喾有根痕，
娶妻四个女佳人，长妻原是邰氏女，
名唤姜嫄女佳人，生下后稷一条根，
次妻陈锋女钗裙，名唤庆都小娇生，
夜梦赤龙浑身照，怀胎二十四月零，
生下尧王在丹陵。三妻娥氏名简狄，
吞了燕卵祥瑞生，生下子契一郎君。
四妃娵訾名常仪，生下姐挚一条根。

帝替国号高辛氏，他是乔极亲所生，
封他木德王，在位七十春，
一百五十岁，姐挚接位管乾坤。
姐挚坐了帝替位，江山九年一旦废，
后出尧帝来接位。尧帝接位立乾坤，
他是帝替次子身，母亲陈锋亲所生，
生下尧帝丹陵城，国号陶唐氏，
姓尹名祁是他名，封为火德王，
坐了锦乾坤。甲辰年间登了位，
癸未之年把驾崩，在位刚刚一百春，
丹朱太子多不正，万里江山传大舜。
提起舜王根痕深，史纪上面说得清，
他是轩辕八代孙。轩辕长子名昌意，
玄嚣少昊次子名，昌意后来生颛顼，
颛顼生穷蝉，穷蝉生敬康，
敬康生句望，句望生峤牛，
峤牛生兆牛，兆牛生瞽叟，
瞽叟出世治人伦，娶妻握登女钗裙，
生下大舜仁义君。耕于历山过光阴，

尧王访贤让大舜，就将二女配为婚，
二女娥皇与女英，乃是姑母配玄孙，
哪个知道这根痕？

天舜为君多英武，七代玄孙配姑母，
请问歌师讲清楚。尧王闻舜多仁政，
只因重贤不重伦，万里江山让大舜。
国号有虞氏，颛顼五代孙，
封为土德王，姓姚有道君，
甲申年间起，癸酉年间崩，
在位恰恰五十春，阳寿一百一十零，
丢下商均又不仁，万里江山让禹君。
夏朝禹王管乾坤，他是轩辕后代孙，
受舜天下管万民。国号夏朝把位登，
他是殛鲧亲所生，母亲华氏老夫人。
在位二十七年整，禹疏九河费心情，
定九州，铸九鼎，阳寿刚刚三十零，
传于帝启掌乾坤。帝启生太康，
太康生仲康，仲康生帝相，
帝相生少康，少康生帝杼，
帝杼生帝槐，帝槐生帝忙，
帝忙生帝泄，帝泄生不降，
不降生帝局，帝局生帝廑，
帝廑生孔甲，孔甲生帝皋，
帝皋生帝发，帝发生履发，
父传子，子传孙，夏朝共传十七君，
禹王丁巳年间把位登，桀王甲午年间败乾坤，
共有四百八十春，成汤出来动刀兵。

歌师提起商代的根，它是帝喾十五代孙，
歌场里面要讲清。说起成汤有来历，
听我从头说详细，他乃帝喾后，

三妃名简狄，吞了玄鸟一颗卵，
不觉怀胎生子契，子契生昭明，
昭明生相土，相土生昌若，
昌若生曹圉，曹圉生子宜，
子宜生子振，子振生子微，
子微生报丁，报丁生报乙，
报乙生报丙，报丙生报壬，
报壬生主癸，娶妻扶都女佳人，
白气贯日照浑身，怀胎生下太乙君，
国号成汤把位登。

提起成汤出世根，姓子名履是他名，
他是子契十二代孙。传至主癸生成汤，
扫灭夏朝定家邦。乙未年间坐江山，
在位坐了三十年，阳寿一百染黄泉，
汤亡伊尹摄朝贤，扶住外丙把位权。
成汤传位与外丙，外丙传仲壬，
仲壬传位太甲登。太甲传沃丁，
沃丁传太庚，太庚传小甲，
小甲传雍己，雍己传太戊，
太戊传仲丁，仲丁传外壬，
外壬传亶甲，亶甲传祖乙，
祖乙传祖辛，祖辛传祖沃，
祖沃传祖丁，祖丁传南庚，
南庚传汤甲，汤甲传盘庚，
盘庚传小辛，小辛传小乙，
小乙传武丁，武丁传祖庚，
祖庚传祖甲，祖甲传亶辛，
亶辛传庚丁，庚丁传武乙，
武乙传太丁，太丁传帝乙，
帝乙所生三圣人，微子启，微子愆，
殷辛就是纣王名。相传三十圣主人，

戊寅年间败乾坤，共有六百六十四年春，
败在纣王手中心，万里江山属周君。

提起文王却有根，姓姬名昌有天心，
他是后稷十五代孙。轩辕帝喾将五代，
娶妻邰民女裙钗，生下后稷传后代，
后稷生不窋，不窋生公刘，
公刘生居幽，居幽生庆节，
庆节生皇仆周，皇仆周生差弗，
差弗生毁崳，毁崳生公非立，
公非立生自圉，自圉生亚围，
亚围生公权祖，公权祖生古公，
古公娶妻太姜女，所生之子在家里，
太伯虞仲与季历，季历娶妻太妊女，
降生文王岐山地。

文王生下武王君，坐了纣王锦乾坤，
一统山河国太平，武王掌朝管万民。

姜子牙下山林，辅佐周朝八百春。
孟津八百诸侯会，纣王摘星楼上火焚身。
周王后来生成王，成王生康王，
康王生昭王，昭王生穆王，
穆王生共王，共王生懿王，
懿王生孝王，孝王传夷王，
夷王传历王，历王传宣王，
宣王传幽王，幽王传平王，
平王传东周王，子孙相传至赧王，
周朝三十零八代，传至赧王江山败。

赧王皇帝无儿孙，只怕江山坐不成，
也是周朝气数尽，后来皇后身有孕，

怀胎十月有余零，生下太子貌超群，
五十七岁长成人，太子出宫游四门，
撞见元始大天尊，指明武当去修行。
太子坡前来打坐，老营宫里讲功果，
南岩宫里景致多，玉帝赐剑斩妖魔。
太子知道其中情，急忙将身转回程，
乌鸦行路往前行，黑虎开山路途村，
引至太和山上存，玉皇大帝传旨令，
封为玄天上帝神。父传子来子传孙，
相传三十帝王君，共有六百八十四年整，
歌师傅来老先生，一部史书明如镜，
不枉仁兄一片心。

提起夫子这段根，二十一年庚戌春，
仲冬生下孔圣人。他是纣玉的后裔，
帝乙长子微子启，子启之后生微仲，
微仲生公稽，公稽生公丁甲，
公丁甲生缙公共，缙公共生公熙，
公熙生弗父何，弗父何生宋父周，
宋父周生子圣，子圣生正考甫，
正考甫生孔父嘉，孔父嘉生木金父，
金父生幸夷，幸夷生防叔，
防叔生伯夏，伯夏生叔梁纥，
叔梁纥生孔丘，公稽是他十三代祖，
孔丘是他十三代孙。讲起圣父叔梁纥，
他有一妻两个妾，仁兄听我从头曰：
施氏夫人生九女，孟氏生下孔孟皮，
二妾就是颜氏女，夫妻祝告泥丘地，
孔野山前告神祇，后来生下孔仲尼，
形容古怪多奇异，面目犹如黑锅底，
父母弃于荒郊地，白鹿哺乳凤暖体。
捡回长成三岁余，能知天文并地理，

才有《春秋》和《论语》。

也是周朝江山尽，败在赧王他手里，
一十八国举反旗。秦楚燕韩起卫齐，
列国纷纷刀兵起。各霸一方立为主，
临潼斗宝逞高强，战国春秋闹嚷嚷，
俱是周朝后代王。

唯有秦国他独争，姓嬴伯益之后尘，
庄王父亲乃所生，母亲夏民多和顺，
只因领兵伐赵君，身困赵邦受苦辛。
多亏吕不韦，费了许多心，
传书送信于赵君，设计结交公孙乾，
费尽心机花金银。救出公子秦异人，
就将朱妇配为婚。后来国君配为婚，
坐了秦朝锦乾坤。吕不韦满门把官升，
执掌兵权扶朝廷。

提起赵君真有趣，他与秦王来赌气，
听我一一讲根底：水有源来树有根，
祖上有名飞廉身，所生一子名李胜，
李胜生造父，造父生凤王，
凤王生襄王，襄王生宣王，
宣王生肖王，肖王生朔王，
朔王家住邯郸城，子孙相传二十一帝君，
传至惠王五年春，秦国昭王把兵兴，
要与赵国定乾坤。差了王翦把兵领，
又有异人是皇孙，要与赵国定输赢。
赵国廉颇好英雄，拿住异人进城中，
吩咐公孙乾莫放松，带着异人满街冲。
阳翟有个吕不韦，看见异人双流泪，
此人日后有大贵。回家说与父亲听，

公子身困赵邦城,想设一计救异人,
不知父亲如何论?

吕公一听心欢喜,我儿做事心拿定,
倘若此事做得成,久后驾前为公卿。
不韦听了父亲言,辞父来到赵国边,
此事要会公孙乾。人生地疏难认人,
访知城东季默名,他与公孙乾是姻亲。
不如去求他一人,送些礼物共金银,
来到季默他家里,"有点小事求指引,
不知将军如何论?"季默一听心欢然,
引他去见公孙乾。不韦席上把话论,
饮酒之时观宝珍?白玉一双金十锭,
公孙乾一见喜十分,留下不韦在府门,
异仁相陪叙寒温,二人暗把巧计生,
公孙乾全然不知情,顿时辞别回家门,
明日秦国下书文。

亏了不韦多计谋,千里途中受风毫,
回到秦国又生巧。夜晚歇到皇姨店,
进些礼物来相见,相见华容夫人面,
皇姨一见喜连天,叫声将军上金殿,
相见国君把话传,将书呈上观一观,
"秦异人是小皇孙,身困赵邦好伤情,
若还不救异人转,秦国难得继江山。"
不韦当时回言道:"微臣有一好计谋,
总叫皇孙得回朝,"如此如此说分明,
国君听得喜欢心,黄金五百做盘缠,
因转赵国自家门,说与父亲得知闻。
吕公一见喜十分,"我儿做事要小心,
泄露机关事不成!"

不韦又把计来定，黑夜来至卧房门，
便与朱姬把计生。不韦说与贤妻听，
倘若救得秦异人，你可与他结为婚，
你今怀孕两月零，移花接木掌朝政，
同享荣华富贵春。朱氏点头就依允，
救得皇孙转回程，奴家与他结为婚。
一夜谈话到天明。次日来至京都城，
公孙乾一见远远迎，高堂摆酒叙寒温。
不韦当时献宝珍，献出玉带无价宝，
金搏玉琧晃眼睛，公孙乾一见喜盈盈，
承谢将军黄金银，置酒款待如恩人。

酒至半酣把话提，接你明日到家里，
不知公驾去不去？公孙乾回言忙答允，
多谢将军一片心，忙至吕家大府门，
大摆宴席将酒饮，公孙乾喝得醉醺醺，
朱氏缠住小皇孙，二人对面耍风情，
交杯过盏情十分，这段姻缘天生成。
诗曰：
一点樱桃启绛唇，两行碎玉爵阳春，
予身不买千军笑，原是昭阳宫里人。
不韦设下牢笼计，私差家丁秦国去，
一心要把秦国取。从此二人无拘言，
便于公孙乾下棋玩，不韦一连输三盘，
又与异人下棋耍，又是故意输三盘，
公孙乾拍手笑连连，明日来到你家玩。
不韦告辞回家里，公孙乾异人一同去，
后花园里摆酒席。花园赴宴把酒饮，
有心人弄无心人，公孙乾只当是真情，
宽怀大饮醉沉沉，随身家将也沉醉，
不韦当时不消停，就与异人动了身，
上马加鞭如腾云，直奔咸阳一座城。

不讲异人路中忙，公孙乾酒醒大天光，
不见异人着了慌，吩咐漳河关上兵，
李继叔，守关城，忙差医和去追寻，
不韦来在黄河心，忽听后面喊杀声，
异人一听掉了魂，医和三百人马兵，
秦国章邯来接应，黄河岸上大交兵，
只有章邯手段能，枪挑医和送性命，
大杀公孙乾败了阵，保住异人上京城，
咸阳来见秦国君。

秦王一见好伤惨，我儿今日回朝转，
华阳夫人也欢然。异人说与父亲听，
多亏吕不韦，费了许多心，
结交公孙乾，费了宝和珍，
千方并百计，救儿转回程。
秦王听得异人言，次日清早坐龙廷，
忙宣吕不韦，金殿把官升，
不韦连忙谢了恩，一步登上九霄云。

光阴似箭年年春，朱姬房中闷沉沉，
不觉孩儿要降生。天昏地暗狂风起，
朱氏房中不安宁，岁逢壬寅二月春，
生下始皇小娇生。异人一见心欢喜，
取名叫着秦嬴政，真是易长易成人，
嬴政年方十岁整，岁逢庚戌三月春，
昭王殿上命归阴。

华阳夫人皇后身，王翦章邯领大兵，
周王驾下取救兵。秦国势大了不成，
伐卫取韩一扫平，万里江山归皇孙。
皇孙异人登了位，不韦封了宰相辈，
满朝俱封高官位，华阳封了太后身，

朱姬正宫受封赠，在位三年命归阴，
传与始皇坐朝廷。

始皇太子坐朝堂，吕不韦来掌朝纲，
私通皇后不可讲。内外专权乱伦常，
眼看专权不久长，吟诗一首在宫墙。
诗曰：
灭楚攻齐伐赵燕，收韩掠魏一口吞，
不知祸起萧墙内，吕易秦嬴摄政专。

不韦在朝专权柄，文武百官奏一本，
不韦迁于四川省。不韦当时泪淋淋，
我今年老怎远行？左思右想无计生，
只有毒死命归阴，葬于河南一座城，
万古千秋永标名。自从不韦归阴地，
始皇摆驾出朝去，游巡天下闲游戏。
遍游天下玩一玩，游到陇西鸡头山，
东西五色祥云现，宋武吉，开了言：
此处后来出大贤，始皇驾到邹峄山，
身边取出太阿剑，将剑埋在山下边，
镇压妖邪出祸端。排起銮驾转回还。
始皇盛驾回咸阳，四句诗句不寻常，
我今与你说端详。诗曰：
东南旺气已归刘，何事劳人驾远游？
四百年间五业定，始皇难免藏沙丘。

始皇回到咸阳城，想起祥云闪闪明，
忽得一梦好惊人。一声响亮天地惊，
掉下红日落西沉，又见青衣小后生，
上前抱住太阳神，不知它往哪里行？
南边来人穿红衣，高叫青衣人莫抱去，
"那个红日是我的！"二人厮打力相争，

青衣童子力量能，打倒红衣童子七十阵，
红衣童子怒生嗔，打得青衣童子命归阴，
红衣童子抢抱太阳神，一直经往南边行。
始皇当时言开问：青衣童子你且听，
家住哪州哪府人？童子回言你且听；
"我是唐尧后代根，生于丰沛县内人，
特来兴业立帝君。"只见云雾遮天地，
红光照地好惊人，顿时小儿不见形，
惊醒始皇梦中人，吓得魂飞九霄云。

始皇终日不欢乐，差了卢生人一个，
要求长生不死药。卢生领命往前行，
来至太岳山中林，东羊绝顶一老人，
身卧石边把话云：卢生上前把礼行，
老翁取出天书文，"天灵秘诀"是书名，
边与卢生拿回程，交与始皇看分明。
始皇拆开书来看，不觉心中多慌乱，
只怕胡人来造反。差了蒙恬大将军，
沿边高高筑长城，烧毁孔圣书万卷，
坑陷儒生留罪名，行至沙丘一命倾。
阳寿刚刚五十春，三十七年皇帝分。

提起刘邦出世根？常氏夫人亲所生，
刘端就是他父名，说起刘邦根基深，
祖上原是有名人，禹王驾前为大臣，
名叫刘义为公卿，子孙相传五十代，
列国才有刘诰仁，诰仁生下刘端生，
娶妻常氏女佳人，也是刘家有天心，
天差赤帝下凡尘，刘家府内去托生，
刘邦坐了锦乾坤。

楚国项羽动刀兵，张良韩信两军师，

英布彭越为大臣，九里山前摆下阵，
加上八千子弟兵，霸王乌江一命倾，
万里江山才太平。西汉十三代相传，
共坐二百一十零三年，又出王莽把位篡。

只因高祖进深山，斩了白蛇结下冤，
转劫王莽篡江山。二十八宿降了凡，
姚期马武手段强，保住刘秀坐南阳，
后来马武闹金殿，王莽奸贼命不全，
光武兴、为东汉，相传刘庄把位传，
一十二代东汉完，共有一百九十六年，
灵献二帝失江山，末汉刘备讲根源。
刘胜之子名刘贞，他在武帝元狩六年春，
封他陆亭侯，在朝把官升，
因此这一支，出在涿县村，
刘贞之子名刘昂，刘昂生刘录，
刘录生刘盈，刘盈生刘建，
刘建生刘英，刘英生刘衰，
刘衰生刘宪，刘宪生刘舒，
刘舒生刘喧，刘喧生刘必，
刘必生刘达，刘达生刘惠，
刘惠生刘权，刘权生刘宏，
刘宏生刘备，刘备生刘禅，
刘备本是汉朝根，称霸四川成都城。
孙权坐在东吴地，曹操中原又兴兵，
火龙太子降凡尘。卧龙岗山出圣人，
神机妙算诸葛亮，刘备关张和赵云，
同霸一方争乾坤，三国鼎立动刀兵。

三国争得乱纷纷，出了曹操大奸臣，
听我从头说根痕：他是曹参曹相后代根，
共传二十四代孙，曹相传至二十代，

才生曹丰节一人，丰节生曹腾，
道号李典是他名，所生长子名曹嵩，
曹嵩生曹操，阿瞒吉利是他名，
后来做了汉丞相，他有百万上将军，
东挡西扫乱纷纷，一心要占汉乾坤。

孙权弟兄人四个，都是孙坚亲所生，
母亲吴氏老夫人。叔父孙静手段能，
孙坚次妻吴氏妹，也生一男一女身，
父子尽据江东城。周瑜将军了不成[①]，
惹得三国动刀兵。

晋朝天子司马炎，祖籍河南洛阳县，
灭三国来两晋迁，西晋相传四帝君，
江山五十二年春，东晋接住管乾坤。
司马睿，国号元帝君，传于明帝司马昭，
传至恭帝败乾坤，子孙相传十二代，
共计一百三十春。

宋朝刘裕彭城人，庚申年间把位登，
相传子孙八代君，江山一共六十春，
一旦又付南齐君。齐朝皇帝肖道成，
家庭居住在南陵，灭宋兴齐把位登，
五主共计三十四年正。南梁肖衍掌朝政，
共计五十五年春。南陵又出陈霸先，
灭梁篡位五代君，三十三年一旦倾，
南朝一百七十春，后出隋主换朝廷。

宋齐梁陈都不提，再讲隋朝隋文帝，
弘农华阳是家地。歌师听我讲根基，

---

① 了不成，方言，了不得的意思。

他是杨震后代孙，华阳县内有家门，
杨震四代生杨孕，杨孕生杨渠，
杨渠生杨铉，铉生杨元扁，
扁生杨惠瑕，惠瑕生杨烈，
杨烈生杨珍，杨珍生杨忠，
杨忠生杨坚，形容古怪貌非凡，
头长双角身长鳞环，多亏尼姑抚养全。
杨勇杨广奸佞残，子孙世代民不安，
一共三十单八年，乾坤一段归李渊。

神尧高祖根基深，他是李故一十二代孙，
陇西城里是家门，哪个知道这来因？
他祖汉朝有名人，封他西凉王，
武昭王也有名，姓李名皓武艺能，
所生一子名李钦，李钦生李重耳，
重耳生李熙，李熙生李天锡，
天锡生李虎，李虎生李昞，
李昞娶妻吴氏女，生下李渊手段能，
柴绍射雁谁不惊，秦琼敬德各个能，
己卯年间把位登。

李渊得了江山地，兴兵灭陈费心机，
才除隋乱创国基。真命天子小秦王，
徐茂公、保朝纲，程咬金、王伯当，
罗成骁勇少年亡。中间多少忠良将，
才使唐朝得兴旺。

黄巢追唐此时起，僖宗逃往西祁去，
史书落得诗几句。诗曰：
庚子年来日月妹，隋唐天子有若无，
山中果木重重结，曹州鸦飞托帝都，
若要太平无事马，除非阴山毕燕狐。

好个忠良陈敬思，他往阴山把兵取，
李晋王收了李存孝，收他却在飞虎山，
十三太保掌兵权，鸦管楼设在黄河边，
每日饮酒在楼前，不把朝事放心间。
存孝英雄真无比，他与朱温赌志气，
赌头输带来争气，河北反了孟绝海，
他要活捉进营来，头阵活捉彭白虎，
二阵活捉班番郎，三阵活捉孟绝海，
又夺朱温带一根，朱温气得怒生嗔，
当时反上汴梁城。

存孝杀上长安地，黄巢逃奔山中去，
驾前无人来对敌，诗曰：
灭巢山来鸦儿谷，自刎身亡将寿终，
哪怕英雄世无双，至今鸟啼恨无穷。

朱温是个无道主，篡唐兴梁立帝都，
后出庄宋为朝政，灭梁兴唐四帝君，
晋朝高祖把位登，石敬瑭，齐王君，
一十三年归后汉，沙陀刘高为皇帝，
二主又坐四年春，后用郭彦威为三主，
在位十年把驾崩，五代残唐讲分明，
北宋又出赵匡胤。

提起北宋赵匡胤，外祖原是水獭精，
祖上原是打鱼人，所生一女貌超群，
水獭占了她的身，所生一子赵摩鱼，
摩鱼生赵眺，赵眺生赵挺，
赵挺生赵敬，赵敬生赵霸，
赵霸生下赵宏典，娶妻杜民女，
夹马营中生匡胤，南征北讨定乾坤。（下缺）

十、《黑暗传》原始资料之十[①]

张子房问，娄敬答曰：……七天七日夜，
人民尽淹绝，只有女娲伏羲在萌蒿，
天下无主无人苗。伏羲问他妹妹道：
"我俩配夫妻，重把世界造。"
女娲一听心大怒，说出难处有三条：
须弥山上来焚香，香烟会合第一条，
须弥山上去焚香，香烟果然合拢了。
女娲藏到须弥山，伏羲到处找不到，
陡然遇到一金龟，不语自言真蹊跷。
你妹藏在松梅树。伏羲忙到须弥山上找，
树下果然找到妹，才配夫妻怀孕了，
女娲怀胎十二月，生下皮囊和肉屑，
内有五对童男和童女，女娲这时开言道：
"快把松梅认父母，快到各处兴人烟。"
从此才有百姓这根苗。

当时女娲问伏羲，我在树下躲其身，
哥哥何以得知情？伏羲答曰有原因：
"须弥山畔一石洞，有一金龟老道人，
未问自言又自语，才知妹妹躲其身。

[①] 注：《类敬书》为手抄本，前后缺页。系林区朝阳乡小学教师高世海收集。此书为阴阳甲子之书，伪托汉丞相张子房与娄敬相互问答。此二人为避杀身之祸，出家修行，传说都成了神仙。《娄敬书》虽属封建迷信之书，但保存了不少神话传说，有些与《黑暗传》的内容相似。故作附录资料，供研究。

我二人同去拜谢他,"行至洞前拉金龟,
两块石头来打碎。伏羲看了心不忍,
拢将身去着尿淋,捡起破骨来相斗①,
幸感北方真神过,连忙取出珠一颗,
放在口内来救活。原来他居在东海内,
它同蛇精害人民,被真武,来收服,
才有龟蛇二将名,身有九宫并八卦,
伏羲画卦阴阳生,东震西兑离南坎北,
乾坤艮巽分八山,四禺二十四向成。

子房问曰:
须弥山高几万丈?又镇天下几部洲?
娄敬答曰:
须弥山高一万丈,又阔一万七千零,
北方它与天连界,山上生有不死药,
仙人采药寿高五千岁。水从须弥山中出,
岩洞中有龙窝存,须弥山上有三仙,
树上生有金鸡鸣,日出东方它扬翅,
大呼惊动普天人。天下群鸡皆鸣叫,
一轮红日才东升,须弥山有四面,
四面是四大部洲。

子房问曰:
盘古初分天地,三教哪一教为先?
娄敬答曰:
混沌初分道为先,太上老君为道尊,
东方甲乙木,东方青帝之为主,
春属木,万物始发生,道教护法来修行,
九宫八卦斗七星。太上老君坐须弥,
掌管日月和火扇。

---

① 相斗,方言,拼凑的意思。

子房问曰：
老君是何年何月何日生？
娄敬答曰：
龙汉元年三月三，午时生有云霞盖，
又号元始大天尊。分见化气生二二位：
又号灵宝大天尊，三名为太上老君，
母怀八十一年春，咬破左肋来出生，
须发皓白白如银，母扳李树李做姓，
老君共有八弟兄，不生不灭永不老，
上管三十三层天，下管幽冥十八层。

子房问曰：三教如何不分？
娄敬答曰：
你我佛道同一佛，乃是元始大天尊，
八个弟子来化身，一是玄惧真人，
化作勾娄那佛身；二是玉皇真人，
化作释迦牟尼佛；三是徐行真人，
化作阿銮尊者身；四是长寿真人，
化作琉璃光佛身；五是玄真人，
化作菩提菩萨身；六是灵宝真人，
七是无量真人，化作阿弥陀佛身，
佛道一体总不分。
子房问曰，孔子为何为儒教？
娄敬答曰：
周朝宣王来治世，鲁国秦州邹平村，
有人叫叔梁纥，娶妻颜氏七十整，
祷告上天求子孙。尼山上面有三孔，
上孔为神人之孔，中孔为圣人之孔，
下孔为聪明之孔，夫妻二人回家转，
只见家中落红云，乃是菩提菩萨来下界，
颜氏胎中来托生，生出一个小娇生，
一见面相多古怪，河目海口背麟麟，

夫妻见之如妖怪，弃于深山荒野中，
其母思儿心不忍，偷偷去看小娇生，
只见白鹿来喂奶，凤凰衔花盖其身，
虎豹围宿来守护，原来他是贵命人。
颜氏即抱回家转，寄在人家养性命。
以孔作姓丘为名，身长九尺零六寸，
后来就是孔圣人。昔日秦始皇无道，
焚书坑儒灭孔教，一日他走夫子墓前过，
见一白兔出墓道，连忙追赶兔入墓，
开墓只见书一卷，放在夫子枕头边，
书中有上元甲子篇，记有秦皇来作乱。（下缺）

十一、《黑暗传》原始资料之十一

佛祖之父名伯道,在水晶洞修炼,母姓金名容,绣成一件龙袍,敬于玉皇。玉皇一见,龙心大悦,封为百莲洞真人。怀胎七年生佛祖,断而出盘古。开天辟地,甲寅年造谦益统一,是今时混沌日月,七十三人不分昼夜。张成用刀剑七十余人剖开,然而留下太阴太阳,夫妻照守万国九州,月居太阴,姓孙名开字子真(是女子),日属太阳,姓唐名卫字大贤(是男子)。

盘古姓钱名坑寿,产天皇地皇人皇,有巢氏传燧人氏,相继者值后三皇,是为五帝,是为伏羲、神农、轩辕为三皇,少昊、颛顼、帝喾、唐尧和虞舜为五帝。

混沌一十八传自伏羲至元春秋,共计四千有余。按统天地相合生佛祖,日月相合生老君,佛祖怀胎二十二,老君怀胎八十一寿,盘古身长九尺二,二眼如日月,双耳如风云,牙齿如星斗,毫毛如松林,左手如南岳,右手如北岳,死在梁山,葬于森林,头向东,足蹬西方,手指南方,眼观北方,五脏为五谷禾苗,六腑为六畜,肉是黄金,骨如白银,大肠为江,小肠为湖,肚为河,肾为山,肝为峰,这四大江湖,纯属于盘古身上。

十二、《黑暗传》原始资料之十二

三皇新经（道教）

天皇

始炼真火垂天象，浊气下流四海泉。
九州八征重分布，东西南北大生全，
继判阴阳降日月，由无而有贯后天，
初若鸡卵浑不觉，成像成形竟尾端，
黄土抟人集才数，芦灰止水区三官。
七星九曜随后产，二十八宿躔度连。
风云雷雨归造化，山川草木徐频添。
九谷五谷尚无种，唯有茹毛饮血焉，
生生不已蕃庶盛，獉獉狉狉人不全。

地皇

节制后天接先天，全凭指画走云烟，
负图献瑞唯龙马，呈书宝龟现碧莲。
六十四卦分造化，剥极而复判天人，
天有三百六十度，循环往复运其神，
孤阴不生阳难长，老阴变阳阳变阴，
风云雷电不相射，水火南北不相侵，
万物陶熔如炉鼎，五行臭味定律音。

人皇[①]

乘轩继统承后天，德隆茂对接皇先，
皮叶已变裳衣彩，血毛不茹饮食鲜，
浑噩初成新气象，獉狉只晓守贞坚，
曾记炼石增补后，非复芦灰止水年，
吾初开国号轩辕，继天立极居人先，
君臣父子吾首定，兄弟夫妇将道传。
编年纪日无文字，天降仓颉蝌蚪宣。
茹毛饮血风大变，衣冠已始养丝蚕，
播种有食用钻火，不比混沌无人烟。
不意隐时魔王降，蚩尤倏而生世前，
吞云吐雾来作乱，吾等造下指南车，
大破蚩尤得安然。

[①] 人皇，摘自道教经书《三皇新经》，曾保存在林区公安局保密股资料室里。这里天皇指女娲炼石补天，抟黄土造人。地皇指伏羲，依图画卦，人皇指黄帝轩辕制衣襟，立君臣人伦。原系手抄本，《三皇新经》虽然属封建迷信之书，但对原始宗教研究有一定的价值。

十三、《黑暗传》原始资料之十三

女娲真经①

卵黄卵白，华胥之云初首出，
纪云纪鸟，怀氏之宗，
枯独奇，炼石功著太鸿，
三百六十之星，并归调燮，
治簧辉开仪凤，十有二册之濬，
已启机缄，饮血茹毛，
六十四卦之爻象，未泄之奇，
蒉桴土鼓，二十五马之宗房，
尚述其绪，姜姓已风姓姬耆之鸿功，
不过绪余继起，建寅建丑建子之骏烈，
尚属后世遗踪。闷闷谆谆抚两仪而初分清浊，
承承继继至之皇而始有神仙。
日月风霜雨露调和焉，而迹象难寻，
生民未有，民无能名。
太乙浑噩，培元静象，
女娲圣母。玄玄无上天尊。

---

① 女娲真经，《女娲真经》为道教经书，曾保存在林区公安局。它用赋体歌颂了女娲的功绩，对研究古神话，原始宗教有一定参考价值。

十四、《黑暗传》原始资料之十四

大阳真经（道教）①

日光菩萨正东来，天堂地府九重开，
天高地厚日光照，满地莲花遍地开。
头顶无量宝塔，眼观婆娑世界。
太阳出现满天明，昼夜行来不驻停，
行得快来催人老，行得慢来道不清。
家家门前都去过，出东往西始定更，
纯阴无阳物不变，饿死黎民苦众生。
天上无我无昼夜，地下无我无收成，
各个神灵有人敬，哪个敬我太阳神？
太阳冬月十九生，家家念佛点红灯，
男人传我太阳经，一家大小免灾星，
女人传我太阳经，免过血湖受苦辛。
每日对天念三遍，永世不落地狱门，
霹雳一声如雷震，世间善恶有分明，
人能日日行方便，无灾无难福自生，
诚心时常须当敬，赐尔福樵寿长生。

---

① 太阳真经，摘自道教经书《太阳真经》。

大阴真经（道教）①

混沌初开即有我，我是天上月光神，
两仪始判分日月，日管阳来我管阴，
阴阳配合从孝顺，昼夜轮流照乾坤，
上照三十六天界，下照十八地狱门，
家家门前都走过，哪个山林不去行！
五湖四海都走过，万国九州尽游巡。

一更一点初出土，天地出合星又明，
家家户户说的话，哪个不在耳边听？
二更二点睡沉沉，吾在天上不驻停，
时时刻刻勿敢慢，一夜周流不差分。
三更四点冷浸浸，风霜雨露湿衣襟，
寒风冷气都不避，一心只念我生灵。
四更鼓来又转西，二十八宿星斗移，
三千世界沉寒冷，孤身孤影受孤凄。
鼓转五更天又明，扶桑起驾日光临，
太阳出现我才转，一夜千劳万苦辛，
只见诸神有人敬，哪个敬我太阴神？

三伏炎暑如鹿神，万物草木难发生，
万物结成歌大有，是我天上月光神，
鬼神渺渺有人敬，月光明明少人钦。
月光正月初六生，善男信女要诚心，
一炷清香一盏灯，消灾免难福自生。

---

① 太阴真经，摘自道教经书《太阴真经》。《太阳真经》与《太阴真经》，俱属道教经书，显然是对原始神话的利用，《黑暗传》以及民间传说里有很多关于日月来历的故事。在古代在民间恐怕有许许多多的太阳、月亮的礼赞，《九歌》就是证明。可惜早已失传了。道教的太阳、太阴这两篇经文，通过日月的自述，歌颂了太阳、月亮的恩德虽拟人化手法逼真传神，但神话色彩已丧失殆尽了。

世人敬我月光神,福禄绵绵永康宁。
六十四句真妙经,一十二月谨念诚,
广寒宫中月光神,降下真经晓世人。

十五、《黑暗传》原始资料之十五

灶母新经[①]（节选）（道教）

吾居东厨司命，古来永镇家庭，
上古乾坤混沌，人民獉獉狉狉；
处世无名无姓，不知有父有君，
茹毛饮血养命，树叶木皮遮身，
燧皇才把世振，教民火食烹蒸，
那时才封吾等，司命灶王府君。
伏羲人伦始整，才兴嫁娶亲迎，
神农五谷始定，教民稼稻耕耘，
轩辕世出民幸，又制布帛衣襟。
才把世道圣振，人民乐业太平。

牛王新经2[②]

吾本混沌之始，太虚一点金精。
结成宝光上篆，凝聚一个牛星，
缠于天盘丑位，女前斗后托身。
上受玄武统辖，旁烛河汉群真，
地皇流精降世，托化西极诞生，
自幼仁慈百念，代人劳苦艰辛。
封为卫生古佛，十极任我游行。

---

① 灶母新经，摘自道教经书《灶母新经》。
② 牛王新经，摘自道教经书《牛王新经》。

为何神农降世，教民耒耜耕耘，
黎民无限遭孽，遍身血汗淋淋，
此时无有犁耙，庶民全凭力耕，
托化披毛戴角，两耳四蹄分形，
穿鼻使人牵引，任重道远深耕，
稼穑于焉快便，禾苗于焉长成。

马王新经①

吾乃混沌之始，太阳日精化身，
功满魂飞天上，居处房驷宫廷，
昔在太昊之世，负图出河显灵，
伏羲草因而画卦，分出四象五行，
上管天马牧养，下管凡马死生，
可怜辛苦受尽，一世劳劳未停，
一日计程八百，鞭扑紧紧随身，
最苦莫如驮载，道路驰驱不停，
浑身汗出如雨，阵阵热血攻心，
再有推磨负碾，拖车数等苦辛，
一般都受磨难，哪有稍闲时辰？
所食凭待何物？无非草豆数分。

---

① 马王新经，摘自道教经书《马王新经》。《灶母新经》《牛王新经》《马王新经》，均为道教经书的摘抄。现保存在林区公安局。"古来永镇家庭"的"灶母"，她与一般传说中的灶神是男性不同，这里她是个管家女神，在这个经文里，好像文不对题，没有提灶神的本身，而是在说原始社会有了"火食烹蒸"，就有了家庭，随之就有了灶君。是一份研究灶神起源的资料。《牛王经》《马主新经》，开头都对牛、马给予神化，后面就歌颂牛、马的作用与劳苦，简直算得上一首牛、马的礼赞。另外，新经是从改造的旧经中转化而来的，旧经可能保存更多的神话材料。尽管如此，我们还是可以看到原始宗教的影子，可作研究资料。

十六、《黑暗传》原始资料之十六：《混沌传》[①]

《混沌传》叙述了宇宙生成等过程：无边无际的黑暗孕育了混沌，混沌又孕育了盘古；盘古开天辟地，垂死化生天地五方、阴阳五行、日月星辰、江河山川、天地万物；盘古之后，历经十六个阶段，宇宙间有了水土。然后，又历经悬空老祖、无极老祖、地母和玄法阶段，才迎来了玄黄阶段，至此，五方五德、五行五性生成，宇宙天地化育成形。

今晚我来把鼓赶，好多歌师把古谈，
唱了多少好古典。

你们唱今古奇观，我也把它记不完，
随着歌儿把古谈。
我来上前唱一段，唱段混沌古根源，
不知唱得全不全，还望大家来指点。

世界生在宇宙间，宇宙原是气一团，
漫无边际一片黑，那时没有地和天，
那时没有日月星，没有海洋和山川，
人和万物都没有，到处都是黑沉沉，
不知过了多少年，黑暗之中生混元。

混清生混英，混英生混沌，
亦称浑沌浑圆，其大无边，
包罗万象，混沌一气，

[①] 混沌传，此歌本原唱者胡元炳、许大良、邓发鼎、袁正洪、胡继南、杨义德整理。

混沌一体，厥中唯虚，
厥外唯无，浩气荡存，
混沌相连，视之不见，
听之不闻，四方莫判。

混沌宇宙空气间，上下未分天地暗，
茫茫渺渺看不见。
不知过了几亿年，阴阳二气结胎圆，
好似一个大龙蛋，开始有了生命源，
滚滚转动大气间。又过十万八千年；
胎圆裂开生盘古，龙头蛇身凤凰尾，
滓溟濛鸿鸡子状，神奇力量大无边。
盘古脱胎出了世，混混沌沌如梦醒，
抬头慢慢睁开眼，周围漆黑看不见，
伸伸胳膊蹬蹬腿，站起身来把腰挺。

谁知气体转速快，摇摇晃晃身不稳，
盘古头晕心又慌，急得伸腰抬龙头。
舞动蛇身摆凤尾，摸摸脑壳心里想，
要冲黑暗见光明。手摸龙角发奇想，
只听咔嚓一声响，摘下一只巨龙角，
变成一把开天斧。卸下一只大龙爪，
变成一柄劈地铲。凤尾呼呼扫气流，
盘古拿起斧和铲，要把浑圆劈两半，
开天辟地成宇寰。

盘古使出全身力，抡起巨斧就猛砍，
哪知浑圆大无边，全身累得出大汗，
东边砍，西边铲，往上钻，往下砍，
砍声如雷眼冒火，昏天暗地砍到晚，
砍了九万九千年，圆球露出一缝隙，
浑圆大气冒出来，清气上升转为阳，

浊气下沉转为阴，上为天来下为地，
天地结合成阴阳。

浑圆露出一条线，盘古被压正中间，
身体感到很压抑，盘古使出浑身力，
头顶脚蹬分天地。
盘古身高长一尺，天高向上长一丈。
盘古身高长一尺，地下厚度增一丈。
增了九万九千丈，天地分开才稳定。
盘古为了开天地，流尽血汗用完力，
最后累坏倒下地，眼睛睁开冒火花。
左眼变成天上日，右眼流泪成碧池，
眼珠掉池成月亮，月光映在碧池中，
波光闪闪成星辰，从此有了日月星。

盘古垂危发吼声，呜呜声音成雷电，
呼出气体变风云，脊椎四肢成五岳，
血液变成江和海，汗为雨露溪流水，
宽阔胸膛成平原，汗毛变成花和草，
发须成为大森林，骨变珍宝齿成金。
盘古力竭为人类，身上长出生命虫，
纷纷变成世上人，盘古分身化五行，
头合东方甲乙木，脚配西方庚辛金，
面对南方丙丁火，背后北方壬癸水，
身配正中戊己土，天地合和万物生。

混沌盘古开天地，随后出现十六路，
一路生灉潕，灉潕生浦湜，
浦湜生滇汝。
二路生江泡，三路生玄真，
四路生泥沽，五路生汗水，
六路生提沸，七路生雍泉，

八路生泗流，九路生红雨，
十路生清气，十一生菩提，
十二生重汗，十三生涅汒，
十四生沥涅，十五生洞沅，
十六生江沽，江沽才造水和土。

盘古分开天和地，万物有阴阳，
阴阳生无极，无极生太极，
太极生两仪，两仪生四象，
四象生八卦，四象八卦定乾坤，
乾为阳，坤为阴，坎坤震兑为四柱，
乾离艮巽是为天，阴阳结体生天心，
天心结成生地胆，天心地胆不分散，
产出悬空老祖来。

相传又过九万年，无极老祖才出现，
无极老祖生龙骨，龙骨精髓生地母，
地母坐在宇宙间，神通广大法无边，
喷出无数粉珠蛋，一个粉珠一生物。
生物之中有猛兽，生长形貌不一般，
长的长，短的短，张牙舞爪很凶悍，
粗的粗，细的细，青面獠牙很凶残，
张口妄想吞日月，凶牙利齿想吃山，
青浊二煞大翻转，掀动宇宙不得安，
惊怒无极老祖来，一下使用善恶法，
收住两类结善缘。

无极又叫地母来，地母来把宇宙管，
地母生出石龙来，石龙手下一门人，
神通广大力无边，玄法就是他的名。
玄法来把仙根埋，生出玄黄老祖来。
玄黄本是一仙根，昆仑山上找根源。

好个昆仑山一座，赤气往上升，
黄气空中起，白气九重透，
黑气往下沉，紫气雾蒙蒙，
五色彩云空中现，浩浩荡荡结彩团。
五色彩团轰隆响，五道光彩来呈现。
黄石面前存，高有几十丈，
方圆几里远，变成莲花形。
莲台生二孔，二孔生字文，
一孔是玄字；一孔是黄字，
玄黄因此就得名。

玄黄老祖道行深，先收徒弟奇妙子，
再收浪荡当门人。
哪知浪荡不愿意，身体被斩五下分，
尸体一块抛大海，谁知后来又成形，
一山长成五龙样，五龙口中吐血水，
勾藏天精和地灵。

玄黄斩了浪荡子，尸分五块成五行，
从此五方有了名，左手为东右为西，
左脚为南右脚北，东西南北有根痕，
五块变成五个人，五人都取名和姓。
一人送了一个字，注定金木水火土。
金木水火土，各有其妙称，
一人名曰水德君，在天为云雨，
在地为水冰，人身为肾水，
北方去安身，视为北方神。
一人名曰火德君，在天为闪电，
在地为火烟，人身为心火，
南方把身安。
一人名曰青龙君，在天桫椤树，
在地为木林，人身为肝木，

东方去安身。
一人名曰金德君,在天为雷电,
在地为肺金,人身为肝津,
西方去安身。
一人名曰勾陈星,在天为雨雾,
在地为土尘,人身为脾胃,
中方去安身。
阴为地来阳为天,后出古祖结为川,
分山分水分万物,产根产物产佛仙,
气三化,将人治,万物产生在世间,
年复一年逐发展。

我把混沌说一段,万事万物都有源,
混沌世界说不完。
还有三皇和五帝,带领黎民创世纪,
艰苦卓绝又神奇。远古时代传说多,
要想唱完得几年,我的舌燥口又干,
待我喝水歇歇嗓,请众歌师来指点。

十七、《黑暗传》原始资料之十七：《洪荒传》①

《洪荒传》叙述的是人类对三次洪水滔天的斗争，以及战胜洪水后人类文明的发蒙、发育和发展。一开始，《洪荒传》叙述的是混沌初分天地方定之时，由于五条黑龙作怪，世界先后迎来三次洪水滔天的大劫难。第一次昊天老母抛出法宝金光钺战胜了洪水；第二次石龙老母与铁脚老母联合玄天祭起灵珠并动用灵丹，战胜了洪水；第三次是鸿钧老祖来到蓬莱山，利用呼喊法战胜了洪水。洪水肆虐之后，大地一片荒芜，故称洪荒传。

别的闲言都不谈，诸公请坐听根源，
说唱一本洪荒传，不知唱得全不全。
混沌初分天地定，不料洪荒来相侵，
洪水滔滔高万丈，波涛滚滚狂风卷，
淹了地来淹了山，成了汪洋和大海。
漫无边际尽是水，东西南北分不清。

洪水泡天吓坏人，各种水兽出了世，
竟在水中相斗争，翻江倒海惊骇人。
恐龙身长几十丈，跳跃翻滚似山岭。
黑龙数条来相斗，各种水兽也不停。
青龙咬住黑龙打，红蛟抱住白蛟啃。
水牛鼓肚似气团，蛇与独角兽对劲，
水狮对着大象打，一来一往都逞能。
黄龙白龙对翻舞，搅动水浪百丈高。
大兽相斗气腾腾，蚌壳鱼虾也戏人，

---

① 洪荒传，此歌本由许大良、胡元炳、邓发鼎唱，袁正洪、胡继南、卢波收集整理。

特别黑龙更无情，身长百丈粗得很，
张口能吃上百人。一场洪水恶又猛，
世上万物遭洪荒。

这时世上出一人，昊天老母是她名，
老母本是金石长，悟得玄机知长生。
昊天老母洞中坐，忽听山崩水哮声，
站到灵山顶上望，一片洪水惊吓人，
水中龙兽正相斗，搅得洪水一气浑。
昊天老母洞门站，抛出法宝刺龙身，
法宝本是金光钺，威力无比惊骇人。
金光到处山岳倒，泡天大水两边分。
五条黑龙去逃命，龙腾水浪山地震。

黄龙侥幸留性命，抬头看见昊母尊，
跪在昊母面前存，连忙求母来救命。
昊天老母把话论，叫来昆仑五弟子，
都是阴雷为雷君，阴雷五人齐到来，
神通广大无比伦：大哥用的开天斧，
上古太荒贵宝珍。二哥神通也无比，
他能口中吐红云，红云似火能缠身，
金石顿时化灰烬；三哥能使千斤锤，
四哥有棍重千斤，五弟使把斩妖剑。
弟兄五个显奇能，同与黑龙来相争，
老母同时来助阵，打伤黑龙逃性命；
黑龙逃走水才停。

一场洪水由此灭，封五弟兄为将军。
黄龙为谢昊天恩，生下龙蛋献圣人，
昊天圣母心欢喜，口吞龙蛋腹内存，
不觉身上有了孕。怀孕怀了三十载，
一胎生下三个人，圣母欢喜取了名。

长子叫定光，次子叫后土，
三子婆婆称，须弥洞中长成人。

唱到此处打个盹，众位静坐听得真，
唱得我口干喉燥，喝杯茶水再进行。

一番洪水方平定，特大暴雨又不停
二次洪荒又来临。
泡江大水洪峰起，惊涛骇浪毁田地，
也是天数还没到，黑龙又把洪水兴，
只见黑浪滔滔起，诸神鸟兽难逃生。
昏沉沉，黑暗暗，黑天出来一老母，
乃是石龙变化成，她见洪水泡天庭，
石母知道有原因，唤来红花一女神，
铁脚老母是她名，石龙老母带铁脚，
一起直飞昆仑顶。

来到昆仑顶，抬头目发愣，
直见红光闪，惊现出一神，
龙的头，人的身，
巨獠牙，舌外伸，
手拿一灵棍，天精化人形，
此人叫台真。台真又把玄天生，
玄天灵珠有四颗，一颗绿艾艾，
二颗土星闪，三颗引日月，
四颗潭里结仙胎，威力广无边。
灵珠来祭起，玄天藏灵丹，
灵丹来把天地点，霎时洪水消，
又见日月和山川。

石龙老母显神通，随即降下鸿钧来。
鸿钧来到蓬莱山，只见洪水又泛滥，

还是五龙在作怪，怀抱葫芦闹滚翻，
鸿钧来把五龙喊，吓得五龙骇破胆。
五龙收法忙逃命，逃命不成归黄泉，
三次洪水才平完。

丢下洪荒暂不论，追溯洪荒说鸿蒙，
鸿蒙里面生洪水，鸿蒙就是洪水源。
洪水滔滔来泛滥。要治洪水找鸿蒙，
鸿蒙指点找鸿钧，山川水陆才安定。
请神三百六十尊，分开天地水中神。
又出蓬莱大祖人，仙丹十二显威灵。
来到东土立人化，一粒太阳星，
二粒月亮星，三粒北斗星，
四粒是玉清，五粒是上清，
六粒是太清，七粒是斗母，
八粒天皇氏，九粒地皇君，
十粒人皇氏，十一粒通天主，
只有十二不分清，降到凡间度众生。
紫气东来三万里，生天生地生万物，
玄之义玄玄又玄。

洪水泡天磨难尽，天清地明水也清，
三皇五帝掌乾坤。
有巢氏号巢皇，上古之时野兽多，
遍地多虎狼，人畜皆不安，
教人构木筑其室，上设茅屋，
下豢牛豕。树叶为衣遮其身，
食果始为粮，有巢立门管乾坤，
天下万物才安身。

燧人燧皇名允婼，钻木取火星，
教人烤熟食，猎兽与野果，

结绳来记事，为禽兽命名字，
天上飞的称禽，地上跑的为兽，
有脚爬行称虫，没脚爬行叫豸。

伏羲氏风为姓，号称羲皇和太昊，
蛇身而牛首，伏羲皇帝观天象，
日月星辰山川形。
一日孟河起祥云，一匹龙马降红尘，
满身长的河图样，身高八尺有余零。
伏羲一见心欢喜，河图洛书传后人，
画出八卦达神明，乾卦坎卦与艮震，
还有巽离加兑坤，阴阳顺逆轮流行。
合八卦，分阴阳，男女教嫁娶，
俪夫为礼将，养牲供庖食，
畜马猪牛羊，教民绩网打渔猎，
传流万古振朝纲，至今谁敢乱伦常；
伏羲伟名天下扬。

神农烈山氏，又称炎帝赤帝皇，
最早教民事农耕，华夏始祖美名扬。
制造耒耜种五谷，遍尝百草成神医，
日遇七十二种毒，口嚼茶叶把毒洗。
古称荼，后称茶，人称神农是茶祖。
深山九死还阳草，神农采回救黎民。
炎帝在位过百年，神农七代号世袭，
共计三百八十年，农神医神数第一。
神农炎帝有后裔，一支后裔徙房陵，
七河考古有遗迹。

黄帝名轩辕，姬姓少典子，
生而神灵，弱而能言，
幼而徇齐，长而敦敏，

成而聪明。
轩辕黄帝坐天下，河洛之中出龙马，
得见天文无边涯，日月星辰万物华。
史官大挠造甲子，命令隶首作算数，
又叫伶伦作音乐，制定度量衡砝码。
创制箫管接天籁，五音十二律通天下。
元妃嫘祖始养蚕，缫丝制衣宜室家。
一与岐伯论病理，《黄帝内经》护华夏。
史官仓颉制文字，风后造出指南车。
少昊本是黄帝子，后世称为金天氏，
立位凤凰至。古世官无名，
以鸟为官纪，在位七十四年整。

颛顼高阳氏，乃是黄帝孙，
在位七十八年，推演宇宙造黄历，
一年分四季。农历月份有别称，
孟春为岁首，二月为仲春，
三月为季春，四月为孟夏，
五月为仲夏，六月为季夏，
七月为孟秋，八月为仲秋，
九月为季秋，十月为孟冬，
十一月为仲冬，十二月为季冬，
一年分四季，二十四节从此起，
直到如今不改移。

黄帝曾孙叫帝喾，在位七十有功勋。
生而神灵自言名，其名为俊号高辛，
订立节气，制定《九招》。
陶唐尧名为放勋，唐尧姓尹祁，
尧有圣德传古今，如天之涵养美名行，
如神之微妙令人钦，深受人们爱与敬，
其仁如天又如神，坐之如日如云，

善制法度与天下,
设置谏鼓止欺诈,
关心百姓轻徭赋,
天下和谐世人夸。

尧有十子,长子丹朱。
尧帝在位,七十二年。
竹书纪年,史书记载,
丹朱帝让,舜接帝位,
来统江山。
丹朱避舜于房陵,舜让弗克为虞宾。
遂封朱地房子国。
丹朱为何到房陵,七里河考古有证据,
颛顼炎帝祝融氏,后裔迁徙在房陵,
丹朱房陵拜先祖,立志发奋为黎民。
房陵民俗拜祖宗,源于丹朱传百姓。

舜登帝位,国号虞氏,
亲理政来安邦,流共工于幽陵,
以变北狄。
放驩兜于崇山,以变南蛮。
迁三苗于三危,以变西戎。
殛鲧于羽山,四罪诛而天下安,
殁瘟阜盛乐丰年。
舜因巡猎崩苍梧,娥皇女英乃尧女,
姐妹俩人为舜妇,娥皇女英号啕哭,
舜在位六十一年,丢下商均子不贤,
一统江山无人管。

大禹接住管江山,名姒文命字高密,
夏朝开国第一主,禹会诸侯于涂山,
铸造九鼎统九州。

黎民百姓受水灾，禹王辛苦把水治，
疏通九河受劳碌，三过家门而不入，
决汝汉，排淮泗，济漯处处都疏通，
引得洪水入海中，十三年，始成功，
天下河水流向东，平息水患千秋功，
风调雨顺五谷丰。大禹在位十五年，
黎民百姓享太平。

十八、《黑暗传》原始资料之十八[1]

锣鼓一停我接住，提起黑暗一段古。
老兄听我从头说。

混沌初始大气团，里面黑暗没天地，
渺渺茫茫不见边。
混沌里面气浪翻，浩浩荡荡结成团，
赤气空中起，黄气九重透，
白气往上升，黑气朝下落，
紫气雾沉沉，气浪翻腾震荡荡。
过了十万八千年，出来混沌老祖先。

混沌老祖显神通，治清浊，化气雾，
大气初分出盘古，身长一丈二尺五。
手执开天辟地斧，乾坤出世分天地，
谁知黑暗辨不清。

混沌老祖赐宝物，拿出仙丹十二粒，
一粒太阳星，二粒月亮星，
三粒风婆星，四粒雷电星，
五粒雨王星，六粒是金星
七粒木王星，八粒火王星，
九粒海王星，十粒天皇氏，

---

[1]《黑暗传》原始资料之十八，此歌本是《黑暗传》的散佚片段，由邓发鼎、胡元炳、许大良等唱；南山、袁野等人收集整理。

十一粒地皇君，十二粒人皇主，
三皇出世天地人。

有了仙丹十二粒，盘古创世天和地，
相请日月上天庭。
谁知日月全不理，日月不肯上天去。
盘古辞别转回程，去见混沌来面理。
混沌老祖把话论，又派地机请日月，
地机瑶池把话发。

我传混沌老祖令，不得有误来违背，
日月星辰上天庭，普照乾坤世上人。
谁知洪水泡了天，惊涛黑浪狂奔腾，
滚滚洪水恶又猛，洪荒万物一扫平，
泡天洪水骇吓人，各种水兽浪里斗，
扰得天地难稳定。

盘古挥斧治洪荒，泡天大水分海流，
水兽纷纷把命逃，接连三次战洪荒，
除去黑暗见光明，洪荒之后得安宁，
万事万物复生机。

盘古开天暂不表，接说有巢管乾坤。
有巢皇帝把位登，教人构木筑其室，
构木筑室住其身。
仙桃并仙果，烹煮养百姓。
接住燧人继乾坤，钻木取火救万民。
伏羲接住管乾坤。
日月星辰观天闻，三皇五帝振朝纲，
黎民百姓把业创，国泰民安万年春。

十九、《黑暗传》原始资料之十九：《神农出世》[①]

一进门来往里走，檀木鼓槌拿在手，
听唱神农把世出。
生下三天能说话，五天之中能行走，
七天牙齿全长齐，便问父母名和姓。
神农出世生得丑，头上长角牛首形，
父母一见心不喜，把他丢在深山里，
山中遇着一白虎，衔着神农回家去。
父母把他丢水中，一条黄龙来托起。
父母把他火中烧，有一神兽下山林，
通体透亮像水晶，扑在火中救神农，
喷出清水灭火星。

神农出世多灾难，灾难之中长成人，
做了南方一帝君，当了帝君爱黎民。
他教黎民耕种事，女子养蚕制衣服。
当时天下瘟疫病，多少村庄人死尽，
神农治病尝百草，劳心费力进山林。
神农尝草遇毒药，腹中疼痛不安宁，
冒死尝嚼解毒茶，得茶解毒又复生，
神农判出毒草名，七十二毒皆不要，
采回良药救黎民。

---

① 神农出世，参照袁正洪、陆龙权、胡继南、杨才德主编，房陵锣鼓歌[M].北京：中国文联出版社，2015，10.此歌是桥上乡杜川村黄正明口述，袁正洪收集整理，属《神农五谷歌》散佚片段。

檀木鼓槌拿在手,听唱神农治五谷,
不知哪本书上有。
神农上了七十二架山,去把五谷来找遍。
神农上了羊头山,仔细找来仔细看,
找到粟子有一粒,把它寄到枣树上,
忙去开荒下种子,八种才能收粟谷,
后人才有小米饭。

大梁山中寻稻子,稻子藏在草中间,
神农寄在柳树中,忙去开荒下谷种。
七种才有稻谷收,后人才有白米饭。

万石山中寻小豆,一颗寄在李树中,
一种成小豆,小豆可煮粥。
大豆出在维石山,神农寻来很艰难,
一颗寄在桃树中,大豆种平川,
豆熟堆成山。

大小麦长万石山,寻来二粒心喜欢,
寄在桃树中,耕种十二次,
后人才有面食餐。

武石山寻芝麻,寄在荆树中,
一种收芝麻,后人炒菜有油下。
神农初种五谷生,皆因天树采相伴。
斩木做犁来耕地,才有农事往后继。
神农教人兴贸易,互通有无同得利。

二十、《黑暗传》原始资料之二十：《地母传》[①]

《地母传》分五章，加上《序歌》和《尾声》，共七部650行。讲述了一个民间关于地母神完整而生动的故事。该长诗形象鲜活，结构完整，语言优美，能唱易传。具有震撼人心的艺术魅力。堪称"广义的汉民族神话史诗"。据考，《地母传》创作于明代中后期。与长江三峡地区、鄂西北发现的另一神话史诗《黑暗传》相比较，两者创作时间大致相同，且在内容和诗句方面有互相渗透之处。例如：

先天出是上天皇，开天辟地手段强，

[①] 地母传，易行笃、李泽民传承，全诗650行，2006年6—12月由彭明吉、袁维华采录整理，再经黄世堂整理完善，最后由彩虹编辑整理上网。《地母传》系宜昌市夷陵区黄花乡朝阳观健在的九旬道人易行笃所传唱。当地文化有心人李泽民抄录推介。2006年6月，中国民间文艺家协会会员、宜昌市夷陵区刘德方民间艺术研究会会长彭明吉得讯后，即邀请湖北省音乐家协会会员袁维华同往采录三天两晚，做了完整的录音录像。接着，彭明吉会长又委托中国民间文艺家协会会员黄世堂精心整理，2006年12月中旬整理完毕。终于使旷世奇作《地母传》得以面世。《地母传》受中国道教经文影响明显，如《序歌》中有30多行与清代光绪九年（1883年）陕西汉中府固县地母庙所刻《地母经忏》相同。诗中关于天堂、地狱和人间三界及生灵转世托生的描述，明显受到印度佛教故事的影响。该长诗推崇"三教主"，是明代中后期佛、道、儒三教合一思想的鲜明体现。关于妖魔搅起滔天洪水毁灭世界和天祇斩杀妖魔重创世界的故事，全世界大多数民族的神话都有类似的描述，希伯来人挪亚方舟的故事就是一例。至于洪水滔天世界毁灭后由幸存的兄妹俩结婚延传人类的故事，澳大利亚和日本等地的神话中也有类似的描述。总之，《地母传》具有人类古代文明萌生和交融的普遍性价值，具有鲜明的东方历史文化印记和江汉地域特征，是研究人类文化学和东方民族民间文化的宝贵思想材料。彩虹按：太古混沌时期，遥远的西方有个西弥洞，洞中有虚空地母神。地母神吐出阴阳二气，凝结成洞外的灵山和混沌世界，并服食黄龙赠送的龙蛋生下天皇、地皇和人皇。盘古开天后身化万物创造了世界，过了若干万年，4条黑龙搅起滔天洪水，毁灭了世界。地母神便安排天皇上天界主政，指挥5条鹰龙斩杀4条黑龙平了洪水。接着盼咐地皇下阴司主持阎罗殿，惩恶扬善广放生。还扶持人皇到人间拯救"人根"。原来，东方的黄龙所吐的黄云与黑云交配，化生出肉身的金童与玉女。这兄妹俩便是黄种人的"人根"。洪水滔天时，兄妹俩钻进葫芦里幸存下来。人皇便遵母训劝兄妹俩成婚，终使东土"人气旺盛万象新"。

相传一十二万载，洪水泡天八千年。
后天盘古把天开，日月三光又转来，
乾坤一十二万载，依然黑暗水连天。

不提先天黑暗事，后天黑暗唱几声。
三生石上唱起来，不知记得清不清。
提表灵山西弥洞，昊天圣母一段情，
圣水原是金不长，清水三朝成人形。

石人得道称圣母，名唤昊天是她身，
洞中修炼三十载，神通广大无比能，
圣母坐在西弥洞，要到灵山走一程。

——《混元记》

唱丧歌的道师在乡村享有很高的地位，披上法衣后的他们，似乎具有了沟通鬼神的能力和灵气，可以传递人和神的对话。道师出场时会带上一个厚厚的本子，这就是让专家视为至宝的手抄老歌本，本子上的内容基本全是神话故事，这就是不同版本的《黑暗传》。不同的人持有不同的版本，各人在演唱的过程中会加上自己演绎的部分内容，这些版本因收藏人的文化差异在传抄、传承过程中呈现出不同特色。而这正是口头文学的特征之——变异性。目前，保康县清光绪元年的《混元记》（《黑暗传》的一种原始版本）是迄今为止发现保存最完整的。保康手抄本《黑暗传》的故事结构是这样的：

太古时期，汪洋大海中聚水成金化成石人，石人得道后变成昊天圣母。昊天圣母在灵山上救下五条黄龙后，黄龙知恩图报将三颗龙蛋子送给圣母，圣母吃下后怀孕，30年后的正月初七生下了定光、幽冥和沙婆三个儿子。5年后，圣母带着三个儿子在灵山上玩时遇到了金水化成人形的孙开和唐末兄妹二人，让他俩到昆仑山上去修炼，后来盘古开天后他俩就是太阳和月亮。回到西弥洞中后，大儿子定光随黄龙去做了西天龙庭主，并斩杀了五条黑龙。后来，定光用定天珠将天划分为九重天和三十三天界，两边相距十万八千里，中间有十万里，周围有八十三万公里。定光因为贪吃丧生，死后化成一颗北斗星。昊天圣母知道后，让幽冥到东土地府去"播察六司看众生"，他行后分开五关斩掉五条黑龙，在丰都坐了阎罗殿，打发很多人去修行和超度，并为后世的盘古开天、夏商周时期的乾坤大乱等做出预言和安排。

昊天圣母知道自己命在旦夕的时候，她化成三卷天书，三儿子沙婆苦苦攻读修成了古佛。后来又收下了莲花化成人形的小徒弟，就是如来。依次又有了枯莲道人、老聃、三佛、混沌等等。佛祖让混沌到太荒山上把天地分开。他在太荒山上住了500年才见到金石出现，得到开天斧后，他改名叫盘古，劈开天地，请孙开和唐末兄妹在天上轮流照耀东土。盘古又封好天皇，把乾坤交给天皇，自己才回西天去。天皇安排天上的星斗，配置了甲子和五行。后来，天皇又从龙门国的11个弟兄中选人做了地皇，地皇又划分了昼夜和时辰。后来，地皇又从其他的州中选人做了人皇，人皇把天下划分为九区和九州，因为没有人类，他只好分封龟蛇做臣子。

东海蓬莱岛上的鸿钧老祖在汪洋中看到五条龙捧着一个大葫芦，打开一看是洪水泡天前的大洪国洪末天子的儿子和姑娘，因为干旱了33年，突发洪水灭亡了人类，世上只有他们兄妹俩是人身肉体。鸿钧老祖给他俩取名叫五龙氏。五龙兄妹偷偷渡过东海找到人皇，人皇再三劝五龙兄妹结婚繁衍人类，几经周折，五龙兄妹才答应结婚，30年内生下了九个儿女，依次是伏羲氏、神农氏、云阳氏、祝融氏、葛天氏、人皇氏、燧人氏、轩辕氏、有巢氏，分别掌管九州。经过很长时间以后，才从远古时代进入文明时代。

《地母传》《黑暗传》(《混沌传》《混元记》《盘古传》《玄黄始祖记》)告诉了我们一个远去的、从来没有文字记载的远古时代的影子。她是那样的美丽而神秘，遥远又传奇……（摘自网上相关文章）

正文：序歌

金鼓一住放歌声，长歌有韵句句真，
歌师唱的地母传，普天同声颂慈尊。
自从盘古开天地，阴阳二气上下分，

阳气上升高万丈，阴气下沉万丈深。
天公地母来主宰，阴阳会合化万生，
生天生地生日月，生神生仙生圣人。
天君阳气无影形，地母化生凭胎孕，
天地万物能生成，都是地母骨肉精。
生下天地和万物，又见无序乱纷纷，
地母苦心孕正气，生下三皇治乾坤。
天皇平定大洪灾，地皇阴司广放生，
人皇保佑人兴旺，三界有序享太平。
千般慈爱万般恩，凡人无法说得清，
听取地母一段话，谁人听了谁动情：
东南西北是我心，春夏秋冬是我行，
山岭田野是我体，江河湖海是我情。
三世诸佛从我出，菩萨都是母体生，
诸路神仙不离我，离我何处去安身？
帝王将相我养成，黎民百姓我化生，
飞潜动植是我魂，五谷杂粮我育成。
天下男女多生病，万药可治我化生，
人活在世吃用我，死后还要我收存。
黄金本是四方宝，想坏世上多少人？
金银财宝从我出，样样不离我一身。
龙腾千里显圣灵，风云还是我母生，
我不与龙起风云，看龙何处有雨行！
听了地母一段话，万丈敬意心中升，
世人只知天为大，地母比天大一层！

第一章 服食龙蛋生三皇

歌师唱给歌师听，后来歌师胜前人，
你知地母比天大，我知此事为何因。
要知地母根由事，听我从头说分明：
地母早在先天存，西天圣母是原身。

混沌初分黑沉沉，遥远西方闪光明，
光明就在西弥洞，圣母她在洞中存。
呼阴吐阳出二气，阴阳二气洞外凝，
二气凝结万万年，形成灵山雾腾腾。
圣母原是虚空神，洞中造化成人形，
从此更名为地母，来到灵山看风景。
穿云破雾到山顶，放眼一望喜在心，
青山如画水如镜，鲜花如霞柳成荫。
远方黄云变黄龙，摇尾来把地母迎，
三颗龙蛋捧头前，献给地母表诚心。
地母见了真高兴，接过龙蛋一口吞，
转身龙蛋成身孕，生下三个大圣人。
天皇地皇与人皇，就是地母一胎生，
弟兄三个见风长，要陪母亲观风景。
母子四人游灵山，不觉来到梅花岭，
天皇便把母亲问，此处叫个什么名？
地母便来开言道，此地叫作梅花岭，
梅花喜欢漫天雪，花开迎来一年春。
灵山洞府不几日，梅花开放送芬芳，
梅花若是开三遍，三年不差半毫分。
母子走过梅花岭，转眼来到杏花村，
地皇就把母亲问，此处叫个什么名？
母亲说是杏花村，二月开花不用问，
二月初二龙抬头，杏花开放美如云。
母子四人向前行，桃花村在面前存，
人皇问是什么名？地母说是桃花村。
三月桃花红似火，桃红李白爱煞人，
桃花开时百花开，万紫千红总是春。
四人来到梨花岭，孩儿又问什么名？
地母开口把话答，此处名叫梨花岭。
四月梨花多谢了，变成青果挂满林，
梨园从来多丽人，莺歌燕舞伴琴声。

梨花岭上走过了，石榴村在面前存，
孩儿问是什么名？地母说是石榴村。
五月石榴花开过，石榴抱籽数不清，
猿猴吃了能得道，黄雀吃了成仙灵。
四人来到荷花池，地母叫儿赏风景，
金鱼银鱼光灿灿，红花紫花水灵灵。
六月荷花出水开，荷花开放有灵性，
荷花也叫宝莲花，而后宝莲托观音。
母子四人往前行，眼前就是五谷村，
地母叫声孩儿听，五谷村里五谷生。
再过三万八千载，我叫神农显圣灵，
他来这里采五谷，带到东土济万民。
五谷村外桂花开，母子四人到来临，
孩儿问叫什么名，地母说是桂花城。
八月桂花香千里，香天香地香入云，
桂花开放贵人来，而后东土多贵人。
四人又往前面走，只见雪花落纷纷，
虚空地母对儿说，这是雪花洞府门。
五黄六月涨大水，十冬腊月水结冰，
地冻三尺无花开，漫天雪花做风景。
灵山本是神仙境，四季轮回最鲜明，
春夏秋冬分四季，季季花开景色新。
而后你们主三界，不忘今日灵山行，
春华秋实遵时令，秋收冬藏济万民。
天皇地皇和人皇，边走边看边思忖，
灵山四季风光好，三界治理照此行。
三界处处成灵山，地母见了最开心，
地母开心民众乐，同享福寿万年春。

第二章　扶持天皇平洪灾

金鼓三遍住了音，歌师又唱地母神，

别的按下不谈论，且唱天皇大帝身。
那天灵山游过后，地母叫他上天庭，
重用善神惩恶神，不让人间落灾星。
天皇腾云起了身，万里虚空万里程，
不觉来到天宫府，金銮殿上坐龙廷。
各路神仙排队迎，高呼万岁口称臣，
嫦娥带领众仙女，细腰长袖舞缤纷。
忽然东南天门开，一团黄云涌天庭，
黄云转眼变黄龙，黄龙变成一道人。
只见道人穿黄袍，高呼天皇大救星，
跪在阶前不起身，请求天皇救万民。
原来东土四黑龙，就是四个黑龙精，
搅起洪水泡了天，万国人命水中沉。
天皇听了速起身，乘云驾雾向西行，
西弥洞前拜地母，报告东土洪灾情。
天皇泪涌胸如焚，地母劝儿可放心，
你登天庭我进山，生下鹰龙五个神。
昆仑山上五鹰龙，同你都是一母生，
五个兄弟神通大，定能斩除黑龙精。
你先回天主朝政，我给鹰龙捎个信，
你差道人去昆仑，请来鹰龙事竟成。
天皇听罢定了心，回天降旨召道人，
黄袍道人去昆仑，请动鹰龙五个神。
只见鹰龙神五个，神通广大无比伦：
大哥提的开山斧，二哥使的劈海棍，
三哥喷火高万丈，四哥抡锤重千斤，
五哥生有闻妖鼻，妖怪无处来藏身。
黄袍道人前引路，鹰龙飞在半空云，
说时迟来那时快，到了玉清宝殿门。
兄弟五人忙跪下，山呼万岁口称臣，
天皇殿上开金口，弟兄五神听分明：
东土四个黑龙精，闹得洪水齐天门，

差你下界显神通，斩杀黑龙救万民。
鹰龙五神领旨去，转瞬出了南天门，
只见洪水万万倾，天下早已绝生灵。
四条黑龙腾杀气，搅动洪涛上天门，
鹰龙五神怒生嗔，大显神威战妖精。
大哥高举开山斧，杀向领头黑龙精，
黑龙头破鲜血流，一阵惨叫败下阵。
二哥舞动劈海棍，杀向中间黑龙精，
打断黑龙背脊骨，黑龙掉头去逃生。
三哥喷出冲天火，跟来黑龙吓掉魂，
黑皮烧焦脱了鳞，光不溜秋逃性命。
四哥抡起千斤锤，砸向后来黑龙身，
后来黑龙砸掉尾，秃着半截喊留命。
鹰龙兄弟势更猛，乘胜追杀不留情，
黑龙子孙众黑云，遮裹黑龙把身隐。
五哥使用闻妖鼻，沿着腥气紧追寻，
一直追到大海底，要斩黑龙除祸根。
黑龙入了地狱门，滔天洪灾渐渐平，
洪灾平定黑云散，万国山川始现形。
鹰龙兄弟得了胜，即向天皇报喜讯，
天皇听了龙颜喜，嘉封鹰龙五将军。
鹰龙五神谢皇恩，誓随皇兄保天庭，
地母这才开笑颜，天上地下得太平。

第三章 安排地皇治幽冥

四条黑龙大祸根，闹得洪水泡天庭，
凡间千万惨死鬼，一时挤破地狱门。
鹰龙打败四黑龙，黑龙魂魄进幽冥，
阴司从此添新难，闹得三界不安宁。
这天地母叫地皇，你到阴司走一程，
收服黑龙四兄弟，查点阴事管众生。

给你斩关节一根，过关斩将你为尊，
若是有谁敢阻挡，先斩后奏不留情。
另外给你两件宝，夜明珠和翻天印。
地皇接过三件宝，辞别老母就起程。
地皇两脚忙忙走，一心快去治幽冥，
转眼走过八千里，望见丰都大鬼城。
黑龙兄弟把路挡，杀气腾腾不放行，
地皇忍住胸中火，先把黑龙叫几声。
我是天皇大兄弟，地皇就是我的名，
天皇斩了你们身，我来收服你们魂。
收敛恶迹修善道，从此不再胡乱行，
若有半点敢违拗，打进地牢万丈深。
地皇举起翻天印，黑龙吓得跪下身，
口喊万岁地皇爷，请你今日饶我们。
黑家兄弟四条魂，畅行阴司手段能，
你若今日饶我们，辅你西天坐龙廷。
地皇收下翻天印，叫声黑龙都平身，
快快引我进丰都，将功赎罪再评论。
黑龙起身把路引，地皇就在后面跟，
一程来到丰都门，三千恶鬼来讨命。
地皇挥起斩关节，黑龙舞爪齐上阵，
三千恶鬼被打散，慌乱逃去无踪影。
地皇来到二关前，漆黑一片阴森森，
地皇高举夜明珠，红光万道照幽冥。
牛头马面心害怕，不敢阻挡半毫分，
黑龙护拥地皇身，顺利进了大殿门。
地皇抬头殿上看，一块大匾悬头顶，
上面写着一首诗，金光大字看得清：
阎罗殿上谁为君？专等地皇天子身。
地皇身后再九皇，十殿阎君主幽冥。
地皇看后心里明，来到后堂里面存，
蟒袍玉带加皇冠，穿戴起来坐龙廷。

判鬼打起升堂鼓，三司六曹都来临，
山呼天子万万岁，三跪九拜口称臣。
五鬼关上五恶鬼，听说天子坐龙廷，
领着众鬼三千万，拜迎地皇天子身。
大小鬼官都归顺，地皇见了很欢心，
金口一开发圣旨，各归各位享太平。
黑龙改恶把善行，护送君主立功勋，
恶魔行善也成佛，地皇一一来封神：
黑大封为守门神，黑二封为屋檐神，
黑三封为旋风神，黑四封为夜游神。
四条黑龙当尊神，恪守职责谢皇恩，
从此阴司有纲常，万古相传到如今。

第四章 告谕地皇广放生

金鼓三通住了音，听我又唱地母神，
自从地皇当阎君，治理阴司严又明。
地母闻讯心欢喜，又召儿皇回昆仑，
告诫东土洪灾后，三教传人都丧生。
还有千万惨死鬼，至今挤破地狱门，
你主阴司当行善，打开地牢广放生。
地皇仰面仔细听，句句字字记在心，
告别生母回幽冥，就把放生一事行。
忽见前来三老者，跪在殿下诉苦情：
我们先天三教主，洪水泡天丧残生，
魂魄落在阴司府，算来三千有余零。
只望明主发慈悲，放出阴间去托生。
天子下来扶起身，口称三教老师尊，
又差土地来引路，送到灵山去托生。
魂附三棵檀香树，随根同叶长成形，
教化生灵入净境，勿争勿斗定人伦。
土地引着老者去，殿前又跪五百人，

五百黑人呼万岁，说是西天黑云精。
四条黑龙起洪灾，黑云是他子和孙，
黑家三代已归正，请放我们去托生。
地皇便把土地叫，你引黑云去托生。
倚草附木为身体，常降雨露润生灵。
五百黑云都去了，三千饿鬼到来临，
说是地狱受苦深，想到凡间去托生。
地皇便把土地叫，你送饿鬼去托生，
一起送到西天去，三千道人是他们。
打发饿鬼都去了，殿前又跪十八人，
光头圆脸大肚皮，山呼万岁拜皇君。
说是先天十八洞，洞中十八诵佛人，
洪水泡天落阴府，请放凡间传佛经。
地皇听罢开金口：凡间正差诵佛人，
金石塑身成人形，十八罗汉是你们。
地皇吩咐土地神，你送他们到昆仑，
昆仑山上十八洞，十八罗汉各安身。
罗汉走后无踪影，阎罗殿上好肃静，
地皇静中思母训，如何才算广放生？
思前想后下决断，亲察地狱十八层。
地皇吩咐众判官，依次打开地狱门。
察审鬼卒八百万，凶恶冤错细分清，
冤假错案全推倒，如山铁案不留情。
查出五百万冤鬼，一一将魂附原身，
吩咐土地来引路，带到凡间去托生。
剩下恶鬼三百万，依罪论刑定严惩，
凡是罪大恶极者，打进地牢万丈深。

第五章 指引人皇救人根

天皇地皇两皇君，治天治地治鬼神，
地母见了心欢喜，又叫人皇仔细听：

你到东土中川地，拯救肉身智慧人，
就在洪水泡天前，东土有人无肉身。
盘古须毛化草木，古树枯藤变成精，
草木成精变人形，无血无肉无精神。
我曾化为女娲身，黄土拌水造成人，
泥巴造人本也可，各个怕碰怕雨淋。
东土黄龙吐黄云，有团黄云变成人，
鸿蒙老祖是他名，他在东土做国君。
黄云老祖配黑云，生下金童玉女身，
金童玉女血肉体，就是黄种人的根。
四条黑龙起洪灾，洪水泡天毁生灵，
草木人和黄泥人，从此灭绝无踪影。
城毁殿倾成汪洋，吓昏鸿蒙老国君，
丢了金童和玉女，蓬莱洞中远逃生。
金童玉女在何处？你去东土细找寻，
叫他兄妹成婚姻，繁衍东方黄种人。
人皇起程来东土，满眼洪水浪滚滚，
水中五条小黄龙，抬着葫芦身边存。
人皇仔细看又听，葫芦里有说话声，
抽出宝剑开葫芦，蹦出兄妹两个人。
人皇就问兄妹俩，你俩都是什么人？
又是什么名和姓？为何葫芦里藏身？
原来黄龙知天命，八月十五落灾星，
头化葫芦身化藤，国王后花园里存。
八月十五那一天，洪水滔滔进宫门，
兄妹葫芦藤下躲，葫芦开口护他们。
黄龙又吐五朵云，变成五龙来送行，
送往东土中川地，来到人皇面前存。
兄妹哪里知根由，两眼汪汪泪淋淋，
只说都是鸿蒙后，金童玉女是姓名。
人皇听得哈哈笑，金童玉女是你们，
就劝兄妹结婚姻，广传东土后代人。

玉女下跪拜人皇，她说此事万不能，
我与哥哥同父亲，兄妹怎能来结婚！
人皇开口细劝说，只因洪水灭生灵，
万国九州东土上，只剩你们两个人。
你俩一男和一女，正好相配成婚姻，
生儿育女往后传，传出千千万万人。
玉女听后回言道，皇上听我说原因，
若要兄妹成亲事，除非金龟把话论。
忽见一片波浪滚，浮出金龟面前存，
人头龟身大神物，开口说话好吃惊：
金童玉女仔细听，你俩今天就成婚，
只要你俩不嫌弃，我给你们当媒人。
玉女一听怒生嗔，手握石头砸龟身，
就把金龟来打死，尸碎八块命归阴。
人皇忙把金龟度，金龟借尸又还魂，
金童哥哥用尿淋，八块合龙成龟身。
金龟开口又说话，玉女姑娘你再听，
你俩成婚本天意，生劝死劝不改音。
金童一旁开言道，妹妹你可要动心，
为人都要听劝告，哪能一意又孤行。
如今东土绝人烟，仅剩我俩为人根，
我俩成婚非乱伦，只为东土万民兴。
玉女到此泪淋淋，欲说还羞不成声，
拉住哥哥一双手，说出三字愿成婚。
双双跪下拜人皇，百拜千拜谢皇恩，
再拜金龟大媒人，死活劝婚心意诚。
哥妹对拜发誓言，永结同心育子孙，
天做房屋地做床，二人中川结为婚。
这时洪水东海去，一轮太阳向上升，
只见东土锦绣地，人气旺盛万象新。

正文：尾声

住下金鼓不用请，我为长歌续尾声，
长歌就是地母传，她的来由说你听：
明朝有个周天官，祖籍原是宜昌人，
精通天文和地理，心高志远可通神。
万历差他去和藩，三十多年未回程，
周游西天不知老，仅在昆仑十八春。
官满回到湖北省，带回三卷天书文，
大丰寺里传宝经，南北都知地母神。
九十五岁升天后，宝经传给易德俊，
德俊传给易行林，行林又传易德云。
光绪传与易德屺，民国朝阳观内存，
科规科教两真人，领班传唱到如今。
农历十月十八日，天地焕彩放光明，
庆贺地母圣诞节，朝阳观上人如云。
锣鼓丝竹来伴奏，真人领唱众人跟，
山呼水应传远近，齐颂地母大慈尊。
颂神也是颂父母，生养恩德海洋深，
子子孙孙行孝道，民风淳美万万春！

第二编

秦巴歌本中的历史朝代演变

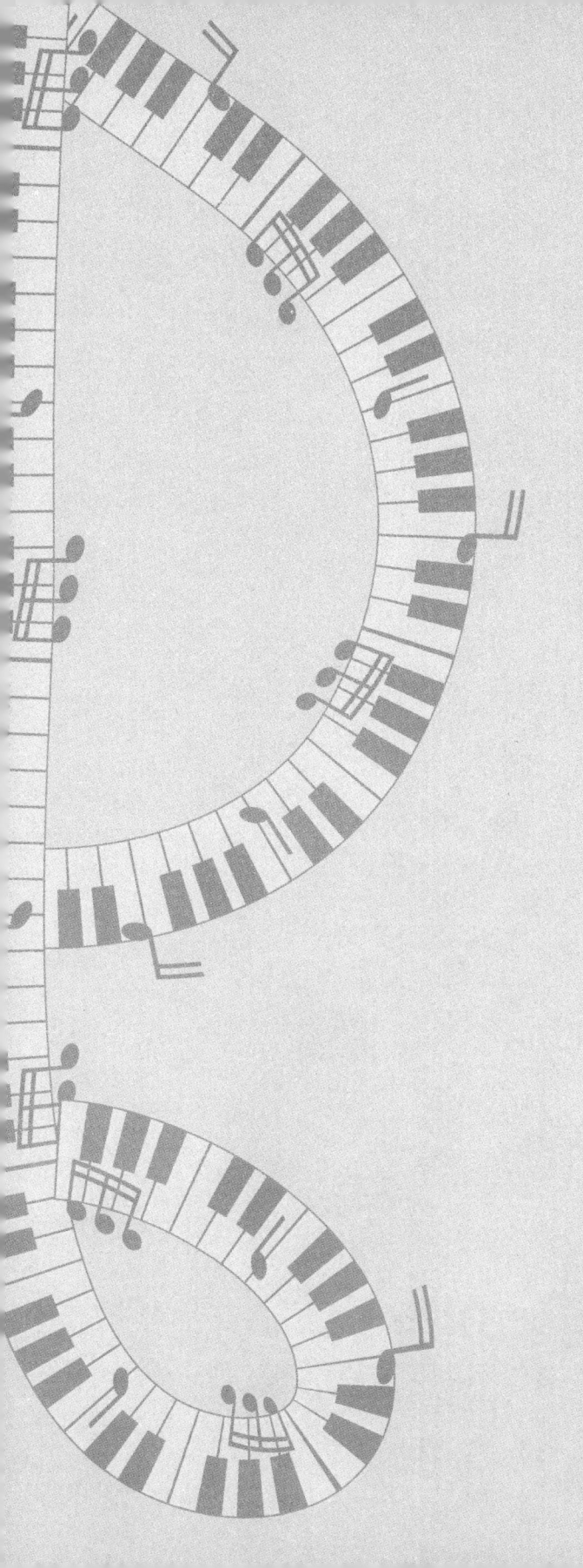

二十一、小《史记》纲鉴[①]

纲鉴是指从开天辟地、女娲炼石补天、三皇五帝唱到明清历朝历代,通篇讲述中国史话,穿插神话、传说、历史人物故事的一种歌本。因说书人水平不同,掌握知识多寡不同,因此演唱内容的详略也不尽相同。这类曲目词句文雅,但朗朗上口,民间有"学会大纲鉴,历朝历代唱一遍"的说法。

三皇记

乾坤初开张,天地人三皇,
天形如鸡白,地形如卵黄,
五行生万物,六合运三光。
天皇十二子,地皇十一郎。
无为而自化,岁起摄提纲。
人皇九兄弟,寿命最延长。
各万八千岁,二人兴一邦。
分掌九州地,发育无边疆。
有巢氏以立,食木始为粮。
构木为巢室,袭叶为衣裳。
燧人氏以出,世事相迷茫。
钻木始取火,衣食无所妨。

[①] 此歌本由湖北省竹溪县文体局干部陈如军收集保存并传承,竹溪县向坝乡肚丰村王永义,祖籍四川省云阳人,也曾传唱此歌。

五帝记

伏羲氏以立,人质自异常:
蛇身而牛首,继世无文章,
制学造书契,画卦名阴阳;
男女教嫁娶,俪皮为礼将;
养牲供庖厨,畜马猪牛羊。
祝融共工氏,交兵相战争,
共工不胜怒,头触周山崩。
上惊天柱折,下震地维穿。
女娲氏以立,炼石以补天,
断鳌足立极,地势得其坚。
积灰止滔水,天地复依然。
传代十五世,不可考根源。
神农氏以立,其始教民耕。
斫木为耒耜,衣食在桑田。
亲自尝百草,医药得相传。
教人为贸易,货物并衡权。
传代凡八世,五百二十年。
黄帝轩辕氏,人事渐完备。
诸侯始争雄,适习干戈起。
蚩尤常作乱,作雾迷军旅。
帝造指南车,起兵相战敌。
蚩尤被帝擒,杀于涿鹿里。
龙马授河图,得见天文纪。
伐木作舟车,水陆皆通济。
隶首作算数,大挠造甲子。
伶伦制竹龠,阴阳调律吕。
遂有管弦声,音乐自此始。
在位一百年,骑龙朝天帝。
少昊金天氏,立位凤凰至。
其世官无名,以鸟为官纪。

颛顼高阳氏，按时造皇历。
孟春为岁首，一年分四季。
帝喾高辛氏，在位八十岁。
天下藉太平，史书无所纪。

陶唐纪

帝尧陶唐氏，仁德洪天地。
茅茨不剪伐，土阶为三级。
蓂荚生于庭，观念旬朔日。
洪水泛九年，使禹而敷治。
居外十三春，未入家门视。
通泽疏九河，引水从东逝。
举益治山泽，猛兽皆逃避。
百姓乐雍熙，击壤而歌戏。
大舜耕历山，尧闻知聪敏。
二女嫁为妻，九男遣奉侍。
器械并百官，牛羊仓廪奋。
事舜畎亩中，取舜归帝里。
尧老倦于勤，四岳举舜理。
尧立九十年，一百十八岁。
舜见尧升遐，避位南河地。
百姓感舜恩，从者如趋市。
天与人归之，回宫即帝位。

有虞氏纪

舜既为天子，国号有虞氏。
初命诛四凶，四境叨恩庇。
舜昔贫贱时，事亲全孝弟。
父惑于后妻，嫉舜生妒忌。
独爱少子象，象杀舜为事。

浚井与完廪，不死皆天意。
中心不格奸，竭力烝烝乂。
舜陶于河滨，而器不苦窳。
渔钓雷泽间，民皆让住址。
凡有所动移，所居便成聚。
及自为帝时，不忘父母志。
不记象旧仇，封象于有庳。
四海载舜功，八荒沾帝力。
闲操五弦琴，歌颂南风句。
解愠阜民财，民乐太平世。
舜崩于苍梧，二妃悲慕极。
即今斑竹痕，乃是皇英泪。
舜子均不肖，位让夏后氏。
在位五十年，一百一十岁。

夏后氏纪

禹王登国畿，身度规矩制。
一馈十起身，慰劳民间事。
出外见罪人，下车问而泣。
仪狄始作酒，遂乃疏仪狄。
采金铸九鼎，流传享上帝。
告命于涂山，万国诸侯至。
因济茂州江，黄龙负舟戏。
禹仰告于天，龙俯首低逝。
南巡至会稽，徂落辞凡世。
在位廿七春，寿年一百岁。
禹子启贤良，仁德似父王。
传位不逊让，无复遵虞唐。
启崩太康立，复传与少康。
举兵灭寒浞，夏德复兴扬。
继传十七代，国败于桀王。

四百三十载，一旦如狈狼。
夏桀性贪虐，冤杀关龙逢。
有宠于妹喜，委政于道旁。
以酒为池沼，积糟成高冈。
悬肉为林薮，内侈外怠荒。
民怨其虐甚，为谚而宣扬。
时日盍不丧，予及女①偕亡。
百姓皆散叛，天下皆归汤。

商纪

成汤登天位，百姓乐徜徉。
坐朝以问政，垂拱而平章。
出外见田猎，汤感而悲伤。
解网以更祝，禽兽叨恩光。
化被于草木，赖及累万方。
大旱连七年，断发告穹苍。
六罪自归责，大雨遂倾滂。
在位十三载，登遐归帝乡。
传位太甲立，伊尹扶朝纲。
尹少耕莘野，乐道弗为邦。
汤王三币聘，始登天子堂。
相传至太戊，亳里出祥桑。
一日暮大拱，伊陟言不祥。
劝君修德业，三日祥桑亡。
中有高宗作，梦得一贤良。
其人名傅说，版筑傅岩旁。
王使图形觅，得说升庙廊。
尊封为宰相，殷道复轩昂。
传代三十世，国败于纣王。

---

① 女，假借字，同"汝"。

妲己预国政，祸起在萧墙。
炮烙刑一举，黎庶尽遭殃。
比干以死谏，剖腹刳心肠。
鄂侯谏而死，祸移及周昌。
召昌囚羑里，七载得归乡。
箕子因为奴，披发而佯狂。
微子奔周国，殷家自此亡。

周纪

武王运天筹，天下并宗周。
观兵孟津界，白鱼入王舟。
诸侯咸集会，皆欲逞兵矛。
灭纣救荼毒，万姓沐洪庥。
一怒安天下，四海乐悠悠。
太公八十岁，兴周志有优。
夷齐叩马谏，清名万古流。
耻食周家粟，饿死西山头。
寿年九十岁，在位七年休。
成王立幼冲，周公掌国猷。
一沐三握发，吐哺待诸侯。
召公为辅翼，朝野市无忧。
越裳献白雉，圣化被羌酋。
康昭承旧业，礼法绍前修。
穆王得骏马，天下任遨游。
幽王举烽火，周室渐休囚。

春秋纪

平王东迁后，举世号春秋。
灵王庚戌岁，天命生孔丘。
天将为木铎，教化于九州。

圣贤俱间出，道学得传流。
德教加黎首，文光射斗牛。
周氏寝衰薄，五霸并成仇。
赧王攻秦国，不利反为尤。
顿首而受罪，尽地献来由。
传代三十七，八百七十秋。
四海皆周室，势改一时休。

战国纪

周家天命歇，邦畿碎分裂。
诸侯各争雄，天下为战国。
齐楚赵魏韩，鲁吴宋燕越。
列国百余区，略举大概说。
起翦颇牧臣，用兵为上策。
桓公伯诸侯，政繁管仲摄。
晏子事景公，诸侯皆畏怯。
苏秦六国师，位高名烜赫。
张仪说秦王，全凭三寸舌。
孙膑与庞涓，同受鬼谷诀。
减灶暗行兵，庞涓被其获。
范蠡归五湖，子胥目空诀。
介子死绵山，今为寒食节。
屈原投汨罗，端午吊忠魄。
泣玉楚卞和，非为足遭刖。
宁戚曾饭牛，后居丞相列。
仲连欲逃名，毛遂自荐客。
齐有孟尝君，门下三千客。
客有食无鱼，冯骥弹长铗。
不羡鸡声鸣，不夸狗盗窃。
有智明于时，不被秦王掣。
程婴立孤儿，杵臼死缧绁。

孤儿后复仇,岸贾全家灭。
商鞅废井田,辟地开阡陌。
计亩科粮差,即今为法则。
须贾使于秦,范雎耻方雪。
田单纵火牛,燕兵受灾厄。
复齐七十城,立功由即墨。
淖齿杀湣王,襄子杀智伯。
谋害无了期,皆因自作孽。

秦纪

秦始皇登基,并吞为一国。
更号皇帝名,言辞称昭曰。
焚经坑儒士,欲把儒风灭。
孔道被伤残,孔墓被毁掘。
北塞筑长城,预备防胡贼。
西建阿房宫,势大天相接。
后被楚人焚,烟火连三月。
南修五岭山,东将大海塞。
竭力劳万民,民尽遭折磨。
自恃天下平,销铄刀兵革。
并国十三年,空著大功烈。
天命一朝殂,四海皆崩泄。
二世登帝基,蒙蔽多昏黑。
赵高内弄权,李斯被其核。
腰斩咸阳市,宗枝皆族灭。
指鹿以为马,群臣畏莫说。
由此坏朝纲,国败于胡亥。
秦欲万世传,未及三世撤。
亡秦失其鹿,群臣皆出猎。
天下共逐之,汉王最先得。
项籍与刘邦,两意相交结。

共立楚怀王，举兵攻帝阙。
一鼓破函关，秦王出迎接。
夺得秦家权，便把仁义绝。
鸿门会宴时，玉斗纷如雪。
两下动干戈，降兵夜流血。
王陵张子房，萧何并彭越。
韩信与陈平，出计人莫测。
争战经五年，汉兴楚渐歇。
项羽力拔山，一怒须如铁。
恃己多勇才，不用谋臣策。
唯有一范增，见弃归田宅。
垓下被重围，楚歌声惨切。
起舞于帐中，泣与虞姬别。
非不渡乌江，自愧无颜色。
拔剑丧其元，兴亡从此决。

二十二、大全传①

今天会着歌师晚，不讲长来不讲短，
献丑不知唱哪般。
船儿弯在浪沙坑，一阵顺风调了身。
开了歌头莫住音，追根求源讲学问。
或唱古往与来今，或唱怪力与乱神，
或唱地理与天文，或唱日月共五星，
或唱五岳众山名，或唱稀奇并古怪，
或唱旧文与新文，或唱盘古与混沌，
或唱历代帝王君，或唱开天辟地人，
或唱山青并水秀，或唱武将和文臣，
或唱地府与天庭，或唱八仙会上人，
或唱走兽共飞禽，或唱礼乐讲疲经，
各个都要唱几声，一夜玩耍到天明。
盘古三皇且不提，六十六代唱几句，
伏羲女娲出世起，五帝伏羲氏为首，
人头蛇身生得丑，聪明智慧世少有。
置字造文分阴阳，男女嫁娶为礼将，
流传万古到如今，至今不敢乱伦常。
列位即知书中窍，我把伏羲问根苗：
伏羲姓甚母何名？他在何处生长成？
生长下来为何形？后来何处建都城？
共有几十几年春？八卦名字说你听，

---

① 此歌本保存传唱者竹山县擂鼓镇擂鼓村李祥祐等人，祖籍四川省云阳、现居住在竹溪县向坝乡向坝村的余昌美也以"扯拦山网"的歌名传唱此歌。

太昊圣母名华胥，看看日落西山地，
荒郊野外闲游戏，忽见巨人一足迹，
太昊圣母动了意，心中思想那足迹，
感动上天那虹霓，五色祥云飞下地，
缠住圣母交情意，不觉有孕附身体。
生下伏羲在城纪，蛇身人头真奇异。
后来建都宛丘地，在位一百一十春，
至今人伦不差移，八卦乾坎与艮震，
又有异离与坤兑，阴阳顺逆走流轮，
八卦名字说与你，后来有书传"周易"。
果然史书说得清，棋逢高手定输赢。
哪个构木为巢室，把那树叶为衣襟？
哪个结绳记其事，哪个钻木取火星？
哪个撞倒不周山，撞得天塌并地崩？
哪个炼石把天补？哪个尝药传如今？
哪造甲子八节分？哪个算术九除成？
列位莫说自己急，到底想听不想听？
听我说来洗耳听，——从头讲根痕。
有巢构木为巢室，并把树叶为衣襟；
燧人结绳记其事，再有钻木取火星；
共工撞倒不周山，撞得天塌并地倾；
女娲她炼五彩石，忙把破天修补成；
神农皇帝尝百草，医药传送到如今，
大桡造了花甲子，才有四时八节分；
隶首创作有算术，九九归一除得成。
当日共工来作乱，祝融领兵来交战，
共工撞倒不周山，这般本领非等闲。
上方倒了擎天柱，下方裂了地与井，
洪水泛滥又混沌，好个女娲手段能，
飞剑去把共工斩，忙炼彩石去补天，
断鳌足，立四极，强地势，得其坚，
始就平川万万年，至今北方有些寒。

提起神农有根痕，他是少典亲所生，
母亲乔氏女佳人，名唤安登女祅裙，
配合少典结为婚。生下神农多奇异，
脑壳生角牛头形，火德南方治乾坤。
智慧仁义有道君，亲尝百草救万民，
教人贸易有权衡，治五谷来粮蒸煮，
他为黎民费心情，在位一百四十春，
国泰民安天下定，传与儿孙管乾坤。
神农皇帝归了天，长子临魁坐江山，
一共坐了八十春，江山一旦付帝承，
帝承接位六十年，帝明四十九年零，
帝直四十五年崩，帝来江山四十八，
帝里四十三年正，后生节茎掌乾坤，
节茎生帝克及戏，克戏才生榆罔君。
江山五百二十春，乾坤一旦付公孙。
提起轩辕掌乾坤，水有源来木有根，
打开始纪看分明。他父名唤有熊君，
母亲附宝老夫人，那夜得梦着一惊，
梦见大电在天庭，绕北斗，枢众星，
夫人从此有了孕，怀胎二十四月零，
生下轩辕一个人，却在河南开封城，
新郑县里长成人，国号轩辕名公孙，
后来封他水德王，定住北方管万民，
只因蚩尤来作乱，黄帝四下访贤人，
风后力牧本事能，大山稽上显威灵，
先泰江鸿二大臣，六人在朝镇乾坤，
排下八卦无极阵，捉住蚩尤一命倾，
江山一旦才安宁，江山一百一十春，
轩辕黄帝归天庭。长子玄器掌乾坤，
少昊玄器和昌意，都是轩辕所亲生，
嫘祖就是他母亲，他母怀胎有来因，
夜梦天庭众将星，大星如虹照浑身，

生下少昊空桑城，国号金天掌乾坤，
把他封了金德王，江山八十四年春，
阳寿一百把驾崩，葬于如今荥阳城，
后来颛顼把位登，提起颛顼也有名，
也是轩辕后代根，他是昌意所亲生，
母亲昌璞女佳人，夜得奇梦祥瑞生，
不觉腹中有了孕，生下颛顼一帝君，
孙接祖业把位登，国号高阳水德君，
七十八年把位登，葬于濮阳一座城，
原名东昌大府城，后出帝喾把位登。
讲起帝喾一段文，他是轩辕四代孙，
你传子，子传孙，提起帝喾有根痕，
娶妻四个女佳人，长妻原是邰氏女，
名唤姜嫄女佳人，生下后稷一条根，
次妻陈锋女钗裙，名唤庆都小娇生，
夜梦赤龙浑身照，怀胎二十四月零，
生下尧王在丹陵；三妻娥氏名简狄，
吞了燕卵祥瑞生，生下子契一郎君。
四妃原叫常仪名，生下姐挚一条根。
帝喾国号高辛氏，他是乔极亲所生，
后来封他木德王，在位七十整整春，
活了一百零五岁，姐挚接位管乾坤。
姐挚坐了帝喾位，江山九年一旦废，
后出尧帝来接位，尧帝接位立乾坤，
他是帝喾次子身，母亲陈锋亲所生，
生下尧帝丹陵城，国号陶唐尹祁名，
封他作为火德王，后来坐了锦乾坤。
甲辰年间登了位，癸未之年把驾崩，
在位刚刚一百春，丹朱太子多不正，
万里江山传大舜。提起舜王根痕深，
始纪上面说得清，他是轩辕八代孙。
轩辕长子名昌意，玄嚣少昊次子名，

昌意后来生颛顼，颛顼生穷蝉，
穷蝉生敬康，敬康生句望，
句望生峤牛，峤牛生兆牛，
兆牛生瞽叟，瞽叟出世才治人伦，
娶妻握登女钗裙，生下大舜仁义君。
耕于历山过光阴，尧王访贤让大舜，
就将二女配为婚，二女娥皇与女英，
乃是姑祖配玄孙，哪个知道这根痕？
天舜为君多英武，七代玄孙配姑母，
请问歌师讲清楚。尧王闻舜多仁政，
只因重贤不重伦，万里江山让大舜。
国号有虞土德王，姓姚癸酉年间崩，
在位恰恰五十春，阳寿一百一十零，
丢下商均又不仁，万里江山让禹君。
夏朝禹王管乾坤，他是轩辕后代孙，
受舜天下管万民。国号夏朝把位登，
他是殛鲧亲所生，母亲华氏老夫人。
在位二十七年整，禹疏九河费心情，
定九州，铸九鼎，阳寿刚刚三十零，
传于帝启掌乾坤。
帝启生太康，太康生仲康，
仲康生帝相，帝相生少康，
少康生帝杼，帝杼生帝槐，
帝槐生帝忙，帝忙生帝泄，
帝泄生不降，不降生帝局，
帝局生帝廑，帝廑生孔甲，
孔甲生帝皋，帝皋生帝发，
帝发生履发，
父传子，子传孙，夏朝共传十七君，
禹王丁己年位登，桀王甲午败乾坤，
共有四百八十春，成汤出来动刀兵。
提起商代那根本，他是帝喾十五孙，

第二编　秦巴歌本中的历史朝代演变 | 151

说起成汤有来历，听我从头说详细，
帝喾后，名简狄，吞鸟卵，怀胎生，
子契生昭明，昭明生相土，
相土生昌若，昌若生曹圉，
曹圉生子宜，子宜生子振，
子振生子微，子微生报丁，
报丁生报乙，报乙生报丙，
报丙生报壬，报壬生主癸，
娶妻扶都女佳人，白气贯日照浑身，
怀胎生下太乙君，国号成汤把位登。
提起成汤出世根，姓子名履是他名，
他子契十二代孙，传至主癸生成汤，
扫灭夏朝定家邦，乙未年间坐江山，
在位坐了三十年，阳寿一百染黄泉。
汤亡伊尹摄朝贤，扶住外丙把位权。
成汤传位与外丙，外丙传仲壬，
仲壬传位太甲登。太甲传沃丁，
沃丁传太庚，太庚传小甲，
小甲传雍已，雍已传太戊，
太戊传仲丁，仲丁传外仁，
外仁传外壬，外壬传□甲，
□甲传祖乙，祖乙传祖辛，
祖辛传祖沃，祖沃传祖丁，
祖丁传南庚，南庚传汤甲，
汤甲传盘庚，盘庚传小辛，
小辛传小乙，小乙传武丁，
武丁传祖庚，祖丁传祖甲，
祖甲传禀辛，禀辛传庚丁，
庚丁传武乙，武乙传太丁，
太丁传帝乙，
帝乙所生三圣人，微子启，微子愬，
受辛就是纣王名，相传三十圣主人，

戊寅年间败乾坤，六百六十四年春，
败在纣王手中心，万里江山属周君。
提起文王却有根，姓姬名昌有天心，
后稷十五代子孙，轩辕帝喾将五代，
娶妻邰氏女钗裙，生下后稷传后代，
后稷生不窋，不窋生公刘，
公刘生居圉，居圉生庆节，
庆节生皇仆周，皇仆周生差弗，
差弗生毁隃，毁隃生公非立，
公非立生高圉，高圉生亚围，
亚围生公权祖，公权祖生古公，
古公娶妻太姜女，所生之子在家里，
太伯虞仲与季历，降生文王岐山地。
文王生下武王君，坐了纣王锦乾坤，
一统山河国太平，武王掌朝管万民，
有姜子牙下山林，辅佐周朝八百春。
孟津八百诸侯会，纣王摘星台焚身。
周王后来生成王，成王生康王，
康王生昭王，昭王生穆王，
穆王生共王，共王生懿王，
懿王生孝王，孝王传夷王，
夷王传厉王，厉王传宣王，
宣王传幽王，幽王传平王，
平王传东周王，子孙相传至赧王，
周朝三十零八代，传至赧王江山败。
赧王皇帝无儿孙，只怕江山坐不成，
也是周朝气数尽，后来皇后身有孕，
怀胎十月有余零，生下太子貌超群，
五十七岁长成人，太子出宫游四门，
撞见元始大天尊，指明武当去修行。
太子坡前来打坐，老营宫里讲功果，
南岩宫里景致多，玉帝赐剑斩妖魔。

太子知道其中情，急忙将身转回程，
乌鸦行路往前行，黑虎开山路途村，
引至太和山上存，玉皇大帝传旨令，
封为玄天上帝神，你传子来子传孙，
相传三十帝王君，六百八十四年整。
歌师传来老先生，一部史书明如镜。
提起夫子这段根，二十一年庚戌春，
颜征生下孔圣人，他是纣王的后裔，
帝乙长子微子启，子启之后生微仲，
微仲生公稽，公稽生公丁甲，
公丁甲生公共，公共生公熙，
公熙生弗父何，父何生宋父周，
宋父周生子圣，子圣生正考甫，
考甫生孔父嘉，嘉生木金父，
金父生幸夷，幸夷生防叔，
防叔生伯夏，伯夏生叔梁纥，
梁纥生孔丘，
孔公稽十三代祖，孔丘是他十三代孙。
讲起圣父叔梁纥，他有一妻两个妾。
仁兄听我从头曰：施氏夫人生九女，
孟氏生下孔孟皮，二妾就是颜氏女，
夫妻祝告泥丘地，孔野山前告神祇，
后来生下孔仲尼，形容古怪多奇异，
面目犹如黑锅底，父母弃于荒郊地，
白鹿哺乳凤暖体，捡回长成三岁余，
能知天文并地理，才有《春秋》和《论语》。
也是周朝江山尽，败在赧王他手里，
一十八国举反旗。秦楚燕韩起卫齐，
列国纷纷刀兵起。各霸一方立为主，
险潼门，逞高强，战国春秋闹嚷嚷，
俱是周朝后代王，唯有秦国他独争，
姓嬴伯益之后强，庄王父亲乃所生，

母亲夏氏多和顺，只因领兵伐赵君，
身困赵邦受苦辛，亏吕不韦费多心，
传书送人于赵君，设计结交公孙乾，
费尽心机花金银，救出公子秦异人，
就将朱妇配为婚，坐了秦朝锦乾坤：
不韦满门将官升，执掌兵权扶朝廷。
提起赵君真有趣，他与秦王来赌气，
水有源来树有根，祖上有名飞廉身，
所生一子名李胜，李胜生造父，
造父生凤王，凤王生襄王，
襄王生宣王，宣王生肖王，
肖王生朔王，
朔王家住邯郸城，相传二十一帝君，
传至惠王五年春，秦国昭王把兵兴，
要与赵国定乾坤，差了王翦把兵领，
又有异人是皇孙，要与赵国定输赢。
赵国廉颇好英雄，拿住异人进城中，
吩咐公孙乾莫放松，带着异人满街冲。
阳翟有个吕不韦，看见异人双流泪，
此人日后有大贵，回家父亲听分明，
公子身困赵邦城，想设一计救异人，
不知父亲如何论？
吕公一听心欢喜，我儿做事心拿定，
倘若此事做得成，我儿驾前为公卿。
不韦听了父亲言，辞父来到赵国边，
此事要会公孙乾。人生地疏难认人，
访知城东季默名，他与公孙是姻亲。
不如去求他一人，送些礼物共金银，
来到季默他家里，有点小事求指引，
季默一听心欢然，引他去见公孙乾。
不韦席上把话论，饮酒之时观宝珍，
白玉双金共十锭，公孙乾一见喜十分，

留下不韦在府门，异人相陪叙寒温，
二人暗把巧计生，公孙乾全然不知情，
顿时辞别回家门，明日秦国下书文。
亏了不韦多计谋，回到秦国又生巧。
夜易歇到皇姨店，相见华容夫人面，
皇姨一见喜连天，叫声将军上金殿，
相见国君把话传，将书呈上观一观。
秦异仁是小皇孙，身困赵邦好伤情，
若还不救异人转，秦国难得继江山。
不韦当下回言到：想请君王听分晓：
微臣有一好计谋，总叫皇孙得回朝。
如此这般说分明，国君听得喜欢心，
黄金五百做盘缠。回转赵国自家门，
说与父亲得知闻，吕公一见喜十分，
我儿做事要小心，泄露天机事不成！
不韦又把计来定，黑夜来至卧房门，
便与朱姬把计生。不韦说与贤妻听，
倘若救得秦异人，你可与他结为婚，
你今怀孕两月零，移花接木掌朝政，
同享荣华富贵春。朱氏点头就依允，
伴同皇孙转回程，奴家与他结为婚。
一夜谈话到天明，次日来至京都城，
公孙乾一见远远迎，高堂摆酒叙寒温。
不韦当时献宝珍，献出玉带无价宝，
金樽玉带晃眼睛。公孙乾一见喜盈盈，
承谢将军黄金银，置酒款待如恩人。
酒至半酣把话提，接你明日到家里，
不知公驾去不去？公孙乾回言忙答允，
多谢将军一片心，忙至吕家大府门，
大摆宴席将酒饮，公孙乾喝得醉醺醺。

朱氏缠恋上皇孙，二人对面耍风情，

交杯过盏情十分，这段姻缘天生成：
一点樱桃启绛唇，两行碎玉爵阳春，
玉身不买千军笑，原是昭阳宫里人。
不韦设下牢笼计，私差家丁秦国去，
一心要把秦国取。从此二人无拘言，
便于公孙乾下棋玩，不韦一连输几盘，
又与异人下棋耍，又是故意输三盘，
公孙乾拍手笑连连，明日来到你家玩。
不韦告辞回家里，公孙乾异人一同去，
后花园里摆酒席。花园赴宴把酒饮，
有心人弄无心人，公孙乾只当是真情，
宽怀大饮醉沉沉，随身家将也沉醉，
不韦当时不消停，就与异人动了身，
上马加鞭如腾云，直奔咸阳一座城。
不讲异人路中忙，公孙乾酒醒大天光，
不见异人做了慌，吩咐漳河把上兵，
李继叔，去守城，忙差医和去追寻，
不韦来在黄河心，忽听后面喊杀声，
异人一听掉了魂，医和三百人马兵，
秦国章邯来接应，黄河岸上大交兵，
只有章邯手段能，枪挑医和送性命，
咸阳来见秦国君。
秦王一见好伤惨，我儿今日回朝转，
华阳夫人也欢然。异人言与父亲听，
多亏了，吕不韦，费了那，许多心，
为结交，公孙乾，花费了，宝和珍，
用千方，并百计，才救儿，转回城，
秦王听得异人言，次日清早坐龙廷，
忙忙宣上吕不韦，要他金殿把官升，
不韦连忙谢了恩，一步登上九霄云。

光阴似箭年年春，朱姬房中闷沉沉，

不觉孩儿要降生。
天昏地暗狂风起，朱氏房中不安宁，
岁逢壬寅二月春，生下始皇小娇生。
异人一见心欢喜，取名叫作秦王嬴政，
真是易长易成人，嬴政年方十岁整，
岁逢庚戌三月春，昭王殿上命归阴。
华阳夫人皇后身，王翦章邯领大兵，
周王驾下取救兵，秦国势大了不成，
伐魏取韩一扫平，万里江山归皇孙。
皇孙异人登了位，不韦封了宰相辈，
满朝俱封高官位，华阳封了太后身，
朱姬正宫受封赠，在位三年命归阴，
传与始皇坐朝廷。
始皇太子坐朝堂，吕不韦来掌朝纲，
私通皇后不可讲，内外专权乱伦常，
眼看专权不久长，吟诗一首在宫墙。
诗曰：
灭楚攻齐伐赵燕，收韩掠魏一口吞，
不知祸起萧墙内，吕易秦嬴摄政专。
不韦在朝专权柄，文武百官奏一本，
不韦贬了四川省，不韦当时泪淋淋，
我今年老怎远行？左思右想无计生，
只有毒死命归阴，葬于河南一座城，
万古千秋永标名。自从不韦归阴地，
始皇排驾出朝去，游巡天下闲游戏。
遍游天下玩一玩，游到陇西□头山，
东西五色祥云现，宋武吉，开了言：

此处后来出大贤，始皇移驾到邙山，
镇压妖邪出祸端，排起銮驾转回还。
始皇銮驾回咸阳，四句诗句不寻常，
诗曰：

东南旺气已归刘，何事劳人驾远游？
四百年间五业定，始皇难免藏沙丘。
始皇回到咸阳城，腾起祥云闪闪明。
夜得一梦好惊人，一声响亮天地惊，
掉下红日落西沉，又见青衣小后生，
上前抱住太阳神，不知他往哪里行，
南边来人穿红衣，高叫青衣莫抱去，
那个红日是我的！二人厮打力相争，
青衣童子力量强，红衣童子命归阴，
童子抢抱太阳神，一直径往南边行。
始皇当时开言问：青衣童子你且听，
家住哪州哪府人？童子回言你且听：
我是唐尧后代根，出生于沛县内人，
特来兴业立帝君。只见云雾遮天地，
红光照地好惊人，顿时小儿不见形，
惊醒始皇梦中人，吓得魂飞九霄云。
始皇终日不欢乐，差了徐福人一个，
要求长生不老药，生领皇命往前行，
来至太岳山中林，东羊绝顶一老人，
身卧石边把话云：徐福上前把礼行，
老翁取出天书文，《天秘诀》是书名，
递与徐福拿回程，交与始皇看分明。
始皇拆开书来看，不觉心中多慌乱，
只怕胡人来造反。差了蒙恬大将军，
沿边高高筑长城，烧毁孔圣书万卷，
坑陷儒生留罪名，行至沙丘一命倾。
阳寿刚刚五十春，三十七年皇帝份。
提起刘邦出世根，常氏夫人亲所生，
刘煓就是他父亲，说起刘邦根基深，
祖上原是有名人，禹王驾前为大臣，
名叫刘义为公卿，子孙相传五十代，
列国才有刘浩仁，浩仁生下刘煓生，

娶妻常氏女佳人，也是刘家有天心，
天差赤帝下凡尘，刘家府内去托生，
刘邦坐了锦乾坤。
楚国项羽动刀兵，张良韩信两军师，
英布彭越为大臣，九里山前摆下阵，
加上八千子弟兵，霸王乌江一命倾，
万里江山才太平。西汉十三代相传，
二百一十零三年，又出王莽把位篡。
只因高祖进深山，斩了白蛇结下冤，
转劫王莽篡江山。二十八宿降了凡，
姚期马武后段强，保住刘秀坐南阳，
后来马武闹金殿，王莽奸贼命不全，
光武兴、为东汉，相传刘庄把位传，
一十二代东汉完，共一百九零六年，
灵献二帝失江山，末汉刘备讲根源。
刘胜之子名刘贞，武帝元狩六年春，
封汉亭候把官升，因这一支涿县村，
刘贞之子名刘昂，刘昂生刘录，
刘录生刘盈，刘盈生刘建，
刘建生刘英，刘英生刘衰，
刘衰生刘宪，刘宪生刘舒，
刘舒生刘喧，刘喧生刘必，
刘必生刘达，刘达生刘惠，
刘惠生刘权，刘权生刘宏，
刘宏生刘备，刘备生刘禅。

刘备本是汉朝根，称霸四川成都城。
孙权坐在东吴地，曹操中原又兴兵，
火龙太子降凡尘。卧龙岗上出圣人，
神机妙算诸葛亮，刘备关张和赵云，
同霸一方争乾坤，三国鼎立动刀兵。
汉国争得乱纷纷，出了曹操大奸臣，

听我从头说根痕：曹参曹相后代根，
共传十直四代孙，曹相传至二十代，
才生曹节他一人，节生曹腾号李典，
所生长子名曹嵩，曹嵩又把曹操生，
阿瞒吉利是他名，后来做了汉丞相，
他有百万上将军，东挡西扫乱纷纷，
一心要占汉乾坤。孙权弟兄人四个，
都是孙坚亲所生，母亲吴氏老夫人。
叔父孙静手段能，孙坚次妻吴氏妹，
也生一男一女身，四子占据江东城。
周瑜将军了不成，惹得三国动刀兵。
晋朝天子司马炎，祖籍河南洛阳县，
灭三国，来两晋，西晋相传四帝君，
江山五十二年春，东晋接住管乾坤。
司马睿国元帝君，传于明帝司马昭，
传至恭帝败乾坤，子孙相传十二人，
共计一百三十春。
宋朝刘裕彭城人，庚申年间把位登，
相传子孙八代君，江山一共六十春，
家庭居住在南陵，灭宋兴齐把位登，
共计三十四年整。南梁萧衍掌朝政，
共计五十五年春，南陵又出陈霸先，
灭梁篡位五代君，三十三年一日倾。
南朝一百七十春，后出隋主换朝廷。
宋齐梁陈都不提，再讲隋朝隋文帝，
弘农华阳是家地，歌师听我讲根基：
他是杨震后代孙，华阳县内有家门，
杨震四代生杨孕，杨孕生杨渠，
杨渠生杨铉，铉生杨元扁，
扁生杨惠瑕，惠瑕生杨烈，
杨烈生杨珍，杨珍生杨忠，
杨忠生杨坚，形容古怪貌非凡，

头长双角身长鳞，多亏尼姑抚养全。
杨勇杨广奸佞残，子孙世人民不安，
一共三十单八年，乾坤一旦归李渊。
神尧高祖根基深，李故一十二代孙，
陇西城里是家门，哪个知道这来因？
他祖汉朝有名人，也曾封他西凉王，
武昭王他也有名，姓李名皓武全能，
所生一子名李钦，
李钦生李重耳，重耳生李熙，
李熙生李天锡，天锡生李虎，
李虎生李昞，李昞娶妻吴氏女，
生下李渊手段能，柴绍射雁谁不惊，
秦琼敬德各个能，己卯年间把位登。
李渊得了江山地，兴兵灭陈费心机，
才除隋乱创国基。真明天子小秦王，
徐茂公、保朝纲，程咬金、王伯当，
罗成骁勇少年亡。中间多少忠良将，
才使唐朝得兴旺。黄巢追唐此时起，
僖宗逃往西祁山去，史书落得诗几句。
诗曰：
庚子年来日月殊，隋唐天子有若无，
山中果木重重结，曹州鸦飞托帝都，
若要太平无事马，除非阴山与燕狐。

好个忠良陈敬思，他往阴山把兵取，
晋王收了李存孝，收他却在飞虎山，
十三太保掌兵权，鸦管楼设黄河边，
每日饮酒在楼前，不把朝事放心间。
存孝英雄真无比，他与朱温赌志气，
赌头输带来争气。河北反了孟绝海，
又夺朱温带一根，朱温气得怒生嗔，
当时反上汴梁城。存孝杀上长安地，

黄巢逃奔山中去，驾前无人来对敌。
诗曰：
灭巢山来鸦儿谷，自刎身亡将寿终，
哪怕英雄世无双，至今鸟啼恨无穷。
朱温是个无道主，篡唐兴梁立帝都，
后出庄宋为朝政，灭梁兴唐四帝君，
晋朝高祖把位登，石敬瑭，齐王君，
一十三年归后汉，沙陀刘高为皇帝，
二主又坐四年春，后周彦威为三主，
在位十年把驾崩。五代残唐讲分明，
北宋又出赵匡胤。提起北宋赵匡胤，
外祖原是水獭精，祖上原是打鱼人，
所生一女貌超群，水獭附了她的身，
所生一子赵摩鱼，
摩鱼生赵眺，赵眺生赵挺，
赵挺生赵敬，赵敬生赵霸，
赵霸生下赵宏典，娶妻杜氏女，
马营之中生匡胤，南征北计定乾坤。
苦心经营有谋略，陈桥变黄袍加身，
废去恭帝建大宋，江山易主人易心。
太祖皇帝赵匡胤，本是世宗贴心人。
当仁不让夺天下，一统江山我为尊。
太祖杯酒释兵权，消除朝廷祸害根，
计策定计安天下，东征西讨求太平。
幽州出个杨继业，英雄老将有威名，
可恨奸贼潘仁美，谋害忠良使阴心，
杨业兵陷陈家谷，孤单深入无救兵。
将士伤亡惨烈状，李陵碑下断忠魂。
天波府里杨家将，满门忠烈传美名。
文曲星是包文拯，日断阳来夜断阴。
执法如山心无私，三口刑铡惊鬼神。
还有天官老寇准，素怀安邦治国心。

辅佐真宗保大宋，恰如沉舟逆水行。
北宋一百七十载，君王代代有根痕。
匡胤传赵炅，赵炅传赵恒，
赵恒传赵祯，赵祯传赵曙，
赵曙传赵顼，赵顼传赵煦，
赵煦传赵佶，赵佶传赵桓，
赵桓传赵构，
纵然大宋江山稳，朝朝都有保驾臣。
可叹赵家子孙败，一代更比一代昏。
皇帝昏庸领淫乐，独木难支大厦倾。
靖康耻，亡国恨，难改奸臣害人心。
千古奇冤留青山，岳飞被害风波亭。
卖国奸相狗秦桧，千秋万代落骂名。
偏安一隅小南宋，却把杭城做汴京。
南宋一百五十载，岁岁血泪耻辱情。
中原百姓遭悲苦，金兵未破元军侵。
虎去狼来山河碎，涯山决战定输赢。
秀夫负君跳大海，赵氏从此断帝根。
西域真主已出现，一代天骄铁木真。
蒙古帝国正强盛，成吉思汗传威名。
扫清西北各番王，灭金灭宋霸业成。
大元世祖忽必烈，一统中原华夏兴。

湖广四川张献忠，河南闯王李自成。
侠女义士红娘子，救出李岩投义军。
闯王纳贤鱼得水，终成大业灭明廷。
崇祯煤山自寻死，兔死狗烹鸟兽行。
闯王北京建大顺，张榜安民民欢欣。
山海关上吴三桂，本是抗清大统兵。
闯王派人去招降，三桂带兵回北京。
中途误听谣传言，怒火中烧返回程。
无奈致信多尔衮，请求清廷攻义军。

消息传到北京城，闯王当时怒气生。
亲点精兵二十万，山海关上杀气腾。
天不作美起风暴，清军乘机出奇兵。
降将清兵双合击，闯王大败回北京。
努尔哈赤计谋广，接来顺治坐北京。
三桂降清追闯王，引狼入室罪不轻。
九宫山上摆战场，闯王阵亡命归阴。
顺治早夭归西去，儿子玄烨登帝尊。
八岁细帝主国事，四位大臣掌朝政。
首辅鳌拜兵权重，蔑视康熙不敬尊。
康熙年幼志向高，计除鳌拜祸害根。
分化瓦解平三藩，南征北战少安宁。
托尔布津沙俄贼，雅克斯里筑堡城。
抢夺财物乱杀人，妄想霸占东北境。
御驾亲征扬国威，康熙亲临沈阳城。
有礼有利又有节，大清先礼而后兵。
沙俄头目不识趣，累败累犯强盗心。
清军将士发神威，打得沙俄丢掉魂。
中俄条约尼布楚，黑乌两江归大清。
康熙三征噶尔丹，南北一统得太平。
康熙在位六十一年，传位四子名雍正。
雍正当朝十三载，传于乾隆风流君。
乾隆本是汉人根，六下江南有名声。
风流皇帝统天下，风流才子辈辈生。
板桥松龄纪晓岚，红楼雪芹龚自珍，
四库全书功劳大，记载华夏五千文。
清朝贪官千千万，第一巨贪数和坤。
嘉庆皇帝乱朝纲，白连教主扰大清。
道光皇帝架架客，慈禧太后把朝政。
朝廷昏暗民众反，全国闹起太平军。
外国强盗侵中原，慈禧认贼做父亲。
朝廷洋人手联手，凶殒屠杀爱国人。

自古许多爱国将,彪炳青史留美名。
抗乱英雄郑成功,林公销烟在虎门。
抗法将领冯子才,打败列强侵略军。
万年春秋万年史,前朝故典数不清,
万里长城今犹在,谁能再见始皇君。
千秋功过后人评,过眼烟云莫当真。

二十三、小排朝[①]

别的闲言都丢开，前朝多少朝和代，
听我从头往下排。
混沌未分不记年，盘古出世才分天，
开天辟地分日月，两仪四象北与南，
伏羲看图画八卦，女娲炼石去补天，
补了三万六千载，只剩西北未补完，
列位若还不相信，西北风起阵阵寒。
有巢架木居上世，燧人取火冒青烟，
神农皇帝尝百草，分出五谷种庄田，
轩辕制衣分贵贱，上下高低女和男，
三皇治世功劳大，五帝为君万民安。
黄帝他把刀兵见，留下甲胄在人间，
唐尧治世多有道，厉山坡下访大贤，
让与大舜妻二女，九子九州各一边，
厉山放下无情火，豺狼虎豹才归山。
大禹治水分江汉，江河湖海驾舟船，
大舜让位夏汤坐，传下子孙四百年，
天意注定六百载，又出纣王信谗言，
妲己娘娘乱江山，摘星楼前害比干，
贾氏夫人坠楼死，黄飞虎一怒反五关，
闻仲累死北海岸，铁桶江山也难安。
西伯侯天下得其二，又访子牙渭水边，

[①] 此歌本是流行在秦巴地区陕南一带孝歌，属小纲鉴的一种，可以在当地孝歌闹丧的场合随处听到。

八百诸侯齐会面，兴周灭纣夺江山，
摘星楼前提火点，又分列国八百年。
幽王他把诸侯犯，周王东迁民不安，
周灵王二十一年生孔子，多亏他把诗书传，
一部《春秋》定铁案，乱臣贼子心胆寒。
春秋五霸刀兵见，战国七雄起狼烟，
前七国孙庞斗才智，后七国乐毅掌兵权，
王翦他把六国犯，秦始皇一统六国坐江山。
千里河堤挡洪水，万里长城把贼拦，
长安城造下阿房宫院，焚书坑儒害圣贤，
指望江山长久远，又出楚汉夺江山，
九里山前摆开战，逼死霸王乌江边，
汉室江山四百载，王莽中间把位篡，
王莽篡夺平帝位，光武中兴报仇冤。
二十四代君帝满，刘备接位坐西川，
江东孙权想篡汉，曹孟德一怒兴兵下江南，
刘皇叔起家新野县，全凭五虎众将官；
白帝城托孤把命断，诸葛亮尽忠保主安，
明知道难以扶刘汉，只落个秋风落叶五丈原。
累死诸葛三分鼎，叫阿斗害的半文钱，
三国一统归两晋，又出五胡闹中原：
宋齐梁陈和两晋，一统天下是杨坚，
改了国号隋文帝，生了个杨广狗儿男，
杀父欺兄把位篡，调戏亲妹后花园，
下到扬州把花观，丢掉万里好江山。
十八反王称皇帝，三十六帝改元年，
把个江山弄稀乱，出个高祖唐李渊。
李世民坐位称盛世，千古女皇武则天，
黄巢杀人八百万，范阳起兵安禄山，
共坐三百八十载，江山改姓换元年。
柴世宗坐了九年半，赵太祖陈桥把朝换，
北辽西夏边关犯，多亏了杨家父子保江山。

风波亭岳飞归天界，金兀术九次进中原，
马不停蹄无有用，陆秀夫背君跳海滩。
南北宋共坐三百一十零七载，铁打江山归大元。
元顺帝中原登王位，传了八十又八年，
中秋节齐把达子斩，丢掉社稷一时间，
天下豪杰一起反，朱洪武起兵扫狼烟。
明朝又把元朝换，洪武坐位万民安，
叔侄争位家邦乱，逼走建文到燕山，
铁冠道人掐指算，万子万孙万万年。
万历子孙天启子，到后来崇祯吊死在煤山。
二百七十单七载，李闯王起兵夺江山，
他不该去把吴襄斩，吴三桂借兵报仇冤，
吴三桂他把闯王赶，北京城满族乘机坐江山，
原许下汉不选妃进宫院，又许下旗人不许中状元，
前朝忠良都做官，吴三桂封他坐云南，
咸丰年间又大乱，金田起义洪秀全，
太平天国传天下，刀兵滚滚民不安。
南京坐了十三载，同治中兴整坤乾，
大清江山归一统，二百六十单八年。
八国联军刀兵现，放火烧了圆明园，
光绪长安去避难，甲午战争起狼烟。
宣统坐了两年半，洪宪接住坐半年，
大清十代气数满，辛亥革命孙中山，
这是一段小纲鉴，拿在歌场混时间。

二十四、历史纲鉴[①]

1

盘古初把天地开，分出天地人三才。
女娲练就石一块，才把天心补拢来。
伏羲治人传世界，神农皇帝治药材，
又治五谷年年在，轩辕令人把衣裁，
尧王登基民安泰，娥皇女英访贤才，
舜登大宝几十载，禹把九河来疏开。

桀宠妹喜把国败，成汤称商天命来；
祖孙相传六百载，纣王无道造楼台；
妲己昧把良心害，各个红血染苍台；
杨任双目今何在，梅伯炮烙把身埋；
正宫蒋后归肉醢，贾氏夫人坠楼台；
比干挖心辞世界，飞虎反出五关来；
凤鸣岐山云五彩，文王渭水访贤才；
请来太公年高迈，怀抱琴棋济世才；
昆仑学道四十载，能知过去与未来；
东进五关收七怪，纣王自受回禄来。

武主分国把地派，恰似桃园花正开；
幽王死于骊城外，褒姒空落犬戎怀；

[①] 此歌本来源于巴东县张自年藏抄本。许光平，祖籍重庆奉节县竹园镇，现竹溪县向坝乡五峰村农民，也传唱类似歌本。

晋公逃过十几载，齐桓管仲有大才；
穆公遭了深山败，霸王乌江丧阳台；
后借吴兵铺地盖，踏平楚地把墓开；
勾践入吴无其奈，放回搀进美人来；
吴贪西施把国败，空留一座姑苏台。

苏武投身逃海外，几年越王杀夫差；
孔圣师表传万代，门下七十二贤才；
诗书礼乐尝删改，三千徒弟任往来；
周游列国看世界，哪个土地看得来；
他今路过陈国界，几千徒弟不下台；
春秋一部纲常在，玉帝阎君鬼神哀。

苏秦六国把相拜，六国讲合不疑猜；
庞涓每把哥哥害，马陵道困难下台；
孟子每把仁义摆，秦国走到晋国来；
秦吞六国花世界，横行霸道礼不该；
传下二世名胡亥，楚汉干戈渐渐来。

刘邦怒把白蛇宰，汉中韩信拜将台；
保驾臣子有樊哙，萧何本是将良才；
九里山前楚兵败，霸王逼下乌江台；
未阳宫斩韩元帅，高祖疑心大不该。

孝平皇帝酒毒害，光武扭转社稷台；
四百年满出古怪，青龙绕殿谁敢挨；
天子文武都吓坏，不久黄巾闹起来。

关张桃园曾结拜，弟兄出世当苦差；
吕布又把貂蝉爱，项上红血染苍台。
国中成了乱盐菜，献帝懦弱又无才。
曹占中原出古怪，每每后人把刺栽。

吴占长江少利害,弟承兄业理应该。

皇叔汉家亲支派,龙困浅水头难抬,
刀枪中内几十载,有点福利祸又来,
南阳遇到方德海,三请卧龙出茅斋,
初出就把火阵摆,曹兵百万迫将来,
不是子龙手法快,阿斗一命抢不来。

孔明才把曹兵败,取了荆州把兵排,
又取长沙这一带,周瑜混争说不开。
只得与他来借贷,三气周瑜丧阳台。
只因求荣把主卖,才请皇叔上川来。
上川前后未两载,东西二川齐破开,
帝星正照成都界,昭烈皇叔坐龙台。

四十多年国运败,天差司马进营来,
隋炀无道国运衰。

唐皇江山三百载,李渊创业把基开,
秦王宫门挂玉带,快受三年牢狱灾。
也曾瞒天过大海,一朵鲜花土里埋。
征东征西几十载,不是仁贵怎下台,
十大功劳付东海,后将薛家一坑埋。

则天贪淫名声坏,做出多少丑事来,
明皇他把贵妃爱,安禄一并抱在怀。
安禄跑出东京外,子仪保主后转来。
怒打金枝是郭暧,险些红尘染轮台。
前后相传二十代,一代一代坐金阶,
数代不过几百载。

前船开去后船来,赵氏太祖出前代,

关东关西撞过来,红拳棍打花世界。
救了京娘女裙钗,四明关前曾结拜,
千里送妹转金台,中途饮泉把渴解,
定时现出金龙来,后与柴王来结拜,
岁岁登高立楼台,保定后周心无外,
陈桥兵变起疑猜,老天有意兴宋代。
花木逢春不乱开,勤劳国正几十载。

太宗接位理不该,贺后骂殿活气坏,
封了贤君搀下台,南净宫用金无盖,
挖眉金简抱在怀。

杨门家住火堂寨,一群猛虎出山来,
自从铜锤换了代,忠心耿耿保龙台,
八虎幽州一阵败。
那般血战鬼神哀,杨家骨肉成瓦块,
尸横遍野莫地埋。

又有水浒梁山寨,许多英维梦阳台,
赤须脱化在边外。

兀术反进中原来,十八代上河山败,
元顺皇帝是天差,诛了金兀灭宋代,
宋氏江山夭了台。

明时太祖三百载,世胄流芳白鹤胎,
伯温保主数年在,张五列是大将才,
常遇春把子龙赛。

军师伯温起疑猜,只想扫尽元世界,
海上出现金桥来,七人逃过番邦外,
至今鬼神也难猜,张炳缓过西蜀界,

闯王缓出燕山来，一统江山都失败。
万一失悔不转来，崇祯跑出宫门外，
煤山上吊丧阳台。

大清圣主坐世界，光绪懦弱又无才，
前朝后汉都不摆。
中国栽起电线来，要修铁路做买卖，
设下小学考奇才，各样厘金来抽彩。
苦了黎民多受灾，折去制兵都不在，
丢下文武理不该。

革命兴兵取世界，追得宣统无安排。
北京坐的袁世凯，改为民国天运开。
蔡锷黄兴把兵带，占了川东有大才；
熊克武来他挂帅，独坐成都把兵排。

2

自从盘古初开天，三皇五帝定江山，
女娲炼石天补满，伏羲兄妹治人烟，
神农疗药治病患，又治五谷长生丹，
轩辕制衣人称羡，娥皇女英去访贤，
禹疏九河八年满，桀宠妹喜命归天，
成汤商王气数满，祖孙相传六百年，
纣王无道人民怒，飞虎负恨反五关。

文王夜楚熊扑面，渭水河下访大贤，
请来太公八十满，神机妙算赛神仙。
子牙袖内掐指算，文王江山八百年。
伯夷叔齐叩马谏，谁知饿死首阳山。
飞蛾刀把妲己斩，摘星楼上火冲天。
兴周灭纣动刀砍，万仙阵摆临潼山。

幽宠褒姒是冤欠，犬戎大战闹中原，
各国兴兵来追散，后出平王才东迁。
大国纷纷朝纲乱，杀父杀君非等贤；
战马年年上鞍镫，刀出鞘来弓上弦。

宋王仁义虚体面，晋文逃乱十九年，
庄王绝缨饮夜宴，一匡天下是齐桓，
崤山大败蹇叔算，各霸一方起狼烟。

由基越椒清河战，越椒中箭命归天，
楚平翁媳伦常变，伍员负恨奔绍关，
浣纱女子投江汉，奔到吴国心才安；
投吴又把巧计献，专诸刺僚命归天；
借了吴王兵数万，踏平楚地开大棺。

低身入吴是勾践，孙武抽身入了山，
马陵道上失打点，仇报仇来冤报冤。
各国兴兵大交战，孟子见梁碧玉端，
窦君设个集贤馆，门迎诸履客三千；
不盗狐裘衣一件，怎得抽身走长安？
半夜不学鸡叫唤，只怕难过函谷关。

完碧一生多能干，甘罗十二掌相权，
秦吞六国由他算，如刀破竹是一般。
二世胡亥不高见，楚汉相争起狼烟。

刘邦怒把白蛇斩，破秦灭楚只七年；
张良烧了连环栈，兵出陈仓鬼神寒；
席卷三层有好汉，逼得霸王心胆寒；
九里山前交一战，竹箫吹散兵八千。

霸王逼下乌江岸，即时贬了韩信官；

未央宫中将他斩，英布彭越命遭殃。
孝平皇帝王莽篡，苏现贼子起祸端，
光武中兴才扭转，二十八宿降下凡。
齐在昆阳交一战，各个将帅是能员。

前后四百年限满，吴蜀三国起祸端。
忽然青龙来绕殿，不久黄巾乱江山。
各省文书飞雪片，招兵榜文挂燕山，
处处都把榜文看，三人结拜在桃园。
初破黄巾兵百万，立斩英雄酒未寒。

王允又把美人献，好色吕布戏貂蝉；
献帝懦弱不能干，他坐江山不多年；
关公秉烛来待旦，人在曹营心在川。
曹操他把中原占，下厌臣子上欺天。

吴占长江水路险，弟承兄业理当然。
皇叔命运多遭险，浅水困龙难上天。
弟兄困守新野县，马跳檀溪心胆寒，
徐庶走马把亮荐，三请卧龙骨风寒。
初出茅庐用火箭，曹操听报怒冲天。
分兵八路去追赶，生擒活捉莫放宽。

刘备丢了新野县，老幼百姓来纠缠，
糜竹糜芳都冲散，关公借兵未回还；
子龙一身都是胆，一马闯进曹营盘；
小兵杀了千千万，大将又杀几十员；
七星甲子藏后汉，夫人碰墙命归天。

张飞大吼占长坂，曹操吓衰下雕鞍；
关公借兵也回转，会着皇叔在一团；
站在夏口未扎站，不知曹兵在哪边，

曹操传令把兵点，顺便一涌下江南。

鲁肃过江把信探，联合刘备攻曹瞒。
孔明曾把群英战，金殿三次激孙权；
曹营借来十万箭，南坪山筑七星坛，
用法才把风扭转，烧得曹兵卸甲还。
华容道下留情面，万古千秋美名传。
智取荆州几十县，三气周瑜丧黄泉。

张松又把图来献，才进皇叔上四川。
凤雏先生失打点，才搬孔明到四川。
不到一年功圆满，取了东西那二川；
曹丕他把汉室篡，才辅皇叔坐四川。
国号昭烈称后汉，魏蜀吴分汉江山。

刘王夺了晋江山，萧道成与萧道远；
后来又出陈霸先，东西两魏高齐站。
混混沌沌几十年，隋炀无道遭天谴。

善得天下唐李渊，三鞭也曾还两箭。
元霸锤打四明山，罗成明关死乱箭。
薛家一门上西天，明皇贵妃把淫乱。
一生只爱贪淫玩，薛家功劳难尽叹。

又出女王武则天，最认黑蛮书一段。
太白抱月登了仙，郭子仪的忠心献。
扭转唐室锦江山，三百年满又出叛。
朱温篡了唐江山，横行霸道不能干。

唐室又出李嗣元，石敬瑭把大位占。
刘高破了汉江山，郭颜威的香烟断。
柴王也坐两三年，匡胤陈桥把兵变，

马上坐了十八年，江山后被二王占。

太宗接位礼不端，水浒梁山兵数万，
各个将帅是能员。金国兀术武艺高，
二宋坐井去观天，多承岳爷武艺显，
后出岳雷扫狼烟，十八代上遭大变，
一统江山归了元。

元朝九十民心变，紫微星君下了凡。
臣子会杀又会砍，一心扫尽元狼烟。
追得海把金桥现，看看七人过北番。

大明一统洪福现，成祖迁都是避嫌。
李闯狗心造了反，逼死崇祯在煤山。
吴三桂来多能干，蒙古国内把兵搬，
桂花老王官星现，随即领兵进中原，
追尽闯王杀反叛，三桂追媳未回还。

众家都把忠心献，顺治坐了锦江山，
三桂回朝怒满面。

闹得地覆与天翻，万里江山分一半，
北边六省归燕山，各守疆界永不反。
两家开亲无猜嫌，顺治后把驸马斩。
公主做靴弃针尖，三桂扯开靴底看，
一封血书底中间，才知儿子被他斩。
当时气死地平川，醒来就把帅将点，
大队人马出燕山，路过岳州巴陵县，
清兵乡兵围一团，长沙太守把计献：
九个铜人搬营前，里面装的是白炭，
一起将他来点燃，九匹象把铜人餐，
各个烙死地平川。

七日七夜莫判饭①，马皮烧粑当饭餐，
此地又把本命犯。
城里唤为鸡鸣山，鸡啄蜈蚣无路钻，
兵丁饿了七八天，三桂饿死气一断。
南六北七归燕山，尧天舜日无挂判。
一统江山太平年，顺治十八才贺宴。

康熙花早多一年，雍正一十二年半，
乾隆六十才禅位，嘉庆二十五年满，
还愿去到武当山，太子言语好大胆：
随命龙蛇把道传，传下白莲千千万；
几十反王闹四川，围住省城茅荆湾。
观音顶上死大半，血流成河骨堆山。

大闹川东七八年，德侯领兵追反叛。
各做生意各耕田，红旗跑在各州县，
到处骚扰占地盘，大闹湖省十多年。
闹得黎民不安然，各省文书飞雪片。

黑虎星出在夔关，鲍爵八省都取转，
南京城里迫胜天，黄州武昌遭大难，
九江一带会杀完，由于鲍超威风现，
回回仗火赢上天，只因出身根本浅，
掌印大人曾国藩，功劳立了百十件，
曾帅把他功劳瞒，奏本说他不能干。
目不识丁也枉然，众家文武拿本看，
才封一等才爵官，后跟洋国是会伴。
替国讲和回四川，由于去来路凶险，
半路之上染风寒，回之夔府更凶险，
先绪二年命归天，奏折所差本章现，

---

① 莫判饭，方言，没有安排饮食、吃饭的意思。

世袭三代子爵官。

由于大清遭凶险,广东出了孙逸仙,
康有为来有才干,又出白浪与滔天;
南方来了白浪淹,日本鬼子掌兵权;
毕松虎来湖南占。

更有能人为谋参,邀约香港秘议叹,
共和头目十二员,哥老三千兴中站;
共同起兵兴中原,天下各站有人站,
各国相通祸相连,称为革命兵数万。
起义广州三洲田,清朝圣旨传下殿;
就命提督领兵权,何应钦来把兵点,
八面威风战沙湾,由于清兵失打点,
追得宣统过北番。

3

盘古初分天地高,日往月来照人曹,
女娲炼石天补好,风雪雷雨空中飘。
三皇出世民安好,五帝社稷洪福高,
伏羲传下人多少,洪水横流涌波涛。
神农皇帝尝百草,又治五谷度终朝。
轩辕制衣遮体好,仓颉造字鬼神嚎。
六十花甲大桄造,春夏秋冬分低高。

弘钧一无传三道,四大部洲有神鳌。
尧子丹朱他不肖,才访大舜坐龙朝。
禹王治水开河道,位传桀王一旦抛。
成汤王爷气运好,四海雨顺又风调。
纣王为君多无道,宠爱一个狐狸妖。
忠臣大半他杀了,飞虎负恨反出朝。

文王夜梦飞熊兆，渭水河下访英豪。
请来一个白发老，神机妙算道法高。
昆仑山上学过道，命他兴周灭商朝。

武王分国也不少，年年进贡岁来朝。
幽王惹得犬戎闹，只怕性命都不牢。
平王东迁更不好，列国纷纷动枪刀。
齐桓用的是管鲍，晋王避乱往外逃；
楚庄夜宴缨摘掉，不过买成心一条。
相如完璧来归赵，由基①清河射越椒。
平王是个烧火佬②，伍员负恨向外逃，
想过昭关发白了，吴国大街吹竹箫，
后投夫差时运到，才用专诸专刺僚，
后把楚国踏平了。孙武入山计策高，
孔圣列国都游到，陈国饿了七终朝，
六国被秦侵吞了。

始皇做事太不牢，焚书坑儒灭圣教，
枉筑城墙万里遥。

李斯沙丘改血诏，二世楚汉动枪刀，
项羽一仗打败了，乌江岸边丧阴曹。
齐王兵将收去了，埋没十万大功劳。
韩信抓住萧何告，司马判断在阴曹，
教平又被药酒闹，光武中心复汉朝。
汉献帝把王莽保，二十八宿下天曹。
献帝懦弱是烦恼，长安城中似火烧。

―――――――
　　① 由基，即养由基。楚庄王时，令尹（相当于宰相）斗越椒叛乱。庄王张榜招贤："胜越椒者，即为令尹。"校兵养由基出，愿与斗互射三箭。斗三箭未中，由基一箭致斗毙命。人称"养一箭"。
　　② 烧火佬，又叫扒灰佬，诙谐调侃用语，烧火佬一词最早出现于民国初期的苏堰祠堂，位于重庆江津区板桥乡，它一直是一句调侃（玩笑）用语，特指公媳之间的乱伦现象。

曹占中原似虎豹，吴占长江河几条。

皇叔立功也不小，恰似行船不顾梢。
无奈只得投刘表，新野县内把兵招。
三请卧龙把雪冒，请得诸葛扶汉朝。
子龙怀中把主抱，张飞大吼长坂桥。
后取成都立国号，昭烈皇叔坐汉朝。

只因三顾情分好，不辞七纵七擒劳，
火烧谷口大雨到，也是天爷把他饶。

三国被晋侵吞了，宋齐梁陈顷刻消。
晋汉周末略略表，赵太祖来耍横豪，
杀死御乐罪不小，只得孤身往外逃，
关东关西都走到，无有一处不要毛。
结交柴荣真可好，忠心耿耿保周朝。
年年东西南北讨，陈桥兵变披黄袍。

4

混沌初开天地空，日往月来在其中，
女娲炼石补天拢，才分南北与西东。
伏羲兄妹传人种，轩辕与民把衣缝，
尧生九龙并二凤，禹把九河来疏通，
桀宠妹喜把命送，成汤登基大不同。
万仙阵摆在临潼，宣王忠心人称颂。

幽主无道反犬戎，平王东迁干戈动。
又出五霸与七雄，孙庞学道在云梦，
然何下山弟害兄？大成至圣原姓孔，
周游列国命途穷，传下颜曾与师孟，
万世师表整儒风，秦吞六国归了统。

楚汉相争刘沛公，霸王乌江把命送，
韩信死在未央宫，酒毒平帝把命送，
二十八宿下天宫，献帝懦弱人无用，
朝走西来暮走东。

曹操掌权威名重，孙权虎步在江东，
皇叔人才本出众，屡次行船遇顺风。
新野走马把客送，才去南阳访卧龙，
后来三国归一统，两晋也是混江龙。
梁陈又归南北宋，张广无道天下容，
唐朝元霸本骁勇，四明山上一大功。
年年只见刀兵动，岁岁战袍血染红。

则天女王淫心重，女子拜相男封公，
明皇他把贵妃宠，禄山混糊在宫中。
黄巢造反山摇动，进士搬兵独眼龙；
九家皇娘一齐动，中途收来勇南宫。

存孝死于阳台梦，朱温杀了唐仁宗。
太宗接位心不好，天理昭彰岂能逃？
水浒梁山常征讨，兵册簿上未功劳。
辽与金人立国号，无人登基灭一遭。
气数百年都不到，明祖登基动枪刀。
只想一阵杀绝了，北海上面现金桥。
看到七人过去了，天也不绝他根苗。

李自成来把反造，崇祯皇帝失了朝。
大清圣主洪福好，传至嘉庆动枪刀。
只因又反白莲教，得侯平贼有功劳。
传至宣统更不好，革命起义起龙朝。
梁唐汉周是填空，不到九年气数终。
赵氏太祖人出众，本是上界赤须龙。

杀了御乐罪孽重，走吴西来闯关东。
华山做了一场梦，曾与柴王结弟兄。

陈桥兵变称大宋，太宗做了弟谋兄。
贺后骂殿心血涌，才为贤王南净宫。
火山杨衮投了宋，三子继业杨令公，
大闹幽州如雷轰，只剩六郎在营中。

水浒梁山中大用，只见得胜不见功，
辽与金国分了桶，天差元人一扫空。
数不满百刀兵动，明祖登基万姓雄。
保驾臣子李文仲，赛过常山赵子龙。
常遇春来更猛勇，伯温妙算果无穷。
想把元人杀绝种，追得金桥现海中。
七人逃走如风涌，陈友谅反在江东。

自成兵闹如风涌，逼死崇祯煤山中。
大清圣主人称颂，光绪懦弱混朝中。
朝出奸贼张之洞，勾引洋人在朝中，
要修铁路中大用，设下小学把书攻，
各样厘金都抽动，整得百姓猪耳聋。
造下铜壳当钱用，如今世俗大不同。
皇帝不称称总统，百姓如坐水火中，
我国好似酸水桶，何日才得出真龙？

5

混沌初开岁月多，两轮日月快如梭，
三皇出世人安妥，炼石补天是女娲，
燧人钻木来取火，伏羲传人渐渐多，
神农疗药治病祸，又治五谷度生活。
轩辕治衣人羡贺，仓颉造字把书作，

尧天舜日人称贺，禹王治水疏九河，
桀宠妹喜把国破，成汤民唱太平歌，
纣王因把吟诗错，伯益叔齐首阳饿。

马放南山喘气多，幽王无道放风火。
惹得大贼起风波，平干王东迁更不妥。
五霸七雄动抢夺，云梦下来人四个，
苏秦曾把六国说，庞涓欺人人欺我。
孔圣曾把《春秋》作，传下门徒数千个，
德尊贤者分四科。

秦吞六国贪心过，海岛去求长生药，
只想千载位长坐，谁知沙丘梦南柯。

赵高瞒把天海过，二世胡亥更暴虐。
楚汉相争起兵祸，两国相争有强弱。
九里山前一仗火，霸王逼下乌江河。
韩信功劳无结果，成萧何来败萧何，
高祖疑心也太过。

忍气吞声不敢说，曹操进朝就绝火，
大战长江几条河，唯有皇叔爱遭祸，
初年好像命运薄，几处城池都失妥，
回回都是受奔波，马跳檀溪话说错，
徐庶走马荐诸葛，初出茅庐就用火。
曹兵百万把他捉，真是人亡家又破。

子龙大战长坂坡，赖占荆州城一座。
正是死中来逃活，上川一年都不妥。
庞统又死落凤坡，孔明上川弄停妥。
成都接书两年多，闻听关公遭兵祸。

昭烈如刀把肝割，死心想把东吴破，
死就死来活就活，七擒孟获肝胆破。
九犯中原姜伯药，三国同归两晋坐。
宋齐梁陈动抢夺，宇文高齐千千过。

隋炀无道太命薄，天差高祖救出火，
各道四处起风波，罗成曾把五龙锁。
太宗失陷淤泥河，则天贪淫也太过。
史官笔下逃不脱，仁宗逃难避灾祸。

进士搬兵在沙陀，梁唐晋汉君五个，
每个年数也不多。
匡胤出世爱惹祸，大明府内一年多，
回来拜父脚走破，黑夜三更杀御乐。
关东关西都闯过，华山染病一月多。
水淹陈塘又是祸，忠心耿耿保大哥。
陈桥兵变把位坐，听天由命怎奈何。

金国兀术起大祸，宋室二宗被他捉，
二宗观天把井坐，历代莫得这样弱，
冤冤相报真不错。

汤阴县出岳天哥，几次正要命结果，
庞不灭金又走脱，金宋才得弄停妥。
元顺兴师一手摸，数不满百舟失舵。
朱氏太祖洪福多，成祖迁都避过祸，
崇祯煤山梦南柯。

大清圣主把位坐，康熙雍正福泽多，
乾隆在位民羡贺，德后领兵把他捉，
传至宣统更不妥，革命起义把位夺。

二十五、纲鉴英雄[①]

□又想皇帝做百姓抄得灾难受
九□□□轩辕母，造下天书才用武，
千变万化八阵图，刀枪剑戟戈矛斧，
长有弓，短有弩，权将铜锣催军鼓，
云中龙，林中虎，一声雷号排队伍，
大破蚩尤于涿鹿，才把轩辕立为主，
正安中央戊己土。

读书要习孔子道，古典原是文人造，
只有先天不可考。
聪明不过孔圣人，只讲汤武和尧舜，
不讲怪力与乱神，何曾开口问混沌？
孔子不信哪个信，唱歌莫唱黑暗传，
要把纲鉴看一看，莫把混沌扯稀烂。
还有一等厚脸皮，一扯扯在云涯里，
眯着眼睛竖着眉，还定输赢讲字习，
我看他也不为奇。

唱起无极生太极，太极以后生两仪，
盘古出世分天地，身长多少为第一。
錾子錾，斧头劈，亏他分开清浊气，
三皇五帝是缥缈，混沌二字管就了，

---

① 此歌本由保康县宋进潮保藏传抄。李万金，原籍房县，现向坝乡向坝村六组，传唱有《十绣古人歌》，其中内容相似。

只有轩辕唯可考，制了婚姻又制衣，
嫘祖养蚕造缎匹，大桡造甲子，
子熔铸，造皇历，
仓颉能造字，伶伦制刑律，
□□伐选熊照，九天玄女立战旗。

有纲常，习礼仪，孔子也还不曾提，
何况混沌无史记。

公孙轩辕为皇帝，以土得王立纲纪，
才观风化习礼仪，长子金天名少昊，
颛顼高帝喾，高辛四代交，
简狄吞燕卵，生契成汤苗，
伊祁放勋号唐尧，长子丹朱实不肖，
废子立贤古今少。

大舜历山孝父母，古往今来从头数，
第一孝子通古今，尧有娥皇共女英，
就把二女娶。
虞舜让国禅位听天命，舜帝之子名商均，
不孝不慈又不仁。

相传大禹皇帝孙，治水而将天下握，
禹父名鲧却姓姒，治水无功冤屈死，
神禹有功为天子，三过家门而不入，
疏通九河定九州，九河有名在后头。
骇太史与胡苏，颊覆斧，共钩盘，
简河洁河鬲津休，扬徐梁豫雍，
冀荆与清兖，皆从淮汉泗水流。
洪波汪汪往东流，低有湖，高有口，
造城郭，治口口，教民耕种五谷收。
十五……

不准为人在世上，莫学子胥和文种，
孙武范蠡劝不动，长辅吴越把命送，
狡兔死，走狗烹，孙武范蠡走飘飘。

孙膑鲁仲连，各个品格高，
名成退隐祸不招。
渴饮清泉水，饥吃松柏蒿，
拾禾能济世，飞剑斩魔妖，
长生不老躲阴曹，不逍遥来也逍遥。

王翦廉颇牧将略水，孙武穰苴合尉缭，
吴起为人不算好，一般又说果能言，
苏秦张仪不为先，合纵列国子贡贤，
苏代毛遂鲁仲连，更比苏张高得远。

战国七雄有四杰，孝悌忠信甚明白。
叫我——从头说。

齐国田文孟尝君，楚国黄歇春申君，
赵国赵胜平原君，魏国无忌信陵君，
唯有无忌更超群，能报鸠仇斩鹞鹰。
不悦贱，不压贫，两出师，三破秦，
高立无法十二层，春秋战国第一人。

列国女子名色丑，贞节女子倒也有，
宋国息氏[①]为魁首，丈夫韩凭是豪杰。

---

① 东周战国时，宋康王见舍人韩凭的妻子何贞夫貌美，就把何氏霸占过来，为此韩凭夫妇双双殉情自杀。宋康王发怒，不让韩凭夫妇葬在一起，让他们的坟墓遥遥相望。后来，就有两棵大梓树分别从两座坟墓的端头长出来，十天之内就长得有一抱粗。两棵树树干弯曲，互相靠近，根在地下相交，树枝在上面交错。又有两只鸳鸯，长时在树上栖息，早晚都不离开，交颈悲鸣，凄惨的声音感动人。宋国人都为这叫声而悲哀，称这种树为"相思树"，并说这对鸳鸯鸟就是韩凭夫妇精魂变成的。

宋国康王掳为妾，韩凭自把夫妇别，
息氏投台死，忙救气又绝，
裙带不解死气节。
夫妻埋一堆，阴魂感圣德，
无道宋心铁，虽埋两堆对面隔。
二坟生二树，交口连理接，
夜有鸳鸯交头歇，日有飞鸟真悲切，
这样夫妻真难得！

世上只有人弄鬼，周末出个吕不韦，
看见异人偷风水，嬴家怀的吕家胎，
力救异人费大财，后辅始皇为父宰，
私通昭襄后，又怕身为害，
百计献嫪毐，淫乱添生事又败，
不韦做了刀下祭，嫪毐分尸成五块。
假父真父都不在，却把淫母贬在外，
亏了他们做出来。

燕国五月下大雪，齐国无道下鲜血，
秦国下的金银铁。只有刺客不可谋，
妖刀诛庆忌，专诸刺王僚，
荆轲入秦死不饶，豫让报仇死轩桥，
聂政行刺累祖宫，身入重地实难逃。
刺客活命真稀少。

王龁蒙恬威风飘，辅秦灭周迁九县，
后出王翦更还恨，灭周乃是昭襄王，
并吞六国始皇强，赵高李斯为丞相，
焚书又坑儒，劳民损纲常，
游至沙丘死，刀兵起四方，
子孙江山不久长。

大哉文王周为首，武王元年是己酉，
八百载最长久，平王东迁国不安。
赧王东周失江山，三十八王生，
八百七十一终年，有道却被无道篡。

正秦二世名胡亥，赵高篡位子婴在，
项羽反秦兴西汉，故此炎刘兴西汉，
子孙十二代，二百九年半，
平王却被王莽篡。

汉朝不该归王莽，天生刘秀出南阳，
更比刘邦百倍强。天差廿八宿星，
邓禹吴汉共刘寅，姚期合马武，
王良覆共陈俊，傅侯和坚镡，
耿弇杜茂与寇恂，冯翼和王霸，
朱佑任光真祭尊，李忠合景丹，
万修盖延与耿纯，祁删共刘植，
刘隆与郑浑，还有多少数不清。
你看有了这些人，何愁东汉不复兴！

姚期马武双救驾，逐水永是王霸，
马援能会使飞爪，一十二路平盗贼，
诛王即定河北，报仇才把王莽灭。
卓哉袁子陵，安国不辅国，
廿八宿封伯侯，中兴光武全圣德。

昭阳公主皆守寡，一见宋鸿多俊雅，
要把宋鸿招驸马。宋鸿闻言告君王，
臣有前妻结发长，糟糠之妻不下堂，
贫贱之交不可忘，光武不敢再商量，
千古留名万古香，如今无人比得上。

高官不是容易做，班超昔日把业投，
日后官封定远侯。
马援兴兵破南蛮，文王徽侧尽胆寒，
北征匈奴有吴汉，八战八克真神算。
班固勒石燕然山，马蹄踏破雁门关。
武将全凭功劳干，才□□□□□。
□□□□□，□□□觯粮县。

关公出世人罕见，身长九尺赤红面，
桃园结义胜同胞，使得青龙偃月刀，
大破黄巾第一遭，怒斩华雄跟袁绍，
夜袭说张辽□□，□□□□□□
忠心降汉不降曹，秉烛待旦着旧袍，
颜良文丑死难逃，五关斩将保皇嫂。
义气留在华容道，长沙不嫌黄忠老，
江东会鲁赴单刀，东吴求亲绝了交，
曹欲迁都望风逃，威震华夏刮骨疗，
死后吕蒙定不饶，崇宁年间辅宋朝。
万国九州有廊庙，祀配尼山真稀少。

三国只有张飞勇，说将起来也骨董①，
也会设计将人哄。三战吕布他为头，
长坂桥河水倒流，义释严颜用机谋，
志欺张郃定中州。

河北常山真定府，子龙出世多威武。
幼年就辅刘先主，先在河北战盘河，
当阳救主长坂坡，截江就把幼主夺，
汉水不怕曹兵多，年登七十更不弱，
到老不受刀枪祸，三国无有第二个。

---

① 骨董，方言，古董，即古板的意思。

好个军师诸葛亮，二十七岁出南阳，
亘古无人跟得上，博望烧屯第一功。
赤壁盘箭祭东风，三气周瑜荐庞统，
取四川，劫汉中，七擒孟获银坑洞，
二上出师表，六出祁山空，
□□□□□□　□□□□共五主。
四十六年坯□□，□□□□□□。
曹丕曹睿曹芳，曹焕曹茂不自在，
不怕曹操讲厉害，江山才是了得快。
三国一同归西晋，一由天，二由命，
只是子孙不安稳，一连三世号孝怀，
闻出汉主刘聪来，字弘祖，号元海，
被他一连杀两代，愍王也做刀下菜。

说起这个刘弘祖，一无父来二无母，
你看怪古不怪古？
河东有个刘员外，出门收账转回来，
路上捡个肉口袋，却被霹雳忽震开，
口出一个石珠来，抚养长成好奇才，
辅着刘聪争世界。

说起石珠更怪古，山西管下潞安府，
法鸠山中苗又古，会女庵中无人住，
庙前明岩石又匣，忽然一阵大雨下，
一声雷响石头摧，走出一个姑娘家。
三寸金莲一枝花，辅着刘聪占天下，
这是一场大笑话。

石珠出世招良将，稽有光，侯有芳，
飞天城皇手段强，起义就在会女庵，
慕容魔，葭方山，石纪龙，裘玉鸾，
三揄陆俊陆松安，一半女，一半男，

第二编　秦巴歌本中的历史朝代演变 | 193

炒得天覆地也翻，扶着刘聪争江山。

晋朝出些人物狠，纲鉴上面没有影，
可信而又不可信。
石珠娘娘无祖宗，神远皇帝无外公，
司马睿，号中宗，□□□□□□。
隋炀帝，昏无道，烟尘滚滚山川变，
要将世民登宝殿，囫囵杀了几十年，
唐朝传书多有道，听到此处把鼓搁，
我也无可无不可，三国志书不上等。
之乎者也说唐传，武后当道反唐传，
王子戏母父纳子媳，
安禄叛东宫，娘娘多淫乱，
公主又被强人占，只有唐书赛难看，
唐公李渊接一统，世民登基杀二兄，
称为有道号太宗，开国忠良将士多，
纲鉴上面对不着。叔宝敬德还在末，
只有徐勣到口确，不看纲鉴不知略。
扬些善，隐些恶，后人莫笑我差错。
我见淫乱寡文学，令人心中不快乐。

举笔元洪心上造，唐朝把些英雄冒，
果然唐书不当好，莫说唐朝故事怪，
父纳子媳人伦败，连累忠良遭了害，
引破愚人乱世界，前后并无能贤态，
故此唐书我不爱，实在令人不自在。

做书要做纲鉴本，只在讲些英雄谱，
只怕做梦还未醒，敬德出世投了唐，
二占生妻下洛阳，只有写在西游上，
仁贵出世帮本匠，肩膀上□□□□。
叹□□□□，烹童杀妾做娘饮，

煮箭壶噢鞴，饿死忠良城不陷，
来了郭子仪，河北招了兵十万，
兵到睢阳城迟了，三日没人清，
杀了贼，诛了叛，天子依然坐长安。

大唐天子二十传，一百八十九年满，
昭宣却被朱温篡，国号大梁也有现，
父子三杀焦鸾殿，勉强混了二十年，
留个声名不方便。

晋王朱列字克用，一点丹心辅懿宗，
御赐姓李受唐封，驻宗存勖号大唐，
在位三年国乱荒。

明宗无子夜焚香，愿生真主号小康，
次子名崇厚，号为南帝命不长。
潞王从珂本姓王。
共立四主年七双，江山归了石敬瑭。
敬瑭从珂是郎舅，女在娘嫁住灵口，
把分江山脱了手。

相国桑惟翰，不听刘知远，
私招契丹乱，一十六州送鞑靼，
出帝又被契丹篡，一十二年记后汉，
汉主沙陀刘知远，自幼时乖命又浅，
在位一年丧黄泉。隐帝就是刘承祐，
母在磨坊苦难受，乳名咬脐恨娘舅，
拿着皇帝不会做，一共四年江山钩。
周王郭威管天下，有道三年崩了驾，
也是百姓无缘法。

柴荣登基号世宗，河东北汉反刘崇，

元帅赵匡胤，求得张先锋，
御驾亲征胜河东，南征北讨扫群雄，
在位六年崩，哪有一年得口容？

恭帝柴宗训，七岁登基国内空，
三代九年半，陈桥兵变起烟风，
五代五十三年终，才立匡胤与太宗。
太宗太祖赵匡胤，出世生在夹马营，
赵州应梦天子庆，遇着郑恩买刀弓，
汴梁结义识英雄，勾栏院内又招凶，
游河北，走关东，周桥结义龙会龙，
木林关上投韩通，千里却把京娘送，
学射马三铁，助贪安寇立大功，
好赌博，发酒疯。皇帝赵太祖
寒冬雪夜访赵普，荐出一般文共武，
石守能、石守信，潘仁美，共曹彬，
兵下河东会杨衮，在位十七年，
嘱咐三次驾又崩。

太宗光义管乾坤，宋朝两个真好汉，
高怀德、呼延赞，实在能敌人千万。
河东杨爷号令公，七子二女归大宋，
官又小，人又忠，受了多少苦败弄！
五台还愿太宗降，要到□宗这二代，
却被契丹金人害，却被金人掳在此，
二君皆囚五刑国，可怜有个万岁爷，
死了无有人埋的，你看悲切不悲切！

康王即位号高宗，坐的金陵称南宋，
出些人物更不同。
建炎四年事，岁次庚戌九月半，
生下朱夫子。名熹字仲号晦庵，

绍兴逢甲厅，十五岁上鳌头占，
当殿点翰林。秦桧专权金国败，
退隐南康去避难，白鹿洞中多清淡，
只因始皇坑儒患，五经四书多错乱，
注解诗书免失散，做部小学后人看，
三坟五典诗杂传，朱子程子口谢范，
都在孔子学内算，后人为学好艰难。

忠臣第一是岳飞，结交牛皋和王贵，
血战功劳够一背，洞庭湖内破杨公，
鄂州能使百姓劳，父子兴兵破北辽，
岳云张宪更不高，杀得金人望风逃！

不怕死，不惧刀，枪林里玩元宵，
秦桧生毒计，岳家父子满门抄。
只走岳雷一根苗，银瓶坠井赴阴曹，
日昏月暗怒气飘，风波扫秦恨不消，
千古令人泪滔滔。

□□□□□，弓箭撒袋用火烧，
不习武，不下操，武官不做好逍遥，
孝宗光宗宁宗帝，龙游浅水遭虾戏，
真个要死不断气。
度宗瑞宗更不然，帝口又遭元兵乱，
三宫六院女共男，十万家丁上海船，
谢女峡边越海南，二月初七船一翻，
太宗君臣沉碧潭，元朝北京坐江山。

宋末出个文天祥，就和岳飞是一样，
提起令人好恓惶。
元帝见他是豪杰，拿住把他封侯伯，
天祥忠心硬似铁，一请死，二请绝，

元帝总是舍不得，放在高阁好劝说，
读书五年不辅北，临死垂怨尽忠节。

又有刘义张世杰，宗王寻孤安南国，
波翻浪涌被水涉，又有忠良又有厄，
天运要归忽必烈，千金令人好悲切！
元朝先人生蒙古，孛端察儿是远祖，
阿兰豁阿是孛端母，夜梦白光入天空，
梦一神人在卧房，怀孕生下孛端郎，
相传十代各个强。

奇渥温氏战北方，铁木真号元皇，
皇太子，太宗强，初立教化访贤良，
封赠孔元楷，大力学文章，
才传世□□□，□□□□□□
（一张残页遮住下面部分内容）
太祖收了朱亮祖，耿再成破赵打虎，
有谅灭了刘汉主，刘基伯温出浙江，
太祖三战在□□，□□死马肚旁，
周颠祭东风，破了陈友谅，
□□□士成，先收闽越平两广。
取古□□□□，□□水忠良将。
自古一代接一代，□□□□□□□。
长驱直捣北京界，舜帝□□□□□。
□□□监牢退至□□□，
□□□□□□，□□□□忠。
残页内容：
□□□□□□□，□□□。
□□□□□□□，□□□。
□□□□□□，□□□金皇帝万。
□□□□□□，□万国九州民饱，
□□□□□□，□仓库满建修，

□□□□伐南蛮，今川四路又大
□□□□□剿台，宛如今都服皇帝
□□圣武直稀罕皇都北京顺天府。
二万二千封疆土，一十九省从头数，
辣为首太平安，盛京连着山海关，
山东安徽江苏等，江西江南通淮汉，
浙江福建通海岸，广东广西靠云南，
贵州西北抵四川，陕西甘肃连西番，
湖南湖北顶河南，山西紧靠太行山，
前有黄河玉带湾，寸土俱付皇王管，
天下大得无边岸，寸土俱付皇王管，
文伐武就不可懒，一要智略二要胆。
爱惜军□□□，赏罚不明莫争功。
国家太平莫□□，□□□□□□。
□□□□□□，……

（下缺）

二十六、纲鉴①

地辟子丑地皇出，岁次昼夜之变分。
弟兄十三同治世，两个一万八千春。
人生子寅人皇出，正教君臣之道兴。
弟兄几人分九州，各管一州立乾坤。

上古穴居无岩石，天生有巢立为君，
架木为巢乃栖身，故此称为有巢君。
上古穴居未存分，茹毛饮食庆朝昏。
说有燧人方出世，钻木取火并食兴。

太昊相传伏羲氏，风姓木德立为君。
能知阴阳五行根，创造琴瑟变五音，
才分男女与婚姻，万世文明礼乐兴，
在位一百四十崩，神农皇帝把基登。

后出神农号炎帝，口尝百草医药典，
在位一百五十春，姜姓火德立为君。
后出黄帝轩辕氏，本姓公孙名有熊，
水德立位一百载，制造宫室大有功，
承接少昊金天氏，实乃轩辕次子身。
能修太昊之法度，八十四年金天崩。

继世颛顼高阳氏，实乃黄帝之嫡孙，

---

① 此歌本属清同治六年（1867年）抄录传世，湖北省襄阳市保康县宋进潮藏抄本乙。

始作立相定四方，在位七十八年崩。
帝喾接统号高辛，姓姬名俊少昊孙，
四子稷契尧与挚，百德在位七十春。

尧为天子帝喾后，本姓伊祁号放勋，
在位八九七十二，退位让国与大舜。
舜乃却是尧王婿，又是黄帝九代孙，
国号福为有虞氏，立位五十把驾崩。

舜帝之父名瞽叟，他是黄帝八代孙。
黄帝却是少典后，一十四日生轩辕。
禹王天子多有道，他是伯鲧后代根。
舜诛伯鲧有仇恨，故此让位与禹君。
禹之父名崇伯鲧，伯鲧却是颛顼孙。

颛顼又是昌意子，昌邑才是黄帝孙。
汤王姓履名天一，他是契帝后代根。
一十三年崩了驾，次子外丙立为君。
昌若却是相士子，相士又是契帝孙。

自汤相传三十载，帝乙之子名纣王，
武王兵至自刎死，六百四十一年倾。
武王伐纣多有道，他是亶父后代根，
亶父又是公刘后，公刘又是后稷孙。

季历之子名文王，出都访贤于姜尚，
姜尚却是文圣子，昊天法旨灭成汤。
家住河边青杨柳，马到跑口姓姜人。
姜元剩下姜文圣，文圣之子姜太公。

后稷传流千余春，西岐山上有凤鸣。
上天垂相生圣主，周朝八百世为君。

古公千国卜昌世，三子季历生文王。
泰伯逃往荆蛮地，主德三揖天下让。
周家邦畿碎分裂，诸侯争雄为战国。
齐楚赵魏韩燕越，列国略齐大概说。

灵王天子生孔子，他是防叔后代根，
父名叫作叔梁纥，母亲颜氏老夫人，
防叔却是父嘉汾，父嘉又是木公十代孙。
汾来娘七十生孔子，麟吐玉书做文明，
徒流三千分左右，社稷邦家孔孟贤；
阳虎被困陈蔡地，侄婿冶长搬救兵。

广积兵书孙武子，他是书兴后代根。
父名叫作孙弘道，五雷击死见阎君。
孙家有个孙叔敖，所生之子孙弘道。
弘道之子孙武子，武子之子名孙操。

牛头街上兔儿巷，有个庞卫开染坊，
庞卫之子名庞涓，马陵道上见阎王。
子胥省得志量高，临潼会上把名飘，
双手举起千斤鼎，面不失色走三遭。
荆州县里名伍牵，所生伍奢一个人。

卞庄力能擒猛虎，苏秦六国受封赠；
周朝八百天数定，战国春秋七雄强；
七雄并吞为一国，秦代纵横号始皇。
自武相传三十七，六百六十七年春。

杨子肝胆鸡背父，生下孩儿吕不韦。
出妻献子归秦去，昭阳宫内立根基。
秦自先祖颛顼后，舜登天下赐姓嬴。
次后所生秦非子，他是周王养马人。

及后子孙渐渐盛，四十相传秦始皇。
始皇并吞六国地，难免沙丘见阎王。

立位三十崩了驾，刘邦项羽动刀兵：
二人齐领军令状，先到为君灭秦邦。
刘自始皇唐尧后，唐尧赐姓他为刘。
自夏之后生刘累，刘累相传刘仁号，
刘仁所生名刘煓，刘煓相传高祖君。
白水村中出刘钦，惠帝刘盈把驾崩。
平秦灭楚入咸阳，在位十二把驾崩。

楚自项羽名霸王，他是项梁后代根。
年满七十单二载，白帝托孤见阎君。
涿州有个张员外，所生张飞手段强。
死在范江张达手，浪沙洲上见阎王。
蒲州解梁关元帅，他是上界火童星，
死在吕蒙丁宁手，夜走麦城刀下亡。

诸葛元帅诸葛珪，所生三子手段强：
诸葛瑾与诸葛均，次子名叫诸葛亮，
保定汉室三分地，意吞魏吴志不平，
六出祁山命该尽，五丈原内见阎君。

孙仲之子名孙坚，孙坚之子名孙权，
孙权江东登金殿，四十五十三年倾。
曹嵩之子名曹操，奸雄过胆是能人。
将女许配汉献帝，思想要夺汉江山。
后来专权得天时，司马又将天下篡。

鼎足三分已成梦，三国纷纷归尽炎。
三国归晋司马炎，司马相如后代根。
曾居西汉为太保，所生一子司马钧。

司马钧生司马量，司马量生司马防，
司马防生司马儁，司马儁生司马懿，
司马懿时生二子，司马师来司马昭。

杨坚篡位称隋主，他是杨忠后代根。
杨亳之孙名杨枕，相传杨忠西为臣，
杨忠之子名杨坚，所生杨广坏五伦；
欺娘奸妹真可恨，弑父专权灭人伦。
后来他把江都下，乱棒绝命丧残生。

张尹二妃把宫乱，李渊又坐锦乾坤，
丹李李丹传李炳，他是上界白虎星。
李炳之子名李虎，李虎之子名李渊，
李渊篡位称高祖，掌印正宫窦夫人，
承福寺内生真主，二府秦王李世民，
建成元吉多奸计，少子元霸手段能，
三星拱照登天下，万民感戴圣明君。

柴绍生得志量高，承福寺内把名飘。
只因一付聪明对，惹得唐王驸马招。
汾阴县内柴员外，所生柴绍手段能，
承福寺内招驸马，保住唐王锦乾坤。

护驾将军秦叔宝，天篷大帅降临凡，
他祖却是秦徐子，所生白莫一个人。
白莫之子秦元吉，所生秦旭大将军，
秦旭之子名秦懿，所生一子叫秦琼。
辅唐寿活七十二，养劳宫中吐血亡。

罗义之子罗成将，盖世英雄手段强。
他祖名字叫罗选，罗选之子罗允刚，
允刚所生罗艺将，威震燕山称豪强。

罗艺之子罗士吉，周吉坡前乱箭亡。

单鞭救主胡敬德，麻衣打铁过营生，
他父叫作尉四相，母是徐氏老夫人。
远祖尉黄名尉自，所生一子叫尉清，
尉清所生尉士相，尉士相生尉迟恭，
刘武驾下为大帅，后辅二府小秦王。
雌雄鞭在人也在，后来鞭断人也亡。

瓦岗寨上程咬金，他是唐朝福德星，
程平之子名程君，程君之子名霸先，
霸先之子名程衡，所生程有德一人，
有得所生程咬金，瓦岗寨上旺竜①臣。
寿活一百单八岁，临死一笑见明君。

贞观十二命该尽，魏征丞相斩老竜。
刘权进瓜归阴府，借尸还魂李翠莲，
江流和尚唐三藏，地名叫作熊宏庄，
父亲叫作熊光蕊，领旨西天取经章，
齐天大圣孙悟空，他是陈宜后代根。
天仙石内出了世，大闹天宫手段强，
花果山前称王位，水帘洞里把名扬，
西天如来甚通达，收服行者山下藏，
观音慈悲来指引，保住唐僧取经章。

高老庄上猪八戒，天篷大帅降下方，
雄猪就是他的父，母猪却是他的娘，
居住福陵云栈洞，高老庄上图基业，
悟空收服归正果，保住唐僧取经章。

---

① 竜，音 lóng，古同"龙"。

流沙河内沙和尚，他是上界卷帘星，
失手打破琉璃盏，贬在凡间受苦辛。
流沙河里身长大，以沙为姓叫沙僧，
慈悲观音来点化，保住唐僧去取经，
取得真经回上国，大唐帝王度先魂。

又出白袍薛仁贵，方天画戟手段强，
生居绛州龙门县，白虎星官降下方，
父名薛恒身先死，叔父薛英富家郎，
跨海征东十二载，御赐亲封平辽王。

秦琼之孙名秦汉，一虎之妻薛金莲，
三休梨花惹下祸，斩了丑儿小杨番，
投唐平伏西辽地，薛刚闯祸冤报冤，
大闹花灯命该尽，薛氏一门尽遭瘟，
三万一十单八口，呜呼哀哉见阎君。

喜宗皇爷登龙位，黄巢出世乱乾坤，
住居增洲曹城县，姓黄名巢字渠天，
鸦雀窝内出了世，藏眉寺内动刀兵，
遇着牧羊李存孝，鸦谷口内见阎君。

存孝英雄盖世强，石人为父挑菜娘，
天运循环命该尽，五牛分尸把命亡。

黄巢未灭朱温反，朱温设计篡了唐，
朱温篡了唐天下，国号称为大梁王。
元祖朱真传朱巡，祖婆林氏生五经，
五经之子名朱温，篡了唐氏锦乾坤。
公公要把媳妇混，三杀焦兰应不明。
出了驸马石敬瑭，把守三关称豪强，
只为永宁公主女，石郎篡唐称晋王。

郭彦威篡晋称周主，刘志远篡周为汉王，
刘志远篡周为汉帝，也是玄德后代根。

柴荣接统国事乱，陈桥兵变动刀兵，
赵氏匡胤接了位，他祖原是伯益后代根。
传至造父是穆王，有功才把赵字封，
后来子孙因姓赵，派得天潢口宋兴，
家传劲节近杨青，赵老之女名千金，
创霸奇功称冬日，发奸摘扶领神明，
住居布州布水县，赵家屈算第一村。
布州又被水淹了，搬在河南夹马营，
夹马营中生太子，一胎生下两条龙，
太宗皇爷真英武，打尽天下九州城，
陈桥兵变为皇帝，黄袍加体立为君。

高平官上高鹞子，祖上高生伯一人，
传至白马高士继，英雄演义盖世孙，
高贵高聪生士贤，高元高配传高宗，
孙怀德与怀亮，重孙君保扶宗皇，
南塘遇住余红道，父子一起见阎君。

金雕会上杨老将，他是白虎后代根，
人说昆仑杨伯虎，水有源来木有根。
太荒山在陕西地，旁边小山名昆仑，
杨龙就在山后住，然后移在太原城，
杨龙所生杨伯虎，子孙茂盛渐渐兴，
白虎之子名杨美，妻子严氏老夫人，
严氏生子名杨文，邹府德女配鸳婚，
东汉元帝臣杨广，他是白虎十五孙，
杨成杨奚传杨忠，杨坚篡周帝王君。
宇文化及篡了位，杨谷影□□□□。

杨滚传子多猛勇，成为山后火王神。
传至金刀杨老将，所生八子手段强：
李陵碑下身亡故，独剩六郎保宋王。
所生一子杨宗保，天门阵上称霸王；
宗保之子杨文广，平伏西辽称豪强；
杨家世代忠良将，宗灭只剩杨满堂。

包家庄上包员外，所生文拯文曲星，
貌似灵官生得丑，父母说他是妖精，
多亏嫂嫂来搭救，跟着嫂嫂长成人，
仁宗皇爷开南选，试官点中第一名。
一心保定宋帝主，日断阳来夜断阴。
七十二件冤枉事，破龙窑中断乌盆。
陕西七王行无道，逼勒金定要成亲，
包氏金定告下状，七王铡下见阎君。
仁宗皇帝不认母，四十金条当典刑，
非是包爷欺圣主，为官清正管当今。

太宗太祖真英武，神哲微钦都汴京，
南渡高孝传光宁，埋度切瑞中帝昺①，
宋记一十有七主，元朝接位坐龙廷，
世子元朝朱乱立，天差真主下瑶池，
英主登基元主灭，真主出世假龙飞。
永乐为君二十二，洪熙半载不周口，
传至崇祯天下乱，闯王贼子动刀兵。
煤山自刎身先死，顺治皇爷坐龙廷。
（下缺）

---

① 昺，音 bǐng，明亮；光明的意思。

二十七、盘古朝代接替①

初分天地盘古王，又出天地人三皇，
天皇有十二万八千寿诞长。
地皇昆仲六共五，寿与天皇共日光，
弟兄九人皆皇氏，一万五千六百扬。

太古羲皇无文字，始末根由难表详。
女娲炼石补天上，伏羲八卦定阴阳，
在位一百五十五，封神大具没得王。
神农尝药留世上，号名史帝本姓姜，
在位一百四十载。

轩辕黄帝制衣裳，位登百年二五子，
国号名称后三皇。

尧帝尼山把贤访，禹王治水分九江，
少昊颛顼十七主。

天皇不顺反上苍，尧舜夏禹天星满，
五百七十二年亡。

纣王无道把国丧，一派江河归咸阳，
天下六百四十四，三十真命坐昭阳，

---

① 此歌本由房县胡元炳采录。黎远祥，祖籍四川省云阳县，现居住竹溪县向坝乡胜丰村，有异名同歌传唱。

才出殷纣昏无道。

天差狐狸入朝堂，屈死多少忠良将，
凤鸣岐山降祯祥，八百诸侯孟津会，
山河社稷属武王。

平王东迁运不旺，五霸七雄各称强，
夫子列国常来往，稷下弟子讲文章，
齐家治国大学士，孟子去见梁惠王。

周朝三十七个主，八百六十七年亡，
灭国又归嬴秦氏。

秦吞七雄共二主，六国归了秦始皇，
三主五十一年丧。

楚汉相争摆战场，九里山前打一仗，
逼死霸王在乌江。
五十年来不大祥，药酒篡位是王莽，
刘秀十二走南阳。

西汉四百三十九，二十四主献帝王，
吕布杀死董丞相，桃园结义刘关张，
圣人五关斩六将，三请孔明卧龙岗，
一统山河司马掌。

东西两晋宋齐梁，共计二十四代主，
一百七十二年亡。

灭晋又归北元魏，南唐宋齐加陈梁，
三朝二十四代主，三百三十六年殃。

宋传北齐西周后，三十八年跨仙邦，
隋帝无道死乱棒，白虎将军三投唐。

李治庙中把香降，武后登基乱朝纲，
薛家满门一坑葬。

李旦招兵下汉阳，庐陵王到房县地，
九焰山上反薛刚。

存孝打虎太原上，反了铁镐王彦章，
唐朝江山二十主，二百八十九年亡。

梁唐晋、汉周王，李后称主乱朝纲，
二百三十四年满，三十四主返仙乡。

天差紫微赵太祖，传至九主北宋王，
天波府出杨家将，十二寡妇称豪强。

南衙又出包丞相，铁面无私保宋王，
一十八主三百二，南北两宋俱灭亡。

胡辽耶律篡了位，九主二百一年丧，
北国完颜阿骨打，声震中西尽皆降。
十主一百零七载，蒙古鞑子称豪强，
八十九年天下变，元朝十主付汪洋。

大明天下皆兴旺，太祖名讳朱元璋，
传至崇祯十六主，山崩地裂大不祥。

四十亡数少三载，明朝江山付别邦，
苛捐杂税难抵挡，陕西才出李闯王。

吴三桂搬兵满洲地，国号大清顺治皇，
万民乐业十八载，六十一年康熙王，
雍正十三风雨顺，乾隆六十归上苍，
嘉庆皇爷二十五，道光三十又不祥，
咸丰十一崩了驾，同治十三返仙乡，
光绪皇爷三十四，紫微星君上天堂。

宣统三年让了位，袁世凯与冯国璋，
改变民国称总统，中山先生掌朝纲。

三十八年普解放，共和国家尽沾光，
万民乐业歌大有，全国人民享安康。

二十八、《黑暗传》续谣：《盘庚歌》[①]

华夏远古生态好，森林茂密雨水多，
山川流水成江河，江河淮汉纳百川，
浩浩荡荡向东流。
大约百万多年前，古猿出现汉江畔，
"郧县人""蓝田人"，"北京人""梅铺人"，
白龙洞、漳垴洞、还有多处猿人洞，
人类足迹四方遍。

一万至五千年前，有巢筑树防侵害，
燧人取火熟食香，伏羲教人会渔猎，
驯养家畜往下传，后来神农炎帝氏，
发明耒耜教耕种，为了人类除疾病，
遍寻药草到房陵，架木为梯进深山，
不畏艰险勇攀登。

一日遇毒七十二，得茶解毒转安宁，
采得良药数百种，教与世人除瘟病，
中华医药从此始，汇成神农本草经。

黄帝轩辕少典子，发明舟车水陆行，

---

① 盘庚歌，参照袁正洪、陆龙权、胡继南、杨才德主编，房陵锣鼓歌[M].北京：中国文联出版社，2015，10.
此歌又叫《历代朝代歌》，是由邓发鼎、胡元炳、许大良等唱；南山、袁野等人收集整理。观其内容，似乎定名为"房县流放歌"更符合歌词所载。

计算数目知音律，更有桑蚕益后人，
炎黄涿鹿相征战，黄胜炎败遂融合，
华夏自此一家人，炎黄始祖齐相称，
肇启中华大文明。

古时自然灾害多，洪荒连年民苦疾。
三皇五帝接连治，灾害逐渐才平息。
唐尧虞舜治天下，百姓安定享太平。
轮到大禹来治水，功成名就万古留。

禹王接舜管天下，夏禹到民间，
询问民间情，同情民间苦，
两眼双泪流。
左规矩，右准绳，不失尺寸与百姓。
禹王在位十五年，南巡会稽归天庭，
天下诸侯都哀悼，大好江山留禹迹。
夏朝王位传夏启，代代相传四百载，
末代夏桀是昏君，荒淫无道毁社稷，
汤王伐夏登王位。

成汤当了商君主，文治武功受人敬。
汤王在位三十春，四面八方都安宁，
汤王寿满归了天，百姓披麻孝衣穿，
如哀考妣在堂前，携杖恸哭好凄惨。
汤崩伊尹辅佐政，家庭教师伊尹创，
天下第一帝王师，伊教商汤学英明，
甲骨文中有记载，汤之于伊尹，
学焉后臣之，故不劳而王，
以尧舜之道，贵德治天下，
以伐夏救民，从而建商朝，
商汤把官封，伊为官职尹，
谓汤正天下，即以身作则，

做天下楷模，师范乃天下。
尹格于皇天，是代天言事。
伊尹太上师，德高受人尊。
汤崩太子太丁早卒，太丁弟外丙来接任，
伊尹扶外丙爱万民，风调雨顺国太平。
外丙坐位两年整，又将龙位传仲壬，
仲壬四年传太甲，太甲放荡不理政，
伊放太甲于梧桐，悔过三年为帝君。
殷王武丁伐荆楚，扫荡荆楚占领土，
登上房陵神农架，陟彼景山多金玉，
松柏丸丸似林海，泮水滔滔瀑飞泻，
斧砍松柏好栋梁，泮水放排满河床，
建起明堂来祭祖，诗经最后殷武篇，
武丁伐楚有功绩，留下遗迹地名在，
房陵南山松柏镇。殷王一代接一代，
相传三十圣主人，一统江山六百春。
殷商相传天下孽，纣王无道是昏君，
女娲庙里惹下祸，调戏女娲怒了神，
差下玉石琵琶精，搅乱纣王花锦城，
败了江山丢妲己，摘星楼上自焚身，
万里江山归周君。

放下商朝且不提，再把周朝来提起。
文王之祖名后稷，商朝属国为岐周，
岐周传代三十八，到了文王势力强，
三分天下有其二，灭商条件已成熟。
文王访贤姜太公，畅谈伐商大战略。
偕子姬发拜姜尚，统军伐商为军师。
不料文王命升天，高寿享年九十六。
姬发武王始伐纣，西土八国发牧誓，
庸蜀羌巴卢彭微，濮人一起展雄兵。
盟国多在鄂西北，竹山庸国房彭国，

竹溪乃是古巴国，谷城就是那卢国，
十堰黄龙古濮国，毗邻蜀国和羌国，
联合髳国和微国，牧誓八国随武王。
八国诸侯汇孟津，打败纣王十万兵，
万里江山归周朝，以礼治国统天下，
黎民百姓享太平。

西周宣王是明君，要把周朝来振兴，
房陵贤人尹吉甫，文武双全任太师，
北伐猃狁至大原，南征荆蛮江汉滨，
驻守成周征粮赋，编著诗经启后人。
文武吉甫万邦宪，宣王中兴大功臣。
宣王之后出昏君，幽王好色又专横，
宠爱褒姒杀忠良，乱用烽火戏诸侯，
申侯犬戎杀幽王，平王东迁到洛阳，
周朝共坐八百春。

提起周朝说不完，这里还得说一段。
西周太师尹吉甫，天子宣王把他赞。
编纂诗经有贡献，诗中有诗别有天。
诗中赞颂：文武吉甫，
万邦为宪，吉甫作诵，
穆如清风。吉甫作烝民，
和谐社会创。编纂民劳篇，
提出盼小康。撰写蓼莪文，
哀哀祭父母，奠章名千古。
六月征战勇，最早战史诗。
诗中把茶颂，茶香千秋远。
逍遥自有酒，诗中把酒品，
酒字六十三，少饮能养生。

诗为教科书，千古能育人。

老子学诗著经典，倒骑青牛向西行。
函谷关令名尹喜，高举珍茶关下迎。
挽留老子在此住，写下名作《道德经》，
内容丰富涉及广，包罗宇宙天地人。
世间万物皆动态，阴阳转化相依存。
兵商医政通大道，修身养性至理明。
清静无为方有为，道法自然奥理真。
上善若水利万物，兴旺乃由和谐生。
尹喜接过《道德经》，来到武当苦修行。
殚精竭虑悟真谛，隐仙岩下迹可寻。
孔子学诗创儒学，整理古籍有大功。
诗经尚书与礼易。还有春秋仔细分，
倡导礼仪与仁义，周游列国历艰辛，
从学弟子有三千，还有七十二贤人，
传授学业习六艺，礼乐御射与术数，
因材施教善诱导，儒学始祖万代尊。
屈原学诗撰《离骚》，李白学诗为诗仙，
杜甫学诗成诗圣，皆是诗经传承人，
春秋百家把诗赞，诗经千古代代传。

五霸强，七雄出，韩赵魏齐楚燕秦，
春秋战国各称强。秦庄襄王子嬴政，
本是吕不韦之子。嬴政生母是赵姬，
原是不韦之妾人，不甘寂寞深宫里，
缠住不韦不丢情，不韦心生脱身计，
伪宦嫪毐潜入宫，受宠被封长信侯，
举兵谋反想篡国，嬴政镇压杀嫪毐，
株连党羽四千户，远迁千里到房陵。
嬴政仲父吕不韦，辅佐嬴政著春秋，
嫪毐事败被牵连，爵位被夺饮鸩死，
株连万户徙房陵。秦王嬴政除内患，
对外扩张展宏略，赵幽缪王赵王迁，

秦将王翦反间计，王迁犯疑杀李牧，
献图嬴政保自身，赵王国破家乃亡，
始皇怜降流房陵，王迁思乡常北望，
饮酒悔恨亡赵国，悲痛乃作山木讴，
闻者莫不把泪流。

始皇登基坐皇位，吞灭七国统天下，
嬴政集权称皇帝，三公九卿管国事，
废除分封制，颁布郡县制，
车同轨，书同文，统一度量衡，
北击匈奴，南征百越，
筑长城，修灵渠，焚书坑儒士，
孔孟之道险遭毁。公子扶苏有远见，
反对焚书来坑儒，注重法绳来为臣，
因而触怒秦始皇，被派北方防匈奴。
始皇在位三十七，巡视途中一命殒。
赵高首先杀李斯，伪造诏书害扶苏，
扶苏被逼自杀死，赵高又害其他人，
始皇共有十八子，多遭残杀命归阴。

胡亥登基当傀儡，赵高掌权杀忠臣，
不久又把胡亥杀，扶起皇帝叫子婴。
子婴复仇杀赵高，秦朝从此乱纷纷。
陈胜吴广大起义，刘邦项羽也起兵，
最终刘邦把位登。

说起灭秦故事长，秦王子婴杀赵高，
子婴投降于刘邦。
项羽打进咸阳城，杀子婴烧阿房宫。
汉王刘邦善用人，韩信成败在萧何，
张良足智又多谋，屡献妙计立大功。
开国名将是韩信，跃马挥戈气势雄。

古麇郧县韩家洲，其地葬有韩母坟。
西楚霸王是项羽，项庄舞剑意沛公，
讲究仁义缺远见，妇人之仁遗患深。
楚汉相争五年久，刘邦计多会用兵，
四面楚歌困项羽，逼得霸王自刎身，
仰天长叹英雄泪，滔滔乌江浊浪奔。

刘邦登位帝高祖，轻徭薄赋民皆悦，
纳谏如流用贤能。
刘邦以后杀功臣，张良明哲自保身，
功成引退当隐士，追寻老子到房陵。
房陵城南百里远，景山有座老君山，
山上有个举场坪，张良选此建公院，
结庐而居度光阴，巧遇仙姑学问深，
结为伉俪著书文，常与山民同饮酒，
抚琴高歌留芳名，当地人称张良山，
还有叫作送郎山，神农架里有遗痕。

刘邦女婿叫张傲，鲁元公主之夫君，
被人谗言想篡权，不幸流放到房陵。
宣帝皇后叫邛成，出生乃是房陵人，
史记书中有记载，邛成父亲王奉光，
女儿邛成出生时，五彩祥云照房间，
闻者以为当大贵，房县志上留根痕。
儿子刘奭为皇帝，美女妃子王昭君。
宫廷画师毛延寿，心术不正来受贿，
宫女给他送银两，他就把她画得好，
美貌昭君没行贿，脸被丑化点墨点，
皇帝刘奭知此事，千刀万剐毛延寿。
匈奴首领来汉朝，呼韩邪单于和亲，
挑选美女王昭君，昭君嫁为匈奴妃，
和番美名千古传。

邛成孙子叫刘鹜,继承刘爽当皇帝,
册妃飞燕大美人。德高望重是邛成,
太皇太后留芳名。
刘明本是济川王,借重父威梁孝王,
射杀中尉被告发,废为庶人贬房陵。
刘彭离封济东王,亦是汉梁孝王子,
骄悍无礼武帝罚,废为庶人贬上庸,
划归房陵流放区。汉广川王是刘去,
缪王刘齐之长子,喜好文辞与方技,
博弈倡优也擅长,残暴成性贬上庸,
亦属房陵流放地。刘年本是清河王,
刺史奏劾废王爵,内乱废迁到房陵。
常山王子乃刘勃,饮酒作乐兄告发,
削去王位徙房陵。汉广川王刘海阳,
继承父爵淫无度,废除爵位贬房陵。
汉河间王是刘元,滥杀无辜迁房陵。
司马迁把《史记》写,记述黄帝到武帝,
早期中华文明史,多亏《史记》来传递。

民间还有一传说,当年高祖深山行,
遇见白蛇拦路径,高祖举剑把话论,
我若无福遇白蛇,在你口中丧残身;
白蛇你若无福气,在我剑下命归阴,
将蛇斩断两下分。不谈高祖辞了世,
孝平皇帝是天子,王莽药酒来毒死。
白蛇转为王莽身,篡了孝平锦乾坤,
逼死多少大将军,要捉刘秀紫微星。
王莽他把刘秀追,追得刘秀无处行,
天上乌鸦来引路,昆阳城中落天星。
角亢氐房心尾箕,斗牛女虚危室壁,
奎娄胃昂毕觜参,井鬼柳星张翼轸,
二十八宿降凡尘,昆阳城中乱纷纷。

一起大闹昆阳城，救得刘秀紫微星。
姚箕马武上将军，好个冯义忠良臣，
率领兵马追王莽，杀得王莽命归阴，
国号光武把位登。

东汉元勋是马援，光武大帝一猛将，
那时房县新城郡，马援新城当太守，
北击匈奴雄心壮，豪言壮语世留名：
男儿要当死边野，马革裹尸何须还。
西汉东汉四百载，传到献帝皇位倾，
曹操中原又动兵，东吴孙权也称雄。
刘备关张三结义，诸葛孔明是能人，
黄忠是个好将军。董卓贼子是奸臣，
要谋献帝锦乾坤。王允将军施计策，
美女貂蝉献董卓，又把貂蝉许吕布，
吕布将军怒气生，杀了董卓除了根。
刘备蜀国把位登，东西三川爱万民。
刘备义子名刘封，带兵攻打上庸忙，
屯兵之地在何处，竹山文峰名方城。
三国名将叫孟达，发兵兴山攻房陵，
杀死太守蒯祺人，孟达当上房太守。
蒯祺孔明大姐夫，孔明为此心不悦。
孟达新城当太守，时与刘封起纷争，
关羽后被困樊城，求助孟达拒出兵，
关羽战死长坂坡，孟达害怕被责怪，
背叛刘备投曹魏，诸葛略施反间计，
谣传孟达又投蜀，司马懿闻心一惊，
星夜宛城奔房陵，诛杀孟达新城郡。

丢下后汉且不论，再表三国来归晋。
司马懿是真军师，司马炎，是帝君，
武明王，掌朝政，晋王皇帝有道君，

坐了一百五十春，前宋出来坐龙廷。
陈霸先，是明君，生在军都把位登，
前宋皇帝为朝廷，坐定江山六十春。
后在顺帝手中沉，宋齐梁陈四朝廷，
一百七十把驾崩。

杨坚起兵建隋朝，先夺北朝位，
次绝南帝嗣。
俭约治天下，风俗皆化之。
劝课农桑业，民间粟有余。
严谨于政事，朝野赖无为。
杨勇本是隋太子，遭弟陷害废庶人，
杨广逼父杀杨勇，死后追封房陵王，
传位杨广隋炀帝。炀帝征夫几百万，
开凿运河几千里，南北运输多方便，
发展经济有功德。杨广晚年太专横，
酒色荒淫乱朝政，花园踢死亲妹子，
老宫气死他母亲。扬州设下琼花会，
无道昏君把命倾，江山一统归唐君。

李渊为君爱天下，杨林秦琼双救驾，
斑鸠镇里程咬金，混世魔王闹乾坤，
尉迟恭，小罗成，王伯当，裴元庆，
李元霸铁锤打死人，白虎投唐保明君。
青龙绕唐泄情分，好个明主李世民，
南征北战扫烟尘，贞观之治享太平。
十八路反扫干净，又平六十四路兵。
贞观年间天大旱，均州刺史名姚简，
奉旨祈雨五龙顶，喜降甘霖处处欢，
太宗敕建五龙祠，唐皇始建武当山。
萧瑀本是隋朝臣，乃梁武帝之玄孙，

祖父萧詧梁宣帝，父亲名岿梁明帝，
姐是隋朝杨广妃，瑀九岁封安郡王，
官至隋内史侍郎，妻独孤皇后侄女，
李渊乃孤皇外甥，萧瑀李渊是表兄，
同为隋朝将与臣，建唐瑀支渊起兵，
世民特请为臣相，瑀处事严厉刻板，
刚正不阿言直率，五次被罢相官身，
被罢相官又复职，被贬岐州是其四，
岐州治所乃房陵，房县志把萧瑀名。
太宗赐诗赞萧瑀："疾风知劲草，
板荡识诚臣"。

太宗四子名李泰，集书万卷工书画，
撰括地志五百卷，才华横溢遭人害。
冤与太子争帝位，贬谪汉水郧乡县，
归属房陵特放区。太宗女儿是城阳，
嫁与杜荷为妻子，曾经为官在房州，
荷助太子去谋反，事情泄露被诛杀，
太宗爱惜女城阳，准许改嫁于薛瓘，
因涉巫蛊受牵连，夫妇二人贬房州，
双亡房陵尸还京。乘龙快婿房遗爱，
本是房玄龄次子，诞率无学有武力，
娶妻高阳太宗女，礼异他婿贬房州，
房州谋反高宗诛。公主南平太宗女，
王焘乃是她儿子，善待母亲性至孝，
婚姻变故贬房州，房州太守著医书，
《外台秘要》是瑰宝，王焘医书千古传。
太宗驾崩在临潼，传旨高宗把位登。
武则天，把大权，高宗长子乃李忠，
遭人陷害废太子，降封梁王流房州，
做官房州为刺史，占卜事发为庶人，
徙居黔州受虐待，武后陷害死黔州。

高宗驾崩中宗继，中宗重封韦玄贞，
触怒武后贬房陵，途中韦后生女儿，
裹儿就是她的名，李显贬房十四年，
夫妻相伴共苦甘，武后年老患疾病，
狄仁杰劝谏武则天，召唤李显回长安，
重新立为皇太子，实际并未掌皇权。
太子当了五年半，武后病重身不安，
宰相张柬之兵变，杀死武后两宠男，
武后被迫交皇位，李显才登金銮殿。
李显念及房陵恩，减免赋税三年整。
太宗年寿五十六，患病头疾死临潼。
高宗寿元五十二，亦是身患头疾终。
李显头疾也驾崩，五十五岁寿元尽，
传位儿子李重茂。殇帝重茂权未稳，
李隆基来搞政变，迎李旦为唐睿宗。
韦后还没掌住权，太平公主李隆基，
姑侄宫廷搞政变，杀了韦后和裹儿，
谣传韦后毒中宗，实乃千古大奇冤。
中宗二子李重福，初封昌王后谯王，
惨遭陷害贬均州，韦后被杀重福怒，
在均州称中元帝，均州乘驿到洛阳，
以期西进入长安，洛阳官员忙遁匿，
重福大怒烧城门，火尚未燃兵逼近，
重福隐匿于山中，营兵搜捕被逼紧，
重福跳水去自尽，诏以三品礼葬身。

武后次子李承宏，最初被封广武王，
交友不慎贬房陵，吐蕃犯京立为帝，
代宗还朝死华州。李重茂为唐殇帝，
中宗皇帝四儿子，隆基政变贬房州，
死后谥号殇皇帝。李旦让位李隆基，
隆基就是唐玄宗。安禄山反玄宗逃，

李享即位唐肃宗。肃宗外孙有三人，
萧佩萧儒和萧偲，肃宗女儿郜国子，
郜国公主犯皇威，牵连受罪流房州。

唐朝诗歌有成就，现存唐诗五万首，
有名诗人两千多，李白杜甫最优秀。
唐朝二十一帝君，共坐二百八十九年。

梁唐晋汉周五代，各个出来争乾坤。
梁朝主子是朱温，侄儿惠王朱友能，
举兵谋反帝讨逆，投降赦死封房陵。
后唐有个李存勖，晋朝有个石敬瑭，
后汉有个刘知远，慕容彦超是胞弟，
高祖起兵彦超附，彦超受命邺都败，
兖州城破彦超死。朱温梁朝为天子，
李靖王，老将军，十三太保显威灵。
李存孝，手段能，改为后唐坐龙廷。
后唐坐了三十春，又有石敬瑭得天星，
他又坐了七年春，出下齐王天子身，
齐王管了十三春，后汉出来又相争。
提起后汉根由事，刘知远坐了汉天子，
咬脐皇帝来出世，知远坐了九年春。
郭威同台又兴兵，该是咬脐天数尽，
咬脐皇帝变昏君，文武百官都不顺。
苏逢吉，是奸臣，又出史魁是忠臣，
准奏皇帝咬脐君，杀了郭威侄儿身，
郭威同台后知闻，点起人马来相争，
也是郭威天心顺，水隔黄河不能行。
六月初三黄河凌，天降冷龙下凌冰，
黄河冻得如地平，过了郭王兵马人，
杀上金銮宝殿门，逼死咬脐命归阴。
郭威掌兵坐龙廷，国号后周管万民。

谈起郭威他的根，一生一世无子孙，
郭王坐了七年整，六十四岁命归阴。
卖伞柴荣坐龙廷，柴荣在位三年春，
五代残唐乱纷纷，五十三岁把驾崩。
后周恭帝柴宗训，世宗之子封梁王，
陈桥兵变降郑王，贬居房陵葬庆陵。

后周大将赵匡胤，真身应是火龙星，
火龙太子下凡尘，祖上原是水獭精，
青龙背上祭了父，石龙口内祭亲坟，
后来才有赵匡胤，夹马营中生其身。
宋祖赵匡胤，致力中原成一统，
扫平四海为一并。
饥者得加飡，困者得苏醒，
颠者得扶持，危者得安稳。
太祖大将田钦祚，骁勇善战功无数，
郭进陷害贬房州。
开国元勋王彦升，勇猛剽悍屡建功，
诛杀韩通帝不乐，被贬房州防御使，
因病回朝死旅程。
高鹞子，守关城，怀德怀亮手段能，
杨衮老将是忠臣，子孙后代保宋君，
管了一十六年春，四十八岁命归阴。
中书舍人名赵逢，以病推诿制诏书，
惹怒太祖贬房州，任命房州官司户，
后任左谏议大夫，太原筑版遘疾死。
名相范质儿范旻，贩卖竹木贬房州，
任官房州为司户。

一母所生二帝君，太祖太宗坐东京。
太宗匡义太祖弟，因避兄讳改其名，
名叫光义后赵炅，太祖匡胤驾崩后，

光义登基为皇帝，在位过了七年春，
北方肖后又动兵。大兵困在幽州城，
多亏杨家老将军，八虎勇闯幽州城，
才救太宗出关门。救得太宗回朝日，
五十八岁归阴门。太祖四弟赵廷美，
本名乃是赵匡美，因避太祖讳改名，
篡夺皇位阴谋露，太宗令留守西京，
勾结兵部又起事，事败安置贬房州。
北汉末皇刘继元，投靠契丹与宋敌，
太宗亲临去督战，刘继元兵败降宋，
特放房州节度使。太宗功臣是傅潜，
出征契丹封虞侯，贻误战机撤爵位，
家眷一同流房州。真宗皇帝把位立，
水浒梁山乱纷纷，高球贼子是奸臣，
要害宋江众英雄，逼上梁山把身存。
真宗皇帝是昏君，江山二十六年整。
真宗名相曹利用，澶渊退敌功名高，
被害身陷于囹圄，蒙冤遭贬至房州。
著名将领叫石普，真宗手下一大将，
穿渠引流通舟运，英勇善战御外敌，
挪用国款流房州。真宗大臣郑志诚，
奏请太子亲政辞，受累配隶贬房州。

四帝仁宗来出世，仁宗皇帝是明君，
多亏玉皇大帝神，差下包公下凡尘，
包公本是文曲星，文生武像保朝廷，
还阳床，照妖镜，三口宝剑带在身，
铁面无私来执政，仁宗皇帝得安宁，
扶保二十八年春。谏议大夫张舜民，
刚直敢言多上疏，言多受累屡遭贬，
英宗罚居于房州，离开房州留诗作。
直龙图阁是张耒，并列苏门四学士，

擅长诗词学识深，屡遭不幸贬房州。
才生哲宗有道君。哲宗相传与钦宗，
也是钦宗有难星，金国掠去受苦辛，
番王吃酒把酒巡，要他斟酒把酒瓶。
右谏议大夫龚夬，直疏谏言辨忠邪，
刚正不阿斥奸权，权贵诬陷受牵连，
削职贬官迁房州。
岳飞老将是忠臣，精忠报国来抗金，
立起高宗坐龙廷。
三朝大臣刘光祖，才华横溢诗画茂，
鞠躬尽瘁历三朝，宣传儒学落房州。
两任宰相是秦桧，前后辅政十九年，
金兵进攻宋京城，要求徽宗割三镇，
秦桧坚持予反对。不料金人俘钦宗，
要立邦昌为傀儡，秦桧直笔来反对，
坚持恢复钦宗帝，金国副帅粘罕看，
要放钦宗亦可以，提出杀死岳元帅，
才能放回钦宗帝。
钦宗为了保性命，密旨杀害岳元帅，
交由秦桧来传旨，秦桧心里很矛盾，
岳飞本是领兵帅，怎能杀死岳元帅。
钦宗保命有密旨，换回皇帝最要紧。
被迫要杀岳元帅，秦桧只有去传旨，
只说岳罪莫须有，世传秦桧杀岳飞，
害了岳家父子兵，岳家父子命归阴，
钦宗皇帝才回程。也是宋朝天数尽，
相传一十八个君，共坐三百二十春，
乾坤扭转属胡人。

成吉思汗铁木真，统一蒙古为首领。
忽必烈，战功高，灭了宋朝建元朝，
亚欧大陆建帝国，疆域达到多瑙河，

后人美称为天骄。

元朝八十九年春，乾坤一转归大明：
朱洪武，陈友谅，刘伯温，常玉春，
鄱阳湖内动刀枪。
胡天德，文忠将，杀鞑子，如宰羊，
千军万马无阻挡，洪武才得坐朝纲。
永乐皇帝名朱棣，迁都北京建故宫，
南边大修武当山，皇室国庙气势雄，
宫观巍峨壮仙境，紫霄道乐飘云中，
一柱擎天耀华彩，玄岳之尊享殊荣。
鄂豫川陕毗邻地，四塞山区称郧阳，
时值明朝施封禁，流民逃亡进深山。
房县北乡大木厂，刘通起义梅溪寺，
朝廷上下深不安，到了成化十二年，
设立抚治在郧阳，总辖八府与九州，
六十五县俱统管，重臣一百二十位，
时续二百零五年。
明代大臣母德纯，官至大理寺正卿，
因议大礼触怒帝，嘉靖四年戍房州。
元末明初罗贯中，《三国演义》写成功。
大名作者施耐庵，写成一部《水浒传》。
吴承恩，大手笔，写了一部《西游记》，
曹雪芹写《红楼梦》，古典小说是高峰。
大明相传十七王，天旱三年百姓慌，
夫妻父子各一方。崇祯登位不久长，
闯王领兵动刀枪。吓得崇祯煤山死，
在位十年把命丧，大明江山从此亡。

明朝将领吴三桂，山海关外把兵搬，
引来清兵顺治王，取明立清振朝纲。
顺治坐了十八年，康熙接住把民管，

又有吴王来造反。好个大将马王保，
领兵挂帅去征剿，谁知吴王高才能，
与他和了不相争，他把钱粮运七省，
平分江山来抗衡，岂知康熙将兵瞒，
灭了吴王统江山。
康熙坐了六十一，相传雍正管万民，
雍正坐了十三春，一命驾崩传乾隆，
一统江山享太平。乾隆在位六十载，
嘉庆登基掌乾坤，在位二十有五春，
道光在位三十载，一十一年是咸丰，
同治在位十三年，光绪坐了三十四，
宣统三年绝了根。

晚清内乱蜂涌起，西方列强来入侵，
内忧外患国势危，割地赔款受欺凌。
辛亥革命风云起，推翻帝制建民国。
军阀混战起狼烟，日寇侵略大进攻。
八年抗日得胜利，解放战争炮声隆，
公元一九四九年，全国人民得解放，
红旗升上天安门，人民江山万年春。

第三编 秦巴歌本中的著名历史人物

二十九、彭祖[1]的故事

彭祖的故事广泛流行于秦巴地区。大彭国第一代始祖彭祖篯铿本为尧舜时人，由于经常和神农时神巫巫咸、黄帝时神医巫彭、夏彭伯寿、商彭伯考、商贤大夫彭咸、周柱下史老子混为一谈，遂有"长年八百，绵寿永世""非寿终也、非死明矣"等传说，对此，清人孔广森在注《列子·力命篇》中对"彭祖之智不出尧舜之上而寿八百"之句做了很好的解释："彭祖者，彭姓之祖也……大彭历事虞夏，于商为伯，武丁之世灭之，故曰彭祖八百岁，谓彭国八百年而亡，非实篯不死也。"汉代史学家韦昭在《国语·郑语》也有类似注解："彭祖，大彭也。"可见彭祖寿八百指的是大彭氏这个国家存在了八百余年，《竹书纪年》："（武丁）四十三年，王师灭大彭。"现在四川省眉山市境内仍保存有彭祖墓园、彭祖墓、彭祖祠、彭祖仙室，室外内有石雕的寿星彭祖肖像，室外陈列八卦图案，历历在目。

提起彭祖都知道，只知他的寿年高，
无人知道此根苗。
古时有个彭祖人，他是颛顼之玄孙；
寿高活了八百多，经过历代诸朝份；
尧舜夏商到纣王，一直都有彭祖名；
七百六十七岁时，纣王还在坐龙廷；
一共活了八百八，世间阳寿最长人；
彭祖传说有根本，乃是神仙转的身。

---

[1] 王文海，祖籍重庆巫山人，现居住在竹溪县向坝乡双桥村，传唱过此歌。彭祖，先秦道家先驱之一。又称篯铿、彭铿，陆终第三子。彭祖帝尧时封于彭地，子孙以国为氏。又彭亦为姓，为祝融八姓之一。

有史记载一传说，彭祖陈抟人两个，
原在天宫管众伙。
陈抟老祖和彭祖，是玉帝的两部守；
彭祖掌管功德簿，天堂功德他记录；
陈抟掌管生死簿，生死一切他具就；
二人同在天堂度，各尽职责天宫游。

一日陈抟见彭祖，他对彭祖把话吐，
我今劳累太过度。
叫声彭祖听言道，我太疲乏想睡觉；
今天我想睡一睡，有事你就把我召；
彭祖早就想下凡，一听此言时机到；
只等陈抟熟睡好，偷把生死簿子瞧；
找到彭祖哪一页，立即撕下折纸条；
捻成纸绳钉本子，要使陈抟难找到；
这事玉帝不知道，下到人间乐逍遥。

彭祖偷把名字撕，偷偷下到凡间去，
一去永不回天府。
彭祖流落在人间，士大夫来他一员；
因为他无生死簿，故此活了几百年。
先后娶妻四十九，五十四个好儿男；
妻室儿子如此多，一个一个老枯完；
行动洒脱少彭祖，永不衰老是壮年；
妻子面前道真言，无意之中谜揭穿。

又娶妻子第五十，年轻美貌春心腹，
彭祖对妻实言述。
自从娶下此夫人，彭祖越发很高兴；
偕妻游山又玩水，辞官不作回家庭；
彭祖越玩越兴趣，再也不想回天庭；
二人欢度几十春，陪伴妻子到白鬓。

彭祖夫人第五十，变成鹤发一老妪，
二人山村来定居。
定居陕西宜君县，夫妻和睦建家园；
当年彭祖八百岁，夫妇二人常聊天；
妻子她把彭祖叫，我将不久离人间；
以后是否还娶妻，我死你该怎么办？
彭祖立即开言道，继续娶妻在身边；
以前娶妻四十九，不知哪个陪晚年？
我的寿年千千万，永远永远在人间。

妻子一听开言问，叫声彭祖我夫君，
你咋能活八百春？
彭祖一听开言云，我的夫人你是听：
人人都有生死簿，生死簿上无我名；
我的名字做纸捻，用它来把本子钉；
几百年来无人晓，所以我是长命人。
还有天宫一段情，细细说与夫人听。
夫人一听就清醒，死后实情告玉尊[①]。

夫人死后阴魂散，阴魂驾鹤玉帝见，
诉说彭祖在人间。
玉帝一听猛觉醒，才知彭祖离天庭；
下凡八百八十天，就令陈抟查果因。
陈抟打开生死簿，事实果然不差分；
玉帝派下两个兵，要拿彭祖上天庭。

两个神差下界走，手拿绳索与铁钩，
捉拿逃犯老彭祖。
两个神差凡间行，哪能认得彭祖人，
按理早已是白发，但说他还很年轻；

---

① 玉尊，民间传说中的玉帝。

虽然在天是同事，分离很久难相认：
人间角落全找遍，哪里见到彭祖身？
凡间到处寻又寻，查到人在陕西省。

又到陕西来查询，二位神差到宜君，
一计用来胜十分。二位来到大户家，
麦场里面把麦轧；遇见木匠做农具，
木工家具放地下；有个碌碡在碾场，
许多伙计翻麦渣；神差拿来木匠锯，
碌碡上面锯皮夹；招来乡亲围住看，
七嘴八舌忙不下；这时来一青年汉，
原来彭祖就是他；他见锯子锯碌碡，
大吼一声说了话：我今活了八百八，
没见碌碡用锯拉；神差一听忙不住，
绳捆索绑就拿下；抓住彭祖上天涯，
生死簿里重载他。

三十、神农出世①

传说神农②是姜姓部落的首领，由于懂得用火而得到王位，所以称为炎帝。从神农起姜姓部落共有九代炎帝，神农生帝魁，魁生帝承，承生帝明，明生帝直，直生帝氂，氂生帝哀，哀生帝克，克生帝榆罔，传位五百三十年。炎帝所处时代为新石器时代，炎帝故里目前有六地之争，分别是：陕西宝鸡、湖南会同县连山、湖南株洲炎陵县、湖北的随州、山西高平、河南柘城。炎帝部落的活动范围大致轨迹是沿甘陇宝鸡市岐山县的岐水南下，途经汉水流域，过长江，一直南行到茶陵以南的华南一带。相传炎帝牛首人身，他亲尝百草，发展用草药治病；他发明刀耕火种，创造了两种翻土农具，教民垦荒种植粮食作物；他还领导部落人民制造出了饮食用的陶器和炊具。传说炎帝部落后来和黄帝部落结盟，共同击败了蚩尤。

神农炎帝与黄帝在中国历史上享有崇高的地位，不仅中华民族共同认同自己为炎黄子孙，还共同遵奉他们为中华民族人文初祖。在道教发源兴盛的秦巴腹地，神农炎帝被道教尊为神农大帝，也称五谷神农大帝。

一进门来往里走，檀木鼓槌拿在手，
听唱神农把世出。
生下三天能说话，五天之中能行走，
七天牙齿全长齐，便问父母名和姓。
神农出世生得丑，头上长角牛首形，
父母一见心不喜，把他丢在深山里，

---

① 此歌是湖北省房县桥上乡杜川村黄正明口述，袁正洪收集整理，属《神农五谷歌》散佚片段。

② 神农即炎帝，是中国上古时期姜姓部落的首领尊称，号神农氏，又号魁隗氏、连山氏、列山氏，别号朱襄。

山中遇着一白虎,衔着神农回家去。
父母把他丢水中,一条黄龙来托起。
父母把他火中烧,有一神兽下山林,
通体透亮像水晶,扑在火中救神农,
喷出清水灭火星。

神农出世多灾难,灾难之中长成人,
做了南方一帝君,当了帝君爱黎民。
他教黎民耕种事,女子养蚕制衣服。
当时天下瘟疫病,多少村庄人死尽,
神农治病尝百草,劳心费力进山林。
神农尝草遇毒药,腹中疼痛不安宁,
冒死尝嚼解毒茶,得茶解毒又复生,
神农判出毒草名,七十二毒皆不要,
采回良药救黎民。

檀木鼓槌拿在手,听唱神农治五谷,
不知哪本书上有。
神农上了七十二架山,去把五谷来找遍。
神农上了羊头山,仔细找来仔细看,
找到粟子有一粒,把它寄到枣树上,
忙去开荒下种子,八种才能收粟谷,
后人才有小米饭。

大梁山中寻稻子,稻子藏在草中间,
神农寄在柳树中,忙去开荒下谷种。
七种才有稻谷收,后人才有白米饭。

万石山中寻小豆,一颗寄在李树中,
一种成小豆,小豆可煮粥。
大豆出在维石山,神农寻来很艰难,
一颗寄在桃树中,大豆种平川,

豆熟堆成山。

大小麦长万石山，寻来二粒心喜欢，
寄在桃树中，耕种十二次，
后人才有面食餐。

武石山寻芝麻，寄在荆树中，
一种收芝麻，后人炒菜有油下。
神农初种五谷生，皆因天树来相伴。
斩木做犁来耕地，才有农事往后继。
神农教人兴贸易，互通有无同得利。

三十一、姜太公卖面[①]

手接锣鼓打几声，列位朋友听分明，
太公卖面唱一程。
石崇富豪范丹穷，甘罗运早晚太公，
彭祖寿高颜回短，六人聚在五行中。
西岐住着姜吕望，买卖行内做经营，
太公贩牛羊增价，贩了羊来牛价增，
他把牛羊一起贩，哪晓天有不测风，
殷纣王降旨一道：朝歌城内断杀生。
太公本钱赔个净，只落肩担八根绳，
量来二斗高白麦，夫妻磨面苦用功，
磨面磨到天光亮，担起圆笼喊高声，
清晨卖到晌过午，并无一人把面称，
柳荫树下歇一晌，来了贫婆把面称，
若问贫婆怎打扮，列位不知会耳听，
头上梳着马尾纂，横别一根娘娘荆，
身穿夹袄实在破，又是补丁又窟窿，
左手拿着铜钱个，右手拿着破茶盅，
贫婆这里开言到：叫声掌柜要你听，
你的白面怎么卖？价钱适当我来称。
太公见人来相问，叫声姑娘你听真：
二十四文一斤面，如果合适准秤称。

[①] 此歌传唱人任万美，四川省开县人。姜太公（约公元前1128年—约前1015年），本名姜尚，姜姓，字子牙，曾被封于吕地，故又称吕尚，被尊称为太公望，后人多称其为姜子牙、姜太公。中国历史上最享盛名的政治家、军事家和谋略家。

贫婆一听开口说：叫声老翁你听清：
都怪小孙好淘气，窗户捅破大窟窿，
今天买你文钱面，打点糨子补窗棂。
太公闻听头低下，腹内辗转犯叮咛：
有心卖她文钱面，贫婆打扮比我穷，
万般出在无计耐，开个张儿是正经。
高高约了一两五，贫婆还把秤来争，
正然二人来争秤，忽听西北马跑铃。
您若问来哪一位？武王飞虎练大兵。
赶上太公时运背，战马蹄儿蹚笼绳，
只听扑通一声响，把面撒在地溜平，
太公一见吓一跳，腹内辗转犯叮咛：
有心前去让赔面，可又一想说不清，
他是王爷惹不起，惹他我就活不成，
万般出在无计耐，挽挽袖子苦用功，
太公正在撮白面，忽听西北起大风，
大风刮起三四阵，把面刮起半悬空。
太公朝天一声叹，正赶乌鸦出大恭，
拉了太公一嘴屎，您说硌硬不硌硬？
太公捡起砖头块，砖下趴着唬背虫，
蝎子蜇了太公手，太公甩着腕只疼，
是疼不疼朝上砸，打着树上马蜂窝，
你说马蜂有多坏，把太公蜇个乌眼青。
痛得太公往西跑，西墙钉着枣核钉，
只听啪嚓一声响，脑袋撞个大窟窿，
疼得太公朝后退，没留神掉在臭屎坑。
弄了太公一身屎，招来一群绿豆蝇，
太公心说这事情：我今八成活不成，
步步走的倒霉运，脚脚都是枉死城。
打今我再不卖面，朝歌城内摆卦棚。
朝歌城内去算卦，黎民百姓传出名，
太公八卦算得准！太公字相测得灵！

不言众人纷纷论，惊动深山一妖精，
若问惊动哪一位？本是玉石琵琶精，
这个精灵洞穴坐，耳灵眼俏心不灵，
屈指一算明白了，尘世出了姜太公，
趁着太公运不济，我到卦棚搞混乱。
妖精脚驾清风快，不时来在朝歌城，
来到无人处落下，摇身变作女花容，
头戴白绫身穿孝，三寸金莲白布蒙，
扭扭捏捏朝前走，不时来在算卦棚。
分开众人走进去，开言有语叫先生：
人人算我娘娘命，你算能与何亲成？
太公一见不敢慢，忙把卦本拿手中，
他按照乾坎艮震、巽离坤兑查个遍，
查不出人死共生，袖退一测才明白，
便知来人是妖精，你的八卦查不准，
伸出手腕便知情，我再给你看看清，
妖精果然上了当，伸出手腕递先生，
太公按她寸关尺，右手砚瓦举在空，
只听咔嚓一声响，精灵脑骨四下崩。
太公打死琵琶女，八十五岁把运通。
渭水河边垂钩钓，单等鲤鱼跳空中。
文王夜梦飞熊到，奏本君臣访大卿。
太公说要江山保，我坐车辇君拉绳。
文王一听说好好，你坐车辇我拉绳。
太公上了龙车辇，龙车辇前系蟠龙，
为国求贤若口渴，拯救天下众苍生，
盼着百姓脱水火，唯愿四海庆升平；
天下禾苗生双穗，海不扬波水又清；
均等贫富国运盛，铲除妖孽清后宫；
一统天下平叛党，驱散云雾太阳红。
连拉八百单八步，文王开言问先生：
拉你八百又八步，保我江山多少冬？

太公闭目正养神，闻言开口说分明：
拉了八百单八步，江山八百单八冬。
文王听了又相问：拉一步，保一载，
那就再来来来来，把你拉到西岐城。
太公摆手说不用，泄露天机怎能行，
文王奉了元帅印，接着下回表得清。
斩将封侯拜相印，疆场朝堂立大功。

三十二、子牙背榜[1]

《子牙背榜》是《封神演义》中的情节，在秦巴山区大为流行，其中说的是姜子牙奉元始天尊的命令，下山辅佐周武王统邦治国坐天下的故事。临行前，元始天尊赐给姜子牙四件法宝，这就是封神榜一本，打神鞭一根，保身杏黄旗子一面，脚下四不像神兽一骑。姜子牙正是凭借这四件法宝南征北战、横扫天下，最后帮助周武王平定天下，建立了周朝，并最后依据功德修为高低大小，对各路英雄豪杰、神仙圣人进行封神，使之各就各位，天下归心，四海太平。

昔日有个高君宝，他在姜家把亲招，
不知姜家啥根苗。
上拜岳父姜文胜，下拜岳母刘夫人，
岳父岳母都拜尽，再拜妻子姜兰英，
又把子牙这看成[2]，后来斩将又封神。

提起子牙我也喜，听我略略提几句，
不知是的不是的。
头辈爷爷姜德恩，二辈爷爷姜万民，
三辈爷爷姜红角，四辈爷爷姜里门，
五辈爷爷姜文胜，娶个妻子刘氏女，
夫妻二人忠孝尽，生下子牙一郎君，

---

[1] 此歌发现于湖北省十堰市竹山县擂鼓镇擂鼓村李祥新处，其爷爷为晚清秀才，家中藏有不少歌本。其兄李祥佑也是闻名一方的歌手。祖籍重庆市巫溪县，现居住竹溪县向坝乡向家坝村，黄公成也有异名同歌传唱。

[2] 看成，方言，养大成人的意思。

三十二岁上昆仑，七十二岁下昆仑，
斩仙剑，捆仙绳，师父元始大天尊①。

元始天尊叫子牙，今日得令把山下，
去保武王坐天下。
赐你封神榜一本，又赐打神鞭一根。
杏黄旗子保自身，脚下四不像起祥云。
百样宝贝带在身，有人叫你莫答应，
你若应了他一声，三三六路动刀兵，
此话你要记在心，威风凛凛下山林。

子牙山林辞师父，出门遇见龙须虎，
张口要吃子牙肉。
子牙一见怒气生，当时展开杏黄旗。
拿下须虎不放行，口口声声叫师父。
你今饶了我的身，永世不忘你的恩。

来了来了真来了，来了一个神仙真不小，
身跨麒麟申公豹。
连喊子牙二三声，子牙一声都未应。
公豹当时怒气生，骂声子牙太无情。

同山学法共师尊，打伴②修行四十春，
为何叫你不答应。

----

① 元始大天尊，即元始天尊，全称"青玄祖炁玉清元始天尊妙无上帝"，又名"玉清紫虚高妙太上元皇大道君"，是道教最高神三清之一，"玉清元始天尊"道场位于昆仑玉清境。昆仑山与玉京山不同，昆仑山在玉清境，玉京山在大罗天，三界之上曰四民天，四民天之上曰三清圣境（太清道德天尊、上清灵宝天尊、玉清元始天尊），三清圣境之上曰无极大罗天。《历代神仙通鉴》称元始天尊为"主宰天界之祖"。在太元（即宇宙）诞生之前便已存在，所以尊为元始。在无量劫数来临之时，用玄妙的大道来教化众生，故而尊为元始天尊。道经记载中玉清元始天尊、上清灵宝天尊、太清道德天尊，"三号虽殊，本同为一。"《道门十规》中说："玄元始三炁化生，其本则一。"三清都是大道的化身。

② 打伴，方言，即搭伴、结伴的意思。

我的法术比你多，显个神通你看着，
手提宝剑把头割，一时三刻又长着。

子牙开口称师兄，你今误解了我的身，
师父吩咐记得清。
山中若是有人问，十声叫来九不行。
答应一声不要紧，百日逢灾有难星。

公豹一听气昂昂，埋怨师父无主张，
不该赐他封神榜。
公豹当时反了情，说与三山五岳神。
三霄娘娘怒气生，腾云驾雾下凡尘。
也是子牙有难星，三番五次动刀兵。

哪吒太子十二宝，就往乾元山上跑，
叫声师父不好了。
石矶娘娘把我追，师傅快救我的身。
太乙真人忙起身，大骂石矶小妖精。
我的童儿未出门，怎么伤了你的身。
石矶娘娘怒气生，连把真人骂几声。
真人一听怒气生，急忙寻宝显神通。
打死石矶小妖精，封神榜上待封神。

子牙营中把声叹，差了正将姜文焕，
又差哪吒和杨戬。
二将来在纣王城，围住纣王不放松。
火烧纣王命归阴，封神榜上一扫平。

锣鼓打得响铮铮，子牙领兵去征东，
杏黄旗子风中动。
号令一声争封神，天昏地暗鬼神惊。
先斩将来后封神，先封天庭后地神。

元始天尊洞中坐，算到子牙必有祸，
八十三岁躲不过。
叫声童儿看洞门，为师下山走一程，
仙丹一颗手中存，放在子牙口里存，
半个时辰要还魂，封神榜上去封神。

子牙得病牙床睡，叫声我主万万岁，
臣有实话说与你。
子牙死后不用埋，好好打口铁棺材，
四角按上四铁环，停在金銮那宝殿，
倘若那国来造反，棺材大头朝那边，
兵来不敢停，马来不敢站，
兵马来了自己散，可保周朝八百年。

东周赧王胆真大，他将棺材来放下，
打开棺材看子牙。
身穿八卦衣还在，子牙尸体没有坏，
天下诸侯十八国，十八王子造反来，
十八王子反进京，他将周朝一扫平。

三十三、纣王降香[1]

《纣王降香》是《封神演义》中记载的一个故事情节，也是广泛流行于秦巴地区关于《封神演义》的一个传说段子，述说的是商纣王目无神圣、为君不尊、荒淫昏聩而好色成性，竟然在女娲娘娘神庙中敬香的时候，题诗表达要迎娶女娲娘娘的意思，公然调戏亵渎女娲娘娘的尊严，引得女娲娘娘神威大怒，直接受到了女娲娘娘和神界的严厉惩罚，最后招致战祸突起、天下大乱、家破人亡、国家覆灭的下场。

纣王无道江山丧，他不该女娲庙里去降香，
得罪了天上的女娲娘娘。推开神帐往上望，
上面坐的女娲娘，女娲生来多排场[2]，
纣王题诗粉白墙，你是庙中一神像，
我是朝阁一君王，去了泥身换肉像，
进得朝去配孤王。女娲见诗怒火上，
凌霄殿本奏张玉皇，玉皇一听教旨降，
差九尾狐狸下天堂。九尾狐狸变妲己，
迷住纣王把朝进。害死多少好忠臣，
比干丞相挖心死，杨任又挖双眼睛，
贾氏夫人坠楼死，黄家父子反朝门。
昆仑山元始李老君，早已八卦来算定，
差下弟子姜子牙，子牙背榜下昆仑，
西岐城内去算命，火烧玉石琵琶精。
妲己设计把他害，姜子牙借水逃出城，

---

[1] 降香，方言，烧香的意思。
[2] 排场，方言，漂亮的意思。

渭水河内把鱼品，等候文王访贤臣。
周文王夜得梦飞熊扑面，山里僧奏一本郊外访贤，
大弟子名无忌带路引见，渭水河才访到子牙大仙。
姜子牙坐车轮文王拉纤，君与臣当马牛乾坤倒颠，
拽八百单八步龙纤拽断，只累得周文王冷汗不干，
姜子牙坐车轮八卦排算，到后来保周朝八百八年。
访来子牙把朝进，是武王撑天柱一根，
子牙掌了元帅印，保武王倒反西岐城。
金吒木吒打头阵，哪吒脚踏风火轮，
广成子身背番天印，杨任手内长眼睛，
二公杨戬跨战马，哮天犬不住随后跟，
雷震子手持晃金棍，黄天化身跨玉麒麟，
四大天王败了阵，闻太师死在绝龙岭。
申公豹，多可恨，他要替纣王发大兵，
这个妖道最可恨，倒海搬来石将军，
摆下九妖十绝阵，要助纣王坐乾坤。
多亏了燃灯老道人，昆仑山前班师尊，
搬来了元始天尊李老君，破了九妖十绝阵，
十绝阵杀死了石将军。姜子牙从此大发兵，
保武王杀出西岐城，申公豹，妖法大，
七龙山搬来宇文化，宇文化，本事大，
一要下山拿杨戬，二要下山提哪吒，
三逮黄飞虎，四逮姜子牙。
武王一听心害怕，万里江山不要它。
会仙台上真纳闷，独角龙一步跳进营，
不怕宇文本事狠，我要出阵把他擒，
独角龙挂了先锋印，杨戬哪吒随后跟，
独角龙力气大，碾盘顽石手中拿，
打死妖道宇文化。申公豹，道法狠，
峨眉山搬来赵公明，下山随带三件宝，
捆龙索、定海针、金绞剪随手拎，
跨动玉虎下山林，打将绳鞭随手拎。

武王无人敢出阵，子牙帐前发愁闷，
君臣正在无计使，来了六眼老道人：
武王千岁莫害怕，赵公明我把他擒。
营门法台来设定，我有法术他丧身，
坐在法台把咒念，穿心针丧了他的命，
阴魂纷纷上封神。死了公明不打紧，
惹下连天大祸根，三星娘听说气不忿，
要与兄弟报仇恨。三星娘娘下山岭，
摆下一个黄河阵。多亏燃灯老道人，
昆仑山前请师尊，搬来元始天真李老君，
镇山法宝带在身，三星娘娘命归阴，
五百童儿死干净，娘娘一死被火焚，
阴魂渺渺上封神。

三十四、麒麟送子[①]

这是对晋王嘉《拾遗记》中《麒麟送子》情节的演绎：孔子诞生之前，有麒麟吐玉书于其家院。这个典故成为"麒麟送子"的来源，也是对《易经》中"积善之家必有余庆；积不善之家必有余殃"古训的一个典型印证。

手拿鼓槌顺丧走，要唱传说一神兽，
麒麟送子说根由。
有一动物古流传，性命能活两千年；
雄为麒来雌为麟，一对麒麟传世间。
一曲孝歌开了篇，麒麟送子我唱完。

麒麟形状特惊人，多种动物来组成，
好似怪兽下天庭。
整体形状似马牛，不是龙体是龙头；
遍身长的是鱼鳞，一条牛尾配在后；
四腿走路似马蹄，眼似铜铃双目怒；
嘴大肚内能吐火，声音波荡如雷吼；
威风凛凛相貌露，慈悲善良人间走。

看到麒麟很凶悍，但是不会把人撞，
性情温顺受人颂。
人人见此吓掉魂，怕得麒麟伤人命；

[①] 麒麟送子，是中国祈子风俗，流行于全国各地。中国民间认为麒麟为仁义之兽，是吉祥的象征。俗传积德人家，求拜麒麟可生育得子。中国民间流行的麒麟送子传说由来已久。晋王嘉《拾遗记》中描述，孔子诞生之前，有麒麟吐玉书于其家院。这个典故成为"麒麟送子"的来源。

性格温顺不伤人，不把任何动物吞；
花草树苗它不睬，称它仁兽落美名；
它是吉祥一象征，听歌君子听分明。

春秋传说到现在，山东曲阜故事栽，
曲阜有条阙里街。
此街不大也不小，街上住着一孔家；
孔纥就是他的名，六十六岁过花甲；
夕阳西下女儿多，只有一男眼前花；
小儿取名孔孟皮，天生跛脚缺陷大；
孔纥见此心里急，偌大家产咋传下；
夫妇二人心如麻，庙上求神把香插。

孔纥之妾叫颜征，夫妇二人商议定，
尼山寺院去求神。
尼丘山寺走数趟，祈求神灵赐儿郎；
焚香许愿敬神像，保佑赐儿人丁旺；
心诚则灵放豪光，颜征不久孕身上；
也是孔纥福气大，果然天赐一儿郎。

一日夜晚麒麟来，祥云落到阙里街，
金光闪闪放光彩。
举止优雅大街竖，嘴里吐出一块布；
上面写了十二字，说的孔家后代事；
这里不便诗句提，语句意义特突出；
时至麒麟便离去，颜征疼痛肚子捂；
响亮哭声镇山谷，孔家夫人产一子。

孩儿出世孔家里，男儿长得特别奇，
他与常人两样的。
头顶凹下分两边，头型如同尼丘山；
父母就此取了名，名叫孔丘永不变；

仲尼就是他的号,长大成人不非凡;
兄弟排行是第二,孔老二便栽史鉴;
大名鼎鼎一圣人,孔圣文墨万古传;
帝王德行不少点,帝王帝位他无缘;
麒麟送子故事远,两千多年到今天。

三十五、秦始皇赶山乱石窖

《秦始皇赶山乱石窖》是对历史上传说的再创造,也是《秦始皇赶山》的一个全新版本。《秦始皇赶山》是这样的:相传秦始皇时期,中国境内到处都是大山。一座座高山阻塞了河流,挡住了道路,可耕的土地很少很少。秦始皇为了让老百姓都能有地种,就从玉皇大帝那儿借来了一条赶山鞭。赶山鞭神力非凡。一抽,山就乖乖地行走。抽到哪,山就走到哪。秦始皇拿了赶山鞭到处去赶山,东一鞭,西一鞭,把三山五岳分布到全国各地。这样一来,中间就出现了一大片平地,老百姓男耕女织,过上了欢乐的日子。后来,秦始皇想:干脆把山都赶到大海里去吧,填了海,还可多出更多的田地!于是就一个劲地把山往大海里赶。这一下,东海龙王可急坏了:这么多的山赶到海里,岂不要把我的龙宫压坍了吗?东海龙王的小女儿三公主为救龙王父亲于危难,勇敢地变成一头玉狸猫,跳进后宫,乘秦始皇晚上睡觉时,把压在枕头底下的赶山鞭偷偷拿走了,却把一根假鞭子塞在枕头下,等到第二天秦始皇醒来,拿起赶山鞭再去赶山,山都打歪了,却无法移动半步。这样,山河大地才基本上保留了本来的模样。

  别的闲言都不表,听我唱个乱石窖,
  它的来头可不小,听我与你说根苗。
  秦始皇建王朝,万里长城要修好,
  防御外国来侵犯,修到西海路一条。
  下令年前到西海,转眼就是严冬到,
  民夫冻得不得了,怨声叹气道歌谣:
  关山苍茫茫,人间泪滴滴;
  风凌透寒衣,长城何日齐?
  观音老母听到歌,心里立时发慈悲,
  驾起五彩祥云飞。来到边关用目观,

老弱病残栽倒地，冻死饿死骨成堆。
观音看了好伤悲，变成太婆路旁立，
见两老人抬石头，老人累得气吁吁。
观音忙把老人问，这石头是把长城砌？
老人点头说是的。观音老母开言语，
为啥不把石头变轻的？民夫听言都是气，
石头咋能变轻的？抬起石头又要走，
观音太婆追上去，我来给你出主意：
抬石杠头红绳系，好似灯草飘飘起。
民夫感动掉下泪，长跪地下身不起。
后面连续人成堆，都要太婆红线系，
每人杠上系红线，抬石走路如同飞。
附近石头用完了，秦始皇心里很着急，
要在西海筑城墙，哪有那多石头砌？
秦始皇一见心纳闷，拉住力夫问原因，
力夫只有说实情，秦始皇把红线收干净，
拿回殿中编成绳。一鞭打在火焰山，
轰轰隆隆烟尘滚，石头飞过万重山，
飞过三百六十里，再有几鞭到海边。
西海龙王发了愁，忙向南海观音来求救，
秦始皇手段毒，四海龙王都求救，
四海填完无处住。观音驾祥云抬头看，
秦始皇用的是神鞭，座座大山向房陵赶。
观音一见事不好，变个雄鸡把话言，
始皇帝，还我神鞭！秦始皇正在挥神鞭，
神鞭腾空无影见，岩石落地不动弹，
乱石落地在房县，芦家庄下两河岸，
乱石窖留名千古传。

三十六、韩信算卦

《韩信算卦》传说的是汉朝齐王韩信的故事。韩信路遇一摆卦摊的道长，遂进棚请他给自己卜算。经道长挑明，韩方知道自己的阳寿本应有七十三年，但由于做过五件不好的事，如九里山埋母、问路断樵、设九龙埋伏计、逼霸王乌江自刎和受汉高祖二十四拜，总共损去阳寿四十年，只能活到三十三岁即告寿终。韩信因此悟到天命不可违，人生在世只有多多积德积善，方能福寿绵延，善有善终。

高祖有道坐江山，君正臣良万民安。
三齐贤王名韩信，灭了楚国社稷安。
闲暇无事跨雕鞍，骑马闲逛在街上，
见一卦棚摆路南。

棚里坐定一道长，仙风道骨品非凡。
九梁道巾头上戴，八卦仙衣身上穿，
水火丝绦腰中系，水袜云鞋二足穿，
甩镫离鞍下了马。

进棚抽出一根签，未曾开言面带笑。
尊声道长你听言，你今帮我算一卦：
万马营中谁为首？帅旗能立谁门前？
谁饮高皇三杯酒？金印能挂谁胸前？

老道闻听开慧眼，忙把铜盒拿手间。
三个铜钱放里面，哗啷啷，哗啷啷，
手捧卦盒摇半天，才把卦子摆周全。

看罢多时开言道，尊声来人你听言：
万马营中你为首，帅旗能立你门前，
你饮高皇三杯酒，金印挂在你胸前。

算得贤王哈哈笑，道长算卦是神仙。
还得给我算一卦，算我寿活多少年？
道长闻听忙摆手，算出怕你把脸翻。
不用掐来不用算，算你寿活三十三。

算的贤王冲冠怒，大胆老道口胡言。
我朝张良给算过，算我寿活七十三。
一无仇来二无恨，为何损寿四十年？
找回阳寿我饶你，不然剑下活不全。

道长含笑忙站起，尊声将军你听言：
你朝张良是会算，听把缘由说周全：
贤王你有五不该，一个不该折八年，
九里山前活埋母，老天损寿一八年；
问路你把樵夫斩，老天损寿二八年；
定下九龙埋伏计，老天损寿三八年；
乌江岸上逼霸王，老天损寿四八年；
受高皇二十四拜，欺君损寿五八年；
五八损去四十年，将军想活多少年？

算得贤王长叹气，争名夺利也枉然。
韩信抬头再一看，道士卦棚都不见，
一片青云飘飘去，飘飘摇摇上九天。
韩信算卦算唱完，哪个接板又朝前。

三十七、彭越游宫

歌本唱的是彭越①秉持君臣纲常节义，拒绝高祖西宫娘娘诱惑的故事，史记无凭，应该是民间戏说一类，大抵是同情民间历史人物彭越者所为。故事折射了封建统治者的任性胡为、荒淫腐败、无德无耻。

高祖打马过青山，只见白蛇把路拦，
高祖便把白蛇斩。
白蛇拦路讨奉承，高祖一见恨在心。
奉与不奉在于你，不谈斩蛇命归阴。
斩下白蛇不要紧，扰乱江山十八春。

鼓打三更整半夜，不唱老王去打猎，
娘娘宫中想彭越。
彭越不知其中情，头顶圣旨进宫门。
娘娘一见心欢喜，腊月梅花开了心。

娘娘一见盈盈笑，老王打猎未回朝，
彭越小郎你来了。
娘娘一见喜盈盈，老王打猎未回程，
只撇下小奴家冷清清。我愿做你牵床盖被人，
不知将军意何情。

---

① 彭越（？—前196年），字仲，砀郡昌邑（今山东省菏泽市巨野县）人，西汉王朝开国功臣。秦朝末年在魏地举兵起义，后来率兵归顺刘邦，拜魏相国，封建成侯，协助刘邦赢得楚汉之争，与韩信、英布并称汉初三大名将。西汉建立后，封为梁王，定都于定陶。公元前196年，以"反形已具"罪名，诛灭三族，废除封国。

彭越一听娘娘话,吓得头皮只发麻,
国母说的哪里话。
自从盘古开天地,那有臣戏君的妻?
臣戏君妻也是死,君占臣妻罪不轻。
老王要知这事情,我二人的性命活不成。

娘娘一听红了脸,骂声彭越好大胆,
你一心只想把娘娘占。
老王打猎未回程,你在朝中胡乱行。
莫是朝中出奸党,莫是朝中出奸臣。
老王打猎回了程,斩你人头挂午门。

彭越低头不作声,忧在眉头愁在心,
为何调戏我将军?
自古常言说得清,天子底下出忠臣。
要做忠臣不怕死,怕死不能做忠臣。
斩我人头挂午门,死也不配你这妖精!

彭越低头不作声,猛然一计想在心,
一计生得胜十分。
彭越站在王宫中,便把国母叫一声。
等只等我三更后,我到午门有事情。
娘娘一听喜欢心,小郎快去快回程。

一更里来月当头,高点明灯满上油,
娘娘打扮多风流。
高点明灯挂宫房,宫娥彩女站两厢。
娘娘打扮巧梳妆,只等彭越进帐房。

二更里来月照街,宫娥彩女两边排,
只等彭越进帐来。
蹲在秀楼叹口气,手拿一把金交椅。

小奴那里亏待了你？为何不与我配夫妻。

三更里来月正高，这里未见彭越到，
要死的奴才不来了。
将身倒在卧龙床，只见彭越进帐房。
我与彭越把话讲，讲到彭越是高皇。
二人正在交心事，床上一对好鸳鸯。
耳听龙凤宫鼓响，醒来还是梦一场。

四更里来月偏西，未见彭越进帐里，
西宫娘娘起了气。
老王若还回了程，我将假本做当今。
老王若还准了本，不斩你人头枉为人。

五更里天亮了，老王打猎回来了，
娘娘就往金殿跑。
你今打猎未回程，来了彭越狗奸臣。
调戏小奴不安分，扯乱了奴家的绣花裙。

老王一听娘娘话，手指彭越高声骂，
忙叫彭越来见驾。
我今打猎未回程，你在朝中胡乱行；
莫是朝中出奸党，莫是朝中出奸臣。
吩咐朝中众将军，快拿彭越狗奸臣。
炮响三声命归阴，保国忠臣丧残生。

不表彭越死的苦，三魂七魄告地府，
地府告到阎罗主。
阎罗天子哈哈笑，叫声彭越你来了。
你在朝中是忠臣，西宫娘娘害你身。
四百年前事，今日断分明，
你到阳间去投生，仇报仇来恩报恩。

三十八、刘备哭灵[①]

闲来无事把书翻，观看前朝古圣贤，
刘备哭灵好惨然。
三国都是英雄汉，黄巾起义闹翻天，
多少英雄遭涂炭，多少豪杰把名传。

高祖错把白蛇斩，王莽篡位十八年。
光武兴来年久远，献帝懦弱坐江山。
刘备生在涿州县，结拜弟兄在桃园，
徐庶他把孔明荐，卧龙下山扫狼烟，
弟兄同把功名建，保定刘备坐西川。

先取荆州把家安，再取西川坐江山，
定下联吴抗曹瞒。
差下关公将一员，镇守荆州把兵练，
欺曹破吴保西川，威震华夏鬼神叹，
中正上界查寿诞，正好五十有八年，
知他人间富贵满，接他脱凡登仙班。
老爷麦城把驾晏，刘备哭得泪不干。

先主打坐金銮殿，一道圣主往下传，

[①] 刘备哭灵，因为历史上汉江流域和秦巴腹地是当年三国鏖兵的核心地区，所以，受历史文化影响，在该地区自古以来说唱三国故事相习成风，由来已久。整部《三国演义》几乎都被编成了说唱文学，变成了无数剧目、曲目和歌本，而《三国演义》普及的程度虽不能说家喻户晓、人人皆知，但至少也是雅俗共赏、老少咸宜。

满朝都把孝衣穿。
先主他把龙袍换，戴顶孝帽银镶边，
身穿白绫袍一件，文武百官穿孝棉，
内侍臣前摆祭奠，祭礼摆在武英殿。

大殿摆下香和案，当中供的二圣贤，
香烟袅袅上青天。
先主进了武英殿，见了灵位好心寒，
桌案上摆的是三宫御宴，怎不见我二弟亲手来拈，
哭二弟只哭得换气难转，哭二弟只哭得地覆天翻，
晨早哭到天色晚，看到红日落西山，
家家关了门两扇，不觉哭到一更天。

一更里来月出山，心中想起二圣贤，
越哭越想越心寒。
一更里来哭桃园，弟兄结拜把香拈，
弟兄们结义时相交患难，牛祭地马祭天义重如山，
双股剑偃月刀蛇矛丈杆，弟兄们破黄巾三马连环，
酒未寒斩华雄提头来见，谁不知我二弟战将魁元，
想当初过江去单刀赴宴，谁不知临江会保驾身边，
战长沙收黄忠威风八面，大战场小战场见过万千，
谁知今日把命断，丢下为兄受孤单。

二更里来月光显，哭声二弟怎不见，
不知二弟在哪边。
二更里想桃园泪流满面，谁不知我二弟义薄云天，
想当年弟兄们徐州失散，困土山张文远说降曹瞒，
三日大五日小大摆酒宴，上马金下马银美女十员，
斩颜良诛文丑英雄虎胆，见兄书斩六将大过五关，
过黄河你又把秦琪将，古城边斩蔡阳老将一员，
论英雄你算得能征善战，论韬略比乐毅孙武在前，
论忠义保皇嫂秉烛待旦，论封神你应受万代香烟，

千秋万代英雄汉，可叹不该丧黄泉。

三更月亮正中间，想起二弟归西天，
心里好比乱箭穿。
三更里想桃园如刀切胆，猛然间又想起孔明之言，
他曾讲镇荆州官高爵显，他又讲北抗曹东和孙权，
怪二弟性格犟不听言劝，藐视了东吴贼起下狼烟，
恨东吴吕蒙贼白衣欺骗，扮客商摇小橹又花银钱，
袭荆州灭烟墩二弟遭难，眼睁睁无一人发兵救援，
恨刘封小奴才才疏学浅，不发兵欺了父如同欺天，
害我二弟命归天，刀割我的肺腹肝。

四更月亮往西偏，又把二弟想一遍，
想起二弟好悽惨。
四更里想桃园蒙眬合眼，又见到我二弟站在身边，
他言道弟兄们不能相见，他又讲弟兄们不久团圆，
惊醒了刘先主浑身是汗，不见了我二弟关二圣贤，
叫二弟你休要梦中埋怨，我岂肯贪富贵忘了桃园，
恨苍天生孤穷福薄命浅，不能够与二弟同享天年，
叫二弟放下心莫生意见，杀了贼报了仇同归九泉，
二弟你把心放宽，为兄给你报仇冤。

五更月亮落西山，想二弟关圣贤，
放声哭到五更天。
五更里想桃园金钟御点，众文武来劝孤回转金銮，
悔不听诸葛言自作主见，一心想与二弟报仇雪冤，
下教场点人马雄兵百万，兵又多将又广旌旗蔽天，
扎连营七百里威震敌胆，不料想陆佰言诡计多端，
恨陆逊烧连营大火来点，差一点伤龙体尸不周全，
赵子龙保着孤一路交战，好容易逃奔在白帝城边，
这正是大限到难以换转，到后来白帝城托孤升天，
哭到五更咽喉断，一轮红日出东边。

三十九、刘伶醉酒[①]

传说魏晋年间，滨州地带有一好酒的刘伶，酒仙杜康奉玉帝旨意前来度化刘伶成仙，从而演绎出刘伶醉酒的故事。此歌本是洪派版本在秦巴地区流传和泛化的结晶。

混沌初分不计年，杜康造酒万古传。
杜康正然门前站，来了一位贪酒仙。
刘伶上前开言唤，尊声老兄听我言。
四大部洲我走遍，无一叫我醉一天。
杜康闻听哈哈笑：君子不必出大言。

---

① 传说刘伶好饮酒也极能饮酒。酒量之大，举世无双。由于对当时的政治不满，他便经常出外游历，喝酒。有一次，刘伶来到洛阳南边，走到杜康酒坊门前，抬头看见门上有副对联，写道："猛虎一杯山中醉，蛟龙两盏海底眠。"高处的横批写着："不醉三年不要钱。"刘伶一看这副对子，心里很不高兴。心想，这开酒坊的人也该先打听一下我刘伶的名声，再想想该不该夸此海口。谁人不知我刘伶：往东喝到东海，往西喝过四川，往南喝到云南地，往北喝到塞外边。东南西北都喝遍，也没把我醉半天。既然你口气这么大，我就把你的坛坛罐罐都喝干，不出三天就叫你把门关。刘伶带着气进了酒馆。杜康便拿出酒来叫他喝，喝了一杯还要喝，杜康就劝他不要再喝，他不依。喝了第二杯，他还要喝，杜康说，再喝就要醉了。他不听，又要了第三杯。三杯下肚，刘伶说道："头杯酒甜如蜜，二杯酒比蜜还甜，三杯酒一下肚，只觉得天也转，地也旋，头脑发晕，眼发蓝，只觉得桌椅板凳、盆盆罐罐把家搬。"他果真喝醉了，出了酒坊往家走去，一路东摇西晃，口里还嘟嘟囔囔说着胡话。一回到家，刘伶就醉倒了。他交代妻子说："我要死了，把我埋在酒池内，上边埋上酒糟，把酒盅酒壶给我放在棺材里。"说完，他就死了。他一生好饮酒，因而他的妻子按照他说的安葬了他。不知不觉，三年过去了。一天，杜康到村上来找刘伶。刘伶的妻子上前开门，问他有什么事情。杜康说："刘伶三年前喝了我的酒还没有给酒钱呢！"刘伶的妻子听了十分恼火，说："刘伶三年前不知喝了谁家的酒，回家就死了，原来是喝了你家的酒呀！你还来要酒钱，我还要找你要人呢！"杜康忙说道："他不是死了，是醉了，走走走，你快领我到埋他的地方看看去。"他们来到刘伶埋葬的地方，挖开坟墓，打开棺材一看，刘伶穿戴整齐，面色红润，像生前一样。杜康上前拍拍他的肩膀，叫道："刘伶醒来，醒来！"刘伶果然打了个哈欠，伸伸胳膊，睁开了眼，嘴里犹喃喃夸道："好酒，好酒！"从此以后，"杜康美酒，一醉三年"就传开了。有人说杜康和刘伶后来都成了仙，上天去了。这就是所谓的杜康造酒刘伶醉。

我卖的是高粱酒，不醉三年不要钱。
刘伶摆手我不信，杜康把他请里边。
拉手托腕往里走，四个菜碟布周全。
杜康提上一壶酒，放在刘伶他面前。
一壶美酒未饮尽，醉倒尘埃头目眩。

大叫老兄我醉了，你快送我转回还。
杜康扶他往外走，离落歪斜回家园。
到了家门上房内，见着贤妻便开言。
今日为夫丢了脸，信步杜康酒馆前。
那里卖的高粱酒，他道不醉不要钱。
一壶美酒方饮尽，醉得我要入黄泉。
为夫有句知心话，要你牢牢记心间。
万贯家财由你管，好好抚养我儿男。
我死休要把我供，酒菜摆上几大盘。
死后休要祭浆水，好酒放上三四坛。
休要与我化钱纸，酒幌就当引魂幡。
死后休要把我葬，把我葬在酒缸边。
说着断了那口气，佳人见了好心酸。
一家男女号悲痛，把他装在棺里边。
隔日发丧出了殡，再表杜康酒神仙。

闲暇无事酒馆坐，忽然一事想心间：
拿来账本展开看，上写刘伶欠酒钱。
拿来算盘一核算，不多不少整三年。
叫声伙计跟我走，咱找刘伶要酒钱。
一前一后来得快，来到刘家门外边。
打门环把刘哥叫，叫声刘哥把账还。
你前三年吃我酒，如今三年账没还。
按下杜康把门叫，再把佳人说周全。
佳人正在上房坐，猛听外边叩门环。
往前打开门两扇，叫声掌柜听我言：

盘古至今从头算,哪有寡妇欠酒钱。
大嫂没把我账欠,你家刘哥欠酒钱。
三年前吃我的酒,直到如今账没还。

佳人一听心好恼,霎时之间把脸翻:
夫君吃了你的酒,如今死去整三年。
定是酒里下了药,把那蒙汗酒里掺。
毒酒毒死我夫主,还敢登门来要钱。
三声唤回我夫主,典房卖地把账还。
三唤不活我夫主,我和你老去见官。
杜康听言哈哈笑:贤嫂不必把脸翻。
你夫吃了我的酒,如今死去整三年。
今日大家开棺看,刨出死尸我要钱。

一前一后来得快,来到刘家坟墓前。
吩咐刨开坟头土,现出刘伶木灵棺。
杜康撬开棺材盖,刘伶死尸躺里边。
民家凡胎全不见,变成庙中一神仙。
一字方巾头上戴,八卦仙衣身上穿。
黄绦丝带腰中系,水袜云履二足穿。
杜康上前开言唤,叫声刘哥你听言:
起来吧你起来吧,你跟我装什么憨。
照定头顶击一掌,惊动上方一贵仙。

刘伶爬起揉揉眼,不该惊我梦一番。
佳人一见吓一跳,怎知刘伶是神仙。
上前就把杜康拜,道声掌柜听周全:
果然你有仙家手,把我丈夫回阳间。
搀着丈夫回家转,曲房卖地把账还。
大哥倒有还钱日,误了蟠桃三月三。
二人说罢一席话,手挽着手奔西天。
杜康造酒刘伶醉,福如东海寿比山。

四十、李渊辞朝[①]

《李渊辞朝》叙述的是《说唐》故事中的一个情节：太子杨广为笼络人心去给大将李渊母亲拜寿，无意间看见了李渊如花似玉、貌惊天人的夫人，顿时起意要夺为己有，被李渊挥动棋盘打碎门牙。李渊惧祸带兵远走，在路上遇到杨广重兵围堵。千钧一发万分危急之时，遇到路过此地的秦琼，救下了李渊一命。经此一劫，李渊与太子杨广成为死敌，而与秦琼则结下生死之交。《李渊辞朝》意在告诫世人一个真理，建国以道，立国以德；无道不友，无德不远。正如同孟子所言："域民不以封疆之界，固国不以山溪之险，威天下不以兵革之利。得道者多助，失道者寡助。寡助之至，亲戚畔之；多助之至，天下顺之。以天下之所顺，攻亲戚之所畔，故君子有不战，战必胜矣。"也正如曹操之诗："周公吐哺，天下归心。"

别的闲言都不提，听唱一本辞朝记，
不知是的不是的。
自古英雄逞威能，百屋都有做官人，
又有君来又有臣，也有清来也有昏。
隋朝末年乱朝纲，就是杨广无道君。

八月十五月正明，李渊老母过寿辰，
太子杨广也还好，手提礼物进府门。
李渊一见忙迎进，把他接进正房门。
李渊这里开了言，叫声千岁听根言，
你我二人无事干，何必你我把棋玩。
这是为臣一片心，不知千岁干不干。

---

① 李渊辞朝，此歌由房县窑淮乡张明六传唱。

杨广这里听仔细，既然是你一片意，
这又有何不可以。
李渊这里忙起身，手拿棋盘进绣门，
吩咐家人把茶敬。窦氏夫人听夫言，
六彩梅花手托盘，五方四步进贵间。

窦氏夫人开言因，叫声君臣你们听，
丑姐今日把茶敬。
杨广一听抬头看，眼前走来女娇莲，
胜过天上活神仙。杨广一见丢了神，
我常在你家来往行，你家的情况我知因，
男女老少我认识，怎么没见过这贵人。
李渊一听忙开言，这是老臣贱夫人。

杨广这里忙开言，叫声李渊听我言，
你我今日把棋玩，定个规矩你看看，
你若输我一盘棋，就赌上你的窦娇妻，
我若输你棋一盘，赌我父王锦江山。

李渊一听忙开言，不敢不敢真不敢，
千岁不可出此言。
杨广听罢劝李渊，既然坐天下你不敢，
你今就得听我言。我有美女无其数，
还有三宫并六院，多多少少任你选，
你把夫人让我玩。

李渊一听气难忍，手拿棋盘动武行，
照头照脑打得准，打掉杨广大牙门，
连滚带爬出府门。

不提杨广他去了，单提李渊气难消，
连夜写下辞王表。
李渊捧表上金殿，来到金殿泪涟涟，
表章送上龙书案，有请万岁仔细看。

杨坚接过辞王表，从头到尾看完了，
两眼不住双泪掉。
叫声李渊我的臣，你在朝中样样好，
为何今日要辞朝。你把真情对我讲，
哪个臣子欺了你，莫不是本王有别样，
你今与我说端详，本王与你作主张。

李渊这里忙开言，叫声万岁听臣言，
也不是有人欺了我，也不是万岁对我不周全。
正因那年带兵下江南，江南征战十三年，
我在那里得下病，只到今日心不安，
特请万岁开龙恩，让我治病回太原。

杨坚这里开了言，伤心悲涕叫李渊。
本王今日准你表，你今养病回太原，
我赐你龙车和凤伞，与你黄旗十九面，
马三保段四贤，带上精兵三千三，
保你安全回太原，若还哪日病安全，
你即可回来保江山。

辞别大王回家门，龙行虎步进中庭，
只见老母堂上坐，两眼不住泪淋淋，
你今日上朝办哪事，说与为母我听听。

李渊一听开言道，叫声老母您听好，
儿子我今上早朝，特地是为辞王表。
老母一听心中默，我儿你做事要不得，

好汉不打送礼客。

李渊一听开言道，叫声老母听根苗，
无道昏君儿不保。
老母一听开言道，叫声我儿听分明，
哪怕杨广是小人，要看万岁面上情。

李渊这里开言因，叫声老母听分明，
今日已把事情办，明天就要转回程，
离开京城回家转，转回太原去养病。

日出东方天发明，满朝文武和大臣，
都为李渊来送行。

不提李渊回太原，单提杨广心不甘，
来到教场把兵点，五虎上将都点上，
又发精兵三万三，兵马扎在临潼山，
一心要杀唐李渊。

李渊正在中途路，忽听探马报根由，
临潼山前有兵阻。
兵马阻在中途路，看你李渊哪里走。
李渊一看气上心，叫声杨广你太欺人，
不信就到马上见，来到阵前定分寸。

李渊杨广把阵上，你一刀来我一枪，
杀得山动地也摇，杀得天昏日无光。
李渊人老体弱气不上，杨广年轻气方刚，
眼看李渊难抵挡，路上来了一员青年将。

此人就是秦叔宝①，他见一老一少二员将，
难分难解动刀枪，拿锏在手气心房，
打抱不平把阵上。
一锏打中杨广身，连人带马逃命忙。

李渊一见这将军，不知将军是何人，
今日救了我的命，不知何日能报恩。
打马上前问一声，将军留下名和姓，
日后我好报恩情。
秦琼一听开言道，瓦岗寨上弟兄多，
叔宝秦琼就是我。李渊人老耳聋听错了，
回家盖了座穷爷庙。早三朝来晚三朝，
天天起早来祷告，拜得秦琼倒了霉，
洛阳桥下马卖了。

---

① 秦叔宝，秦琼（？—638年），字叔宝，齐州历城（今山东省济南市）人，隋末唐初名将。初为隋将，因勇武过人而远近闻名。后随裴仁基投奔瓦岗军领袖李密，瓦岗败亡后转投王世充，因见王世充为人奸诈，与程咬金等人一起投奔李唐。投唐后随李世民南征北战，是一个能在万马军中取敌将首级的勇将，但也因此浑身是伤。唐统一后，秦琼久病缠身，于贞观十二年病逝。贞观十七年被列入凌烟阁二十四功臣。民间过年时贴门神的习俗由来已久，即在过年的时候在自家门上贴上秦琼与尉迟敬德的画像。据传，唐朝开国年间，泾河龙王为了和一个算卜先生打赌，结果犯了天条，罪该问斩。玉帝任命魏征为监斩官。泾河龙王为求活命，向唐太宗求情。太宗答应了，到了斩龙的那个时辰，便宣召魏征与之对弈。没想到魏征下着下着，打了一个盹儿，就魂灵升天，将龙王斩了。龙王抱怨太宗言而无信，日夜在宫外呼号讨命。太宗告知群臣，大将秦叔宝奏道：愿同尉迟敬德戎装立门外以待。太宗应允。那一夜果然无事。太宗因不忍二将辛苦，遂命巧手丹青，画二将真容，贴于门上。后代人相沿下来，于是，这两员大将便成为千家万户的守门神了。其中执锏者即是秦琼，执鞭者是尉迟敬德。

四十一、庐陵王访贤[①]

自盘古分天地乾坤黑暗，无天地无日月哪有人烟。
盘古爷才治下天地轮转，今而古古而今才有先天。
天开子八百年无有边沿，地辟丑八百年山水相连。
人生寅八百秋百草出现，才射出星和斗八万四千。
伏羲氏姊妹婚功德无限，分君臣与父子又分先天。
伏羲帝驾崩后女娲照管，有康回不守分起了狼烟。
贼郡伯全凭着北海水战，搬来了祝融氏狼狈为奸。
临孟岩拿住贼一起问斩，那贼首临死时投了竹山。
用神斧劈天柱天塌地陷，女娲氏炼顽石二次补天。
神农帝尝百草除民病患，治五谷留百种万代相传。
燧人氏钻树木火才发现，使人民煮熟食不受饥寒。
有巢氏以树叶遮体顾面，伐树木与黎民始造舟船。
轩辕帝造宫室民才温暖，教黎民制衣裳纺纱织棉。
造城池和庙宇广修宫院，造金银与黎民制下银钱。
夏后氏疏九河功德广远，尧子孙不克孝郊外访贤。
在历山访大舜登了金殿，将娥皇与女英配为良缘。
舜帝爷登了基万民称赞，因禽兽被黎民失意烧山。
天不幸舜帝爷曾把驾晏，舜子均他不肯执掌江山。
夏禹王治洪水民不遭患，因此上才推他执掌江山。
尧传舜舜传禹揖让受禅，夏传子家天下四百余年。
夏桀王宠妹喜国号大变，成汤王伐夏桀民才得安。
殷纣王坐江山洪福无限，他不该女娲庙去把愿还。

[①] 庐陵王访贤，此歌本是《黑暗传》的散佚片段，由邓发鼎、胡元炳、许大良等唱；南山、袁野等人收集整理。

那风吹神帐起高悬倒卷，那圣母引动他意马难拴。
粉壁墙题淫诗圣母观见，因此上才差那妖孽下凡。
九尾狐托妲己进了宫院，进宫内先加害文武两班。
真可叹剜杨任一双神眼，又可叹剜心死丞相比干。
还可叹二太子午门问斩，姜娘娘抱火斗一命归天。
实可叹贾夫人坠楼命染，那黄家父子们反出五关。
到西岐助周室为民除患，老姜尚领人马进了五关。
甲子年在岐山曾把兵点，戊午日反朝歌才把民安。
周赧王登基来洪福不现，闪出了十八国争斗力先。
强者上弱者下时常争战，臣弑君子弑父伦常倒颠；
前朝事我无心再往下叹，猛然间想起了皇都长安。
那薛刚闹灯棚惹祸不浅，打死了七太子父王归天。
那时节将薛门一律问斩，我念及是忠良不杀从宽。
我母后武娘娘篡位掌管，杀薛家将本御贬在外边。
有本御亲至在房州地面，又治民又练兵想回长安。
一心想设擂台英雄得见，选贤能和栋材辅佐朝班。
我也曾命人役历城聘选，到日今尚未见他转回还。
有本御打坐在龙棚内面，且等待屈教师来到此间。

四十二、洪武放牛[①]

《洪武放牛》是一则非常流行的民间故事：话说明太祖朱洪武家境贫寒，从小以给财主放牛度日。洪武的东家不仅阴险毒辣，小气刻薄，而且还时时刁难朱洪武和伙伴们。朱洪武和伙计们对这个财主恨之入骨。朱洪武虽说没有读什么书，但天生聪颖，计谋过人。放牛娃们对他的话是言听计从。一天晚上，朱洪武等财主睡觉后，同放牛的一帮小伙伴，悄悄把财主的一头小牛拉到土地庙后面边杀吃了。开始，大家一听要杀东家的小牛，吓得不得了。朱洪武就把大伙儿叫到一起，如此这般说了一通。大伙儿高兴地各自做自己的事去了。朱洪武也到土地庙给土地公公和土地婆婆磕了三个头，并说了几句话。等大家把事情安排好，吃完牛肉，天快亮了。这下大家又着急起来。煮牛肉的锅还没有还给人家，天亮财主发现怎么办？朱洪武眼看天就要放亮了，也急得像热锅上的蚂蚁。没有办法，朱洪武只有给老天爷磕头，求老天爷再黑一会儿。朱洪武现在虽是穷困潦倒的一个放牛娃，但他是真命天子命，玉帝不得不为其解燃眉之急，就急忙下令风火神先将太阳盖好，稍等一下推出来，所以就出现了黎明前的黑暗。民间老人后打丧鼓的"送锅亮"也就是这么来的。

话说天亮后，一个小伙伴急忙跑回去喊财主，说道："老爷，不好了，小牛在土地庙后面钻土了。"财主一听，气不打一处来，吼道："五早八早（方言：很早的意思）地瞎说什么，牛怎么会钻土呢？""不信？你去看看就是了。"小伙伴接着说道。原来，一帮小伙伴杀财主的牛时，根据朱洪武的吩咐：有的把牛尾巴用石头压在土地庙后面；有的把牛头卡在牛头山的石头缝隙里。朱洪武还给土地公公和土地婆婆交代，财主来拉牛尾巴时就学牛叫。财主来到土地庙后面，看到小牛真钻到土里去了，只见一条牛尾巴在外面摇摇摆摆，就让一帮放牛娃赶快拉。放牛娃一拉，土地公公和土地婆婆就学小牛叫唤。拉一下叫一声，拉一下叫一声。财主见小牛一拉就会钻进土里去，自己也

[①] 洪武放牛，此歌本由湖北省十堰市丹江口市吕家河村中国民歌传人姚启华保存并传唱。

一起来拉牛尾巴。大家一用力，把牛尾巴拔了出来。财主一看把牛尾巴拉断了，就哭着叫着，要放牛娃们赶快拿锄头来挖。

正在这个时候，另一个放牛娃气喘吁吁地跑来说道："小牛从牛头山钻出一个头来了。"财主又麻麻急急把放牛娃们赶到牛头山来拉牛头。到了牛头山，财主一看小牛的头真的钻出来了，高兴得不得了。急忙要朱洪武带小伙伴们去拉牛头，拉了一会儿就是拉不出来。财主看在眼里，急在心里，也顾不得继续喘气了，就和放牛娃一起拉牛头，没想到用力过猛，把牛头拉断了，牛血还在不停地流。财主哭喊着自认倒霉。牛头山因此而得名。

闲言碎语且不论，迈步就把书房进，
听唱英烈传一本。
会听书的听原因，不会听的听声音，
三通鼓毕书归正，单说凤阳朱家村，
此人名叫朱元龙，天差紫微下凡尘，
三岁克死父和母，多亏和尚老圆明，
将他养在普济寺，一住二年有余零。

也是元龙命太硬，普济寺里去安身，
克死圆明老佛僧。
师兄师弟心恼恨，把他乱棍打出门。
一时无处去投奔，只好马家去逃生，
白日高山把牛放，夜里牛棚去安身，
冻的元龙叹一声，命中注定苦命人。

元龙牛棚睡未醒，一口难说两口音，
在说小姐马秀英。
小姐生来多聪明，诗词歌赋样样精，
年龄也满十八春，坐在秀楼少出门，
寒冬夜长闲无事，小姐绣花到一更，
猛然浑身一阵冷，面跳耳热不安宁。

小姐停下绣花针，举目楼外看分明，

牛棚失火好吓人。
小姐一见吃一惊，牛棚失火大事情，
倘若烧了放牛人，人命关天罪不轻，
开口便把丫鬟叫，你陪姑娘走一程，
丫鬟拉开珠帘子，小姐下了绣楼门。

小姐下楼走不稳，丫鬟急忙扶住身，
高高低低走不成。
丫鬟前面把路引，后跟小姐马秀英，
一步当作两步走，两步当作三步行，
过了前面天井院，又过鱼池观花亭，
主仆二人来得快，来在牛棚看原因。

二人便把牛棚进，只见牛棚睡一人，
鼻中发出打鼾声。
不看此人不打紧，看了此人吃一惊，
一条红蛇长五寸，耳鼻七孔乱爬行，
蛇游五孔为宰相，蛇游七孔帝王君，
小姐明白八九分，此人不是等闲人。

好个姑娘马秀英，眼珠一转巧计生，
只有丫鬟心不明。
姑娘口渴实难忍，快去烧茶小姐吞，
丫鬟不知内中情，急忙迈步回房门，
小姐一见心欢喜，手抓黄沙往前扔，
黄沙落在牛棚内，惊醒洪武放牛人。

前夜刮风后夜停，冻得洪武睡不成，
里滚外滚乱翻身。
等到风停到一更，这才入眠安了神，
洪武睡得正有劲，黄沙打得脸面疼，
翻身坐起往外看，棚外跪着一佳人，

仔细一看是小姐，不知到此是何情。

洪武开言把他问，不在绣楼守本分，
半夜到此啥原因。
姑娘开口把话论，我来向你付封尊，
倘若你要不答应，我跪地上不起身，
洪武听了哈哈笑，小姐这不乱弹琴，
一个长工放牛人，不是朝中帝王君。

便劝小姐马秀英，你快回你绣房门，
别人看到嚼舌根。
此地不是金銮殿，牛棚那能比朝廷，
这里没有文和武，那有一将和一兵，
假如员外看到了，怕得小命活不成，
还请小姐快离身，莫误睡觉好时辰。

秀英一听泪淋淋，尊声牛童你是听，
有事自有我担承。
今晚只有君和臣，要你娶我配婚姻，
牛棚就是金銮殿，牛棚就当九龙庭，
牛群好比文和武，稻草好比将和兵，
你若今晚不封我，跪在此地到天明。

洪武一时说不清，猛然想起刘伯温，
说我久后坐朝廷。
哪天碰到刘伯温，和他结拜在山林，
他会阴阳会算命，算我是个帝王君，
想到此处把话论，叫声小姐你是听，
假如日后坐金殿，封你昭阳正宫身。

姑娘一听喜在心，双膝扎跪地埃尘，
不住磕头谢龙恩。

姑娘心里暗叮咛，想起一桩大事情，
如若那天失了散，指望何物作凭证，
头上金钗手取下，接与夫君你保存，
你要钗在人就在，到时认钗不认人。

洪武接钗装在身，伸手拉起马秀英，
贤妻只管放宽心。
姑娘举目来观定，西北刮风起灰尘，
洪武穿的单衣巾，不由起了恻隐心，
脱下身上小花袄，送与洪武御寒冷，
二人正说悄悄话，来了员外怒生嗔。

员外生来心肠狠，大骂洪武小畜生，
手扬牛鞭要打人。
偷懒耍滑不动身，好吃懒做站墙根，
外面天光已大明，还不赶牛进山林，
姑娘一见害了怕，趁着黑暗脱了身，
只有洪武走霉运，赶着牛群向山登。

洪武赶牛往前行，这时天色放光明，
正好又碰刘伯温。
来了伯温不要紧，又来汤和一伙人，
一群牛童胡乱闹，又装皇上装大臣，
内中有个高大汉，站起身来把话明，
这里年龄我最大，我当皇帝行不行。

大汉高台来站定，叫声文武众爱卿，
有事快快奏朝廷。
洪武假装为大臣，上前磕头来奏本，
只听咕咚响一声，大汉跌倒鼻脸青，
众人一见哈哈笑，穷人那有这福分，
大家推举朱元璋，上台试试行不行。

元璋只好来遵命，迈步上台来坐稳，
众位爱卿都平身。
元璋台上端然坐，弄假成真鬼神惊，
众人跪地忙谢恩，洪武台上把话明，
今日寡人登龙位，封你众位官一品，
快快宰牛排御宴，要与众位把酒饮。

众人一听忙答应，要去杀牛把席整，
谁知牤牛断缰绳。
黄牛发疯四处奔，洪武御驾来亲征，
上前把牛来抓住，四条牛腿用绳捆，
众人拿刀来帮助，又是剥皮又抽筋，
就火烧成黄牛肉，撕开就放口内吞。

大家吃得正高兴，来了四个公差人，
要抓牛童进牢门。
洪武一见把气生，你惊御驾罪不轻，
平日欺压老百姓，今日竟敢欺朝廷，
喊叫文武众将军，杀了差人祭龙廷，
众人听了话当真，上前同围住众差人。

衙门公差好本领，骂声牛童小畜生，
拿住王法不留情。
四个公差同了心，要拿几个放牛人，
眼看众人要败阵，惊动四值功曹神，
四值功曹显威灵，又叫土地走一程，
土地老爷拄拐根，前来搭救紫微星。

土地老爷来助阵，打得公差地下滚，
大喊大叫饶性命。
也该公差命不尽，来了员外马红云，
众人一见把手停，四街趁机逃了生，

员外一见天已晚，日落酉时正黄昏，
就把洪武骂一声，还不收工回家门。

众人赶牛起了程，洪武心中暗调停，
嘴里不说心里明。
员外对人不信任，每日都把牛点清，
今日数了好几阵，少了一头无处寻，
开言便把洪武问，少一头牛啥原因，
莫是偷卖换金银，你要实话说我听。

洪武急忙瞎扯经，叫声员外你且听，
少了一头是真情。
今日放牛在山林，出了一个怪事情，
一头黄牛钻了土，怎么拉它都不行，
越用劲拉它越进，拉断两条好麻绳，
员外若还不相信，地里还留尾巴根。

员外说声万不能，那有黄牛钻土坑，
看来你是嚼舌根。
员外一听哪里信，要上山去看原因，
一见有个牛尾巴，里边还有牛叫声，
土地老爷学牛叫，员外以为这是真，
吩咐洪武回家去，不要为它再操心，
下回凤阳起义兵，有空再唱给你听。

四十三、崇祯测字[1]

　　此歌本精妙地再现了大明王朝覆亡前大明江山风雨飘摇的境况：国库空虚，财政捉襟见肘；皇帝勤俭辛劳，百官贪腐懒政；各种矛盾纷繁复杂，官逼民反。歌中通过崇祯所写"友""有""酉"三个同音字和宋献策对三个同音字的解析，折射出崇祯皇帝在大厦将倾时的彷徨无依、精神动荡，以及宋献策对形势的料事如神、了然于心、远见卓识，也间接显示出我国传统测字艺术的奇妙神秘、高深莫测。

劝人在世莫当官，当官难来难当官，
崇祯当官死煤山。
提起明朝朱由检，皇帝当了十七年；
工作勤劳是模范，亲戚朋友管教严；
为了朝廷少负担，老婆百姓都纺棉；
也是朱家江山满，后来悬树在煤山。

三十四岁明崇祯，懒惰无力治朝政，
江山变成风前灯。
明朝崇祯十七年，朝廷制度大改变；
经济紧张财政空，内忧外患大泛滥；
世道人心在腐化，官员腐朽民遭难；
如此世道要改观，百姓起义把官反。

农民起义冲北京，推翻崇祯换新人，
出了闯王李自成。

---

[1] 崇祯测字，此歌本保存传唱者为竹山县秦古镇马家村左明楚。

闯王兵马千千万，渡过黄河下太原；
发动四方围北京，眼看就把京城占；
朝廷官员都离散，有的自缢有的叛；
崇祯看到此情景，就和太监城外转；
看见宫外一卦摊，崇祯上前来测算。

闯王军师宋献策，皇宫附近招牌写，
鬼谷管络断魂脉。
崇祯皇帝信天命，上天弃我大明君；
随带太监王德化，来到卦摊问一声：
先生给我测一字，要测国运与前程。
先生明知开言道，所测何字要写准。
崇祯提笔写个友，先生摆头吃一惊：
此字实在不吉利，反字出头无救兵；
崇祯又换一个有，先生见字把话明：
大字一半明一半，大明江山失半分。
崇祯再写一个酉，先生一看泪淋淋：
尊字上下都丢掉，无头无脚无人尊。
崇祯当时丢三魂，便和太监回宫门。

崇祯回到皇宫廷，吩咐太监一路行，
皇城四处散散心。
景山公园东山坡，有一古槐歪颈脖；
崇祯来到古槐下，眼望京城泪如梭；
眼泪滚滚撕白袍，撕开白袍上挂着；
他和太监死一起，左脚无鞋光赤脚；
锦屏山下建棺木，与田贵妃合一墓。

第四编
秦巴著名历史传说故事歌本

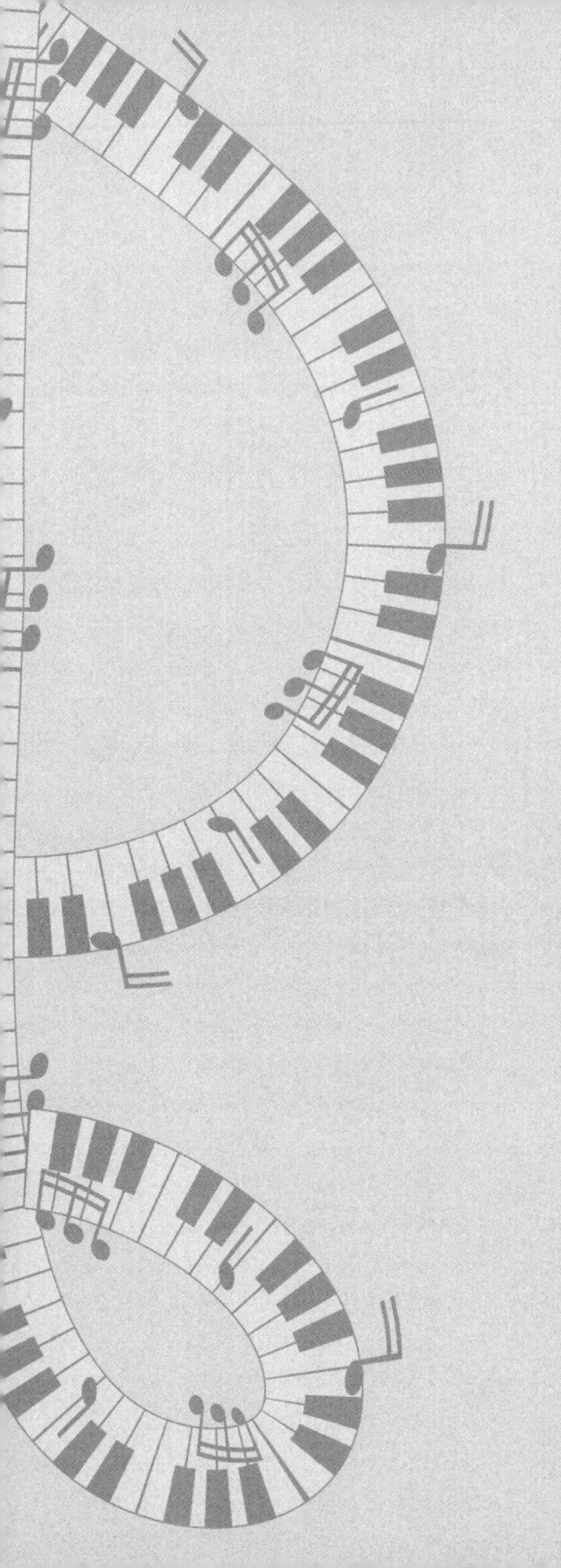

四十四、吴汉杀妻[①]

储君刘秀，在南阳招兵买马，志在复国。一日，欲潜入潼关，于店中遇险，幸被秦忠与店婆巧计相救，遂偕同秦忠潜往马府。马成父女闻刘秀到来，喜出望外，欲将传国宝玉玺交与刘秀，利他号令四方，共讨王莽。不料马成之子马家驹行为不端，先盗走玉玺，欲献与王莽，其妹家凤见状，策马追赶，苦劝不成，兄妹相搏，家驹被杀，玉玺被家凤夺回。不料吴汉闻讯赶来，欲叫家凤交出玉玺，相持间，秦忠赶到，拼力救走家凤，自身再度被擒。吴汉追家凤至自己府内，绑住马成，并欲夺玉玺，一齐献与王莽。吴母悲愤难言，遂与马成、秦忠一起向吴汉惨诉家世，痛说存忠剑来由，使吴汉辨恩仇，决心投向汉室。吴母为使吴汉决意与王莽割裂，令吴汉持剑斩杀兰英。夫妻恩爱，使吴汉对此难以听从，吴母以死相胁，吴汉只得听令而行。经堂中，兰英正为一家祈福。吴汉虽来，屡难下手，兰英虽亦难舍深恩深爱，但为成全丈夫之志，遂夺剑自刎。吴母见状，也自缢而死。

吴汉愤激万端，奋然效命刘秀，共带群雄，讨伐暴君，一举剿灭王莽，恢复汉室。

鼓打三声把歌喊，吴汉杀妻唱一段。
唱得不好请包涵，生就的木头造就的船。
汉朝将军名吴汉，帮助刘秀打江山。
王莽篡位掌大权，民不聊生多灾难。
吴汉攻下河南地，回家看娘探亲去。
娘是忠于汉室的民，命儿访查妻子孝忠哪朝人。
妻子兰英刚躺身，忽听夫君喊一声。

[①] 吴汉杀妻，此歌发现于湖北省十堰市竹山县擂鼓镇擂鼓村李祥新处，其爷爷为晚清秀才，家中藏有不少歌本。其兄李祥佑也是闻名一方的歌手。

翻身披着红绫袄，倒穿绣鞋来开门。
叫声夫君你进来，一杯香茶倒来临。
吴汉不把茶来吃，面带忧愁不作声。
兰英当时开言问：尊声驸马吴将军，
黑夜独自归家转，面带忧容为何情？
莫非哪方烟尘起，父王要你去领兵。
莫非你妻不孝顺，母亲面前不温存？
望你夫君说分明。

吴汉一听开言讲，这件事儿都不明。
你今不必来问我，我有一事问你声：
朝中哪里真明主，谁是谋朝篡位臣？
兰英一听这句话，低下头来口同心：
本是汉室真明主，欺了我的老父亲。
要说父王是真明主，欺了汉室幼主君。
难坏兰英女佳人，不如实话来讲明。
尊声我夫听言章，奴将实话对你讲：
汉室本是真明主，奴父王本是篡位人。
吴汉一听开口骂：骂声兰英小贱人。
你父夺了平帝位，杀了许多有功臣。
你的父杀了我的父，结下冤仇到如今。
婆婆今日对我讲，要割你头见娘亲。

兰英一听这句话，冷水淋头怀抱冰。
开口便把夫君叫，尊声驸马你且听：
婆婆今日对你讲，应把事情缘由弄分明。
你离京都三年还，不见贼人怎么行。
今日提到贼刘秀，打入囚车解进京。
人马扎在河南地，独自还家看娘亲。
太君一听这句话，忽然起来着一惊。
喜的落在我儿手，恐怕吓坏幼主君。
叹罢一声开言骂，骂声吴汉小畜生。

杀父之仇你不报,反把王莽当丈人。
眼前幼主你不保,反把刘秀当贼人。
别人说他贼刘秀,母亲称他幼主君。
别人说他金爪将马成,母亲称他恩公身。
杀父之仇你不报,枉在阳世为一场人。
你是不忠不孝子,做甚安邦定国臣?

吴汉一听开言道:尊声儿子的老娘亲,
杀父之仇儿不晓,望听我母说分明。
母亲一听开言道:叫声我儿你且听。
为亲不说儿不晓,王莽出身说你听:
王莽出世多苦难,推面打饼度营生。
细面拿来打饼卖,粗面拿来度营生。
王莽一生少儿女,各处庙宗把香焚。
老天不绝奸臣的后,赐他两个女钗裙。
长女取名桂英女,次女取名王兰英。
桂英生得多乖巧,诗词歌舞件件能。
王莽无儿女也贵,爱她如同宝和珍。
辟门就把桑园造,桂英采桑散精神。
桂英采桑我不表,单表汉室平帝君。
也是汉室气数尽,皇宫内面少精神。
当时传下一道旨,荒郊打猎添精神。
打猎将军人四个,为娘一二记得清。
第一严子林同儿的父,第二马成马义二将军。
君臣来在荒郊外,追鸡捉鹿放刀林。
君臣还在把猎打,天差玉兔下凡尘。
平帝一见龙心喜,打马加鞭放刀林。
玉兔带箭把桑园进,化为清风不见形。
万岁追赶桑园进,不见玉兔哪边存。
正行举目抬头看,只见桂英采桑人。
平帝见她生得美,将桂英封为伴驾的夫人。
桂英进宫半年整,正宫娘娘把驾崩。

文武百官奏一本，封为昭阳掌卯人。
桂英坐在昭阳院，王莽抬在九霄云。
一品国丈还嫌小，内欺天子外压臣。
庚子腊月把计定，他与苏县二奸臣。
此时会议已决定，同谋汉室锦乾坤。
午门设下松棚会，随带药酒进宫门。
药酒毒死汉平帝，王莽便与你讨个人情。

吴汉一听开言道：叫声我妻王兰英。
一次奉令将你斩，你在六秋亭上把香焚。
我今一见心不忍，也曾哀告老娘亲。
二次奉令将妻斩，你在绣房放悲声。
自叹割股来救母，我也曾哀告老娘亲。
三次奉令将你斩，要想活命万不能。
兰英一听这句话，哭哭啼啼放悲声。
奴家一死不打紧，三件事儿放不下心。
一件非为别的事，为的堂上老母亲。
奴家今日死过后，早晚无人来问诚。
二件非为别的事，为的昆阳老娘亲。
指望养儿来防老，谁知是个女钗裙。
奴家今日死过后，夫你必要领动人马杀上京。
夫你要将奴父王杀了罢，不与奴家母亲半毫分。
千万留下我的母，奴死黄泉蒙你的恩。
三件非为别的事，为的你我结发夫妻情。
夫妻成婚两年整，把守潼关三年春。
未与你生下一男半女，未与你吴门结起后代根。
你妻好比洗脚水，泼了一盆又一盆。
奴家一命死过后，另娶一房贤德人。
别娶一房贤德女，你说前房拜上后房人。
一要侍奉堂上母，二要尊敬驸马夫君。
倘若奴家身死后，几句话儿记在心。
逢时遇节烧几张纸，表一表你我结发夫妻情。

三月清明七月半，打发你娇儿来上我孤坟。
兰英哭得如酒醉，吴汉哭得也伤心。
二人哭到伤心处，铁石人闻也泪淋淋。

吴汉往日杀人如宰鸡犬，今日两膀好似醋来淋。
举起宝剑难下手，宝剑落在地岩尘。
不如自己寻自尽，岂肯连累女佳人。
夫妻哭得多一会儿，兰英才把巧计生。
假说婆来到此，快快出去看娘亲。
哄得吴汉出房去，不见婆婆哪边存。
兰英宝剑拿在手，哭哭啼啼放悲声。
哭声爹娘不能见面，要想再会方不能。
指望英儿来防老，谁知今日枉费心。
要得孩儿重相会，除非南柯梦里行。
这宝剑好似催命鬼，那婆婆好比五殿阎罗君。
奴丈夫好比无常到，要奴性命不敢迟延。
吴汉来在绣房外，不见婆婆哪边存。
耳边又听清风响，来在绣房看分明。
公主倒在尘埃地，吴汉一见大放声。
本当不把妻来斩，婆婆将令不容情。
非是为夫无情义，婆婆做了对头人。
哭声妻你在阴司将夫等，等我为夫的一路行。
咬紧牙关把人头取，首级提在手存。
堂前来到双膝跪，尊声娘亲你是听。
太君接着人头看，哭哭啼啼放悲声。
哭声媳妇如刀割胆，哭声媳妇箭穿心。
非为娘的无情义，娘的心事儿不知情。
哭罢之时生一计，叫声我儿你是听。
你今去到河南地，去接君臣两个人。
可曾拿得朝廷事，保定幼主坐龙廷。

吴汉不知其中意，河南去接幼主君。

太君一见吴汉去,迈步如梭进房门。
将身来在上房内,打开花箱取白绫。
三尺白绫拿在手,象牙床顶棚上生了根。
哭泣声孩儿不能见面,娘辞阳世一梦魂。
脚一蹬来手一扯,霎时一命归了阴。
吴汉来到河南地,河南迎接幼主君。
君臣三人来得快,不觉到了吴家门。
院子丫鬟纷纷报,上与千岁吴将军:
不好了,不好了,天大祸事到来临。
老夫人上房寻自尽,少夫人自刎上房存。
吴汉哭到伤心处,刘秀君臣也泪淋。
刘秀当时来祭奠,马成一旁续祭文。
祭文已毕方才了,老少夫人亲封赠。
老夫人封为英国母,少夫人封为一品夫人。
老少夫人封过后,金祭玉葬在山林。
老少夫人安葬后,吴汉开口叫三军:
吩咐点下无情火,房廊屋宇化灰尘。
愿跟我的跟我去,不愿跟我远逃生。
《吴汉杀妻》一段不周不全不谈论。
君是要谈面前谈,生就木头造就船。

四十五、关公歌[①]

关公，即关羽（？—220年），本字长生，后改字云长，河东郡解县人，被称为"美髯公"。早年跟随刘备颠沛流离，辗转各地，和刘备、张飞情同兄弟，因而虽然受到了曹操的厚待，但关羽仍然借机离开曹操，去追随刘备。赤壁之战后，关羽助刘备、周瑜攻打曹仁所驻守的南郡，而后刘备势力逐渐壮大，关羽则长期镇守荆州。建安二十四年，关羽在与曹仁之间的军事摩擦中逐渐占据上风，随后水陆并进，围襄阳，攻樊城，并利用秋季大雨，水淹七军，将前来救援的于禁打得全军覆没，进而包围樊城。关羽威震华夏，使得曹操一度产生迁都以避关羽锋锐的想法。但随后东吴孙权派遣吕蒙、陆逊袭击了关羽的后方，麋芳、士仁都背弃关羽。同时，关羽又在与徐晃的交战中失利，最终进退失据，兵败被杀，谥曰壮缪侯。关羽去世后，逐渐被神化，民间尊其为"关公"，历代朝廷多有褒封，清代奉为"忠义神武灵佑仁勇威显关圣大帝"，崇为"武圣"，与"文圣"孔子齐名。《关公歌》就是对关公一生重大行谊的追述，对其一生"凛然正气，忠义仁勇、赤诚报国"的崇高精神和人格魅力的深情歌咏。

夜深人静人皆睡，唱个故事醒瞌睡，
听我唱段单刀会。

三国纷纷民不安，东吴西蜀汉中原，
曹操占了中原地，刘备皇叔驾西川，
东吴坐下孙权主，六郡江东半边天。
话说记得这一天，孙权驾坐银安殿，

[①] 关公歌，此歌本藏于十湖北省堰市竹山县秦古镇西庄村一组方光鼎家，20世纪80年代赠予编者。

文武大臣来站班，黄门丹墀一声喊，
各位大人请听言，哪家有本出班奏，
要无有本咱卷帘，朝散之后请驾还。
言还未尽人搭话，一旁转过大夫官，
此人姓鲁字子敬，撩袍端带上银安，
口尊主公臣有计，山西蒲州关美髯，
他霸占荆州为基业，藐视东吴众将官，
趁此不除终后患，怕只怕吴蜀相连，
必要勾起虎狼烟，为臣我在江边上，
设计摆下一小宴，礼请关羽过江来，
埋伏兵将席宴前，单等饮酒对他谈，
他若还了荆州地，我送关羽转回还，
牙嘣半个说不字，管他来易回去难。
子敬殿上正奏本，一旁转来老相官，
来的本是乔国老，撩袍端带上银安，
连连摆手说不可，莫拿关羽当等闲，
昔日桃园来结拜，白马乌牛祭过天，
一阵大破黄巾兵，二阵斩雄酒未寒，
虎牢关前一场战，张挑吕侯紫金冠，
黄忠能射穿杨箭，子龙长枪令人寒，
马超马岱两员将，紫脸儿的叫魏延，
关平廖化多英勇，鲁莽周仓真难缠。
子敬连连摆手说：太师你把心放宽，
如今皇叔西川去，保驾军师庞士元，
落凤坡前遭大难，治国庞统乱箭穿，
刘备写书来求救，搬请诸葛卧龙贤，
诸葛领军前救驾，惯战猛将全奔川，
如今独剩关公在，让他孤掌算惘然。
子敬转身把话讲，各位将军请听言，
哪家大胆把书下，聘请关羽过这边？
谁要请来关夫子，值上加职官加官。
言还未尽有人话，黄文迈步走银安，

口尊主公臣愿往，万死不辞下书边，
孙权说你荆州去，见着关羽巧答言。
黄文磕头说遵旨，午门外上马雕鞍，
来到江边下坐骑，迈开大步上了船，
黄文催船来得快，眼前来到荆州关，
城上儿郎高声喊，大胆奸细少近前，
灰瓶炮子要你命，再往前滚雷石翻。
黄文船头高拱手，列位将军请听言，
休拿我是奸细到，我本东吴下书官。
三军闻听不怠慢，下楼进帐跪平川：
报！禀报夫子爷，东吴派了下书汉！
关公座上把令传，黄文随令进帅帐，
顶着书信跪平川，关平接书关羽看，
朗朗言辞写上边，上写鲁肃顿首拜，
拜上亭侯虎驾前，咱们两国交界地，
两家和好莫结怨，东吴设摆一小宴，
礼请亭侯到这边，你若来是真君子，
不来怎称将魁元？关羽看罢冷含笑：
腹内暗骂惶口瞒，你哪请某去赴宴，
分明是为荆州关。黄文我修书不及，
替我转告鲁子敬，就提说某到明天，
红日东升到那边。黄文答应说遵命，
抱头鼠窜往外蹿。黄文回国且不表，
马良先生来帐前，尊亭侯酒非好酒，
宴也不是好食宴，我看赴宴不去好，
只怕酒席惹祸端。关羽闻听冷冷笑：
先生胆小是文官，我过五关斩六将，
刀劈秦琪黄河滩，虎牢关前战吕布，
力斩华雄酒未寒，大江大浪过多少，
小小沟渠岂船翻？马良闻听朝后退，
义子关平到帐前，父帅赴宴多带人，
只怕宴前起狼烟。关羽闻听蚕眉皱，

大胆蠢子少多言，有心赴宴多带人，
只怕东吴将小看，明天单刀去赴会，
就带周仓将一员，命你四门防奸细，
一到夜晚城早关；你同廖化早准备，
带领五百弓箭手，迎接为父转回还。
吩咐已毕天色晚，红日滚滚坠西山。
叫人看过春秋案，高秉灯烛把书观，
观了一套姜吕望，水旱埋伏十三篇，
又观二套封神演，孙武雷炮兵阵前，
观书观到三更后，回到后帐去安眠。

一夜无书我不表，次日东升月十三，
关平备好赤兔马，赤兔马背紫金鞍，
关羽水檐把马上，周仓提刀跟后边，
主仆二人来得快，一道长江把路拦，
关羽甩镫下坐骑，江边预备大官船。
船上罩定青纱帐，下面铺的猩红毡，
船头放着金交椅，关羽上船坐上边。
关羽虎驾船头坐，周仓扶刀立后边，
水手一见不怠慢，急忙起锚开了船，
船得顺风来得快，好似弯弓箭离弦。
关羽虎驾船头坐，慢闪二目景儿观：
大江奔浪碧点点，清山苍翠红日艳，
孤零江亭黑漆柱，耸耸高山翠翠盘，
疏落乡村一目参，远方观山远方远，
影影绰绰雾漫漫，一望四野天连水，
日照波光万丈滩，紧紧波涛层叠浪，
荡荡微风稳稳船，周仓大喊好大水，
云长观水捻长髯，长江水非长江水，
好似当年老夫我，当年杀贼血一般，
二十年前争天下，舍死忘生为江山，
年少周郎今何在，善战温侯哪一边，

青山绿水依然在，不觉老夫两鬓残。

不言关羽观江叹，再说东吴报事官，
报事报到鲁子敬，报了关羽如约前，
鲁肃带领众军将，人马来到长江边，
来到江边放眼看，上水如梭来一船：
一杆大旗飘火焰，斗大关字露半边，
青纱帐下两员将，煞气腾腾有威严，
绿缎扎巾头上戴，面似重枣紫檀般，
卧蚕眉，丹凤眼，胸前飘洒美长髯，
绿缎征袍翻荷叶，内衬锁子甲连环，
肋下挎定昆吾剑，虎头战靴二足穿，
身后站立一员将，好似猛虎下高山：
荷叶盔顶头上戴，乌油铠甲身上穿，
浓眉阔目钢须奓，面似滨州铁一般，
伸出十指似把钻，手中托，偃月刀，
刀青龙，龙吞口，口含珍珠共异宝，
宝刀以上挂金环，猛听仓啷一声响，
倒把江水全震翻。鲁肃看罢两员将，
虽然不怕心胆寒，我在江边摆小宴，
诓虎容易擒虎难。鲁肃这里暗传令，
大小儿郎齐听言，单听金杯一声响，
齐心努力到帐前，把那关公给拿住，
职上加职官加官，哪个放走周关将，
杀下人头挂高杆。不言鲁肃暗传令，
再说关羽这只船，不多一时拢了岸，
急忙搭跳就下船，关羽迈步把船下，
鲁肃慌忙走上前，最近千岁驾可安，
关羽说某来鲁莽，还望大夫多海涵，
二人拉手往里走，周仓提刀随后边，
路过丁徐两员将，路过蒋周将二员，
路过几层刀斧手，路过几层虎狼烟，

携手拦腕进宝帐，慌了鲁肃把座安，
吩咐一声摆酒宴，从人趟趟往上端，
有山中走兽云中雁，陆地牛羊海底鲜，
鲁肃满满斟杯酒，递在关羽他面前，
酒过三巡菜过五，关羽这里便开言，
未曾说话面带笑，口称大夫你听言，
今天请某把江过，有何贵语讲席前。
鲁肃闻听面带笑，口尊亭侯你听言，
记得皇叔不得地，借我荆州把身安，
如今皇叔得西川，借我荆州未曾还，
近日亭侯把江过，何时还我荆州关？
关羽闻听面带笑，口称大夫你听言，
江山本是哥执掌，却与关某不相干。
鲁肃闻听开言道，口尊亭侯你听言，
曾记桃园三结义，白马乌牛祭地天，
皇叔亭侯都一样，岂能仁义信不全？
莫说一座荆州地，皇叔江山你敢担。
问的关羽没话讲，周仓一旁便开言，
未曾说话哇呀叫，口叫鲁肃你听言，
曾记赤壁一场战，公谨请来卧龙贤，
借你东风整三阵，火烧曹营兵万千，
要没我国诸葛亮，你怎中原摆战船？
借你荆州荆州在，借我东风何时还？
目下东风刮三阵，立时还你荆州关！
目下你没风三阵，鲁子敬，鲁子敬，
要你项头摆席前！关羽闻听心中喜，
甚等人胆敢多言，言多语失伤和气，
摆酒容易请客难，说着好话翻了脸，
仓啷亮出剑连环，一手抓住鲁子敬，
不亚鹰拿燕雀般，我们主仆吃醉酒，
你快送我到江边！手抓鲁肃往外闯，
周仓举刀跟后边，路过奉盛两员将，

路过兴泰将二员，路过几层刀斧手，
路过几层虎狼烟，兵似兵山将似海，
却无人敢把他拦。手抓鲁肃来得快，
不多一时到江边，关羽抬头用目看，
锚链大锁连着船，关羽一见蚕眉皱，
口叫鲁肃你听言，言说没有害我意，
为何锚链锁我船，周仓他也不怠慢，
手举大刀空中悬，猛听咔嚓一声响，
剁断锁链要开船，关羽迈步把船上，
推开鲁肃面冲天，今天某赴你的宴，
明日请到我那边，你若去者真君子，
若不去是匹夫男。关羽大船往回走，
鲁肃慌忙把令传，叫声丁奉徐盛将，
喊声蒋周将二员，开船快把关羽赶，
把那关羽给拿住，职上加职官加官，
哪个放走周关将，杀你人头挂高杆！
丁奉徐盛把船上，蒋兴周泰上战船，
开船要把关羽赶，江心来了五百船，
来了关平和廖化，迎接关羽转回还，
把那关羽让过去，要与东吴摆战船，
这就是关云长呀，五月十三单刀会，
留下美名万古传。

四十六、关公降曹[①]

别的开言且不表，听唱关公来降曹，
细听我来说根苗：

自从徐州来失散，关公降曹实不甘，
围困土山进退难。张辽土山开言讲，
事到临头无主张，听我奉劝把曹降，
一则可以保皇嫂，二则不忘桃园好，
三则留得有下梢。关公当时开言说：
若是三件能依我，要我投降也能可，
第一降汉不降曹，二要保全二皇嫂，
找寻皇兄第三条。曹操听见心暗想，
就是收降空指望，三桩老夫依两桩，
张辽说道不要开，丞相待他若承心，
比他结义胜十分，玄德不过待他好，
丞相待他恩德高，好者好来保者保。
曹操听说就依允，关公下山到曹营，
感谢丞相不杀恩。曹操一派假恩情，
一言既出讲诚信，三桩大事依将军。
曹操设计乱伦纲，二嫂与他一间房，
秉烛户外到天光。他见关公君臣分，
三五摆宴买他心，上马金来下马银，
美女十人把他奉，又把赤兔马相送，

---

① 关公降曹，此歌由湖北省十堰市竹溪县文化局陈如军收集流传。

献帝义封美髯公。关公拜谢曹丞相,
赤兔宝马非寻常,千里得能寻兄长,
曹操听说悔在心,千方百计待此人,
难买他心诗为证,诗曰:
威倾三国著英豪,一宅分居义气高。
奸相枉将虚礼待,岂知关羽不降曹。
一首诗儿念完呈,关公就把丞相称,
丈夫之思不忘恩。

忽听探子报颜良,他是河北大名将,
带领人马扎营房,曹操传令来对敌,
宋宪魏续领兵去,死在颜良他手里。
连斩二将操心慌,连忙就对云长讲,
你看颜良世无双,关公说道也平常,
哪怕颜良是名将,登时丧命活不长。
提刀就把马儿上,万马军中如开浪,
手起一刀斩颜良,曹营哪个不夸奖?
云长就说翼德张,三弟武艺比我强,
曹操一听传下令,衣袍襟底记下名,
逢张不战要小心。

袁绍丧了一大将,要斩玄德把命偿,
二弟不该斩颜良。玄德一听心暗想,
红脸长须天下广,传言不敌多渺茫。
袁绍听说有画像,忙把玄德请上帐,
传令文丑来商量,带兵七万为先行,
玄德三万兵接应,要把曹营一扫平。
文丑可称是名将,杀败张辽与徐晃,
只见前面旗号扬,旗上写得明亮亮,
汉寿亭侯关云长。仇恨关公斩颜良,
要替颜良来报仇,战了一合把命丢,

道的难战寿亭侯，玄德随后来接应，
看见旗上有姓名，二弟当真在曹营，
这是降曹一段情，只怪在下生得笨，
一起得罪朋友们。

四十七、关公辞曹[①]

有朋自远方来到，也字三点来迟了，
听唱关公来辞曹。袁绍怒气冲斗牛，
关公斩了那文丑，登时要取玄德头。
好个玄德真会讲，操叫云长斩二将，
借刀杀人害贤良。袁绍又怕害贤明，
这才不杀刘使君，叫他修书到曹营。
曹操闻听黄巾党，刘辟龚都甚猖狂，
急忙吩咐关云长，你今领兵到汝南。
二贼闻听不敢战，孙乾说破巧机关，
关公假意不追赶，明知二贼让汝南，
曹操一听心喜欢，只说关公得了胜，
玄德修书叫陈震，快快下书到曹营，
关公接书看分明，今日才知兄长信，
当堂念与各位听，书曰：

"备与足下，自桃园缔盟，誓以同死。今何中道相违，割恩断义？君必欲取功名、图富贵，愿献备首级以成全功。书不尽言，死待来命。"这封书信十一句，关公接书泪交滴，忙写回书代转云，书曰："窃闻义不负心，忠不顾死。羽自幼读书，粗知礼义，观羊角哀、左伯桃之事，未尝不三叹而流涕也。前守下邳。内无积粟，外听援兵；欲即效死，奈有二嫂之重，未敢断首捐躯，致负所托；故尔暂且羁身，冀图后会。近至汝南，方知兄信；即当面辞曹公，奉二嫂归。羽但怀异心，神人共戮。披肝沥胆，笔楮难穷。瞻拜有

---

① 关公辞曹，此歌由湖北省十堰市竹溪县文化局干部陈如军收集流传。

期，伏惟照鉴。"

这封书信有其才，关公忙到曹营来，
对面悬起回避牌，丞相说过不守信，
三番两次不见面，写下辞曹书一篇，
书曰：

"羽少事皇叔，誓同生死；皇天后土，实闻斯言。前者下邳失守，所请三事，已蒙恩诺。今探知故主现在袁绍军中，回思昔日之盟，岂容违背？新恩虽厚，旧义难忘。兹特奉书告辞，伏惟照察。其有余恩未报，愿以俟之异日。"

辞曹书儿写得好，寿亭侯印中梁吊，
不要金银半分毫，不要赐的金共银，
来的明白去的清，保定皇嫂出北门，
将军只要马一匹，路上行走也便宜，
哪个出门不想骑，这是辞曹一段情，
不周不全休谈论，一起得罪歌师们。

四十八、关公挑袍①

三国桃园义气高，千里寻兄保皇嫂，
听唱关公来挑袍：
自从修下辞曹书，不要曹操爵与禄，
财帛分明大丈夫。曹操叫声张文远，
快赶云长对他言，叫他留步会一面。
文远赶上叫云长，丞相说他有话讲，
且留贵步又何妨？曹操随后来赶上，
就问关公寻兄长，为何走得这样忙？
关公忙把罪来诉，三番两次到相府，
无奈写下辞曹书，多蒙丞相送赤兔，
今到河北访故主，要会兄长刘皇叔。
曹操一段段殷勤，带领各位众将军，
备下酒席来送行，夸讲他的忠义好，
还有功劳未有报，黄金锦袍来酬劳。
关公听说不过意，须小功劳休提起，
这是丞相错爱的，不敢下马来取袍。
小提青龙偃月刀，就在马上用刀挑，
马上讲礼多谢道，今蒙丞相赐锦袍，
后会有期报恩高。曹操饯行两分手，
关公骑马下桥走，看见前面一山头，
山上一人开言问，下面可是关将军，
现有人头作证明，只怪杜远乱糊行，
他把皇嫂抢山林，要分一个做夫人，

---

① 关公挑袍，此歌由湖北省十堰市竹溪县文化局陈如军收集流传。

是我相劝他不允,将军面前把罪请,
自家人杀了自家人。皇嫂就对关公言,
多亏此人来成全,姓廖名化字元俭,
关公拜谢辞别他,路遇老人叫胡华,
叔嫂借宿到他家,胡华就对关公讲,
我今写下一封信,顺手带到四关门,
授与小儿叫胡班,荥阳太守王植管,
帐下做的从事官,关公接书把路赶,
挑袍就是这一段,不周不全休要谈。

四十九、关公辞曹（1）

提起三国书一套，云长老爷义气高，
挂印封金辞曹操。

三国英雄真不少，天降桃园保汉朝，
关张他把刘备保，跟随大哥立功劳，
水淹下邳失散了，围困土山遇张辽，
怕的失掉二皇嫂，文远担保才降曹。

曹操见某义气高，准许我提事三条，
让我进宫把君朝。

献帝见我龙心笑，官封寿亭侯位高，
五绺青丝用纱罩，胭脂宝马锦战袍，
美女十名保皇嫂，山珍美味任我挑，
虽然此处风光好，想起桃园心好焦，
不知大哥哪去了，不见三弟把信捎。

想起大哥情义好，弟兄结拜把香烧，
不知何日再见到。

袁绍河北把反造，颜良带兵伐曹操，
昨日派人下战表，白马坡前把兵交。
颜良本领真不小，杀人如同切葱苗。
今日他又把阵叫，无人和他动枪刀，
吩咐免战牌来挂好，想起浦州将英豪，

河北兵将如鹰鹞,眼睁睁难得胜袁绍。

曹操营中心焦躁,老爷上帐把令讨,
顶盔贯甲上鞍鞒。

胯下胭脂脸带笑,手提青龙偃月刀,
耀武扬威前来到,风吹电闪过吊桥。
一字摆开杀人道,炮响三声胆魂消,
颜良还没防备好,钢刀一落把头掉。

白马坡前干戈闹,颜良他把命丢掉,
又斩文丑立功劳。

孙干暗送书信到,老爷见书哭号啕,
才知大哥投袁绍,连夜修书辞曹操,
三次辞曹未见到,无心在此时光熬。
亭侯大印来挂好,留下美女和锦袍,
随带家将并皇嫂,扬鞭催马出城壕。

老爷上了阳关道,一心要把兄长找,
不觉来在霸陵桥。

曹操听说老爷跑,不知到底如何好,
急忙领兵后赶到,老爷心里似火烧。
圆睁凤眼把话表,叫声许褚和张辽,
我河北寻兄尽义道,为何逼我来绝交。

张辽闻听把话表,尊声老爷听根苗,
请你先下马鞍鞒。

丞相带来文品到,又送锦缎绿战袍,
美酒一桌把情表,谢你斩将大功劳。

一问安来二问好，不知何日再回朝。

老爷闻听心暗笑，丞相待我恩情高，
他日相逢把恩报。

彩缎文品都收到，美酒敬上偃月刀，
你将美酒来倒好，偃月刀上把酒消，
酒淋刀上起火苗，用刀挑起绿战袍。
骂声许褚和张辽，敢将药酒害英豪，
不是丞相待我好，让你一命归阴曹，
这是关公辞曹操，拿来歌场凑热闹。

五十、关公辞曹（2）

鼓打三更半夜到，别挑书本重换调，
听唱老爷辞曹操。

关云长坐曹营心中焦躁，想起了当年的大事一条，
想当初在桃园对天祈祷，许下了牛祭地马祭天高，
又许下一在二在三不到，又许下一死二三下阴曹，
也自从战徐州中了圈套，黑夜里弟兄们都把命逃，
想起大哥珠泪掉，不知三弟哪去了。

想起徐州把兵鏖，弟兄三人失散掉，
不知何日再见到。
我凭着偃月刀保住皇嫂，又谁知困土山又进笼牢，
来了个张文远能说会道，他劝我关云长去投曹操，
我有心投曹营去把曹保，怕的是千秋后万人耻笑，
我有心不投曹另从改道，困得我外无兵内无粮草，
低下头来暗计较，一时不知怎么好。

开言便把文远叫，你要我去投曹操，
除非许我事三条。
关二爷对张辽开口言道，三件事你不能少我一条，
头一件我只把汉朝扶保，我只投汉天子不投曹操，
二一件要他把清雅府造，造一座清雅府安排皇嫂，
第三件我大哥有信带到，允许我保皇嫂去把兄找，
三件事一条条都不能少，少一件我情愿把命丢掉，
张辽下山去禀告，丞相准我事三条。

张辽回来信带到，三事丞相都知道，
要我下山见曹操。
曹丞相他待我实在厚道，上马金下马银又吹笙箫，
又送来十美女年轻美貌，又送我红胭脂宝马一条，
万两金难买我内心焦躁，猛然间想起了当年故交，
想起了我大哥待我真好，又想起我三弟虎将英豪，
想起我儿花关锁，心里好似滚油浇。

白日无事把马跑，夜里就把春秋瞧，
实在难把岁月熬。
关二爷坐府内正思故交，从河北捎来了书信一条，
孙乾他黑夜里把我寻找，清灯下睁开眼用目观瞧，
关老爷观书信心里明了，我大哥在河北投靠袁绍，
上写着大哥他问弟安好，下写着要二弟赶快还朝，
心里好比如刀绞，迈步进宫见曹操。

自从大哥信带到，每天三次去辞曹，
半月过载未见到。
复辞了三进宫未见曹操，他怕我离开他去把兄找，
将大印悬梁上用绳绑好，府库里金和银贴上封条，
又吩咐众三军把马备好，抬过来二王爷偃月宝刀，
门外点起三声炮，老爷上了马鞍鞒。

三声大炮震九霄，惊动姑娘曹玉娇，
手扶门框看根苗。
曹玉娇东楼上用目观瞧，见二爷坐马上手提大刀，
不用说不用解我也知道，二王爷他是要打马还朝，
我假装未识破装不知道，下楼去问问他所为哪条，
侍女楼梯来搭好，咯噔噔姑娘下楼了。

五十一、过五关斩六将

关公出来好胆量,过五关来斩六将,
细听在下表端详:
辞别胡华把路赶,一路之上不怠慢,
来到东岭第一关,把守关将叫孔秀,
你投袁绍无根由,他是丞相一对头,
若是放关凭你走,若有文凭我不留,
你把二嫂做压头,关公听说怒冲冠,
一刀就把孔秀斩。

来到洛阳第二关,把守韩福与孟坦,
商量设下巧机关,暗放羽林来阻拦。
关公左膀中一箭,青龙宝刀把月偃,
一个一刀丧黄泉。

一路之上不怠慢,来到汜水第三关,
又遇卞喜来阻拦,假意设席来待承,
镇国寺内设一席,埋下刀斧二百余。
关公哪知其中情,多亏长者叫普净,
他是关公一乡亲,亲不亲来故乡人,
就把关公叫一声,汜水关上要小心。
关公开言叫卞喜,两壁设下埋伏计,
是好意还是歹意,手佩宝剑不留情,
斩了卞喜命归阴。

催住车马速速去,一路之上不怠慢,

身骑赤兔往前看，来到荥阳第四关。
此关王植把守定，他与韩福是亲家，
恨得要把关公杀。假意迎接心不甘，
急忙叫把胡班唤，带兵一千围公馆。
只待三更都睡着，四面八方一把火，
就是神仙逃不脱。胡班来到关公门，
久闻关公大威名，只是闻名不见人，
看见此人是天神。关公问他名和姓，
我名就是胡班身，莫非许都城外住，
胡华就是你的父，请我带来一封书，
胡班接书心喜欢，说破王植巧机关，
叫我放火烧公馆，关公听说忙逃走，
王植赶上把命丢。

一到五关是滑州，滑州太守叫刘延，
就是黄河夏侯惇，还有秦琪勇将军，
过这五关犹还可，只怕秦琪不好过。
关公当时渡黄河，果然秦琪不好过，
两马相交只一合，宝刀一出人头落，
过了五关往前开，一共斩了六员将。
八句诗来千古扬：挂印封金辞汉相，
寻兄遥望远途还。马骑赤兔行千里，
刀偃青龙出五关。忠义慨然冲宇宙，
英雄从此震江山。独行斩将应无敌，
今古留题翰墨间。

五十二、三国英雄历史传说故事[①]

《三国演义》是我国产生较早,影响较大的一部著名长篇历史小说,是我国古代章回体小说的开山作品。描写了东汉末年和整个三国时代封建统治集团之间的矛盾和斗争,在中国文学发展史上占有重要的地位,它在艺术创作上也积累了不少值得借鉴的经验。《三国演义》代表着古代历史小说的最高成就。它采用"文不甚深,言不甚俗"的浅近文言,明白流畅。它的笔法富于变化,对比映衬,旁见侧出,摇曳多姿,波澜曲折,在写作上对读者也有一定启发。它的结构宏伟,把百年左右中头绪纷繁、错综复杂的事件和众多的人物,组织得完整严密,叙述得有条不紊,前后照应,环环紧扣。《三国英雄历史传说故事》正是秦巴地区长期民间演绎《三国演义》的结晶。

1. 温酒斩华雄

刀切西瓜两头空,两头不要取当中,
听唱温酒斩华雄。
天下诸侯十七镇,袁绍进帐开言问,
公孙瓒后是何人?公孙瓒对袁绍讲,
他是平原刘关张,曹操一听喜非常,
黄巾贼子是他破,听见说过未见过。
袁绍听说赐位坐,叫声玄德你坐起,
不是别的恭敬你,你是汉室一苗裔。
忽然探子一声禀,俞涉潘凤丧了命。
袁绍听着吃一惊,面带忧容夸大口,
若有颜良与文丑,哪怕华雄将魁首?

[①] 三国英雄历史传说故事,本集作者属博主秦郎。

云长站立玄德边，他在一旁夸大言，
活捉小卒不须久。非是关某夸大口，
上阵只需一杯酒，待会就取华雄头。
袁绍开言问详细，公孙说是玄德弟，
弓马箭手名关羽。袁绍一听怒生气，
欺我诸侯无能人，弓马箭手乱胡行！
吩咐手下赶出去。曹操一旁开言语，
只要此人能破敌，自古欺老不欺少，
只要他的武艺高，乱世乾坤无大小。
观看此人多俊秀，卧蚕凤眼世少有，
谁知他是弓箭手，一杯热酒来酌起，
关公提刀就上马，酒也不喝去斩他，
热酒酌了还未冷，关公得胜转回呈，
手提人头血淋淋，斩了华雄命归阴。
后人称赞关公能，作下一首诗为证，
诗曰：
威镇乾坤第一功，辕门画鼓响咚咚。
云长停盏施英勇，酒尚温时斩华雄。

2. 三英战吕布

来到鼓场又缺胆，不好唱得哪一段，
想起三战虎牢关。
华雄又被关公斩，李肃把守汜水关，
写下书信把兵搬，董卓一见告急书，
一支将令来传出，传出奉先和李儒，
虎牢关前去扎营，忙叫吕布为先行，
带领一十五万兵。探子急忙报袁绍，
八路诸侯合班到，大家一起到虎牢。
王匡乔瑁与鲍信，张杨陶谦并公孙，
袁绍孔融八路军。王匡传下一支令，
大将方悦去对阵，吕布战下命丧身，

登时又斩穆顺头，砍掉武安国的手，
吓坏八路从诸侯。他又追赶公孙瓒，
张飞一旁把眼翻，才把公孙救回还。
开口就骂那吕布，你喊奸贼为亚父，
三姓杂种加一人，赶人不上一百步，
燕人张飞在此处，三弟与你分胜负，
二人大战五十合，吕布一见冒了火，
胜败不分强与弱，云长看见心焦躁，
玄德见他武艺高，三人大战在虎牢，
杀得天昏并地暗，杀得吕布气力喘，
连忙败进虎牢关。

3. 长坂坡救主

子龙打仗未败过，当年大战长坂坡，
事到如今人人说。
曹操他把诸葛恨，恨他博望用火焚，
烧死他的几万兵。
带兵来拿诸葛亮，一心要灭刘关张。
随后追赶到襄阳，杀得桃园难相照，
子龙保护二皇嫂，长坂坡前失散了。
眼看曹军来冲散，子龙找寻两三番，
不见主母心慌乱。糜竺简雍遇赵云，
子龙就把二人问，可曾看见二夫人？
子龙上前把罪请，连累主母受了惊，
这是末将不小心，急忙夺来马两匹，
送给糜竺主母骑，送出阵前又转去，
要寻阿斗糜夫人。迎面撞着夏侯恩，
身挂宝剑斗来临，赵云一枪伤他命，
得了青釭剑一根。又来找寻糜夫人，
就把往来百姓问，有个百姓告信音，
破屋里面见夫人。这是人家失了火，

烧得七零又八落，夫人抱儿泪如梭，
夫人被枪伤左腿，子龙一见双膝跪，
带连主母吃了亏。夫人抱起阿斗哭，
将军要念他的父，半世只有这点肉。
子龙催她快上马，夫人开言把话答，
拖累将军难冲杀，又把阿斗付赵云，
赵云不接小主人，又催夫人上马行，
又听曹兵喊杀声，阿斗丢在地尘埃，
跳落枯井丧了命。子龙一见夫人死，
在此还有一首诗，不知念的是不是，
诗曰：
战将全凭马力多，步行怎把幼君扶？
拼将一死存刘嗣，勇决还亏女丈夫。

这首诗儿念完呈，忙把阿斗抱在身。
上马又来到兵阵，杀进杀出遇战坑，
连人带马一起滚，一道红光往上升，
人马当时出战坑，此是阿斗真龙身，
此处一首诗为证，诗曰：
红光罩体困龙飞，征马冲开长坂围。
四十二年真命主，将军因得显神威。

念罢诗句又来唱，曹操站在景山上，
忽然看见出红光，看那小将好英勇，
当时忙问那曹洪，原是常山赵子龙。
曹操他有爱将心，传令活捉小赵云，
不准暗放冷羽林，满营一听令传下，
哪个大胆敢战他，杀进杀出由他杀，
一来阿斗洪福大，二来子龙又会杀，
有首诗来称赞他，诗曰：
血染征袍透甲红，当阳谁敢与争锋！
古来冲阵扶危主，只有常山赵子龙。

4. 黄巾起事

可怜高祖创业难，四百余年锦江山，
被他闹得稀巴烂。
青蛇咬殿就不祥，黄巾贼子乱朝纲，
张角张宝与张梁，三人住在巨鹿郡，
都是同娘共母生，只有张角最聪明，
那日无事到山林，入山采药遇仙人，
三卷天书传他身，太平要术是它名，
替天行道救百姓，切记不可乱胡行。
张角忙把老丈问，南华老仙是他名，
化阵清风不见人。张角晓夜把书读，
呼风唤雨能画符，普救百姓四方苦，
光灵改成中平年。中元平年二月间，
家家都害瘟疫症，张角户户施符水，
喝他符水病就退，人人感他大恩惠。
青幽徐冀跟豫州，荆州扬州共八州，
各个都来把他求。张角自称贤良师，
都用土法写二字，家家门前贴甲子，
兄弟三人自逞能，将军分出天地人，
各个头上裹黄巾，天地人宫分三才，
人人供他恩祖牌，欲吞汉室花世界。
立起三十六方旗，分出大方小方旗，
又有五百多徒弟，大方旗下一万几，
人七千是小方旗，共有五十多万余，
连忙打发马元义，买通朝中那封谞，
他好替我做奸细。张氏三人夜商议，
张氏三个帅字旗，内外夹攻要约期。
吩咐徒弟叫唐周，快与封谞把书投，
我们马上要起家，唐周下书到京城，
灵帝天子得要因，吩咐何进大将军，
何进领了旨一道，捉拿封谞下天牢，

元义也被他斩了。元帝又传忠良将，
三路发兵打围纲，哪怕黄巾他猖狂！
张角他今失泄漏，打人不如先下手，
带领人马围幽州，幽州本是刘焉掌，
他与邹靖来商量，连忙出下招贤榜，
榜文挂到那涿县，日后才出三桃园。

5. 十二月唱三国故事

正月梅花开得红，张飞刘备与关公，
三人路中巧相逢，桃园结义三弟兄，
恩情义气似山重。
二月兰花翠又香，茅庐三顾诸葛亮，
长坂坡英雄赵子龙，单刀赴会关云长，
擂鼓三通斩蔡阳。
三月桃花是清明，董太师大闹凤仪亭，
刺死董卓命归阴，貂蝉美女显才能，
白门楼吕布伤性命。
四月蔷薇开得早，曹操潼关遇马超，
孔明智算华容道，割落胡须弃红袍，
张飞喝断灞陵桥。
五月石榴结金盆，独走千里数关公，
过了五关斩六将，巧摆空城诸葛亮，
水擒庞德取襄阳。
六月荷花仗中心，刘皇叔东吴去招亲，
后来弄假变成真，保驾将军是赵云，
孙权不敢动刀兵。
七月凤仙开得早，孔明东吴借东风，
周瑜赤壁用火攻，连环妙计数庞统，
关公长沙收黄忠。
八月桂花异香放，黄鹤楼赵云骂周郎，
三气周瑜芦花荡，东吴都督一命亡，

孔明吊孝哭周郎。
九月菊花闹盈盈，曹操逼宫逍遥津，
马谡骄傲失街亭，孟获七次来遭擒，
姜维归顺降孔明。
十月芙蓉开茂盛，关武穆伤命走麦城，
左是周仓右关平，玉泉山上来显灵，
造白袍张飞丧了命。
十一月水仙雪花飞，火烧蜀营七百里，
烧得刘备无法计，临死托孤命归西，
弟兄三人同归天。
十二月蜡梅带雪开，姜维大战铁笼山，
诸葛亮归结七星坛，关公活捉老吕蒙，
鼎足三分归一统。

6. 关二爷报仇

观看古书三千六，后汉三国寿亭侯，
万古千秋把名留。
关公大意失荆州，兵败麦城心担忧，
廖化搬兵去搭救，一去数日不回头，
困在麦城兵不够，不如亲自上成都，
周仓王甫把城守，随带关平到西蜀。

夜走临沮入虎口，潘章做事短阳寿，
活捉关公计歹毒。
绊马绳子摆山口，关公父子中金钩，
赵累剁成如泥土，父子归位驾西游，
头悬高竿一丈九，二将见了泪双流，
王甫坠城归泉路，周仓拔剑自刎头。

刘丰孟达不搭救，吕蒙奸计取荆州，
怎不叫人泪双流。

吕蒙班师回京走，次日五更奏龙楼，
上写子明三顿首，大获全胜得荆州，
白衣白甲把江渡，烽火台上骗兵卒，
关公父子削了首，吾主安然乐无忧。

孙权一听精神有，关公父子把命丢，
汗马功劳你为首。
吩咐摆下庆功酒，文武百官来庆祝，
想起赤壁去争斗，多亏公瑾周都督，
火烧曹兵无路走，刘备趁机夺荆州，
累讨荆州不能够，三气周瑜丧巴丘，
鲁肃做事太忠厚，江边摆宴请君侯，
目中无人过江走，单刀赴会美名留。

将军妙计世少有，白衣渡江取荆州，
活捉关公报冤仇。
将军今日功成就，灭了关羽得荆州，
寡人今日亲敬酒，君臣同醉才罢休，
吕蒙急忙接下酒，倒进口里下咽喉，
猛然浑身直发抖，大骂孙权碧眼奴，
掀开桌子要动手，百官吓得冷汗流。

吕蒙发疯大声吼，手指孙权骂吴狗，
紫须小儿强出头。
吾乃本是忠良后，正直无私寿亭侯，
吕蒙小儿阶下囚，怎敢背后偷荆州，
说着怒气冲牛斗，霎时七孔鲜血流，
吕蒙上了黄泉路，关公显灵报了仇。
劝人做事留后路，莫学吕蒙取荆州。

关公显灵把仇报，吕蒙一命赴阴曹，
金殿吓坏孙仲谋。

文臣武将心惊跳，好似泥塑如木雕。
子布上前忙奏道，主公不必太心焦，
得了荆州功不小，杀了关羽把祸招，
滔天大祸马上到，转眼就要动枪刀。

他三人结义把香烧，同生共死如同胞，
怎肯不来把仇报。
刘备虽然年纪老，诸葛孔明有计谋，
黄忠老将八十了，百步穿杨箭法高，
常胜将军他姓赵，长坂坡上逞英豪，
西蜀兵将如虎豹，兴兵要把吴国扫，
东吴兵弱将又少，怕得这回难逍遥。

孙权吓得心直跳，开口急忙问张昭，
你快想个办法好。
臣有一计对你表，关公首级献曹操，
天子降罪丞相保，东吴杀人移祸曹。
孙权一听哈哈笑，还是子布计策高，
快把人头来将好，送到许昌给曹操。

曹操一见首级到，想起云长将英豪，
上前用目仔细瞧。
想你生来性情傲，目中无人自夸高，
围困土山保皇嫂，归顺老夫亏张辽，
带你上殿朝御道，封你寿亭在当朝，
美髯赐你锦纱罩，美女十名绣战袍，
纵然不记我的好，可惜今日命丢掉。

想起当年你降曹，老夫对你恩情高，
你对老夫无礼貌。
打听皇叔书信到，你不报恩私自逃，
老夫不与你计较，单人闯过灞陵桥，

五关又把六将剿，刀斩蔡阳古城壕，
十大恩情你不报，斩将夺关绝情交，
也是性格太骄傲，自看自己太清高，
今日尸首分两道，黄泉路上慢慢遥。

想起昔日事一条，水淹七军威名高，
三国称你将英豪。
赤兔宝马偃月刀，昔日威风哪去了，
关公首级头晃摇，卧蚕倒立心气恼，
双目睁开看曹操，五绺长须随风飘，
张口要把曹操咬，吓得曹操一声叫，
没过几天归阴曹。掐死吕蒙把仇报，
吓死曹操命一条，唱完关公书一套，
落板就把鼓儿敲。

7. 司马懿探山

一更唱到二更尽，诸位亲朋请雅听，
司马探山唱三更。
西风吹动银叶铠，父子三人出了营，
圣旨在身怎敢慢，待我将马催动身。
威风凛凛定板甲，我的功劳主夸尽。
魏王念我功劳大，功劳买动帝王心。
本督马身用目撒，马师马昭披甲整，
马师披甲赛杨戬，马昭披甲二郎神。
本督马身有一比，恰赛前朝姜封神。
扶保周朝功劳重，一保八百八十春。
天黑路狭难行站，父子三人把马停。
闷压天黑如墨染，望不见天暗乾坤。
望不见娇儿的面，伸手虎爪也不认。
本督兴兵三月天，人马撒欢都精神。
本督兴兵四月天，领王旨意下銮金，

头戴金盔赛火鳌，身穿锁甲如油烹。
赛火鳌来如油烹，披甲容易卸甲困。
本督兴兵七月天，带领人马到前阵。
兴兵犯下秋甲子，四十天的雨连阴，
四十九天连阴雨，马湿雕鞍人湿裙。
本督兴兵三九天，平地下雪三尺零。
兵行两国安营寨，众将扫雪把安营。
魏王怎知老臣苦，怎知老臣受艰难。
传令行军跪马前，您听本督传大令。
本督探山回朝转，皇府金殿诉冤情。
大小位封您官做，强似吃粮马前奔。
夜领本督把山探，三朝五帝一番明。
三朝五帝年深远，天连地来地连青。
天王坐罢帝王坐，老祖教你织衣衫。
老君制织星和斗，留下三川并水镜。
二郎担山太阳赶，三山六水一田分。
尧王登基龙天旱，天下大旱十年整。
大禹治水八百道，鲁班造桥水上横。
纣王朝阁自称贤，八百诸侯江山稳。
年年有个三月三，女娲庙里把香进。
风吹竹帘露神面，露出圣母好容人。
他观圣母长得好，想给圣母配缘姻。
他与文武不好讲，粉白墙上留诗云。
女娲赴会回来转，看庙童儿禀一声。
女娲听言心火现，差定狐狸降凡尘。
狐狸扑死妲己女，借她肉身闹朝廷。
大夫杨任双挖眼，比干丞相剖肝心。
贾氏夫人坠楼死，黄飞虎反五关城。
西岐投奔武王主，才给他报仇怨恨。
子牙坐车文王拉，臣坐君拉倒颠滚。
八百八步车辇停，他保周朝八百春。
懒王手中龙脉转，一十七国江山争。

临潼会数谁好汉，只数伍魁上元令。
单手举起千斤鼎，一十七国心寒冷。
搭救平王回朝转，争来尚蟒尚贤君。
去赴朝歌把愿还，楚国吴国结缘姻。
楚国吴国结亲眷，费无极领旨搬亲。
花轿行走鸡子岭，高山换轿费用心。
吴女扮成马丫鬟，回朝被封宫院进。
三纲五常颠倒颠，三纲五常他不应。
班房动恼伍魁元，金殿打动朝鼓鸣。
保定皇家反江山，娘娘杀出禅寺岭。
他到吴国把兵搬，吴国搬来兵将军。
倒伐平王楚国前，鞭打平王马跪迎。
给他举家报仇冤，一朝一帝往下顺。
闪出三国自称强，孙权驾坐东吴城。
刘备驾坐在西川，孟德中原显威震。
每日杀砍马不安，魏王赐我旨一份。
司马带人马探山，在深山用目瞧准。

远远观见大石桥，马师马昭搀我身，
老主高皇说分明。
老主路过芒砀山，遇见白蛇拦王君。
白蛇深山接老主，吓得老主面黄青。
腰中抽出龙泉剑，剑斩白蛇一亡命。
白蛇深山叫还命，老主梦中开腔声。
深山哪有命还你，后转平帝把命领。
老主一死转平帝，白蛇一死王莽生。
子国三年无宝上，王莽父女进朝廷。
文武把她带殿上，老主龙位观详情。
封她驾坐朝阳院，王莽太师掌朝印。
八月中秋寿诞起，文武拜寿到殿厅。
内有王莽来迟慢，老主气得面皮青。
擂鼓三声把殿退，皇殿拿撒四奸臣。

徐世英贼把苏献，兵部舌恨狗奸臣。
四人回到东相府，东相定计害王君。
相府设下松棚宴，诓主望会过旁门。
辇行走到午门外，柴文俊他是忠臣。
主爷听了忠臣劝，金车辇返回院厅。
四人回府衣更上，披袍挂甲拿君命。
杀的杀来乱的乱，御花园内来藏身。
老主轰到站台上，老主站台观详情。
这边摆的是药酒，那边摆的刀弓盾。
用了药酒也是死，不用药酒一亡命。
三杯酒把老主害，扶起王莽掌朝廷。
王莽登基搜宫院，国母打到冷宫门。
国母冷宫来受罪，生下幼主汉三命。
柴俊偷龙把凤换，刘秀送到南屯城。
光武十二走南阳，大刀苏献赶刘君。
行走南阳迷了路，遇见石人把路引。
问它十声九不语，马身动恼汉三人。
腰中抽出龙泉剑，剑斩石人在路痕。
剑斩石人叮当响，明朗闪出字两行。
一路奔上贾厢去，一路奔上鬼庄新。
鬼新庄收姚期将，枣阳县访子章臣。
吴汉杀妻潼关现，曾现冀阳是岑彭。
燕子岭前收邓禹，又访大汉姬昌臣。
敖子国收郡龙霸，紫金章他会腾云。
云台关前剐王莽，才给老主报冤恨。
二十八宿访一处，保定光武洛阳城。
坐三十年有道主，后坐三十无道君。
姚刚大街去夸将，拳打国舅亡了命。
西宫娘娘拿本上，幼主酒醉龙床困。
醉酒斩杀姚期将，午门碰死子章命。
东南角上天鼓响，二十八宿归天厅。
一朝一帝往下讲，闪出三国自称能。

诸葛祭起东南风，火烧战船襄阳城。
本督洲桥用目观，哪里锣鼓催山震。
众将暂歇松林内，攻打街亭在五更！

8. 诸葛亮押宝

腊月三十月光明，八月十五黑咕咚。
天上无云下大雨，树梢不动刮大风。
刮得碌碡满街滚，鸡蛋刮得不咕拥。
鸡蛋就把碌碡碰，碌碡撞个大窟窿。
鸡蛋破了铜子钉，碌碡破了用线缝。
八十老头吃爹奶，落草孩子喊牙疼。
世界见过新闻事，臭虫坐月养狗熊。
您听这事多可笑，我怎唱您就怎听。
小小宝盒一块铜，能工巧匠给造成。
四块铜帮压一木，三面是黑一面红。
宝盒落在光棍手，哐啷一声开了宝，
围个七层外八层，里七外八可得围，
直叫一个不透风。围着没事要押宝，
在那外边猜黑红。三吊三百押大拐，
两吊二百押孤丁。且不言众来押宝，
正南走来老先生。头里走是诸葛亮，
紧跟着个姜太公。诸葛亮，开言道：
叫声大哥姜太公，咱们哥俩快着走，
一到宝棚猜回红。他们哥俩往前走，
携手揽腕进了棚。站宝案的把话讲，
口尊二位老先生：你们二位要押宝，
押婆押拐押孤丁？诸葛亮说你别忙，
未曾押宝算一算，算算哪黑与哪红？
按着乾坎艮震算，这宝一定三上红。
你给我押一万两，五千银子押孤丁。
姜太公说慢打盖，富余俩钱我押上。

押宝我也算一算，我算哪黑与哪红。
他按着乾坎艮震，巽离坤兑景死惊，
开休生伤杜一算，这宝也是三上红。
八万银子押大拐，两万银子押蚂螂。
太公不许别人看，别人一看我归赢。
诸葛亮哪敢怠慢，紧握宝盒拿手中。
使个木匠单吊线，一只闭来一只睁。
把宝盖这么一裂，怎么这宝幺上红？
算了半天不中用，算了半天也不成。
转心盒子跟头宝，这宝输得真不轻。
输赢不在头一宝，再押二宝看分明。

站宝案的把话讲，我尊二位老先生。
依我说你们二位，押不押的不要紧，
还在谁输与谁赢。诸葛要拦两条注，
这会儿拦算不成。这会拦着也得罢，
输的白输赢白赢。站宝案的把话讲，
我尊二位老先生。我跟您说是好话，
我倒招您不愿听。要是押宝自管押，
您要赖宝可不成。诸葛亮说钱没有，
不让我押还不成。敢说三声不押宝，
让你宝局搁不成。站宝案的一撇嘴，
我得尊着二先生。别在这儿说大话，
别在这儿大话扔。四两棉花纺一纺，
搁宝不是省油灯。我的名字叫邓禹，
管账先生徐茂公。刘伯温他东家领，
三请宝盒孙悟空。一个跟头十万里，
要想打架我现成。诸葛一看要打架，
站宝案的留神听：你要君子将我等，
你是小人乱了蹦。诸葛亮哪敢怠慢，
把宝盒拿在手中。拿起宝盒不要紧，
这宝局里乱了营。诸葛一看要打架，

回到三国去搬兵。搬来张飞关夫子，
周仓关平二弟兄。马超马岱二员将，
百步穿杨老黄忠。还有魏延和姜维，
长坂坡前赵子龙。人马发在黄天会，
看块吉地扎大营。太公可就不要紧，
我回西岐去搬兵。搬来哪吒三太子，
有个灶王高兰英，二郎拉着哮天犬，
龙须虎架五爪鹰，后边跟着托塔人。
人马发在黄天会，看块吉地扎大营。
两边正在扎大营，忽听空中喊一声。
要问来了哪一个，齐天大圣孙悟空。
金箍宝棒拿在手，两个眼睛全瞪红。
眼睁就是一场乱，七十二变下段听。

五十三、三国英雄历史传说故事之二

这是根据《三国演义》缩编的故事唱本，原文由房县人袁正洪、竹溪县陈如军等人收藏，其中涉及三国英雄人物五十余位，包括凤仪亭、蒋干盗书、连环计；草船借箭、祭东风、火烧赤壁等脍炙人口的三国故事。

前朝后代都不提，我把三国来提起，
不知各位喜不喜。

三国有个貂蝉女，聪明伶俐真无比，
为救汉室苦冥思，王允定下连环计。
先许董卓为继室，后许吕布为爱妻。
父子为了貂蝉女，反目成仇互为敌。
董卓中了王允计；凤仪亭上把命毙。

方才除了董卓难，又出曹操霸中原，
汉室天下该要乱。
汉末献帝是刘协，名存实亡被人挟。
群雄四起出豪杰，刘备孙权曹孟德。
蜀汉吴魏争霸业，三足鼎立号三国。

禹夏商周至汉末，唯有三国才子多，
为争江山玩谋略。

蜀汉庞统与诸葛，又有姜维字伯约。
东吴周瑜鲁子敬，吕蒙陆逊计谋多。
曹魏郭嘉司马懿，邓艾钟会灭蜀国。

这些谋士暂不提，再把三国从头说。
汉室天下不该灭，涿州出了刘玄德，
他与献帝同枝叶。
三请孔明不辞劳，会合东吴破曹操。
魏蜀吴，逞英豪，谁知上天不灭曹。
后来曹丕篡汉朝，因果善恶终有报。
司马父子设禅台，照样葫芦画的瓢。

刘备本是汉室人，桃园结义起义兵，
要为皇室争汉鼎。
云长智勇两双全，翼德忠义勇当先。
子龙有勇又有谋，黄忠老将非等闲。
马超英雄真稀罕，西凉起兵进潼关。
割须弃袍追曹瞒，活活吓丧奸雄胆。
五虎上将归蜀汉，刘备雄心图中原。

曹操专权万人愁，挟天子来令诸侯，
占了天时来压服。
张辽许褚大将才，典韦声名遍九垓。
荀彧程煜郭奉孝，经纶计谋满胸怀。
可惜文武众英才，跟着奸贼闹世界。

东吴孙权得地利，内山外水好根基，
兵强国富谁能敌？
好个都督周公瑾，东吴兵将任调停。
忠厚仁慈鲁子敬，黄盖忠心谁不闻？
大将丁奉与徐盛，周泰吕蒙是精英。
好个甘宁奇妙人，带领百骑劫曹营。
东吴有了这些人，何愁江东不太平。

三国故事真不少，暂且不把别的表，
赤壁大战显英豪。

可笑曹操心太贪，带了人马八十万，
浩浩荡荡下江南，要与东吴来争战。
少年周郎好计算，熟悉地理并山川。
自幼练习善水战，哪怕曹操兵百万。
这次中了巧机关，来时容易转去难。

曹操到了江南地，查看山川和地理，
水旱二营多机密。
水军都督俱有名，乃是蔡瑁和张允。
二人终日练水阵，战船纵横在江心。
闻金退，闻鼓进，水军演得十分精。
远近百里闹沉沉，这样军威吓煞人。
曹操便问武共文，谁人过江走一程，
打听江东军务情。
闪出蒋干忙答应，情愿过江探动静。
周郎与我是故人，同窗读书有几春。
不带将，不带兵，三五步卒紧随身。
周郎是个见机①人，定要说他降曹营。

蒋干离了曹营地，船遇顺风多容易，
到了周瑜大营里。
巡营军士忙通报，周瑜闻言哈哈笑：
来得好，来得妙，正好设下巧计谋。
蔡瑁张允命两条，借刀杀之难躲逃。

周瑜巧计安排定，亲自来把蒋干迎，
携手同行进中军。
蒋干来到中军里，宾主互把旧情叙。
周瑜吩咐摆宴席，酒不喝醉我不依。

---

① 见机，方言，聪明机敏的意思。

你一盏，我一杯，一直饮到黄昏里。
周瑜假装三分醉，手挽蒋干进帐里。
各自和衣同床睡，营中三军都回避。

鼓打三更半夜天，五营四哨尽安眠，
周瑜假睡颠倒颠。
口中不住出醉言，蒋干何曾睡得安？
起身来在书案前，见一书信在上面。
用手拆开书信看，蔡瑁张允名字现。
蒋干看罢心辗转，原来二人已反叛。
蒋干看了书中意，将书藏在衣袖里，
悄悄走出大营去。

幸喜营中无阻拦，趁着月色到江边。
寻着几个同来伴，慌慌张张上了船。
心急急，意玄玄，要见丞相说根源。
这个功劳非等闲，不枉过江走一番。
蒋干回到曹营里，探得机密心内喜，
特请丞相看端的。

曹操接过书信看，字字句句在上面：
久慕都督多英贤，欲投帐前恨无缘。
只等何日有方便，曹贼首级献军前。
曹操看罢怒冲天，立传蔡张到帐前。
吩咐左右推出斩，两颗人头挂高杆。

曹操中了周郎计，明白过来悔无及，
蔡瑁张允死得屈。
可笑蒋干无才能，有眼不识周公瑾。
一次过江进吴营，蔡瑁张允丢了命。
二次又到东吴地，勾引凤雏进曹营。

犹如请来一瘟神①,八十万人马尽遭瘟②。
凤雏来至曹营里,曹操一见心欢喜,
敢劳先生来此地。
久闻先生有高才,幸喜今日到此来。
可恨周瑜小婴孩,要与老夫做对台。
多亏先生献计来,踏平江东心开怀。

凤雏又把丞相叫,水旱二营看分晓,
看罢自有玄机妙。

凤雏看罢便开言,水阵果然都完全。
若不加一铁连环,三军难聚又易散。
三十五十钉一队,七十八十钉一团。
船连环,环连船,三军如走地平川。
踏平江东不为难,纵横天下无阻拦。

曹操二次中了计,凤雏辞别各自去,
要到荆州投刘备。
周瑜营中问孔明,指日破曹大功成,
营中缺少箭雕翎,此事全仗你应承。
造箭十万破曹兵,不知一月可完成?

孔明闻言自沉吟,可笑周郎无好心,
又想借刀来杀人。

本当答曰造得齐,十万支箭谈何易?
本想答曰来不及,周瑜笑我无主意。

---

① 瘟神,又称五瘟使者,是中国古代民间传说的司瘟疫之神,分别为春瘟张元伯,夏瘟刘元达,秋瘟赵公明,冬瘟钟仕贵,总管中瘟史文业,是传说中能散播瘟疫的恶神。也比喻作恶多端、面目可憎的人或邪恶势力。
② 遭瘟,方言,遭到祸害的意思。

袖中占课胸有数，知道三日有大雾。
借箭十万来交付，看你周郎服不服。

孔明便把都督称，日下就要破曹兵，
哪里等得一月零？
自古军中无戏言，敢保三日箭造完。
三日交付十万箭，赤壁鏖兵破曹瞒。
三日若无十万箭，甘输首级无怨言。
周瑜一听喜心间，孔明中了巧机关。

东吴有个好公卿，姓鲁名肃字子敬，
他是孙权一谋臣。
鲁肃生来有识见，联合孔明破曹瞒。
谁知周瑜心胸浅，要以造箭来害贤。
三日怎造十万箭，纵是神仙也难办。
也是孔明白招怨①，要想活命难上难。

鲁肃心中多烦躁，无论孔明多机巧，
看你如何把箭造。
将身来在小船里，只见孔明笑嘻嘻。
二人对坐闲谈叙，造箭之事并不提。
鲁肃心中多着急，先生你好不识机②。
还不寻个脱身计，莫把性命当儿戏。

孔明才把大夫叫，造箭自有玄机妙，
大夫不必来心焦。
雕翎如数都造齐，多时寄在曹营里。

---

① 招怨，方言，招灾惹祸、自讨麻烦的意思。
② 不识机，方言，不识时务，不知缓急的意思。

我请大夫帮个忙，二十只船要备齐。
每船草人扎二十，外面青帐来围起。
明日大夫同去取，千万不要误时机。

次日孔明清早起，邀约鲁肃一路去，
同到曹营把箭取。
一直来到曹营前，大约只隔一箭地。
每船水手二十几，鸣锣响鼓好齐备。
头向东，尾朝西，战鼓咚咚声声急。
二十只大船齐摆开，只等曹营送箭来。

曹营军卒把事探，满江大雾看不见，
只听战鼓闹喧天。
曹操一听忙传令，传动五营四哨人。
快快与我放雕翎，休叫吴兵进我营。
水军箭完传旱军，一齐放箭莫消停。

一时江中云雾散，不见吴兵来交战，
平白送箭十几万。
孔明鲁肃转回程，共得箭数十万零。
中军帐里去交令，周瑜一见喜欢心。
不要将来不要兵，取箭不要一时辰。
先生妙计果如神，气杀曹瞒老奸臣。

周瑜调兵破曹瞒，忽然一事在心间，
睡卧帐中长吁叹。
鲁肃心中不安宁，来到江边见孔明：
都督昨天身得病，不知何日破曹兵。
孔明一听喜吟吟，都督病根我知情。
二人一同进中军，看看疾病如何论。

孔明来在后帐内，看见周瑜蒙眬睡，

问声都督病可退？
都督病根我尽通，我有灵丹妙无穷。
二人各自写手中，写来看是同不同。
想破曹兵用火攻，万事俱备欠东风。
曹操人马下江南，命悬二人手掌中。

周瑜闻言心欢喜，先生见识无人比，
还要先生费心机。
孔明当时便开言，此事自有我周旋。
南山顶上设一坛，此坛名为七星坛。
二十四个童子在上面，或执剑，或执幡，
一天三次到坛前，借来东风有何难？

孔明生来知天地，每日坛上把风祭，
三日忽然东风起。
周瑜调兵在营中，黄盖假降为先锋。
左队韩当与蒋钦，右队周泰与吕蒙。
其余众将俱助勇，生硝火磺装船中。
船在江中遇顺风，火船冲进曹营中。
顿时曹营闹哄哄，烧得通天彻地红。
八十万人马一场空，一起死在水火中。
赤壁一战定乾坤，三分天下竞英雄。

三国故事多不过，愚下一一难得说，
详的详来略的略。
诸葛孔明智无穷，天文地理无不通。
三气周瑜一命终，又平西川进汉中。
七擒孟获银坑洞，六出祁山破曹公。
劳劳碌碌苦立功，鞠躬尽瘁尽了忠。
白帝托孤汉业貌，七百里营寨被火烧，
忠臣良将损多少？

多亏孔明能调塞①,马忠马岱与魏延。
黄忠赵云智勇全,关兴张苞非等闲。
勉强把持过几年,后有姜维伐中原。
邓艾钟会入西川,汉室江山才算完。

曹魏孙吴和蜀汉,三国前后六十年,
江山归了司马炎。
晋朝出些好人品,黎民百姓乐丰登。
宋齐梁陈起刀兵,都是争位坐龙廷。
南朝建都在金陵,北朝拓跋又相争。
隋朝大统②三十年,到了唐朝才太平。

① 调塞,方言,调度谋划的意思。
② 大统,方言,有天下一统、帝业成就之意。

五十四、草船借箭选段

周公瑾在军帐摆下美酒，叫鲁肃请孔明述述情由，
施巧计请孔明前来饮酒，暗地里除掉这冤家对头。
诸葛亮暗推测早知前后，我与他将就计顺水推舟，
他二人见了面言情假厚，面子上挂着笑心怀冤仇。
有孔明进宝帐拱一拱手，迈步儿走上前参见都督，
周都督传山人有何高就，请都督当着面细说缘由。
今日里请先生同来饮酒，只想你述述旧无别来由，
也自从孙与刘同心联手，为破曹我与你同船共舟。
他二人碰了杯酒喝一口，周公瑾忍不住先起话头，
问先生水上战什么为首，还望你孔明兄同心运筹。
水上战用狼牙大显身手，大江上去交战箭字当头，
这都是平常事兵书都有，不知你葫芦里装的啥油。
既然是先生讲狼牙为首，我军中正缺少狼牙箭头，
还烦请孔明兄把我帮助，造十万狼牙箭解燃眉愁。

如若是周都督弓箭不够，我愿意来替你解除忧愁，
十万支狼牙箭给你造够，到时候你派人去把箭收。
既然是先生你愿意接手，周公瑾把丑话说在前头，
我限你一个月时间足够，还望你孔明兄不要推就。
诸葛亮听此言忙挥挥手，怎会用一个月这长时候，
一个月三十天时间太久，倘若是误军机怎对吴侯？
孔明兄你讲的道理也有，把时间往后推几个指头，
我给你二十天时间可够，二十天我派人去搬箭头。
叫都督二十天还是太久，只需要你准我三个日头，
我保证三日内把箭造够，三日内十万箭上交都督。

小周郎听一言浑身颤抖，先生你莫不是戏耍都督，
军帐内且不可乱夸海口，你可敢把军令立在前头。
军帐内无戏言军法写有，我怎敢在帐内戏耍都督，
我愿立军令状和你打赌，倘若是违军令情愿杀头。
既然是先生你愿意打赌，军令状一条条写得清楚，
倘若是违军令自作自受，且莫怪本都督不把情留。
他二人在军帐击掌打赌，三日里要造起十万箭头，
倘若是三日内箭没造够，违了令犯了法要把命丢。
周公瑾叫手下磨墨伺候，铺好纸磨好墨放在案头，
诸葛亮走上前笔拿在手，签上字画了押交给都督。
立好了军令状周瑜便走，只吓得鲁子敬冷汗直流，
走上前拉住了都督双手，有一事不明白请教鲁肃。
且别说三日内箭造不够，就算是三十天白费灯油，
你也信他三天箭能造够，鲁子敬在这里提醒都督，
周公瑾叫大夫你且退后，你怎知本都督腹内良谋，
明知道三日内打造不够，借机会好割他项上人头。
暗地里你吩咐造箭能手，放了假逛大街都去闲游，
如若是有哪个开工动手，我定要杀他个鸡犬不留。

五十五、庞统献计

歌师唱歌是大才,请歇一歇我接拍,
唱个庞统献计来。

赤壁鏖兵见奇才,神机妙算巧安排。
蒋干盗书周郎计,可叹蔡张一命哀。
蔡中蔡和受了命,诈降前往到江左,
引得主帅那周瑜,定计设法打黄盖,
一家愿打一愿挨。

孟德为了探虚实,二次又把蒋干派,
这位蒋生到对岸,请来连环庞士元,
他为曹操惹祸灾。周郎定下火攻计,
粗谋细略密安排。鲁向周郎举谋士,
雄才大略无以现,恰似明珠土内埋。
此人字元名庞统,道号凤雏乃奇才。
腹有良谋比管乐,胸藏珠玑孙武排。
周郎闻听哈哈笑,话说子敬啊子敬,
照你说的这此人,可不比俗子凡胎。
莫非经天纬地能,又能战场主成败,
莫非安邦治国能,又能计划定兴衰。
既然说他这般好,去问何计欲破曹。
我现正在求良策,有何妙计献上来。
子敬去把庞统问,遂将庞统话语传。
破曹需用火攻计,只怕一船起了火,
其余船只都散开。除非与曹连环计,

叫他自己索起来。周瑜闻听服其论，
此人可用有识才。只愁庞统难献计，
忽见一人在帐外。闻报蒋干来求见，
周郎喜出望外来，连说好计有望了，
这位就是引荐人，想找我都找不来，
可谓鬼使又神差。一面吩咐统用计，
便请蒋干入帐来。蒋干入帐未落座，
周瑜发怒把口开。子翼何故欺吾甚，
蒋干佯作强装笑，何出此言不明白。
周瑜说你听仔细，前番到此款待你，
是念故友思旧情，与你畅饮又开怀。
一醉方休留同榻，何曾想到你呀你，
半夜将我书信拆。盗了书信不辞去，
坏了大事太不该。此番无故你又来，
料非好意怀鬼胎。留你军中多不便，
命令左右送西山，背后那座小院宅。
蒋干只好西山去，终日愁眉闷心怀。
一日踱步门儿外，猛听书声传过来。
寻至前见草庵下，一人正把兵书诵，
暗想定是个奇人，隐居茅屋做书斋。
蒋干叩门想求见，互通姓名谈起来。
得知此人是庞统，劝说东吴不能待。
庞统说我早有意，只是无人缺引荐，
蒋干说咱今晚走，引荐之事理应该。
前番盗书折两将，此举又将庞统请，
八十三万曹兵人，推向悬崖才是真，
他净等着往下摔。孟德闻听凤雏到，
亲自迎请进帐来。执酒共饮殷勤待，
同说兵机畅开怀。宴罢同观水旱寨，
庞统在马看明白。旱寨傍山又依林，
前后无隙设防严，进退有门交通好，
规矩有方不堵塞。水寨战舰城郭列，

重藏小船四铺开。错落有致伏有序，
出入有向梭往来。统说丞相兵有法，
周郎定然兵败哀。曹说先生望指教，
有何纰漏请讲来。统说操兵其法妙，
但有一件需安排。大江之中多风浪，
战船岂能不倾歪。北兵不惯乘船战，
受此颠簸染病灾。曹操正然忧此事，
听言良策请道来。统说大小船搭配，
三十五十为一排。首尾全靠铁钉锁，
中间皆用木板塞。人可行走马可过，
如履平地不稳哉。
孟德连说策良策，庞说愚见相自裁。
献计存心把曹害，单等火攻之日来，
曹营战船烧起来，想拆都让拆不开。

五十六、七擒孟获

三国故事多得很，孔明火烧滕甲兵，
单表孔明第七擒。

一二三四五六擒，孔明要取孟获心，
才放孟获转回程。孟获住在银坑洞，
都被孟获一扫空，扫得山净水又空，
只聚受伤千把兵，带来洞主把计定，
今到何处去安身？带来洞主把话说，
东南远隔七百多，有一地名乌戈国，
乌戈国王兀突骨，生蛇恶兽为汤煮，
不吃杂粮并五谷，春夏秋冬并四季，
不住房廊与屋宇，打得土洞把身居，
身上不兴穿衣裳，滕子做成铠甲状，
刀枪剑戟不能伤。孟获听得洞主说，
搬兵犹如去救火。登时来到乌戈国，
就向国王开言讲，自从交战回回输，
杀得没有安身处。国王忙传俘长官，
名叫奚泥与土安，点起滕甲兵三万，
兵马来到桃花渡，只隔孔明五里路。
听见滕甲兵擂鼓，魏延上前把敌阻。
刀砍箭射不能入，魏延兵败将又输。
孔明看见滕甲兵，相貌凶恶不诓人，
忙问吕凯老先生，吕凯就对孔明讲，
这是乌戈国的将，不知人伦与纲常，
况且桃花水又深，他国人吃添精神，

我国人吃就伤身，不如收兵转回去，
何必要征南蛮地，就是争来又何益？
孔明一听开言讲，我今也已到此处，
要取南蛮心才服。忙叫马岱听吩咐，
我今限你半月数，带兵埋伏盘蛇谷。
又带十车黑油柜，装的火炮与地雷，
竹草点火早预备。又叫魏延听命令，
一连要输十五阵，又要弃却七个营。
每天只要输一阵，败走要往白旗行。
引进盘蛇把功成，魏延听命把计行，
一连输了十五阵，果然弃却七个营。
滕甲兵马如潮水，见了孔明黑油柜，
只说是蜀粮草堆，大胆赶进盘蛇谷，
前头石头塞断路，后堆干草和树木，
又见四面着了火，地雷火炮齐发作，
满山尽是火炮药，乌戈国王兀突骨，
急忙传令找退路，滕甲见火难逃出，
滕甲本是桐油油，刀砍斧劈不能透，
只怕火来着对头，可叹三万滕甲兵，
盘蛇谷内尽丧命，乌戈人种烧干净，
尸骨烧得实在臭，孔明看见泪双流，
虽说有功必短寿。烧罢之时又传令，
张翼张嶷你二人，埋伏盘蛇谷边呈；
又叫赵云听将令，带兵埋伏盘蛇后，
乃是三江大路口；王平带领降将兵，
假说乌戈得了胜，好引孟获到此行。
孟获听见降兵说，今日多亏乌戈国，
这回定把孔明捉。当时赶来中了计，
左右埋伏难对敌，孟获一见着了急，
单人匹马杀出来，撞住一将名马岱，
生擒活捉到营来。又传魏延到蛮洞，
捉拿孟获妻祝融，又擒孟优带来洞，

一起来见诸葛亮，孔明亲自来松绑，
快摆酒席来压慌，当时就把孟获放，
再招兵来看谁强，孟获就说我愿降，
自古大人有大量，七擒不杀又七放，
就是顽石也难忘。孔明听他说愿降，
所夺地方把你掌，依然命你为蛮王。
孟获当时谢了恩，后人称赞孔明能，
作下七言一诗文，诗曰：

羽扇纶巾拥碧幢，七擒妙策制蛮王。
至今溪洞传威德，为选高原立庙堂。

念罢诗句忙传令，吩咐魏延为先行，
吉日班师转回程，班师路过渭水河，
飞沙走石起风波，孔明开言问孟获，
这是猖神作的祸，四十九颗人脑壳，
只要祭享止风波。孔明一听心里明，
祭享传出圣人咏，不用活人祭死人，
杀死活人又结仇，不如宰杀马和牛，
祭的都是牛马头。孔明得胜这几句，
转面又把仁兄提，人心都是肉长的。

五十七、哭祖庙

魏军攻蜀，蜀后主刘禅不听儿子北地王刘谌的劝谏，决意降魏。刘谌怒而回宫，其妻崔氏听后，伏剑殉国。刘谌斩杀三子，继而赴"祖庙"哭祭，对先帝（刘备）灵位倾诉爱国之情后自刎。

汉中王，晏驾去，白帝托孤，
留后主，是刘禅，驾坐成都，
保国土，全凭那，诸葛相父，
武乡侯，尽忠心，扶幼帮孤。
他也曾，妙神算，安平五路，
他也曾，表陈情，二次上书，
他也曾，征南蛮，七擒孟获，
他也曾，伐北魏，祁山六出，
他也曾，退司马，空城琴抚，
他也曾，气曹真，全凭一书，
他也曾，战北原，火攻方谷，
他也曾，伏锦囊，把魏延诛，
武乡侯，鞠尽瘁，忧心劳碌，
叹只叹，五丈原，力竭气枯，
叹只叹，卧龙出，空得霸图，
折断了，紫金梁，擎天玉柱。
姜伯约，挂帅印，执掌兵符，
他仗着，武侯传，授用兵术，
战守坚，围攻强，志满略足。
他也曾，伐中原，不辞劳苦，
手提剑，宰割薪，扫尽魍荆，

众英烈，血染衣，餐风饮露，
在疆场，撒尽了，热血头颅，
老贼你，你不思，报效国土，
乘危难，诳惑主，有何贪图？
你好比，浑江鱼，只知水凫，
你好比，墙头草，专顺风扑，
你好比，风化虫，蚀树朽木，
你好比，行尸肉，血性全无，
你好比，苍岭窃，食窟中鼠，
你好比，趋附势，奴中下奴，
你本是，衣冠禽，兽充人数，
你本是，利熏心，亵小之徒！
只骂得，老谯周，语噎气促，
只骂得，老谯周，无处立足，
众文武，在两厢，惨然相顾，
他们都，口结舌，声息全无。
北地王，他以头，触地如鼓，
口尊声，父王哟，大声疾呼，
他悲伤，血泪流，泪溅袍服，
启父王：休为贼，语谬言误，
速决策，定大事，切莫踌躇，
要精兵，我成都，尚有万数，
进能攻，退能守，士气甚足，
姜伯约，旦夕间，率兵救护，
那时节，内外攻，转祸为福，
实不济，背城战，国难同负，
我宁为，英雄鬼，不阶下奴！
刘后主，听此言，勃然大怒，
大胆谌，你这个，暴力之徒，
你自是，血气勇，全无谋术，
国家事，何用你，黄口之孺，
寡人我，执意和，决不反复，

你们谁，哪个大，胆敢不服，
传旨意，将刘谌，宫外驱逐。
痛坏了，怀仁子，捶胸顿足，
他们是，扑簌簌，滚滚泪珠，
眼睁睁，好江山，一旦倾覆。
凄凉凉，愁云惨，雾满帝都，
气昂昂，闯宫门，迈开虎步，
惨切切，满腔忧，恨气难舒，
急匆匆，身直奔，那祖庙路，
扑通通，跪殿前，扑倒一地，
哽咽咽，眼望着，昭烈先祖，
不孝孙，三个字，还未出口，
他们是，止不住，放声大哭：
叹先祖，桃园拜，把义旗竖，
虎牢关，战吕布，三姓家奴，
叹先祖，梅煮酒，闻雷失箸，
叹先祖，聘诸葛，三顾茅庐，
叹先祖，败当阳，受风霜苦，
叹先祖，栖无地，四海飘浮，
叹先祖，进兵将，入川定蜀，
叹先祖，战汉中，抗魏拒吴，
叹先祖，真英雄，风云人物，
叹先祖，贤下士，军悦民服，
叹先祖，东西杀，一马风尘，
叹先祖，南北战，壮志鹏图，
昔日的，英雄呀，今在何处？
当年的，锐气哟，咋一旦无？
吾祖宗，真好汉，儿孙庸碌，
想当年，取西川，今献成都，
臣羞见，祖宗基，业他人属，
臣羞见，俯丹墀，首纳降书，
臣羞见，面北称，臣受凌辱，

臣羞见，蜀汉的，将换魏服，
恨不能，拼死在，沙场报祖，
大厦哟，将倾倒，独木难扶！
只哭得，天昏地，暗生云雾，
只哭得，乌噪鸦，啼绕殿屋，
只哭得，惨惨风，吹动老树，
只哭得，飘飘雪，冷落苍芜，
只哭得，渺茫茫，迷了心路，
只哭得，悠荡荡，魂飞魄浮，
只哭得，声音断，咽絮喉堵，
只哭得，血泪飘，流满袍袖。
气昂昂，英烈王，瞪起虎目，
咯噔噔，钢牙咬，碎气长出，
呛啷啷，利刃纯，锋鞘外露，
恶狠狠，剑横项，命丧空芜。
北地王，身殉国，宁死不辱，
似这等，烈胆肝，比岁寒竹！

五十八、说唐故事歌①

隋末唐初，天下动荡，东西南北，群雄四起，从而揭开了扫北、平南、征东、征西的历史画卷。薛仁贵征东之后，又踏上了艰难的征西之路。在破界牌、取金霞、攻下接天关之后被围锁阳城。程咬金搬兵召来薛丁山，在锁阳城解围后破寒江、战青龙、攻朱雀、克玄武，连破十道关口，杀进关中，平了西域，开启了盛唐时代。

杨坚英勇真无比，兴兵灭周称隋帝，
一统天下才安逸。
可恨杨广小儿曹，弑父杀兄多奸狡②。
只因当时谣言造，要灭李氏把祸消。
李渊晓得事不好，带领全家把命逃。
晋王杨广多奸狡，堂堂太子装强盗。
围住李渊定不饶，秦琼救驾才开交③。

杨坚无道乱乾坤，杀忠良，用奸臣，
天下纷纷起刀兵。
有一老将伍建章，乃是堂堂一忠良。
炀帝要他写表章，号召天下诸侯王。
老将不肯从昏王，咬牙割舌好惨伤。
可怜老将一命亡，逼得云召反南阳。

---

① 说唐故事歌，本歌本原藏本收集人是李忠文。
② 奸狡，方言，奸诈狡猾的意思。
③ 开交，方言，解脱，解开的意思。

也是昏王该倒运①，听说扬州好美景，
观赏琼花散精神。
说起琼花真奇怪，不知当日何人栽。
若要待得琼花开，除非真命天子来。
秦王带领众英才，琼花开得真妙哉。
朵朵花儿有斗大，十八大叶展开来。
唯有茂公解得开，十八反王主兵灾。
我主日后平世界，一个一个收服来。

炀帝临驾扬州城，宇文成都保驾行，
封为无敌大将军。
炀帝龙舟离长安，扬州去把琼花观。
谁知时乖命运蹇②，雨打琼花成稀烂。
宇文化及自筹算：隋朝天下不久远。
缢死炀帝在龙船，杀上长安坐江山。

唐公李渊起义师，众将推戴为天子，
唐朝就从高祖始。
大唐天下二十传，开基创业是李渊，
殷齐二王心多奸，赵王英雄第一员。
唯有秦王能亲贤，高祖爱他在心间。
每日领兵在外边，扫平天下众狼烟。

唐朝出些好战将，子孙世代做忠良，
永保唐室锦家邦。
第一功臣是秦琼，临潼救驾显威灵。
徐茂公，谢映登，瓦岗寨上程咬金。
镇守燕山罗士信，回马枪法刺杨林。
日战五龙入朝门，还有尉迟小将军。

---

① 倒运，方言，倒霉，运气不好的意思。
② 蹇，方言，不顺利的意思。

御果园里救王驾，勇将杀贼立功勋。
你看这些有名人，俱是开国大将军。

高祖在位明赏罚，叔宝敬德功劳大，
封他鞭剑管天下。
上打君来下打臣，贪官污吏胆战惊。
麒麟阁上表功勋，两个奸王起恶心。
敬德打死二奸臣，赵王元霸被雷震。
高祖年迈把驾崩，万里江山归世民。

十八反王才平定，北国康王又兴兵，
战表下到长安城。
秦王御驾去亲征，叔宝营中赏三军。
一路来在北番城，遇着元帅左车轮。
木阳设下空城计，困住秦王君臣们。
多亏咬金冲出营，回至长安取救兵。
小将罗通挂帅印，又兴二路扫北兵。
杀了铁雷弟兄们，大兵直抵木阳城。
罗通奋勇杀四门，杀了元帅左车轮。
康王献了降表文，御驾才回长安城。

唯有唐书难得记，扫北平南征东西，
全凭薛家汗马力。
秦王御驾去征东，都督元帅尉迟恭。
张士贵，张志龙，父子翁婿为先锋。
可恨仁贵运不通，尽打头阵苦立功。
士贵令他探地穴，九天玄女得相逢，
赐天书，水火袍，穿云箭，震天弓。
要得君臣来相逢，淤泥河下救主公。

秦王征东十余年，受了多少苦磨难，
为的社稷并江山。

仁贵果然是好汉，辽人闻名心胆寒。
一阵取了黑风关，二阵三箭定天山。
凤凰城惊走盖贤谟，汗马城又杀盖贤殿。
军中阵前杀辽蛮，功劳尽归何宗宪。

唐营人马十万多，打从凤凰山下过，
谁知惹下连天祸。
有一老将齐国远，力劝秦王把景观。
久闻山上景致全，对对凤凰在上面。
君臣大家去游玩，不枉辽东走一番。
秦王一听喜心间，大兵屯扎凤凰山。
凤凰山上扎大营，君臣去观山上景，
一心要把凤凰寻。
国远寻着凤凰窝，手拿竹竿往里戳。
先前出来是仙鹤，对对凤凰紧跟着。
后又出来哭鹏鸟，对着秦王哭又叫。
叫得秦王心烦恼，开弓射去箭翎雕。
哭鹏带箭把命逃，报与元帅得知道。

高丽元帅盖苏文，带领人马围唐营，
他有飞刀来伤人。
一阵斩了段志贤，二阵又斩殷开山。
三阵斩了齐国远，总兵众将齐下山。
可怜唐营真伤惨，二十八员尽归天。
秦王吓得心胆寒，万里江山难保全。

茂公军师安排计，要得苏文兵马退，
还要去搬薛仁贵。
仁贵生来智勇全，弟兄八个非等闲。
飞刀怕的穿云箭，随身又带白虎鞭。
青龙怕见白虎面，一战成功在眼前。

可恨士贵多鬼气，一箭害了薛刀彻；
屈死忠良谁晓得。
士贵扎兵汗马城，听说天子受围困，
带领大众弟兄们，火头军来打头阵。
仁贵遇着盖苏文，将遇良才各显能。
飞刀放在半天云，见了神箭化灰尘。

独木关上安殿宝，辽营勇将第一条，
英雄猛烈谁不晓。
只因仁贵有病疾，八个兄弟上阵去。
殿宝果然好武艺，杀得八人难对敌。
仁贵卧在后帐里，耳边只听战鼓擂。
勉强翻身上坐骑，双手难提方天戟。
来在阵前显神威，戟挑殿宝命归西。
关上换了大唐旗，这样本事世间稀。

唐王驾至越虎城，辽营军帅牙里祯，
四面八方设空城。
唐王驾坐银安殿，文官武将把朝参。
忽听号炮响连天，辽营人马如涌泉。
重重叠叠几十万，大旗遮了半边天。
唐王吓得心胆寒，原是中了巧机关。

二路元帅是罗通，带领众将小英雄，
驸马怀玉为先锋。
救兵到了越虎城，怀玉单骑去冲营。
可恨尉迟老将军，居功顶了宗宪名。
瞒了功劳不大紧，气煞多少忠良臣。

唐王大发雷霆气，茂公定下牢笼计，
叫他二人显武艺。
三对锦囊交给你，破关又得赛风驹。

杀了万县波罗弥，关上改换大唐旗。
张环返回长安地，叔宝阴魂报信息。
三日之内有奸细，早晚紧把城门闭。

众将忙把四门关，张环号炮响连天，
杀幼主来坐江山。
老将阻住不能进，父子放炮要攻城。
后来一员少将军，远远见他杀气生。
父子下入天牢门，越虎城内交旨文。
尉迟老将让帅印，弟兄相会立功勋。
买弓去破摩天岭，得了擎天柱二根。
朝中有了这忠臣，铁打江山不得崩。

金鼓一住把言开，征东一完征西来，
文武百官拜金阶。
皆因我主洪福在，扫平一统大世界。
天子闻言喜洋洋，皆因仁贵武艺强。
元帅终日战沙场，尽忠报国平东方。
寡人封你平辽王，威镇山西保安康。

征东事儿且放下，可恨西辽野心大，
又打战表到中华。
定方次子名苏凤，苏凤又生苏宝同。
哈密王驾下为元戎，三世冤仇恨罗通。
挑动辽主起兵锋，公报私仇逞英雄。
惹得两国刀兵动，将军战袍血染红。
后来兵败把命送，人争闲气一场空。

太宗便问徐茂公，观罢战表实难容，
谁人领兵杀宝同。
茂公便把主公叫，说起征西费缠扰。
宝同仙山曾学道，二十四口斩人刀。

飞钹铁板二妖道，二人武艺比人高。
若到西方去征剿，要赦仁贵出天牢。
只因皇叔多奸狡，屈害仁贵恨不消。
赐他一口上方剑，先斩后奏管群僚。
太宗天子依允了，仁贵才得出天牢。

仁贵金殿谢了恩，二次又接元帅印，
去到校场点雄兵。
元帅传下一支令，皇叔要做祭旗人。
咬金便把元帅称，要看天子面上情。
咬金带了道宗身，将他放在钟里存。
外面又用火来焚，道宗钟里苦哀情。
咬金大骂老奸臣，来世放你出火坑。
中军帐里去交令，仁贵方才把气平。

太宗御驾去征西，兵马粮草准备齐，
先锋大将秦怀玉。
太宗人马出长安，一人有道万人欢。
过了宁夏府州县，前行来在玉门关。
中原外国两相连，平沙万里缺人烟。
前哨直抵界牌关，只等元帅把令传。

次月元帅传下令，驸马领兵打头阵，
两军阵前要小心。
黑连度坐在宝帐前，忽然小卒把信传：
唐兵到了几十万，先锋大将来讨战。
连度吩咐上了马，冲到阵前抬头看。
看见唐将貌非凡，面似银盆盔甲穿。
顶平头上戴金冠，五绺长须飘胸前。
腰中挂着金庄剑，这员勇将赛天仙。
看罢催马到阵前，各问名姓来交战。

未有战到多一会儿，连度难敌秦怀玉，
两军阵前长喘气。
怀玉夹马上前冲，一枪刺入咽喉中。
连度跌下马，呜呼一命终。
唐兵众将逞英雄，抢上关内去交锋。
杀的杀，降的降，顿时关里一场空。
迎接御驾把关进，亲赐御酒饮三盅。
头插金花身披红，怀玉得了第一功。

金霞关上忽而迷，此人骁勇真无比，
专等唐将来对敌。
尉迟宝林手提鞭，一马冲锋到阵前。
杀得天旋地也转，杀得人仰马又翻。
宝林奋神勇，哪有闲心来鏖战；
一鞭打下马，吩咐众将快抢关。
元帅大兵到关前，一鼓取了金霞关。

接天关总兵段九成，听说失了二座城，
吓得三魂少二魂。
尉迟豹庆领了命，打将钢鞭带在身。
阵前交兵三回合，一鞭打死段九成。
元帅面前报军情，小将走马进了城。
元帅闻言喜在心，功劳簿上记了名。

宝同镇守锁阳关，仗着妖道武艺全，
要夺唐室锦江山。
正在商议要动兵，忽听探子报军情。
唐王御驾来亲征，连取界牌三座城。
宝同闻言着一惊，商议铁板二道人。
二位道友把计生，安排计策退唐兵。

铁板道人开言道：元帅不必心焦躁，

贫道想了计一条。
此处人马俱出城，退至寒江去扎营。
只等唐主进空城，百万人马围住城。
内无粮草外无兵，不怕飞上九霄云。
来将有路去无门，自投罗网怪谁人。

太宗大兵到锁阳，此城好似空城样，
内无兵来外无将。
茂公早知其中意，必是妖道空城计。
大小三军休进去，进去必定把城围。
咬金上前把话提，主公不必多犹疑。
三日失了三关地，闻风一起都逃去。
主公只管传旨意，一齐进城又咋地①。

太宗进了锁阳城，五营四哨安下营，
休兵三日再动身。
宝同时刻来打探，探得唐兵进了关。
带领大兵四十万，大炮不住响连天。
太宗君王上城看，人马围得望无边。
君臣看罢心胆战，怎么不听军师言？
也是一时无识见，事到头来后悔晚。

一困锁阳逞威能，也是唐王有难星，
伤了唐营众将军。
大战怀玉无输赢，只因还铜命丧生。
二阵飞刀来伤人，斩了豹庆与宝林。
元帅亲自来交兵，箭射飞刀化灰尘。
又把飞刀来放起，打得仁贵一命倾。
遍游地狱十八层，孽镜台上看真形。
仁贵还魂转后帐，卧了整整一年春。

---

① 咋地，方言，怎样的意思。

只等丁山救性命，唐营众将好伤心。

咬金领了皇旨意，一马冲出番营去，
长安去把救兵取。
咬金回至长安城，金殿朝见千岁身。
千岁李治开言问：征西胜败若何情，
王伯你是保驾臣，为何独自转回程？

咬金一旁忙答应，千岁哪知其中情，
细听老臣奏分明。
自从西凉开了兵，三阵取了三座城。
谁知中了空城计，君臣困在锁阳城。
阵中怀玉丧了命，又伤豹庆与宝林。
元帅亲自去出阵，中了飞标一命倾。
七日七夜还魂转，睡卧营中难动身。
老臣奉旨取救兵，又将皇榜挂四门。
招选大将领雄兵，搭救御驾正要紧。

四门出了招贤榜，千岁吩咐众武将，
一起操演下校场。
王敖老祖下仙山，心血潮得不安然。
用手袖中掐指算，心中早知这根源。
老祖便把弟子唤：你父西凉受磨难，
御驾被困锁阳关，为师赐你宝十件：
太岁盔，天王甲，水云鞋，昆仑剑，
朱雀袍，玄武鞭，庄雕弓，穿云箭。
方天画戟腾云驹，另赐仙丹带身边。
回家见母到长安，速往西凉莫迟延。

丁山又把老祖问，弟子前程若何论，
还求老师来说明。
老祖见问日后情，便把弟子叫一声.

你夫妻父子有来因，有偈四句作证凭：
一见杨潘冤孽根，红丝系足是前生。
两世投胎重出现，自家人害自家人。
四句诗儿牢记心，久后自然有效应。

丁山上了腾云驹，云里落，雾里起，
不要一时到山西。
回家见了老母亲，细说七年离别情。
多亏王敖老师尊，救我仙山学道行。
赐了十件宝和珍，叫我速到长安城。
前去揭了皇榜文，领兵西凉杀番兵。
保御驾，救父亲，做个忠孝两全人。

夫人便把丁山叫，你今前去尽忠孝，
诚心自有天知道。
只为你父中飞标，为娘惆怅何日消？
金莲武艺般般晓，呼神遣将比人高。
母女同你进西辽，也免为娘把心操。
只等你父伤痕好，一家团圆喜眉梢。

丁山午门揭了榜，咬金将他来带上，
一同上朝见君王。
千岁李治开言问：你是何州何县人？
或是谁家小爵主，或是谁家有功臣？
看你年纪正青春，学的什么武艺能？
从头一一说孤听，孤王好将你封赠。

丁山金阶忙奏启，我主千岁听详细，
家住山西绛州地。
父是平辽薛仁贵，丁山就是臣名讳。
一十二岁把家离，王敖门下去学艺。
仙山学道整七载，赐我十件好宝贝。

天王甲，太岁盔，百宝不能伤身体。
水云靴，真无比，腾云驾雾多便易。
又有一匹腾云驹，一日能行千万里。
千岁闻言心欢喜，原是薛家小御弟。
上前亲自来扶起，赐座绣墩把情叙。

千岁又把丁山叫，封你都督平西辽，
统领我朝众英豪。
丁山当时谢了恩，领了帅印出朝门。
扬鞭打马刀出鞘，来至校场点雄兵。
大将先锋是罗通，五营四哨闹哄哄。
丁山辞王来别驾，千岁亲赐酒三盅。
元帅马到成了功，班师回朝再加封。

二路元帅动了身，心中悬着君父情，
不分晓夜往前行。
人马出了玉门关，一路又过棋盘山。
山上有个窦一虎，王禅老祖一门徒。
老祖传他地行术，一日能行千里路。
叫他下山投唐主，流落此山为贼寇。
又被罗通来打输，多亏地行得逃走。

一虎妹子窦仙童，亲自下山来交锋，
才遇丁山两相逢。
一见丁山好人品，武艺又好又年轻。
青春年少挂帅印，做了国家栋梁臣。
奴今虚度十六春，尚无门当户对人。
本当上前说姻亲，两军阵前怎叙情。
欲待不说这姻亲，以后何处是终身。
无奈只得说真情，又被丁山骂一顿。
仙童放起捆仙绳，擒了丁山转回营。

咬金早知其中意，上山去把仙童会，
做个君子成人美。
只为世子薛丁山，奉旨领兵平西番。
他是堂堂英雄汉，你是女中将魁元。
非是老夫来相劝，是你二人有天缘。
仙童闻言喜心间，多劳千岁到寨前。
千岁既然有主见，小奴岂敢有异言。

咬金又对丁山语，上山只为仙童女；
特为元帅把亲提。
丁山便把千岁称，我向千岁说分明：
婚配必待父母命，谁敢私自来招亲？
见色而贪是下等，丁山不是下流人。
御驾锁阳遭围困，父王卧病不安宁。
人之忠孝须当尽，怎做不忠不孝人。
空劳千岁费了心，这件亲事难应承。

咬金又把元帅叫，世事不可固执了，
三思而行是正道。
元帅不允这姻亲，眼前刀下要斩人。
你今一死不打紧，真是不忠不孝人。
天子锁阳无救星，江山必被宝同吞。
你父卧病难动身，必然也做吃刀人。
况且仙童武艺能，又有宝贝捆仙绳。
他的兄长窦一虎，好比周朝土行生。
元帅依了这门亲，又添两位保驾臣。
还求元帅快依允，误了御驾又怎生？

丁山依了程咬金，洞房花烛把亲成，
次日即便就动身。
丁山离了棋盘山，西进来到界牌关。
界牌关上王不超，九十八岁多英豪。

他与罗通把兵交，刺破罗通肚肠掉。
盘肠大战显神威，枪刺不超同归西。
罗通应该归天位，犯了当年宏誓语。
自从盘古分天地，这样神勇世间稀。

镇守金霞巴尔赤，正与众将谈军机，
忽报唐将来对敌。
提刀上马到阵前，看见罗章笑连连。
你是谁家小少年，乳气未退到阵前。
罗章哈哈笑，老儿休得发狂言。
交战只一合，枪挑老将离雕鞍。
取了首级献军前，真是英雄出少年。

接天关上黑成星，明知辽主事难成，
领兵开关归唐营。
二路元帅薛丁山，三阵取了三座关。
大兵到了锁阳地，分兵四路去打关。
程千忠，窦一虎，尉迟大将名青山。
左有窦仙童，右有薛金莲，
杀得宝同难招还。飞刀飞标来放起，
见了神箭化青烟。丁山放起玄武鞭，
打得宝同伏雕鞍。还有副将几十员，
一起进了鬼门关。

二困锁阳多厉害，多亏丁山把围解，
不愧国家栋梁材。
窦一虎，程千忠，女将金莲窦仙童；
尉迟青山显威风，四路人马立战功。
损了西辽千员将，逃走元帅苏宝同。
君臣父子喜相逢，锁阳城里笑春风。
柳氏夫人叫仙童，口叫儿媳到帐中，
快快拜见你公公。

仁贵一见开言问：帐下女子是何人？
为何称她为儿媳，为何将我公公称？
夫人这里说详情：她是仙童姓窦人。
丁山奉命来西征，棋盘山上遇强人。
仙童放起捆仙绳，我儿丁山被她擒。
擒上山寨要招亲，若不招亲命难存。
程老千岁为媒证，二人山寨成了亲。

仁贵一听发雷霆，喝声丁山小畜生；
推出辕门受斩刑。
程老千岁慌了神，大叫刀下留性命。
上前便把元帅称：斩杀令侄万不能。
丁山英勇冠三军，仙童令媳武艺精。
大敌当前正用人，临阵斩将怎取胜？
丁山成亲我之罪，要斩就斩我程咬金。

仁贵一见发话音：程老柱国听我明，
今日定斩小畜生。
身为主帅私招亲，实为下贱好色人。
敌营若施美人计，岂不坑害我三军？
自古治军要严明，军令如山法无情。
招亲违了君父命，定斩不饶小畜生。

程老千岁急万分，忽报圣驾到来临。
仁贵出帐忙跪迎：陛下何事到来临，
惊动圣驾罪不轻。
天子开口赐平身，又把爱卿元帅称：
闻得元帅动斩刑，要斩丁山小将军，
丁山救驾是功臣，以功抵过免受刑。
仁贵口把万岁称，忙令丁山谢圣恩。
丁山虽然免斩刑，军法严明不留情。
中军帐前交帅印，监禁三月赎罪行。

丁山救了锁阳关，唐主御驾回长安，
仁贵奉旨平西番。
可恨飞钹二妖僧，带了十万马和人，
路上遇见苏宝同，三次又围锁阳城。
仁贵元帅发号令，调兵遣将迎敌军。
大将王奎去交兵，飞钹之下丧了生。
王荣陆成又上阵，中了飞钹一命倾。
元帅闻报吃一惊，闷坐中军无计生。

日落西山天色晚，元帅帐中不安然，
只为飞钹犯了难。
来了一虎进中军，见了元帅把礼行：
只因飞钹来伤人，阻住我军不能行；
等待今晚夜三更，小将地行进番营。
盗了飞钹转回程，不怕飞钹二道人。
元帅明日把兵进，管保一阵大功成。

元帅闻言心欢喜，将军此计真无比，
盗取飞钹须仔细。
辽营军师飞钹僧，营中饮酒至三更。
大风一阵好惊人，掐指一算早知情。
忙用指地金刚法，地皮坚硬遁不进。
一虎来在番营里，飞钹祭在半天云。
也是一虎有难星，将他合在钹中存。

说起飞钹真玄妙，随人大，随人小，
大罗神仙难脱逃。
一虎钹中多烦恼，飞钹道法果然高。
眼前飞钹不能盗，空白送了命一条。
死生皆因前世造，祸福无门人自招。
不能尽忠把国报，枉在人间走一遭。

一虎钹中多忧愁，长吁短叹不自由，
忽然一事上心头。
当日别师下仙山，师父有话对我言。
恐防下山有急难，赐我仙丹带身边。
今日正是有急难，取出仙丹口内含。
心中顿觉少愁烦，逍遥自在得安然。

次日元帅中军坐，一虎昨夜盗飞钹，
不来交令所为何？
吩咐军卒去打听，打听一虎信和音。
军卒探罢来回报：首级未曾挂辕门。
元帅闻报心自忖：哪有盗宝不回程？
一无信，二无音，叫我里黑外不明。

王禅老祖坐仙山，用手袖中掐指算，
早知一虎有灾难。
便把童儿叫一声，叫你师兄快来临。
秦汉来在前洞内，倒身下拜见师尊。
老祖便把弟子叫，师兄西辽有难星。
为师赐你两件宝，方能救你师兄命。
升天帽和入地靴，天宫地府能走行。
又与弟子灵符印，贴上飞钹自开分。
疾速前去莫消停，误了时刻了不成。

秦汉戴上升天帽，拜别师父他去了，
腾云驾雾好逍遥。
众将正谈军国事，空中落下一矮子。
元帅开言问端的：你是何处一仙师？
有何贵干来到此，从头说与本帅知。

秦汉开言来告知：我是驸马怀玉子，
秦汉就是我名字。

三岁时节花园玩,师父收我上仙山。
仙山学道二十年,百般武艺都学全。
临行赐我宝二件,升天入地都不难。
搭救师兄飞钹难,相随元帅平西番。

元帅闻言喜心间,要救一虎飞钹难,
今晚前去莫迟延。
秦汉等至鼓三更,飞在空中进番营。
也是一虎有救星,番营寂静无人问。
盗了飞钹进唐营,中军帐里来交令。
贴上老祖灵符印,果然飞钹两下分。

一虎跳在地埃尘,笑煞五营四哨人。
次日清晨天大亮,飞钹禅师坐宝帐,
不见飞钹好惊慌。
铁板道人把言开,道友不必挂心怀,
失了飞钹铁板在,我有铁板十二块。
明日唐将讨战来,叫他各个上阳台。
吩咐左右把酒排,相陪道友饮开怀。
唐营元帅传将令,八家总兵去出阵。
两军阵前要小心。

铁板道人来对阵,大战唐营八总兵。
八般兵器难抵挡,杀得道人汗淋淋。
忙把铁板来祭起,八家总兵尽遭瘟。
打得周文落了马,周武几乎一命倾,
众家总兵齐逃命,闪出秦窦二将军。
一个上来一个下,杀得道人冷汗淋。
招架上面难顾下,顾了前心顾后心。
又把铁板来放起,慌了秦窦两个人。
一个上天去,一个入地门。
气得道人冒火星,只得快快转回程。

八家总兵回营去，一起跌下尘埃地，
口中只剩一点气。
程老千岁心内惊，元帅面前论军情：
可恨铁板妖道人，仗他宝贝能伤人。
监中若放小将军，定能敌住二道人。
他有十件好宝珍，百宝不能伤他身。
一战必定大功成，元帅大兵好西行。

元帅依了程咬金，监中放出小将军，
来到阵前领雄兵。
好个英雄薛丁山，奉了军令到阵前。
随身带了宝十件，杀得道人一身汗。
道人慌忙放铁板，太岁盔上毫光现。
毫光四射照铁板，十二块铁板化青烟。
丁山祭起玄武鞭，打得道人伏雕鞍。
元帅大兵分四面，杀得辽兵好惨然。
破了飞钹与铁板，锁阳城里才安然。

三困锁阳解了难，多亏来了薛丁山，
一战成功破辽蛮。
辽营女将苏锦莲，阵前追赶薛丁山。
那时亏了陈金定，虎打锦莲下雕鞍。
她与丁山结良缘，人马才到寒江关。

镇守寒江是樊洪，二子樊虎与樊龙，
女儿梨花是英雄。
说起梨花有根源，本是玉女降下凡，
自幼学道在仙山，黎山老母把道传。
移山倒海般般会，呼神遣将样样全。
赐她随身两件宝，斩妖剑和打仙鞭。
还有混元金棋盘，神鬼碰见都胆寒。
老母命她把山下，该配唐营薛丁山。

青龙关上赵大鹏，他有宝贝化血钟，
镇守青龙多威风。
丁山奉令来交锋，关上来了赵大鹏。
两军阵前各奋勇，大鹏祭起化血钟。
太岁盔上毫光冲，金钟跌落地平中。
一枪刺死赵大鹏，中军帐里去报功。

大鹏师父朱顶仙，下山来在青龙关，
要为弟子报仇冤。
道人排下烈焰阵，多亏老将程咬金。
请来梨花掌帅印，请下仙师谢映登。
谢大仙，入阵门，道人阵中来显能。
道人火龙往上起，大仙水龙往下迎。
道人土遁逃了命，秦汉打下地埃尘。
打得道人现原形，原是仙鹤下凡尘。

朱雀关上邹来太，火龙宝塔多厉害，
辅定西辽争世界。
先锋罗章出阵来，沙场大战邹来太。
来太宝塔来展开，无数火龙飞出来。
三千人马俱烧坏，先锋罗章逃火灾。

丁山一旁怒满怀，箭射宝塔落尘埃。
一戟刺死邹来太，中军帐里报功来。

扭头祖师下山林，只为徒弟丧了命，
关前排下洪水阵。

多亏老将程咬金，三请梨花进唐营。
薛金莲，陈金定，三人大破洪水阵。
祖师葫芦手中呈，洪水滔滔往下倾。
梨花取出水晶图，滔滔大水无踪影。

吓得祖师现原形，乃是千年老龙精。
梨花放起斩妖剑，斩了龙头落埃尘。
梨花破了洪水阵，取了朱雀一座城。

说唐故事唱不尽，丁山西征多艰辛，
取关斩将威名震。

玄武关收服刁总兵，白虎关杨藩丧了命。
沙江关金定杀杨虎，凤凰山乌利黑一命倾。
麒麟山梨花斩文通，芦花河关破归唐营。
金牛关守将朱太保，美人计芙蓉杀他身。
铜马关生擒花伯赖，花叔赖命丧石榴裙。
玉龙关大破诸仙阵，进关中直杀西凉城。
擒太子斩杀苏宝同，平西域天下才太平。

五十九、魏征斩老龙[①]

1

鼓打二更月正明，众位歌郎你是听，
听唱斩龙老魏征。
世民登基十二年，风调雨顺国平安；
那年三月十五天，忽然掉下一祸端；
唐王一命归了天，鬼闹唐朝不得安。

2

泾河有一老龙君，要在长安显本倾；
刁难算命的老先生。
鬼谷子到长安城，摆摊算卦真如神；
老龙上前把卦问：何时布云把雨行？
先生这里开言道：明日午时把雨行；
长安城内湿灰尘，城外水过三寸深。

3

泾河龙君把话论，叫声先生你是听，
错了卦象赶出城。
天上雨布行来了，龙王吓了一大跳；
时辰雨量都清楚，不差一丝半分毫；

---

① 魏征斩老龙，此歌本原藏者为结尾缠。

不如把它来改掉，倒行布雨谁能晓；
这个办法实在妙，明天看他往哪儿跑。

4

长安城内乱纷纷，顿时积水三尺深，
一片汪洋哪里行？
雨过云散天光明，龙王来到长安城；
你今算卦不显灵，还不收摊滚出城！

5

先生收摊笑盈盈，倒行布雨错时辰，
饶不了泾河老龙君。
倒行布雨犯天命，明日午时问斩刑；
斩龙台上来审讯，奉命监斩是魏征。

6

龙王一听慌了神，口中告饶叫先生，
我今可有救星份。
你今逞强闯祸根，奉命监斩是魏征；
要想活命我不能，去求唐王李世民。

7

唐王龙床熟睡醒，忽然梦见老龙君，
苦苦哀求喊救命。
龙王这里叫明君，口称万岁你是听；
我是泾河一龙君，倒行布雨起祸根；
明日午时问斩刑，奉命行刑是魏征；
恳求万岁救我命，保你年兴国太平！

8

唐王梦中惊醒了，吓得三魂七魄掉，
这等事情是稀少。
唐王便把圣旨送，要召魏征到宫中；
君臣二人把棋论，不觉午时三刻钟；
魏征昏昏入了梦，灵宵奉旨斩老龙。

9

魏征急得汗淋蓬，唐王抚扇来扇风，
声声喊杀醒了梦。
唐王不知是何因，魏征从头说分明：
微臣奉旨斩老龙，他不伏法来就刑；
多亏主公来助阵，斩了泾河老龙君。

10

唐王听说吃一惊，龙王求我救它命，
不想梦中用了刑。
龙王这里不甘心，它怪唐王不守信；
告到地府五阎君，要向唐王来索命。

11

长安城内阴沉沉，冤魂冤鬼笑盈盈，
鬼混朝中不安宁。
唐王从此生了病，冤魂冤鬼缠住身；
急坏敬德秦将军，二人把守东宫门。

12

二人把守东宫门，敬德秦琼为门神，
万古流传到如今。
唐王一病命归阴，文武百官守宫门；
魏征修得书一封，交与唐王带在身；
你到地府见阎君，五殿阎君有交情。

13

唐王来到丰都城，见了五殿阎罗君，
上前连忙把礼行。
阎君在上你是听，我是唐朝一明君；
泾河龙王胡逞能，倒行布雨惹祸根；
求我保他一条命，魏征梦中把令行；
他今告我无信用，冤魂缠我命归阴；
魏征书信带在身，恳请阎君论公平。

14

五殿阎君笑盈盈，魏征与我有交情，
敬请唐王放宽心。
生死簿上看分明，寿尽江山十二春；
阎君提笔细思吟，一字前面加两横；
增加阳寿二十整，唐王即刻转回程。

15

唐王这里要回城，缺少什么请言明，
答谢阎王救命恩。
阎君这里笑哈哈，缺少阳间大北瓜；
唐王这里开言道，一定给你想办法；

判官小鬼齐保驾，唐王起程转回家。

16

恩怨是非见分晓，唐王来到轮回道，
救命恩情实难报。
阎王这里把话论，叫声唐王你是听；
无有银钱关难过，拿些银钱带在身；
借一文来还一文，有借有还阳间行。

17

手拿银钱转回还，过了一关又一关，
小鬼见钱放回还。
五殿阎君送出关，送到阴阳界那边；
渭水河边分手挽，急急忙忙回长安。

18

文武百官宫中等，七天七夜诉苦情，
唐王地府转回程。
唐王更衣登金殿，文武百官来朝见；
请唐僧去取经卷，超度冤魂上西天；
五殿阁君恩如天，谁到地府把瓜献？
刘全进瓜到阴间，借尸还魂李翠莲。

六十、薛仁贵[①]投军

《薛仁贵投军》叙述的是一代名将薛仁贵参军时的传奇经历：唐朝天子李世民深夜三更做梦，梦中被人追赶陷入泥淖，强迫挟持他让位，万分危急之时，一位白袍白马白衣巾的骁将飞驰而来，手拿方天戟一根，英勇搏击，奋力赶走了暴乱分子，让李世民转危为安。梦醒之后，李世民便要求朝臣依照梦中线索将之招为大将。寻找过程一波三折：先是总兵张士贵女婿何宗宪，爱穿白袍白衣巾，手使方天戟一根，与之相近但名字有异；再是真人薛仁贵亲自来到大营应征，但□□张士贵为成全狗婿何宗宪，以"你的贵冲了我的贵，你敢和我同贵名，"盼咐手下把他薛仁贵乱棍打出了军门。三是落聘路上薛仁贵勇救程咬金，程咬金赠送自己的令箭让薛仁贵去投军，薛仁贵这才终于投军成功。《薛仁贵投军》后来演化为一个经典的案例，他告诉人们，凡事都很难一帆风顺，如何追求都不会一下子如愿以偿，任何事情都需经历一番波折才能成功，时机到了自然水到渠成、马到成功。

别的闲言且不论，提起唐朝李世民，
仁贵三次去投军。
世民登位万民顺，君正臣贤国太平，
三六九日王登殿，文武百官两边分。
唐王金殿开金口，叫声茂公徐爱卿，
昨夜三更得一梦，寡人说与爱卿听，

---

① 薛仁贵，（614年—683年3月24日），名礼，字仁贵。河东道绛州龙门县修村（今山西省河津市修村）人。唐朝初年名将，北魏河东王薛安都六世孙。薛仁贵出身于河东薛氏南祖房，于贞观末年投军，征战数十年，曾大败九姓铁勒，降服高句丽，击破突厥，功勋卓著，留下了"良策息干戈""三箭定天山""神勇收辽东""仁政高丽国""爱民象州城""脱帽退万敌"等典故。唐高宗时，薛仁贵累官至瓜州长史、右领军卫将军、检校代州都督，封平阳郡公。永淳二年（683年），薛仁贵去世，年七十。

吉凶说与为王听，不能隐瞒半毫分。

茂公一听开言问，尊声我主圣明君，
把梦说与为臣听。
唐王叫声徐先生，寡人得梦在三更，
梦中孤家人一个，独到野外散精神，
面前景色观不尽，猛然后面来一人，
蓬头盖脸鼓眼睛，他要为王让龙廷。

茂公一听开言问，后来又是啥原因，
还请我主说分明。
唐王述说梦中情，来了蓬头一恶人，
为王一见事不好，快马加鞭往前奔，
前面到了东洋海，谁知马陷淤泥坑，
恶人逼我降表写，咬破中指写衣巾，
谁人救我李世民，他为君来我为臣，
谁人救我唐天子，万里江山平半分。

猛然来了人一个，白袍白马白衣巾，
手拿方天戟一根。
来人上前去对阵，打败蓬头盖脸人，
为王问他名和姓，留下四句好诗文，
日出东方一点红，飘飘荡荡影无踪，
三岁孩子千两价，保主跨海去征东。
说完连马海里跳，人马青龙口内吞。
白袍小将好本领，搭救为王出泥坑。

茂公听完说一声，恭喜我主喜临门，
主得应梦一贤臣。
老臣前夜观天景，斗牛冲犯紫微星，
袖里八卦来算定，算出东方有刀兵，
我朝老将大年龄，怎能忍心把命拼？

正愁朝中无能人，无人挂帅去出征，
东辽兵多将又勇，各个擒龙拿虎人，
皇天降下栋梁臣，来保我主把东征。

唐王便把茂公问，又无名字又无姓，
哪里去找这个人。
我主只管放宽心，四句诗儿说得明：
日出东方一点红，山西境内有家门，
飘飘荡荡影无踪，雪薛二字是同音，
三岁孩童千两价，这个人价贵得很，
此人名叫薛仁贵，算定他是山西人。
连人带马龙口吞，他是龙门县里人，
家住山西龙门县，姓薛仁贵他的名。

茂公这里刚落音，下面上来一大臣，
膝盖扎跪地埃尘。
唐王睁开龙眼睛，殿上跪的张总兵，
此人名叫张士贵，口称万岁听原因，
我有狗婿何宗宪，爱穿白袍白衣巾，
手使方天戟一根，十八武艺样样精，
应梦贤臣这模样，就是我婿小将军，
狗胥就是夜梦臣，何必山西去找人。

唐王一听好高兴，快叫你婿见寡人，
看是不是应梦臣。
内侍下殿传旨令，叫何宗宪进殿厅，
宗宪急忙把殿进，吓得三魂少两魂，
口中忙把万岁称，跪在地下不起身。
唐王睁开龙眼看，越看越像梦中人，
叫声茂公徐先生，不差一点半毫分。

茂公摇头说一声，薛仁贵才是贤臣，

家住山西在龙门。
你要想得应梦臣，仁贵才是他的名，
此人名叫何宗宪，不是你的应梦臣。
你要想见薛仁贵，派人龙门去招兵，
只要招到十万兵，定有仁贵这个人。
唐王一听喜盈盈，一语点破梦中人。

唐王金殿传指令，你不是我应梦臣，
无事下殿回府门。
再叫士贵张总兵，你替为王办事情，
派你山西龙门县，扎下营寨去招兵，
你要招够十万兵，功劳簿上记你名，
明日吉时就动身，带你儿婿一满门，
如有仁贵这个人，亲自送来见寡人。
士贵上前领了令，怎敢拖延慢消停？
带着儿婿一大群，龙门县里去招军。

张士贵一路多辛勤，上山下坡路不平，
渡过黄河到龙门。
张士贵到了龙门县，挂起招牌来招兵，
眼看招了十万整，不见仁贵这个人。
莫不是军师算不准，世上就没应梦臣，
只要十万人马够，扯旗收兵回朝廷。
越思越想越高兴，喜在眉头笑在心。
猛然小兵前来报，说是来了姓薛人，
吓的士贵战惊惊，猛然一计心里生，
你的贵冲了我的贵，你敢和我同贵名，
吩咐手下往出打，把他乱棍打出门。

薛仁贵这里怒气生，骂声张士贵不是人，
我二次还要来投军。
二次投军改了名，改成薛礼去投军，

士贵一见心大怒，心里又把巧计生，
满营都穿红袍巾，你把白袍穿一身，
招兵买马图吉利，吊孝才穿白衣巾，
你穿白袍来投军，故意藐视本总兵，
吩咐推出帐门外，四十军棍不留情，
打的薛仁贵叹一声，我命中注定投不了军。

薛仁贵出来怒气生，我命不是当兵命，
收拾行李转回程。
薛仁贵回家在路程，路上碰到程咬金，
来了一支白额虎，吓得咬金战兢兢，
放声大喊快救命，惊动仁贵行路人，
三拳打死白额虎，救了千岁程咬金。
咬金当时开言问，你这本事大得很，
你有一身好本领，何不吃粮去投军？
仁贵急忙说原因，二次投军投不成，
龙门县有个张总兵，把我打得血淋淋。
程咬金听了冲冲怒，大骂士贵狗奸臣，
这次你再到龙门，你拿我令箭去投军。

薛仁贵一听喜盈盈，手拿着令箭去投军，
吓坏了张士贵父子三人。
薛仁贵三次到龙门，指名要见张总兵，
门官报上姓和名，吓得张士贵战兢兢：
叫声薛仁贵你是听，我来给你说原因，
你两次投军没投成，我打你当时是好心，
只因我主做一梦，梦见薛仁贵是反臣，
军师八卦算得准，叫我龙门县来招军，
若是见到薛仁贵，押回长安动斩刑，
我一心只想救你命，才用乱棍打出门，
这次你又来投军，要想救你也救不成，
说的仁贵泪纷纷，感谢总兵大恩人，

你今放我去逃生，从今以后不投军。

张士贵这里开言论，叫声仁贵你是听，
我今放你万不能。
倘若放你去逃生，以后到哪去找人，
你不该碰着程咬金，你和他命犯克星，
我把你藏在火头营，躲在里面少见人，
等我见了我主面，给你慢慢来说情，
再立几个大功名，没准我主会开恩。
薛仁贵一听忙答应，就去当个火头军，
立的功劳数不尽，都是何宗宪的名，
后到三江越虎城，这才见到应梦臣，
自从有了应梦臣，唐王江山得太平。

六十一、薛仁贵破木天岭

薛仁贵是唐朝的爱国名将民族英雄，终生喜穿白袍，因之，被称之白袍将。他为了保卫大唐社稷稳固和百姓安居乐业，戎马一生，出生入死，大战40年，功勋卓越，先后创造了"三箭定天山""神勇收辽东""一帽退万敌""良策息干戈""仁政高句丽国""爱民象州城"等赫赫功勋。所有薛仁贵衍传的十二世裔孙四十七人和其他河东薛氏裔孙三百三十余位文武官员，为唐朝立国的二百八十九年，相继的二十一位皇帝尽忠报国，为中国历史上著名的"大唐盛世"建功立业。因此，"薛家将"是中国古代"爱国为民"的光辉典范，集中显示了以白袍薛仁贵为代表的爱国主义精神，闪耀着"白袍文化"的光辉。《薛仁贵破木天岭》是薛仁贵身经百战之中的一场代表性战役。

提起唐朝书一本，想唱一段木天岭，
不知仁兄肯不肯。
薛仁贵坐宝帐心中烦闷，两边坐众弟兄七位总兵，
头一阵木天岭上去观阵，滚礌木打炮石好不惊人，
打死了好兄弟名姜兴本，众弟兄回了营好不伤心，
实在是无办法上到山顶，只急得薛元师坐不安宁，
猛然间想起了天书一本，焚罢香把天书细看分明。

无字天书写得清，卖弓去取木天岭，
反得擎天柱二根。
观天书上面字难解难认，转过身进军帐去问周青，
有周青叫元师你且细听，天书上一字字写得分明，
是叫你去卖弓上木天岭，说不定能成功也有可能。
薛仁贵装卖弓摩天岭进，半路上巧遇到真卖弓人。

仁贵上了摩天岭,路上遇到一个人,
名字就叫毛子祯。
薛仁贵走上前将言细问,毛子祯对仁贵细说分明,
我每年送弓箭要上山顶,一路上各关口记得很清,
头一关是弟兄周武周文,把守在头一关雁过留声,
如若是有外人要上山岭,用滚木和礌石打下山林。

仁贵再把子祯问,过了头关上山顶,
一路还有什么人。
毛子祯听一言长叹一声,过了关二十里就到山顶,
那山顶五员将武艺绝论,哪一个不都是武艺超群,
有一个呼啦王威风鼎鼎,两副将雅里金雅里托银,
猩猩胆他掌着元帅大印,还有个红满腮空中驾云,
劝将军快下山留条性命,且不可往前走惹祸上身。

仁贵听了记在心,开口叫声毛子祯,
你身后来的是何人。
毛子祯忙回头才掉转身,薛仁贵抽宝剑斩了子祯,
上前去脱下来衣帽衣巾,将自己装扮成卖弓箭人,
手推着弓箭车直往前奔,惊动了第一关守关小兵。

守关小兵好细心,一看不是毛子祯,
要把礌石往下滚。
只吓得薛仁贵胆战心惊,叫军爷你听我细说原因,
我的父毛子祯重病在身,才叫我把弓箭送上山岭,
毛子祯他本是我的父亲,那毛二他就是我的小名,
守关兵听此言把他放进,慌忙忙去报给周武周文。

周文叫他把关进,小兵又来把话禀,
来的不是毛子祯。
有周文和周武把话来问,他不是毛子祯又是何人,
你们要问明白将他盘问,且莫要嫌麻烦大意粗心。

小兵讲我也曾把他来问，他言讲毛儿子来替父亲，
那周文和周武忙传下令，叫毛二解弓人快进关门。

仁贵到了议事厅，见了周武和周文，
急忙扎跪地埃尘。
有周文和周武叫他起身，你且把山中事细细说明，
岂然是毛家子来到山岭，你父亲他应该给你说明，
倘若是说错了怪你短命，你莫怪本总爷翻脸无情，
头一关是何人头关把定，山顶上还住了几位将军。

每年解弓四十整，今年四十有余零，
不差一张和半根。
有小兵进来报四十一整，只吓得薛仁贵冷汗直淋，
忘记了震天弓放在一捆，猛然间心里面巧计来生，
走上前叫总爷听我细禀，你算上我的弓四十一根，
平日里练拉弓两膀有劲，百步内也能够箭穿钱心，
他二人听完后欢喜不尽，要仁贵显一手开开眼境。

仁贵听了忙答应，临走家父说得清，
头关周武和周文。
有五位大将军住在山顶，红满腮猩猩胆二位将军，
雅里金雅里托银二人稍逊，还有个呼啦大王是个能人，
二总兵听说后这才相信，又问他几张弓把数报清。

仁贵提刀耍一阵，只见刀来不见人，
周文周武喜在心。
那周文和周武开言来问，叫毛二你上前细听分明，
我观你有一身真好本领，你不如在我这吃粮当兵，
我这里和唐王正在开阵，到时候你也能立个功名，
这本领何人敢和你对阵，你何愁不耀祖不封妻荫。

周文又把仁贵问，和你结拜弟兄们，

不知兄弟行不行。
薛仁贵听此言暗喜在心，开言讲我乌鸦难与凤群，
倘若是二位兄把我相认，我愿意和二位来把香焚，
跪在地磕了头再站起身，又摆下酒席宴好不开心，
又猜拳又行令把酒豪饮，言兵书讲韬略不觉三更。
安排了薛仁贵书房困醒，他二人还在谈仁贵之能。

周文周武起疑心，不信毛家有儿孙，
怕是来了大唐人。
薛仁贵只醉得头脑发晕，睡一会儿只感到口渴难忍，
只以为在唐营军帐倒困，叫手下给本帅倒茶来吞，
有周文听他喊忙上前听，听到后不由得大吃一惊，
本来就怀疑他来路不正，原来是唐营的一位将军，
走上前把仁贵用力摇醒，叫兄弟你终于露出原形。

六十二、薛刚反唐[①]（之一）

《薛刚反唐》是中国的传统故事，本歌本主要记载该故事在秦巴地区的流变：薛刚是西辽王薛丁山的儿子，生性好打抱不平，好惹事。元宵节上打死太子、惊崩圣驾，闯下大祸。薛丁山一家连累被武则天灭门。在西逃路上，薛刚先后与九环公主、山寨大王女儿纪鸾英以及西凉的披霞郡主等发生了复杂的情感纠葛，但最后薛刚还是从个人情感与家族命运、家国重任的矛盾中解脱出来，毅然决然独自逃到西凉，搬来大军，辅佐庐陵王李显，讨伐武则天，最后报得血海深仇，赢来薛家一门团圆。

咬金寿满一百岁，大闹花灯做寿礼。
薛刚进京看花灯，反唐就从祝寿起。
唐王天子坐长安，保驾臣子薛丁山。
一十二年平西川，风调雨顺国平安。
五谷丰登年年有，丰衣足食人人欢。
马放南山无人要，枪刀入库无人管。
各国动兵也不敢。光阴似箭如闪电，
眼看又是正月间，家户户过新年。
五更三点王登位，文武百官拜明君。
重臣来在丹墀下，双膝扎跪地埃尘。
三呼已毕开言论，我主万岁听为臣。
有事早把君臣见，无事早早回宫门。
高宗殿上开金口，文武大臣听孤明。

[①] 薛刚反唐，此歌本由竹溪陈如军收集整理。陈如军系十堰市民俗学会理事，市作协会员，为此歌曾到房县九道、竹山县柳林乡、竹溪县桃源乡、向坝乡等地专程收集调研，而这一带恰恰是民间广泛流传薛刚反唐故事的核心地带。

孤家每次受围困，多亏咬金去搬兵。
咬金寿满一百岁，正月十五他寿生。
咬金在朝功不小，十大功劳在朝廷。
山中难逢千年树，世上难逢百岁人。
咬金寿满一百岁，孤家有意闹花灯。
一给咬金来庆寿，二给百姓散精神。
与民欢歌同享乐，官民欢聚同贺庆。
满朝文武齐答应，主上说话在理行。
高宗殿上龙心喜，金銮殿上传下令。
正月十五灯造起，文武领旨出朝门。
长街去请彩画匠，五色花灯来造成。
各样花儿造得好，色气彩画好爱人。
皇榜挂在午朝门，正月十五闹花灯。

君王五更坐早朝，文武百官传喜报。
报与高宗得知道，五色花灯造起了。
高宗殿上便开言，文武大臣且听明。
不管百姓和官员，皇亲国戚和属眷。
都在长安把灯看，长安看灯散闷玩。
五色花灯造周全，传于各州并府县。
各州府县得知闻，都到长安去看灯。
长安花灯多热闹，人山人海如潮涌。
五色花灯多爱人，都与咬金贺寿辰。

不说长安闹花灯，再表薛家一满门。
薛家功劳大如天，代代都是忠良臣。
薛家有个薛丁山，家住绛州龙门县。
丁山他有四个子，各个儿子做高官。
大儿取名叫薛猛，二子薛勇是好汉。
三子薛刚武艺好，四子薛强艺精悍。
薛刚武艺能超群，打尽天下无敌手。
长安封为通城虎，他在泗水当总兵。

薛刚关中看书文，忽听小兵报一声。
说是长安闹花灯，要请官爷上京城。
急忙吩咐忙不停，大小三军你且听。
我去长安把灯看，要得数日转回程。
关中大事安排定，薛刚收拾就起程。
包袱雨伞拿上手，将身走出关门口。
骑起马来坐上鞍，背起包袱和雨伞。
快马加鞭到长安，长安花灯真好看。
人山人海闹喧天，低下头来自私言。
肚饥口渴好闷倦，不如我先进酒店。
吃点酒饭进长安，薛刚主意想周全；
下马进了酒店门，叫声店主你是听。
买点酒饭打点心，吃饱喝足好看灯。
薛刚请在高堂坐，吩咐装烟倒茶人。
香茶一杯到来临，店主这里开言论。
开言叫声薛大人，大风吹你来到此。
为何来在我家门，不是长安把灯看。
怎么得到我家庭，只要不嫌家贫困。
好酒与你饮几瓶，接风洗尘表我心。

店主这里不怠慢，吩咐厨房办酒饭。
小炒黄焖多作酱，珍馐百味办周全。
清蒸白煮山珍味，又炒两碗白肉片。
口称在上三爵主，请到席前来饮酒。
薛刚请到上把位，店主旁边把他陪。
满桌佳馐把他劝，席前敬他酒三杯。
店主这里便开言，叫声爵主你听言。
爵主你去把灯看，喝杯美酒遮风寒。
薛刚喝酒心喜欢，喝一盏来又一盏。
黄酒里面兑烧酒，夹黄酒儿醉好汉。
一连喝了几十碗，多谢店主酒和饭。
店主这里开言叙，老爷说得好稀奇。

粗茶淡饭若要钱，小人怎么对得起。
老爷说话真笑言，谁要你的什么钱。
你到长安把灯看，长安看灯早回还。
只要老爷不嫌寒，二回到屋玩一玩。
薛刚辞别店主人，店主起身送出门。
老爷看灯早回程，单身独自往前行。
人山人海人上人，里三层来外三层，
薛刚想得心头闷；今日如何得进城。
薛刚看灯来得晚，满城都是人站满。
抬腿提步好艰难，薛刚当时变了脸。
举目抬头来观看，人山人海闹非凡。
薛刚当时便开言，众位让我把灯看。
好话说了千千万，众人当作未听见。
薛刚当时起了气，开言骂声狗东西。
众人一听气封喉，抓住薛刚不放手。
哪里来的黑汉头，你今骂人啥理由。
不知他是通城虎，以为来的一蠢夫。
今晚好好讲清楚，不然打死黑汉头。
薛刚当时起了火，我在外面保疆土。
你们还来欺负我，就与他们动干戈。
薛刚两膀紧两紧，两手拿起人打人。
天下多少英雄汉，不是薛刚的对手。
他在长街胡乱打，不知打死多少人
碰住拳头也是死，碰住拳尾丧残生。
几多小孩被踩死，老者打死地埃尘。
多少妇女被打坏，喊天叫爷好惊人。
哭的哭来喊的喊，今晚我们活不成。
薛刚长街胡乱打，惊天动地好吓人。

不说薛刚胡乱打，再说老王花楼门。
耳听长街胡吵闹，这是谁人乱胡行。
打发太子七殿下，你去长街看分明。

太子忙把花楼下，迈步如梭下楼门。
不觉来到长街上，碰遇薛刚到来临。
太子上前开言问，骂声薛刚不是人。
薛刚酒醉眼花了，酒醉昏花认不清。
一见太子将他骂，薛刚当时冒火星。
提起一脚下无情，踢死太子丧残生。
不说太子把命丧，老王坐在花楼上，
两眼观看是薛刚，老王气得泪汪汪。
骂声薛刚太不良，你在朝中受皇饷，
官封平章薛大王，为何打死七太子。
打死太子罪不轻，薛刚做事全不想。
祖孙几代受皇恩，为何今日反朝堂。
老王坐在花楼上，数丈高来万丈长。
两手伏在栏杆上，低头对着薛刚讲。
老王两眼泪汪汪，年高老迈心里慌。
眼睛一花手一放，跌倒老王丧黄粱。

不说老王终了寿，再说群臣慌了神。
官兵报与武皇后，老王死在万花楼。
口称娘娘你在上，娘娘在上听言章。
今日长街把灯放，来了关平薛大王。
脸上又如锅铁样，身高一丈二尺长。
铁面钢须凶恶相，他的名字叫薛刚。
两膀宽大身肥胖，身材高得像无常。
杀法骁勇无敌挡，赛过三国关云长。
今晚来在长街上，横行霸道把人伤。
薛刚今日来反唐，打死太子惊老王。
则天听说怒气生，心里气得火一喷。
薛刚做事恼煞人，则天娘娘忙行令。
要把皇犯活捉住，不准跑脱半个人。
谁能活捉小薛刚，一两骨头一两金。
有官加官职不小，无官封官受封赠。

男子七岁封官职，女子七岁受皇恩。
一声号令如雷震，要把薛刚来活擒。

不说则天在传令，薛刚渐渐酒苏醒。
猛然想起大事情，舍了舍了真舍了。
今晚闯下连天祸，今晚惹祸事不小，
踢死太子犯律条，长街打死人不少。
惊坏圣驾命难逃，午朝门外挂了号。
薛刚思量多一会儿，不该酒店来喝醉。
泪珠颗颗湿衣襟，两眼流泪好伤悲。
想起爹妈生身母，哭声哥嫂箭穿心。
侄男侄女难相见，要得相会万不能。
想起祖父薛仁贵，代代都是忠良臣。
祖父在朝功不小，十大功劳在朝门。
父母生我不孝子；我今不忠不孝人。
不该闯下连天祸，连累祖母命难存。
哥嫂侄儿命难保，今日惹下大祸根。
薛家满门都是死，要断香火绝后根。
千不是来万不是，不该长街乱打人。
今日我做不孝子，薛家满门是罪名。
若要全家同相会，除非二世再超生。
不该打死七太子，惊死老王罪不轻。
我今身为是皇犯，跳在黄河洗不清。
我今早死早投生，二世投胎变好人。
薛刚想得无主意，心中思量一巧计。
人生在世总是死，几个能活百年春。
黄泉路上无老少，岂止薛刚少年青。
今晚闯下连天祸，我的残生命难存。
今晚已经是一死，除非一死再不生。
不如今晚打出去，打条血路去逃生。
我如今晚打出城，另到别处去安身。
我若今晚打不过，死在黄河也甘心。

两膀一手抓一个，拿起死人打活人。
一掌打倒几十个，一脚蹬倒一槽人。

薛刚打到中门上，举目抬头看分明。
见一门官来把守，门官把守不放行。
薛刚一见胆战兢，我的残生活不成。
门官当时开言骂，骂声薛刚不像话。
薛刚做事胆子大，全然不怕犯王法。
骂声薛刚好大胆，打死太子七殿下，
惊死老王丧黄泉。在朝俸禄你不享，
哪些事情不安然。主上哪些亏了你，
私藏仇恨不算人。薛家满门应该斩，
不留一个在世间。薛刚好好跪下地，
快与老爷说根源。若有半句言不端，
一刀两断丧黄泉。

薛刚上前走几步，口称门官听我诉。
不该酒店喝醉酒，不该长街乱打人。
不该打死七太子，惊死圣驾老王身。
不该打进午朝门，罪犯天条法不容。
不该来把朝廷反，身为皇犯罪不轻。
我今犯罪比天大，跳在黄河洗不清。
望乞门官搭救我，门官开恩放我行；
我今酒醉闯下祸，门官千万要开恩。
五湖四海皆兄弟，你我都是一朝臣。
门官若是救得我，放我薛刚去逃生。

说得门官怒气生，七孔生烟冒火星。
门官这里起了气，奴才说话无道理。
薛刚好好跪下地，免得老爷来费力。
皇犯做事好大胆，你还想我把你放。
只等京城三炮响，薛家拿在杀场上。

取你首级不要骞,不许薛家在世上。

薛刚听说变了脸,门官说话见识浅。
你要我死也还难,好话说了这半天。
不信二人交一战,谁胜谁败谁当先。
你若胜了我的手,我死一命也心甘。
话不对头大交战,二人扬手要动拳。
门官这里起了火,皇犯说话欺负我。
身犯国法还嘴硬,今日要你人头落。
话不投机大相争,各显武艺定输赢。
门官拿起大刀砍,薛刚拳头来相迎。

二人交战打上手,各显武艺定才能。
门官哪里战得过,不是薛刚对手人。
薛刚低头生巧计,不杀门官不算人。
两个拳头紧两紧,独占鳌头显武能。
见得门官刀法乱,门官渐渐少精神。
左手举拳迎面晃,右手拳头拢了身。
一拳打在脑门上,当时滚在地埃尘。
就把雷棒抢在手,照头一棒下无情。
一棒打在天堂上,呜呼哀哉丧残生。
薛刚打死监门官,出城就是一溜烟。
宽平大路不敢走,又怕追兵在后头。
若是追兵活捉住,我的残生命难活。
我死一命犹小可,薛家代代要断后。
这件事情怎样做,心想上天天无路,
心想入地地无门。

一路走来一路想,想起薛刚命带孤。
想起爹妈生身母,哭声哥哥带忧愁。
侄男侄女难相见,不带忧来也带忧。
薛家三百八十五,为我酒醉祸临头。

心中想得真难受，何日得到安身处。
不说薛刚他走了，三军忙忙来通报。
报了小官报大官，报与则天得知道。
薛刚杀法多骁勇，万夫无挡赛蛟龙。
武艺高强盖世众，天下英雄不敢逢。
赛过三国赵子龙。
独战四门路不通，万马云中称英雄。
打死门官影无踪，未必薛刚驾云重。

则天听说气不过，一个皇犯捉不住。
太平之时嫌官小，枉吃皇饷无功劳。
在朝不把君恩报，私放薛刚犯律条。
放走薛刚事虽小，薛刚他人智谋高。
日后定要把兵招，兴兵要来把仇报。
要夺长安怎得了。则天娘娘来发气，
金銮殿上传圣旨。圣旨就传武三思，
忙传三思上金銮。金銮殿上把驾参，
娘娘这里便开言。叫声三思你听言，
我今传你无别事。要拿薛家进长安，
薛家三百八十五。不许跑脱半个人，
全部捉来一牢关。限定天牢百日满，
捉出法场来问斩。薛家满门要杀完，
不留一人在世间。薛家满门都斩完，
好让本帅坐长安。

三思听了娘娘话，急忙点动人和马。
灯笼火把拿在手，催动人马往前走。
手提铆链似狼狗，凶神恶煞冲牛斗。
不觉来到薛家府，吩咐四门来把守。
武三思来一声吼，哪个动手切你头。
薛家满门吓慌了，各个下地来跪倒。
三思这里开言骂，全然不怕犯王法。

薛刚做事胆子大，打死太子七殿下。
惊死老王染黄沙，拿你满门去斩杀。
杀尽三百八十五，不准超生再发芽。
当时拿了薛家将，鞭打绳拴在身上。
人人凶恶胜阎王，各个切齿似虎狼。
有的来把栓子拴，有的就把链子上。
在路行程不怠慢，捉在天牢里面关。
金銮殿上交令箭，则天一见心喜欢。

不说薛家坐天牢，次日五更天亮了。
则天娘娘发口号，吩咐朝中众三军。
金棺玉葬老王主，收殓老王一尸身。
则天娘娘泪双流，老王葬在九龙口。
太子埋在城后头，改朝为周十八秋。
则天娘娘便开口，文武大臣听从头。
朝中大事怎么做，唐王高宗圣主君。
今日一断入幽冥，朝廷不可日无主。
三日无主乱纷纷，朝中大事无人管。
本侯有意坐龙廷。

满朝文武齐答应，都是勉强顺他人，
心中有气不敢生。
次日娘娘把位登，文武百官加封赠。
三宫六院都不要，亲生儿子也撵了。
李显太子赶出外，逃在汉阳把米讨。
李显他是真明主，访贤纳将把兵招。
那时兴兵把仇报，则天娘娘命难逃。

这是后话且不讲，再把朝中说端详。
大将先锋谁敢当，三思封为大元帅。
掌朝军事武成业，武城河前当先行。
三台八位都封了。

女当天子男当臣，缺少东宫掌印人。
哪个爱臣如我意，哪个宫中配寡人。
只要皇上心欢喜，正宫娘娘就是你。
驴头太子下天堂，他到皇宫认亲娘。
配合则天坐朝堂，这是后话且不讲。

薛刚卧龙山来上，卧龙山上老山林。
木天大王有个女，名字就叫纪鸾英。
她在山上为草寇，招起三千马和人。
她在山上为强盗，抢人财帛过光阴。
有人要走山下过，要他丢下买路银。
她要有钱放他过，若无银子不放行。
薛刚来在半山上，遇到山上喽啰兵。
喽啰这里高声问，哪里客官来过身。
快快丢下买路银，老爷放你进山林。
薛刚这里便开口，叫声喽啰听从头。
银子你爷带的有，马蹄银子有十锭。
珍珠玛瑙带在身，带了多少宝和珍。
你要银子我也给，不知武艺如何能。
打得过我你就要，打不过来枉费心。
喽啰一听起了火，哪里奴才欺压我。
抓住薛刚且不放，未必一人打不过。
你一刀来我一枪，杀个双凤来朝阳。
有的又使铁棍打，有的拿起叉来杀。
薛刚打个大哈哈，这些小鬼胆子大。
薛刚战法快如梭，上前一步战喽啰。
两膀一手抓一个，抓住喽啰不松行。
一掌打倒几十个，一脚蹬倒一槽人。
喽啰一见掉了魂，扑山而跑去逃生。
喽啰回在卧龙山，将身走进营安殿。

尊声大王您听言，口称大王听端详。

叫我下山把银抢，山下来了一猛将。
杀法骁勇无敌挡，铁面钢须凶恶相。
豹头圆眼锅底样，赛过三国张飞将。
两膀宽大身肥胖，身高一丈二尺长。
我们问他要银两，反而又把人来伤。
我们与他交一战，可恨他的武艺强。
抓住我们人两个，两手拿起人打人。
打的我们无处奔，因此败兵回山林。
鸾英气得脸绯红，骂声奴才有何用。
生吃白长腹中空，自古一人不敌众。
叫你下山去打抢，来了一个英雄将。
哪怕他人武艺强，你们应该杀一场。
反被他人称豪强，不该营中吃粮饷。

鸾英当时忙披挂，穿绿袍来套盔甲。
要上银鞍桃花马，取下凤盔戴铁帽。
解下罗裙穿战袍，铁盔铁甲身上套。
护身宝剑放光毫，风吹雉羽两面飘。
手提双锋倚月刀，炮响三声狼烟冒。
鸾英来在两郎阵，两人阵前把战交。
举目抬头看分明，一见英雄威风凛。
好个一员英雄将，身高一丈二尺长。
铁面钢须凶恶相，膀宽八尺像无常。
脑壳就有筛子大，赛过三国关云长。
想必此人武艺强，杀法骁勇无敌挡。
若与此人配成双，不枉阳世活一场。

不说鸾英心内想，再说薛刚抬头望。
山上来了女娇娘，阵前来了娇娘女。
十分美貌像仙姬，面如桃花柳叶眉。
再看此人好武艺，世间美女数第一。
若得此人为妻子，不枉阳间活一世。

二人看罢各有意，两下也不通名姓。
鸾英阵前勒战马，手持倚月刀一把。
上前就把武艺耍，两人阵前动打杀。
两人阵前大交锋；豪杰女子战英雄。
各凭手段显神通，二人阵前大相争。
鸾英就把双刀使，薛刚就把棒来迎；
二人大战数十合，也无输来也无赢。
薛刚越战越有劲，鸾英杀得有精神。
大战之时山摇动，小战之时鬼神惊。
乌鸦难过枪尖子，乱箭不能中其身。
二人越战越有劲，惊天动地似雷鸣。

薛刚这里开海口，开言叫声小丫头。
长安封我通城虎，谁人不知三爵主。
今日不赢小丫头，活在阳世把人丢。
鸾英听说通名姓，连忙下马双膝跪。
鸾英这里忙开口，小奴今日身有罪。
早知你是三爵主，不该与你做对头。
只怪奴家眼无珠，大人不必来发怒。
薛刚双手来扶起，启口开言问仔细。
姓甚名谁叫什么，从头至尾对我说。
你在山上为草寇，抢人财帛是不可。
今日我打山下过，遇见山上一喽啰。
与我战了数十合，战不过我三爵主。
故此来了小丫头，武艺高强身不错。

鸾英这里开言叙，尊声爵爷听详细。
家底根系有来路，小奴从头说与你；
我名叫作纪鸾英，卧龙山上草寇星。
招了三千马和人，抢人财帛是实情。
有人要打山下过，要他丢下买路银。
若有银子放他过，若无银子不放行。

碰见爵爷来进身，有禄遇着有禄人。
鸾英这里问端详，尊声爵爷听言章。
姓甚名谁对我讲，家住何州甚地名。
你家有些什么人，尚有祖父和父母。
又有姊妹并六亲，爹妈生养几个人。
今年年满十几岁，可有亲来无有亲。

薛刚这里开言道，薛家官职也不小，
代代都是忠良臣，为臣泗水当总兵。
因啥事来为啥事，为甚单身独一人。
打从山下来过身，从头到尾说分明。
薛刚听说这言语，有眼无珠不认你。
真人面前不说假，假人面前语不真。
问我家来家不远，家住绛州龙门县。
我的祖父薛仁贵，父亲名叫薛丁山。
母亲梨花女娇莲，代代儿孙做高官。
爹妈生我人四个，猛勇刚强都是男。
生性豪爽爱武艺，我名薛刚排第三。
打遍京城无敌手，得一通城虎浑名。
后来镇守泗水关，操练兵马把国门。
恰逢今年闹花灯，邀我上京走一巡。
路途遥远又寒冷，喝酒充饥醉醺醺。
眼睛花来脑袋昏，长安街上认不清。
看灯人群不让我，打倒他们无数人。
吓得老王战兢兢，命遣太子看实情。
太子下来不报告，只问作乱什么人。
言语粗糙不好听，惹我怒气胸中生。
一时性起捺不住，一脚踢倒太子身。
太子体弱不中用，一命呜呼见阎君。
老王年迈更无用，吓得老命归了阴。
朝廷上下动了怒，杀我薛家一满门。
可怜几代忠良将，单只逃脱我一人。

奸人贼子谗言起，又浇我家铁丘坟。
我含血泪逃残生，打退追兵数十人。
我一路打一路逃，不觉逃到此山林。
遇到小姐懂事理，把我从头问分明。

家根底细都表过，单说薛刚一本身。
我今二十又挂零，孤身一人未娶亲。
如今血仇压在身，只图早日杀进京。
报仇雪恨洗冤屈，还我薛家忠孝名。
鸾英听得泪涟涟，满嘴银牙都咬弯。
叫声爵主通城虎，随我上山把话谈。
助你复仇申冤屈，铲除恶人天下安。
薛刚闻言心欢喜，跟随鸾英去上山。

原来两家早定亲，只等长大把婚完。
纪父见了薛刚面，心满意足笑开颜。
逐令择日把婚定，下用十字表姻缘。
卧龙山，喜洋洋，张灯结彩；
大寨主，小喽啰，满山跑遍；
通城虎，英雄将，名门之后；
纪鸾英，巾帼女，文武双全；
三爵主，遇娇莲，珠联璧合；
黄道日，驾紫微；喜结良缘；
摆酒宴，杀猪羊，锣鼓喧天；
照红烛，揭盖头，郎情我愿；
从今起，跟夫君，兴师雪恨；
千般苦，万般难，忠心赤胆；
跨骏马，战沙场，保国为臣；
通城虎，悲喜加，柳暗花明；
不觉日，不觉年，良辰美景；
长计议，兴大唐，齐家治国；
叶衬花，花托叶，富贵伺生；

儿孙满，功名在，天下太平。

十字圆满姻缘定，又将七言续前音。
三爵主文韬武略，卧龙山再添将星。
纪家寨招兵买马，通城虎在此藏身。
日月梭快如闪电，几眨眼又到清明。
薛刚轻言把妻叫，心想进京去上坟。
鸾英含泪强答应，薛刚收拾下山林。
街头救得李大勇，仁贵兄弟庆洪孙。
二人结拜上京城，买得香烛把纸焚。
痛哭流涕铁丘上，昔日亲人今鬼魂。
鞭炮震天烟火熏，引得三思把坟困。
里三层来外三层，只喊捉拿上坟人。
杀到东来杀到西，打倒全城无数兵。
天昏地暗不得脱，马登献计才出城。

薛刚逃回卧龙山，人仰马翻火冲天。
官府带兵把寨灭，鸾英生死难推测。
薛刚看得肝肠断，两眼茫茫无处寻。
走投无路信马缰，不觉来到泗水关。
想起族兄薛义在，心头不禁喜几分。
总兵薛义忘恩情，醉囚薛刚上西京。
妻子杨氏明大义，怒劝丈夫报情恩。
薛义小人听不进，踢死杨氏女丧生。
囚车经过黄草山，吴奇马赞把车拦。
劈开囚车救薛刚，迎上山寨做寨王。
赵太王平来投奔，招兵买马壮门庭。
白虎庙遇徐美祖，神机妙算智多星。
收服乌家五兄弟，挥师房陵九焰山。
群龙吐火为九焰，九焰山上威名传。
京都雄兵来攻打，落花流水败无边。
房州城里张天霸，巧设擂台把计献。

假冒薛刚害三郎，三郎打擂除恶奸。
共谋妙计兴大唐。

如今武氏霸朝纲，借兵助阵靠西凉。
西凉借兵振朝纲。
过中原来走锁阳，只身西凉搬兵将。
西凉公主罗素梅，暗生情意爱薛刚。
真作假时假亦真，招为东床驸马王。
以武会友显神通，艺高胆大压群芳。
六国盟主挂帅印，借兵百万来兴唐。

话说薛刚返中原，安营扎寨九焰山。
各路英雄都相助，把住房陵迎李显。
薛蛟薛奎都相认，失散夫妻又团圆。
则天皇帝慌了神，忙把驴头太子认。
驴头太子施毒器，伤了薛刚数十人。
梨花下山来解救，剑斩妖孽定乾坤。
惩恶扬善辨忠奸。
掘开薛家铁丘坟，平反昭雪加封赏。
笑死寿星程咬金，两辽王府重开张。
薛刚生死又保朝，灭武兴唐把名扬。
歌师傅来老先生，善恶本是人心定。
古来忠奸最分明，薛刚反唐到此停。
善男信女听得进，万古流传到如今。

六十三、薛刚反唐[①]（之二）

提起唐朝古一段，山西有个龙门县，
长安城内出好汉。
龙门县内薛家村，有个员外叫薛横；
薛横所生两个子，薛英薛雄两个人；
只有薛英洪福大，结下柳氏会当家；
生了一子洪尘下，生了一个好娃娃；
十一二岁不说话，人人都说是哑巴；
指望孩儿来长大，他保唐王坐天下。

取名叫作薛仁贵，仁贵吃粮去投军；
路上遇到勾脚星，瞒了仁贵大功名；
大功瞒了七十二，小功瞒得数不清；
日后摆下龙门阵，仁贵这时才出名。

[①] 薛刚反唐，在真实的历史中，薛仁贵的孙子的确反过大唐，不过这个造反的孙子并不叫薛刚，而叫薛嵩，他也不是薛丁山的儿子，而是薛仁贵第五子薛楚玉的儿子。薛嵩是将门之后，从小就跟随父亲生活于燕、蓟之间，他为人豪迈，十分擅长骑射，臂力十分大。唐天宝十五年（756年），"安史之乱"爆发。唐朝将领安禄山起兵造反，而郁郁不得志的薛嵩早就对李唐王朝心怀不满了，于是便投靠了安禄山。他作战十分勇敢，屡立大功，得到了安禄山的赏识，被提拔成相州刺史。然而后来，安禄山和史思明的叛军一次次被唐军击溃，薛嵩看情况不对劲，为了不牵连自己的家族、保全自己的性命，他以相、卫、洺、邢四州降唐，李唐王朝念在他是将门之后又主动献城投降的份上，接受了他的投降，并且封他当了昭义节度使，就这样薛嵩从反唐叛将摇身一变成了割据一方的地方节度使。薛嵩十分感激李唐王朝的不杀之恩，在任上谨小慎微、兢兢业业，在"安史之乱"之后的重建工作上做出了巨大贡献，在他的治理下，昭义镇风气一新，朝廷因此又加封他为高平郡王、检校尚书右仆射，他的官职比他的父亲、爷爷都高多了。大历七年（772年），薛嵩去世，享年61岁。

仁贵投军有几年，结下柳氏受熬煎，
所生一子薛丁山。
只有丁山洪福大，阵上收下樊梨花；
夫妻二人本事大，保定唐王坐天下。

丁山封为西辽王，誓让夫人坐朝纲；
生下勇猛和刚强，中有一子叫薛刚；
面黑名为像鬼王，不是国家一臣梁，
日后还要乱朝纲。

正月十五闹花灯，打死太子命归阴，
惹了连天大祸根，王侯尧王传下令，
大小三军听令行，要捉薛家一满门，
捉来三百八十五，个个拿来问斩刑；
府上挖下万人坑，长安城内来葬坟；
上面又拿铁水淋，逃了薛刚一个人；
后来三敬铁丘坟。

逃出长安有几人，卧虎上山纪连英；
搭救客人过光阴，多亏纪老通人情；
许配女儿结为婚，夫妻二人领三军；
纪龙纪虎两个人，提兵打马上京城。

年年三月是清明，家家户户扫祖坟，
只因我今惹祸根，一家大小杀干净；
逃命只有我一人，无人前去把坟扫；
无人前去把纸烧，左思右想无计生，
想起他的二双亲，要到长安去扫坟。

那大兰英纪小姐，叫声丈夫与亲人：
长安纪坟去不得，你是长安生长成，
谁不知你薛将军，各州府县挂榜文；

画下图形将你擒，一两皮肉一两金；
一两骨头一两银，有人捉到薛将军，
官封万代坐龙廷，薛家只有你一人；
以后冤仇怎报成。

薛刚这里把话答，安人就请放心吧；
长安祭坟我不怕，我在长安生长大；
难保薛家一个人，贤妻请你放宽心；
长安祭坟转回程。

薛刚这里来打扮，打扮一个小客官；
腰里带着两支鞭，单人独马上长安；
众位英雄送下山，兰英这里开言讲；
叫声丈夫记心间，你到长安早回还，
免得为妻心挂念。

薛刚离了这山寨，走路行程来得快，
不觉来到长安外。
来到关外一座城，等到日落夜黄昏；
家家户户点明灯，快马加鞭混进城；
不觉走来不觉行，前面就是铁丘坟；
抬头举目看分明，三块铁板紧封门；
上面大字写得清，只等薛刚来哭坟。

薛刚力气真不小，三块铁板齐推倒；
来到坟前把纸烧，双脚跪在地埃尘；
哭得泪水落纷纷，怪我薛刚惹祸根；
一家老少命归阴。

薛刚哭得泪号啕，外面有人听见了，
报告三思待知音，调动一队马和人；
坟前捉拿祭坟人，这时才断这祸根；

三思讲台忙传令，大小三军听令行；
坟前捉拿祭坟人，头阵点了张天佐；
二阵点了张天佑，人马点得无其数；
无敌将军来相助。

国公千岁程咬金，骂声薛刚小娇生；
飞蛾扑火自烧身，你今逃往卧虎山；
为啥来祭铁丘坟，薛家只有你一人，
那个搭救出空城。

马登这里叫一声，程老千岁放宽心，
要救薛刚我一人，怀抱娇儿小马成；
交于玉萍抚养成，不怕三思人马胜，
非要杀出铁丘坟。

三思这里来观阵，大小三军听令行，
唯有马登变了心，二人假装战一阵；
前面无人能抵挡，三思急忙传下令；
吩咐三军守四门，不能放走一个人。

人马围困铁丘坟，不准放走一个人；
薛刚一雄叫一声，骂声三思你知音；
不怕你今人马胜，我要杀出长安城；
二人杀出铁丘坟，各逃性命过光阴。

薛刚回到山寨上，一见贤妻把话讲，
息胡①进了天罗网。
又表三思人马广，杀得众兵无敌挡；
多谢马登助一阵，我才逃出长安城；
他今打马湖广去，叫我回山来招兵；

---

① 息胡，方言，险些的意思。

积极买马又招兵，一齐杀上长安城。

不表夫妻且谈话，三思远到山脚下，
喽啰一见心害怕。
两个喽啰一起报，报与三思得知晓；
三思领兵齐来到，捉拿反叛广和宁；
倒把小兵吓一跳，兰英一听心内焦；
丈夫不该把坟扫，惹火烧身命难保。

只有薛刚真胆大，还在这里说大话，
万马军中他不怕。
哪怕你有百万兵，全然不在我的心；
等我披挂出了阵，又把长枪手中存；
交战只要我一人，杀你无命转回程。

吩咐喽啰一小将。守在山寨口子上，
来了便把礌石放。
三思引兵到此间，人马围困卧虎山；
炮声不住响连天，周围都是大营盘；
好比天将下了凡，你想下山难上难。

薛刚这里来报挂，一马冲在山脚下，
万马营中我不怕。
两军阵前把战交，要与三思定分晓；
你一枪来我一刀，杀你无命转回朝。

兰英小姐心焦闷，丈夫一人难得胜，
下山与夫助一阵。
几个喽啰下山林，兰英一见心胆寒；
几面喽啰全杀完，倒把小姐做了难；
脱了盔甲和衣衫，薛娇抱与怀中间；
翻身跳上马刀鞍，马也叫来人也喊，

三思一见忙追赶。

只有薛刚好大胆，不怕三军来追赶，
定要杀他骨成山。
薛刚下山冲进营，不管厉害大胆人；
三思一见忙传令，大小三军听令行；
有人捉到薛将军，官封一代坐龙廷。

薛刚带伤把仗败，兰英逃出寨门外，
三思放火烧山寨。
三思大破卧虎山，捉不到薛刚是枉然；
画下图形各府县，又发通文各州传；
号炮不住响连天，带领人马回长安。

兰英高下心内焦，一心要把丈夫找，
找不到丈夫咋得了。
不觉打马往前寻，兰英小姐不放心；
急忙打马往前行，没有走进店门口，
猛然肚子痛一阵，薛娇放于地埃尘；
靠着桂花树一根，痛一阵来又一阵；
她在桂花树下生，生下一个小薛奎。

兰英小姐双流泪，左思右想无主意，
一心要奔扬州地。
湖广有个房州城，地名叫作黑龙村；
有个员外本姓丁，丁守一是他的名；
去到那里避祸根，夫妻团圆报舅恩。

离了卧虎山一座，三思他把山寨破，
母子逃难把祸躲。
兰英走到房州城，见了舅父说分明；
山寨不破把酒祭，夫妻分别好伤心；

来到此地把乱兴，夫妻团圆报舅恩。

兰英走到房州地，日月如梭过得快，
不觉又是十三载。
薛娇薛奎长成人，又练刀来又练棍；
又拿弯弓射箭等，兰英一见喜在心。

六十四、吴奇薛刚结义①

《吴奇薛刚结义》说的是薛刚在逃亡途中被吴奇搭救之后，回答吴奇问询的话：一是回忆自己在长安醉酒闯祸的起因和后果：因为酒后兴起，忍不住暴打贪恋红尘的和尚，进而打死了前来劝架的唐朝太子，气死了当朝天子高宗，自己逃亡之后，牵连整个家族被满门抄斩，并被一起坑葬于铁铸坟墓。自己抱愧不忍，前去祭拜亲人，因大放悲声，引来唐军重重围困，情况万分凶险之际，在侠义之人马登救援下，才得以脱险夫妻团圆。二是在武三思的追捕下，薛刚夫妇离散。薛刚投奔家门泗水总兵薛义，本来对薛义的长工张天佐有解围救困之恩，但张天佐却忘恩负义，卖友求荣，出卖了薛刚，害得薛刚重陷牢笼。歌本告白后人的是：人心险恶，世风不古，行走人间，要心存戒惧，谨慎至上。

吴奇好汉搭救人，救我出囚表名姓，
名叫薛刚长安人。
我在朝中官一品，官封爵位保龙廷。
红毛三载无宝进，献来一宝名花灯。
唐主见宝喜不尽，便以此宝玩花灯。
即将圣旨来传定，缩短日月齐玩灯。
解除二家旧仇恨，和好在朝保龙廷。
君臣同乐观美景，庶民同庆喜欢腾。

某家酒后长了兴，见到和尚贪红尘。
见其不法心恼恨，因此才打抱不平。

---

① 吴奇薛刚结义，此歌本由竹溪陈如军收集整理。陈如军系十堰市民俗学会理事，市作协会员。

打得和尚叫饶命，通城闹嚷乱纷纷。
高宗观灯见此景，太子来劝休胡行。
只顾打人不顾问，踢死太子命归阴。
闻得太子丧了命，气坏高宗把驾崩。
武后娘娘抓印信，传下圣旨拿满门。
拿了我家亲属等，三百八十五口人。
一律定罪齐问斩，一坑埋入铁丘坟。

那时某家逃了命，还不知道这惨情。
徐策抱侄上山岭，细说苦况痛伤心。
伤心不住长安奔，一心偷祭铁丘坟。
见坟不由珠泪滚，失声大哭惊动人。
三思带领人和马，重围拿我问斩刑。
左杀右杀杀不尽，又遇马登义气人。
抛弃家族来助阵，二人连环杀出城。

回到山寨对妻论，兰英料事真奇能。
他说不要三日整，定要攻打我二人。
果然精兵围山岭，杀散夫妻各自分。
纪氏兰英无信影，我奔泗水投亲人。
泗水总兵是薛义，从年佣工在张门。
他妻杨氏姿色美，天佐贪图这佳人。
任其浮支工资费，勒卡估要多支银。
若无百银来偿还，必要卖妻抵这银。
坑卡薛义受其困，杨氏到街哀恳人。
某家闻言心不忍，拿银亲往赠她身。
夫妻二人出了苦，别无生路去谋生。
保荐于他泗水进，当个总兵过光阴。
可恨忘恩心变定，设计绑我挣功名。
多亏好汉搭救我，我又逃出枉死城。
这是我的实情话，从头一一说分明。

六十五、罗成问卦①

　　《罗成问卦》是《说唐》等故事中流行甚广的著名段子，古往今来，在全国知晓度、普及度很高，在秦巴地区几乎每个代表性区域都有多个不同的版本。在历史上没有罗成这个人。罗成是小说《隋唐演义》中的人物，在历史上罗成的原型是隋朝时期的大将罗士信。罗士信在公元600年在山东济南出生，原本罗士信只是隋朝时期齐郡通守张弥陀的麾下的一员部将。后来在跟随张弥陀征讨瓦岗寨的时候归降瓦岗并被授予总管的职位，在一次与王世充交战的时候身受重伤不得已跟随了王世充。后来因为不耻王世充的为人率领手下归降了李世民，被封为陕州道行军总管，而后跟随李世民平定洛阳。帮助李世民登上王位后被封为绛州总管、郯国公。622年，秦王李世民征讨刘黑闼，罗士信奉命驻守洺水城。当时他麾下仅有二百余人，且天降大雪，援军根本无法前来。在敌人大军的猛烈攻势下，罗士信率领二百余将士硬撑了足足八天后，终于城破被俘。他严词拒绝了刘黑闼的招降，死时年仅二十三岁。

　　《罗成问卦》中的罗成是虚构的历史人物，是《隋唐演义》《说唐》《兴唐传》等小说的主人公之一，是天下第七条好汉，燕王罗艺的儿子，秦琼的表弟，精通枪法，因皮肤白皙面容俊俏但却不苟言笑，人送绰号"冷面寒枪俏罗成"。而后跟随秦琼、程咬金等人在瓦岗寨参加起义军，并大破杨林的一字长蛇阵。瓦岗军解散后加入王世充阵营，转而投奔李世民，被封越国公，是传说中可以比之于赵云的历史著名骁将。

　　年年有个三月三，太白金星下了凡，
　　十字街上摆卦摊。

　　罗成打马回营安，眼观长街算卦摊，

---

① 罗成问卦，此歌本保存传唱者竹山县擂鼓镇擂鼓村李祥祐，他则是从他父亲李维渠处传承。

招牌高头写大字,字字行行写得端。
若有武官来算卦,五十两银子谢利钱,
若有文官来算卦,银子只要三两三。
罗成观罢心头恼,打马回了国公府,
装个行人入城来,来到长街卦摊前。

叫声先生你听言,算个大卦钱多少?
算个小卦多少钱?先生这里便开言,
口叫军家招牌上看,虽说我的卦利贵,
能算生死在眼前,你把八字报上来,
报了八字把签拈。

罗成说我闰年生,闰年闰月闰时辰。
先生拆开八字看,字字行行看得端。
你三个午字生得多有贵,生得命中正周全。
算你文官都是假,八字上面有武官。
你十岁来镇立定府,十一岁金陵征三线,
十二岁山东放响马,十三岁洛阳夺状元,
十四岁夜打邓州府,十五岁传枪进花园,
十六岁血胆饮酒丧良心,十七岁领兵征西南,
十八岁父子投唐归了顺,父子保朝四五年。
说得罗成头低下,闷闷不乐言不发,
我只说神仙难知祸福事,谁知先生赛神仙。

先生拆开八字看,看我阳寿有几年。
先生拆开八字看,字字行行看得端。
你二十二上黄金贵,二十三上丧黄泉。
说得罗成心头恼,便把先生骂一番。
你不会算命莫乱算,不会拈签你假拈签,
人家算我要活七十三,你不该短我阳寿五十年。
不看你是江湖客,恨不得踢你算卦摊。
先生这里便开言,口叫军家你听言。

手扳指头算到你心间,曾记得你血胆饮酒丧良心,
看是真言是假言。要是真言该短寿,
短你青春寿十年。曾记得你黑松林里劫皇杠,
看是真言是假言。要是真言该短寿,
短你青春寿十年。曾记得你跟秦琼是姑表弟,
二人传枪进花园,他的制法都教你,
你的枪法没教完,看是真言是假言。
要是真言该短寿,短你青春寿十年。
曾记得你在洛阳夺状元,看是真言是假言。
要是真言该短寿,短你青春寿十年。
曾记得你回马枪打死打擂将,看是真言是假言。
要是真言该短寿,短你青春寿十年,
一共短你五十岁,因此你只活二十三。

说得罗成头低下,闷闷焉焉① 这时间。
我只说行凶有好处,谁知行凶短寿限。
取出银子五十两,把与先生谢利钱,
先生说是我不要,活人不要死人钱,
五十两银子拿回去,只当烧烧吊孝钱。

罗成扭头就要走,先生一把拉衣衫,
叫声军家莫慌走,还有话儿对你言。
你临死难逃反贼手,苏家坡上命归天,
宫门挂袋你多了一句嘴,临死难逃这一关。
元吉挂了元帅印,你罗成挂的先行官,
黄道之日不让你出阵,黑道之日让你出阵营,
淤泥河困住白龙马,苏烈打马到阵前。
射你一百单八箭,七十二箭丧黄泉,
先生说罢这一段,驾朵祥云上云端。

---

① 闷闷焉焉,方言,闷闷不乐、懵里懵懂的意思。

六十六、罗成托梦[①]

罗成,是隋唐系列小说中人物,隋唐第七条好汉,罗艺之子,与秦琼是表兄弟,精通枪法,因皮肤白皙面容俊俏但却不苟言笑,有绰号"冷面寒枪俏罗成"。与秦琼、程咬金等于贾家楼结义,居末位。先后助瓦岗军攻破长蛇阵、铜旗阵,反王大会时夺得状元魁。瓦岗离散后,罗成与秦琼等去了洛阳,秦琼与程咬金被徐茂公带走,罗成因病留在洛阳。李世民攻打洛阳时,罗成临阵倒戈加入李世民,将王世充连同前驻守洛阳的反王一并擒获。刘黑闼反唐时,李建成以罗成为先锋前往抵挡,李建成有意陷害罗成,致使罗成被刘黑闼引至苏家坡淤泥河用乱箭射死。罗成死后,小秦王李世民同秦叔宝、徐茂公、程咬金等亲诣其家祭奠,伴宿灵堂。罗成鬼魂降灵受祭,见李世民等均假寐在旁,遂入梦显灵,备诉身死惨状,及为元吉所陷害等情,并以妻子相托。此节则是罗成分别托梦娘亲与妻子,既备诉身死惨状,及为元吉所陷害等情,又嘱托妻子扶老养幼,代尽孝心,期盼儿子长大为父报仇。

七十二行义,罗盘分毫厘,
种田原是靠日期,富贵从根起。
开言且不论,听我表罗成,
西天降下白虎星,豪杰星威灵。
八字生得弱,白虎当堂坐,
算命先生无差错,无灾必有祸。
罗成命归阴,灵魂转家门,
托梦妻子与母亲,句句苦人心。
走到大门外,门神两边摆,
你是哪的鬼妖怪,要进我门来。

---

① 罗成托梦,此歌本保存传唱者竹山县擂鼓镇擂鼓村李祥祐,他则是替他教私塾的二伯传承。

罗成听此言，门神你是听：
不是妖怪不是精，主人转回呈。
门神听此言，急忙站两边，
罗成一死不打紧，折了柱一根。
转身到娘房，叫声我亲娘，
双膝跪在踏板上，空养儿一场。
罗成珠泪滴，母亲且安逸，
天天不要带愁眉，把儿丢下去。
罗成命归阴，便把母亲叫，
只望养儿来戴孝，谁知一孤老！
罗成珠泪掉，我母你是听：
托我娇儿养成人，替我把冤伸。
说了两三句，一阵阴风起，
你我母子要分离，绣房去会妻。

走到妻房门，门门关得紧，
叫声庄氏妻裙钗，开门见夫君。
庄氏梦中遇，这事好稀奇，
难道是我亲丈夫，梦中来爬起。
梦中把门开，稀奇又古怪，
一阵血气扑心怀，你今转回来。
为何这等样，为何这样相，
为何穿身血衣裳，不像平往常？
为何这等饥，为何穿破衣，
为何身上有湿气，为何带愁眉？
莫非他兵广，莫非人马强，
莫非阵前受杀伤，开言把话讲。
莫非少茶饭，莫非少衣裳，
莫非寒冷在营盘，相貌实难看。

罗成哭啼啼，贤妻不知意：
殷王害我去杀敌，设下诡奸计，

黄道不出阵，黑道领三军，
为夫不听奸贼令，重打四十棍；
打了不要紧，又要领雄兵，
杀了一阵又一阵，你夫劳精神；
又杀到陡坡，口干肚又饿，
人马陷在淤泥河，你夫中千箭；
你夫命归阴，灵魂转家门，
前来托梦贤妻听，你要记在心。
罗成泪淋淋，贤妻你是听：
婆婆面前要孝顺，替我把孝敬；
劝你莫出门，劝你莫高声，
万事不在大门前，恐怕人谈闲；
劝你莫多话，劝你莫戴花，
无事不把粉来擦，你要守孤寡。
我这几句话，谨记在心下，
切莫有心嫁他家，娇儿莫丢下。
把他引①成人，替我把冤伸，
要把殷王狗奸臣，熬油点天灯！
说了两三更，恩情似海深，
二人难舍又难分，不觉金鸡鸣。
庄氏哭啼啼，双手扯夫衣，
不等天亮你要去，我也难留你。
眼看天会明，罗成动了身，
庄氏梦中来惊醒，一身冷汗淋。

---

① 引，方言，养育的意思。

六十七、罗通报仇[①]

罗通，是中国古典演义《说唐全传》章回小说《罗通扫北》(《说唐后传》第一部分，第二部分为《薛仁贵征东》)的主人公。有人考证，罗通是湖北襄州襄阳人，隋朝靖边侯罗艺之孙。作为越国公罗成之子，因唐王李世民念其父罗成为大唐王朝东征西讨，南征北战，立下不少汗马功劳，且又为国捐躯，死得惨烈，故唐王李世民收其子罗通为义子，封为"御儿干殿下"，官居千岁。而罗通自小聪明伶俐，武艺超群，人也长得俊俏，有其父之风，且一十三岁挂帅扫北，威风八面。

作为少年英雄，罗通的一生风起云涌，波澜壮阔。唐太宗贞观四年，罗通与秦琼共领唐军并吞阿史纳王朝东突厥国，在战争里唐太宗被围困于牧羊关，罗通挂帅扫北救驾。兵至白银关受阻，赖祖父罗艺与罗成阴魂相助，始得杀敌过关。继而攻打金灵川，兵败被追，幸得其弟罗仁赶到，杀了番将。罗仁与野马川女将屠炉公主交战，被屠炉公主用飞剑杀死。罗通为弟报仇败阵，公主爱其才貌，逼迫罗通阵前联婚，后罗通兵抵牧羊城，单骑见驾。遇苏定方巡城，多方梗阻。罗通杀遍四门，力竭被困，幸得公主救之。罗通进城见驾，奏诉公父之冤，唐太宗处死苏定方。程咬金奏知罗通阵前联婚之事，唐太宗命程咬金往番营说亲。罗通被屠炉公主俘虏立誓迫娶，战胜之后却出尔反尔休弃公主，导致重誓生效：在征西战役中，于界牌关下和猛将王不超大战百余合，枪法不敌被其重伤小腹，罗通盘肠而战，枪挑王不超阵亡，逝年三十四岁。罗通一生故事多为中国各地京剧曲目表演，且广为民间道教立庙祀神至今。

此处选择的《罗通报仇》是中国古典演义《说唐全传》章回小说《罗通扫北》故事在秦巴地区的流变。

[①] 罗通报仇，此歌本保存传唱者竹山县擂鼓镇擂鼓村李祥祐，他则是替他教私塾的二伯传承。

烟也吸来茶也喝,列位又听唱下文。
我今特意来禀告,告禀各位听歌人。
听歌君子不吵嚷,我唱报仇各位听。
倘若有人来吵嚷,我也不唱这冤情。
恐有别事都抬举,声音不好休谈论。
闲言散语都不唱,歌归正本诉冤情。
此事就从这里起,就是罗家上将军。
自从罗成归天去,庄氏夫人守节名。
府内退还人和马,帐下将军各归营。
府门紧闭不理事,敬母守节托娇生。
庄氏夫人多贤德,遵照罗爷一样行。
抚养罗通五岁整,请师教书攻"五经"。

先生教他书和字,罗通伶俐又聪明。
五经四书如流水,一目十行件件能。
父是白虎临凡尘,子乃天宫降下星。
麒麟还送麒麟子,龙凤又生小龙凤。

夫人见儿才能好,十分忧愁去九分。
"一来我夫有报应,二来冤仇报得成。
我夫亏了奸臣害,万岁还念有功臣。
孩儿今年书房内,虽然年轻晓事情。"
盼咐丫头书房内,夫人有请少爷身。

丫头来到书房内,尊声少爷听原因:
"夫人叫我来相告,要请少爷有事情。"
少爷听说忙来到,口称万福拜母亲:
"呼唤孩儿因何事?说与你儿得知闻。"

夫人当时将言说,叫声娇儿听原因:
"你在书房攻文字,不知祖母有七旬。
为人子者当尽孝,为人臣者敬忠心。

罗家忠孝传后代,我儿须要照样行。
祖母今乃寿诞日,为娘厨房办珍馐。
我儿堂上要热闹,等我祖母也欢心。"
少爷听说如此话,吩咐安童使女们。
少爷当时来吩咐:"母命二字敢不遵?
与我高堂来打扫,安童领命非稍停。
祖母今日华诞日,堂上灯彩要鲜明。
笙箫鼓乐要齐备,演武厅上捧珍馐。"

少爷忙将太太请,又请母亲到高厅。
太太来在大厅上,举目一观喜十分。
银灯花烛辉煌映,金炉之中将香焚。
孔雀瓶中飞凤舞,青山之上放光明。
对对仙童吹玉笛,双双玉女捧珍馐。
胜过王母蟠桃会,赛过八仙庆寿荣。
太太正饮蟠桃酒,忽然停杯两泪淋。
庄氏母子忙不住,非知婆婆其中情。
"恐我母子不是处,还望婆婆恕罪行。
媳妇本是女流辈,孩儿年轻少年行。
望乞婆婆将罪恕,暂且宽怀饮杯巡。"

太太便乃将言说:"为儿非知这桩情。
非是我今不吃酒,想起我儿痛伤心。
看你丈夫罗仕信,满朝文武都来临。
可恨奸臣将儿害,今日并无一人行。
没有我儿来斟酒,叫我如何不伤心。"

庄氏夫人一听得,两眼泪珠落纷纷。
不敢高声说仇话,只再举杯劝安人。
少爷不知其中意,便问奸臣是何人:
"为何将我父亲害,祖母娘亲说我听。
就是孩儿年纪小,要做申冤报仇人。"

庄氏夫人从头说:"我儿一一记在心,
只因反了刘黑闼,君王宣进你父亲。
朝中多少英雄将,要你父亲领三军。
你父启奏要守孝,君王注定要他行。
定的三王为元帅,要你父亲做先锋。
兵到明关功劳大,三王一见起歹心。
起心要把你父害,害死你父他甘心。
你父屡次得了胜,不要你父进城门。
三王用计来害死,周济地前把命倾。"
少爷一听这句话,怒气冲天叫娘亲:
"我母为何不早说,我父被他丧残身。
为儿今日才知道,祖母娘亲在上听:
杀父之仇若不报,如同犬马一般论。"
转身提枪兵将点,传令众将就要行。
母亲庄氏痴呆了:"我儿不可胡乱行!"
罗通不听娘亲话,要捉三王狗奸臣。
七旬太太慌张了,口叫孙儿听原因:
"三王他在明关上,掌管百万马和人。
百万兵将如猛虎,一龙不撞万蛇行。"
庄氏夫人开言道:"我儿你且听原因。
子报父仇行孝道,娘在家中是怎生?
七旬祖母安何处?一家大小靠何人?
倘若君王知道了,反来征剿你当身。
恐防三王启奏事,去时有路来无门。
劝你年轻休猛勇,凡事总是三思行。
一来君王年纪老,二来三王明关城,
三来还有真明主,儿接千岁李世民。
日后老王崩了驾,三王奸臣心战兢。
那时好将仇来报,一定有功于朝廷。
我儿要听娘亲话,冤仇方可报得成。"

少爷听得娘亲话,只得忍气不作声。

双膝跪在尘埃地："祖母、娘亲在上听。
你的孩儿遵母命，才知父亲的冤情。"
依然敬奉祖母酒，蟠桃宴散各安身。
少爷告辞书房去，心里忧愁八九分。
孔圣诗书无心看，要学武艺手段能。
每日思念父仇恨，有仇不报枉为人。
日夜祝告天和地，跪拜众神把冤伸。
不唱罗通来祝告，为的父仇冤未伸。
怒气冲天苍斗牛，惊动上方圣母身。
圣母娘娘知道了，吩咐金童玉女身：
"下山去把罗通摄，传他武艺件件精。
他年只有十三岁，不久要他定太平。
一与朝廷安社稷，与他父亲将冤伸。
速将仙旨来传下，不可迟延久住停。
又与风伯并雨师，雷公闪母一同行。
快快去到长安地，来到罗家大府门。"

腾云驾雾来到此，书房摄去小罗通。
就把罗通来摄去，一同摄到仙山林。
众仙退云放下雾，轻轻放下小将军。
少爷如同南柯梦，不知仙家度何人。
双手合掌仔细看，犹如仙山一般论。
两边横沟多险路，中间椅背大路行。
月宫桥下龙戏水，深山岩边虎啸吟。
山中草青松柏翠，白鹤猿猴献果珍。
山高岩大多景致，见一灵山大殿门。
两个青佛如活现，狮象麒麟放光明。
金天圣母仙山寺，只度世间善人根。
琉璃宝灯飞凤舞，玉炉金香吐烟云。

少爷举步向前走，两个金童开言道：
"尊声罗爷听分明。圣母有请罗官人。

要请少爷到殿内，宝佛殿中见世尊。"
少爷来到佛殿内，双手合掌拜世尊：
"弟子不知因何事，不知金香鬼神精。"
圣母娘娘来传旨，吩咐金童玉女身。
快快献出琼浆酒，又奉馒头与将军。
金天圣母开言道："叫声学生少年人。
你今吃了琼浆酒，心中计谋有十分。
馒头充饥来吃下，好比汉朝韩信王。
传你兵书与宝剑，报仇保国把功成。
赤胆忠心保唐王，立心报国镇乾坤。"
少爷听得圣母话，合掌百拜谢神明：
"日后恐遂我心意，重修宝殿换世尊。"
圣母当时来传旨，吩咐仙童演武能。
百般武艺都精斗，切切牢牢记在心。

不表少爷仙山寺，再讲罗家大小人。
两个丫头来跪下，禀告太太与夫人。
少爷昨夜不见了，无踪无影又无人。
听说少爷不见了，太太夫人掉了魂。
庄氏夫人魂不在，一脚跌倒地埃尘。
夫人叹了一口气，三魂七魄到幽冥。
两个丫头忙不住，姜汤一饮又还魂。
醒来只把娇儿叫，哭声心肝泪淋淋：
"我儿你在娘也在，儿有差错娘伤心。
一家大小人四个，你是擎天柱一根。
七旬祖母高堂上，血海冤仇何人伸？
今日一旦不见了，海边天外也难行。
罗家世代忠良将，去锄奸臣作恶人。
今日大祸一时到，不见娇儿痛伤心。"
手拿香纸高堂跪，祝告祖宗共家神：
"只有孩儿人一个，神风摄去不见形。
我夫阴灵来显应，保佑孩儿转回程。

光宗耀祖成名日,也有申冤报仇人。"
祝告一场又哭起,铁石人儿也泪淋。

庄氏夫人号啕哭,七旬祖母哭沉沉。
声声只把娇儿哭,口口只哭后代根:
"想必娇儿心中闷,独自私人去散心。
心怀父仇还未报,私自去访那奸臣。
或是远方去游戏,说个信儿娘放心。
免得为娘挂牵你,悬心吊胆不安宁。
想是神风来摄去,传他武艺杀奸臣。
若是这样也还罢,杀猪宰羊谢上神。"

不唱罗家思念事,又表朝中圣明君。
君王不觉身有病,太医服药全不灵。
满朝文武都问病,忙了千岁李世民。
鬼神日夜宫中现,老王十分不安宁。
军师保奏他一本:"万岁爷爷听小臣。
若要我主灾星退,去宣二位上将军。
保驾国公秦叔宝,尉迟国公胡姓人。
两个国公如猛虎,二位可以退邪神。"

君王当时来传旨,即宣二位上将军。
急差马、段人两个,当时传旨不稍停。
不分日夜向前走,到了秦、胡二府门。
钦差当时双膝跪:忙了千岁李世民。
君王圣旨来宣召,宣召将军进宫廷。

二位国公接圣旨,二十四拜读圣文。
读罢圣旨将身起,一直来到紫禁城。
二位国公把宫进,果然邪神不见形。
君王一见龙心喜:"爱卿果可退邪神。
赤胆忠心鬼神怕,全靠二位镇邪神。

君王亲赐三杯酒,金盔铁甲赐你们。
又赐上方剑一口,许你斩妖捉怪神。"

自从二人入宫后,君王病体得安宁。
秦胡二将在宫内,邪神不敢入宫门。
也是老王阳寿满,鬼神又入后殿门。
君王当时病沉重,宣进满朝武并文。
老王又乃将言说:"父王今日不安宁,
秦王寿日就满了,保驾忠臣再理论。"
言还未尽崩了驾,一朝官员乱纷纷。
军师当时传下令,扶你秦王坐龙廷。
皇榜一出天下晓,万民共享皇王恩。
秦王当时开金口,文武百官进朝廷。
满朝文武加官职,加封三级在朝门。
今有明关三王驾,宣入朝中同受荣。
即发圣旨又下诏,钱粮犯人免罪轻。

秦王又来开金口,宣进马龙李虎身:
"寡人宣你无别事,明关去接元吉身。
马龙李虎接圣旨,快马加鞭走如云。
在路行程来得快,到了明关一座城。"
三王坐在银安殿,钦差拜见说事情:
"老王前日崩了驾,议定秦王坐龙廷。
朝廷今日来圣旨,宣进千岁安万民。
三王忙把香案摆,就该宣我坐龙廷。
暗立秦王登了位,还要宣我进朝廷。
宣我进京都是计,不知主朝是何人?
将计就计争天下,闹得江山不太平。"

三王当时传下令,各处将帅入殿门。
三王殿上开言说:"众位将军听原因。
今日朝廷来宣我,老王崩驾归天庭。

议定秦王登龙位,又来宣我安万民。"
三王一言还未尽,殿前闪出一将军。
小将胡能来举手:"臣今愿领人和马,
前去争战朝廷主,要夺江山锦绣城。"
胡能一言还未尽,严爷军师又来临。
严爷即便来启奏:"千岁三爷在上听。
写书一道番邦去,通报苏烈起雄兵。"
他的兵多将又广,读罢圣旨嗔怒生:
"老王既然崩了驾,马到成功阵阵赢。"
三王一听如此话,正中机谋八九分。
千岁当时将书写,书中机谋写分明:
"快差心腹人一个,与我下书到番营。"

快马加鞭番邦去,一直送到中营门。
差官一见忙跪禀:"我是三王下书人。"
苏烈接得书在手,拆开从头看分明。
看罢书中情意事,喜在眉尖笑在心:
"我今正要行人马,就写回书转回程。"
书中写尽言和语,怎长怎短写得清:
"多多拜上三王主,暗约其期起雄兵。
千岁只管兴人马,同征江山半边分。"
差官带起回书转,一直来到本营门。
差官呈上书和表,三王观看喜十分。
三王看罢书中意,只等苏烈起雄兵。

千岁当时忙吩咐,去请马龙李虎身。
马、李二人见相请,即刻来到中帐营。
二人帐中来见驾,三王挽手叫爱卿:
"今日相请二将军,同时席上议军情。
隋朝炀帝昏乱死,父王接位金龙廷。
就是父王崩了驾,该来接我坐龙廷。
暗立秦王登宝殿,可恨朝中主事人。

我今领兵争天下，只等苏烈起雄兵。
特请二人投顺我，与我前去征乾坤。
内应外合来征战，夺得江山同受荣。"
二人一听如此话，悠悠顶上失三魂，
倘若不顺奸臣计，就是插翅也难飞。
将计就计顺了罢，口称千岁纳微臣：
"小将愿施犬马力，跟随千岁同受荣。"
三王一听心欢喜，亲赐龙凤酒三巡。

二人领了三杯酒，登时辞别就起身。
一直来到演营内，心中思想灾难行。
马李二人来商议，此事为何怎样行：
"三王明关来造反，你我岂肯做反臣？
你我等到三更后，私自逃出明关域。"
不言二人安排定，把话分开别有因。
番国通信二员将，也是他们命该陨。
马李二人主意定，就将来将下无情。
将他二人来杀死，得他双马好行程。
二人得了能行马，哪怕后边有追兵。
不分日夜向前行，不觉到了帝王城。
五更三点王登位，表明衷肠万岁听。
君王一听如酒醉，便问三台八位臣：
"三王明关把反造，哪个与孤去领兵？"
问过三次无人应，万岁心中嗔怒生。
君王正在心烦恼，走上国公姓秦人：
"我王不必心焦躁，微臣领兵捉贼人。"
君王一听龙心喜，御酒三杯赐爱卿：
"金镶玉印付予你，秦胡二人同领兵。"

校场同领人和马，吩咐马段二将军。
君王同在校场内，校场之中点雄兵。
军师、主帅将台上，榜挂午门听令行。

传令路上众将军，不许扰害众百姓。
不许强奸民间女，不许欺压于贫民。
严令众将都谨记，众军总要听令行。
倘若军将犯了令，推出斩首不容情。
校场点起兵十万，战将十员随后跟。
秦琼挂印为元帅，李言前面做小心。
又点国公胡敬德，朱节众将随后跟。
派点李怀并郭汾，运粮运草要先行。

众将得了令停当，炮响三声就起身。
刀枪摆得如闪电，旌旗大展五色云。
三军个个向前走，一路之上好惊人。
一直来到明关地，安营扎寨好出兵。
次日元帅同议定，如此如此照令行。
放下帅将议定事，又表罗通小将军。
金天圣母开言道："叫声罗通你且听。
明关三王来造反，私通苏烈番国兵。
朝廷兴兵来征战，你今火速下山林。
兵书、宝剑交与你，杀贼平寇把冤伸。"

罗通一听忙叩谢，拜辞圣母就起身。
下了仙山向前走，两步并作一步行。
恨不一时把仇报，方称祖母娘的心。
"我心思想一年正，不知家中若何论。"
两足如飞来得快，不分日夜向前行。
高山尽是松林树，只有一路在中心。
少爷正在山上走，忽然大炮响一声。
跑出喽啰人两个，叫声前来报姓名。
少爷一见心烦恼："无名小卒是何人？
若问老爷名和姓，罗通就是我的名。"
大喽啰一听高声骂："大胆小子你且听：
我的大王在此地，姓芦天胆是他名。

此地好汉无其数,杀你如同切菜根。
你怎不知他们狠,还在此间显身能。
好好跟我上山去,免得我们费辛勤。"

少爷一听心大怒,宝剑一举鬼神惊。
就将大喽啰来杀死,还要杀你大王身。
口内骂来不能走,关上拦住不能行。
少爷一见冲冲怒,大骂宁关是何人:
"任你关城是铁打,撞着少年不容情。
一时怒气冲斗牛,举步只管往前行。
手里不住只乱打,关口兵将乱纷纷。
山上岩石往下打,少爷一见着了惊。
宝剑只向山上指,分开岩石大路行。
大喽啰一见慌了神,两足如飞走如云:
报与大王芦千岁,他的气力有千斤。
杀死大喽啰人两个,马上又要上山林。
岩石乱打他不怕,他说还抽大王筋。"

大王一听魂不在,急忙提枪上马行。
上了马来向前行,正遇罗通少年人。
二人也不通姓名,大王长枪下无情。
少爷将剑来抵住,就拿天书手中存。
故意诈败如电闪,一时不及走无门。
少爷跑上大王马;一马双驮两个人。
山上大喽啰纷纷乱,个个一见掉了魂。
跑的跑来滚的滚,齐往山林去逃生。

一个大喽啰来通报,报与月娥公主身。
月娥听得大喽啰报,心中闷愁八九分。
小姐今年十八岁,黎山老母一门生。
传她武艺花楼上,姑娘不知半毫分。
一家大小号啕哭,小姐心中自逞能:

"记得师父说的话,丹山配凤有贤人。
我今定要下山去,定要去救我父亲。"
当时就把花楼下,吩咐丫头使女们:
"与我带住高头马,一时披挂就行程。"
山上人人个个说,这个公主命难存。
又带两口双凤剑,翻身上马走如云。
娘亲一把来扯住:"我儿年轻不胡行。
你父手段真无比,也终不抵这畜生。
自幼年小绣房内,挑花绣朵又何能?
我儿只有十三岁,何曾怎敢去出征?
儿去若有好和歹,你娘怎么得放心?"
公主一听回言答:"娘亲只管放宽心。
孩儿虽然年纪小,儿是黎山一门生。
母亲快把儿来放,儿要前去救父亲。
你儿武艺般般好,我娘不必挂忧心。
就是天兵与天将,叫他难逃我手心。"

母亲放儿前面去,公主上马下山林。
小姐马上高声骂:"骂声小卒是何人?
快把父亲来还我,万事甘休不理论。
若有半句言不肯,把你粉碎化灰尘。"
少爷一听回头看,见一佳人在后跟。
年又轻来又小可①,容貌颜色似仙人。
唇红齿白真无比,头上青丝似乌云。
脸似桃红初开朵,胎田柳叶爱煞人。
蛾眉犹如丹青画,秋波一展动人心。
就是西施也难比,好似仙女下凡尘。

佳人展开玉体口:"你是何方哪里人?
你有多大真本事,来在此地乱胡行?"

---

① 小可,方言,漂亮且讨人喜爱。

少爷一听回言答:"叫声佳人你是听。
金天圣母摄我去,传授法旨一年春。
只因三王来造反,师父叫我下山林。
一来与君安天下,二来与父把冤伸。
祖宗世代忠良将,父亲罗成有名人。
母亲庄氏在守节,泰氏祖母在高庭。
我今在此一年整,祖母娘亲不知音。"
少爷坐在那里说,小姐这里看得真。
顶平额方天门满,两耳垂肩是贵人:
"原来你是罗公子,父子声名天下闻。
看你年纪不多大,面似桃红一样行。
你的武艺我晓得,我的武艺你未闻。
我今与你来交战,各将本事定输赢。"

公主便把刀来使,少爷也用枪来抡。
一来一往来交战,三合四合无输赢。
二人战了三十回,公主那有助阵人。
少爷阵上心思想:好个丫头手段能!
我有武艺神仙法,她有武艺无比论。
又有天兵来助阵,总难捉住女佳人。
"把你父亲来放了,早早归家看娘亲。
本当与你分胜败,又恐明关要救兵。
把你大王放下罢,上马加鞭走如云。"

公主一见微微笑:"叫声败将哪里去?
今日与你比高下,看你本领若何论。
哪个许你回头跑?哪个许你去逃生?"

少爷一听冲冲怒,回头又来战佳人。
小小丫头战不败,怎能朝中领雄兵。
双手勒马又来战,只因言语恼人心。
正是好手对好手,才郎遇着女佳人。

少爷头上金龙现,谁知姻缘此间成。
公主头上金凤现,龙凤相配正相因。

你看我来我看你,二人无心定输赢。
心中思想姻缘事,公主马上叫将军:
"奴有一句知心话,不知将军听不听?
昔日师父教导我,龙凤好配正相因。
奴家与你来交战,看你头上现金龙。
虽然奴家生得丑,师父言语记在心。
奴家与你来交战,八拜之交姊妹称。"
少爷听得这句话,悠悠顶上去三魂。
开口便把小姐叫:"我有冤仇放在心。
等我申冤把仇报,那时方可定婚姻。"

公主又来将言说:"将军你好不聪明!
奴家与你来结拜,是我公主一世人。
你有冤仇千斤重,奴家分挑五百斤。"
罗通听得小姐言,半忧半喜不作声:
"你说我有金龙现,你今也在现金凤。
若是不听她言语,世上少有这佳人!
你我在此来结拜,我今不得久留停。
只因三王把父害,我要回家把冤伸。"

公主下马来结拜,少爷下马同结盟。
二人同在山林内,折草为香拜神明。
跪下月娥公主女,上告天地与神明:
"奴家名叫月娥女,今年方交十三春。
奴乃甲寅年间养,八月十五子时生。
今遇帅府罗公子,结拜夫妇永不分。
将军抚国把仇报,太平百年罗门婚。"
郎才女貌天生就,武艺双全比翼行:
"父亲名叫罗仕信,母亲庄氏我娘身。

生我名叫罗通子，年月日时不差分。
领帅受命回程转，行在此地遇佳人。"
二人结拜情义重，共辞公主转回程：
"等我此去扶国王，捉贼平寇将冤伸。
封侯拜相官第一，来接小姐做夫人。"
二人拜罢上了马，并马而行上山林。

不唱二人上山林，又唱明关一座城。
三王明关安排定，只等番邦报信音。
次日五更天明亮，军卒入帐报真情：
"马李二人逃走了，城外杀死一双人。
被杀主人非别个，必是苏烈下书人。"
三王一听就大怒："大胆贼子骂几声。
我把江山来坐定，将他二人点天灯。"
三王当时传下令，次日火速领三军。
等他首尾不能顾，一战成功坐龙廷。
三王又把书来写，通报苏烈得知音：
"我从三关进兵起，你从关西来发兵。
三王上书番邦去，呈与苏烈看其情。
苏烈看罢书中意，分兵两路就起身。
一声炮响人马起，个个人儿似神人。

不言苏烈起兵事，又唱三王起雄兵。
陈七前去为首将，掌管百万人和马。
夏清带领人和马，后营人马保驾行。
胡能首将参谋事，魏和昊献运粮行。
旌旗展开遮日月，刀枪摆得似麻林。
三王号令安排定，炮响三声起程行。
在路行程来得快，三关不远面前存。
三王当时传下令，安营扎寨把兵停。

不唱三王兵马到，唐营探兵报其情。

报与秦琼国公晓，三王人马到来临。
元帅一听忙传令，李吉、朱节点三军。
元帅当时亲奉酒："二位将军要小心。"
朱、李二将传下令，披挂上马就行程。

李吉来到战阵上，一见陈七大交兵。
二人战了三十合，陈七手段胜十分。
陈七便使法宝剑，李吉剑下命归阴。
朱节一见慌张了，双手拍马出阵行。
陈七一见朱节到，果然是个好能人。
陈七用计诈败了，朱节追赶在后跟。
陈七回马双箭射，朱节一箭射在身。
陈七催动人和马，杀败阵上多少人。

军师小将忙忙报，报与元帅得知音。
元帅国公慌张了："待我亲身去出征。"
元帅上了黄鬃马，来到阵前杀贼人。
高声就把陈七骂："本帅双铜不饶人。
你今快退人和马，饶你残身活几春。"
骂得陈七心焦躁，高声大骂老秦琼：
"你今快来归顺我，万事甘休不理论。
若有半句言不肯，许你残身活不成。"
元帅一听冲冲怒，手执双铜下无情。
二人战了多一会，陈七马上把计生。
急忙拖刀抽身跑，秦琼打马在后跟。
元帅不知他施计，快马加鞭足如云。
陈七暗放雕翎箭，看得真来射得准。
放一支来又一支，总总难射元帅身。
好个国公用手接，口接一支更惊人。
元帅接了三支箭，不料四支又来临。
射了元帅左腿下，外人不知半毫分。
当时鸣金收兵转，忍痛带箭入营门。

陈七知他中了箭，即便收回马和人。
围住三关城一座，看他如何怎样行。
元帅带箭被围困，急忙写表奏当今。
元帅把书来写起，小将报入帝京城。

不唱探马京城去，且表陈七来兴兵。
唐阵裴、段人两个，来到阵前大交兵。
裴、段二人难抵住，秦公元帅大发兵。
杀了三日并三夜，不分胜败两下匀。
两阵众将抵住杀，陈七连催马和人。
马、段、刘、殷战不住，个个带伤入营门。
行李粮草又被抢，番兵围住三关城。
秦公又报京城去："贼兵围困望救兵。"

不唱兵将被围困，且唱罗家少年人。
小姐同往山上去，开口叫声罗官人：
"待我前去说好话，禀告父亲这段情。
山上认了亲和眷，你好回家看母亲。"

公主别了罗公子，银安殿上见父亲。
大王一见公主到："我儿交战若何论？"
公主急忙来跪下："父亲在上听原因。
为儿与他来交战，大战百合无输赢。
见他头上金龙现，他也见我金凤现。
与他八拜把婚定，孩儿特来禀父亲。
他是国公罗公子，帅府门下后代根。
他说父仇还未报，三王与他是仇人。
神风摄去一年整，圣母要他下山林。"
大王听得公主说，不觉心中打一惊：
"我在瓦岗寨上时，与他父亲弟兄称。
只因三王施巧计，罗爷与他结仇人。
人人个个来逃走，个个回朝躲难身。

只说罗门无后代，岂知还有这条根。"
大王当时来吩咐，快接公子上山林。

少爷同到银安殿，拜见大王与夫人。
大王吩咐忙摆酒，饮得美酒与珍馐。
少爷喝了三杯酒，拜别大王就起身。
少爷辞别芦千岁，他今要看母亲身。
大王打发少爷去，月娥公主亲送行。
公主当时开言道："将军你且听原因。
路上倘有危难处，你急差人报我听。"
少爷回言："我晓得，小姐不必细叮咛。"

罗通辞别公主去，上马如同风送云。
一心只想把仇报，不杀三王不甘心。
少爷行程来得快，抬头望见三关城。
千千万万兵和马，杀气腾腾围困城。
少爷一见冲冲怒，单人匹马挑反兵。
一马当先抵住杀，陈七拼杀无输赢。
少爷即使法宝剑，杀死陈七命归阴。
小兵小将杀得有，还有残兵各逃生。

不唱罗爷将兵杀，又表元帅秦公身。
身上疼痛真难忍，想起罗成好伤心：
"当日我往瓦岗寨，也是奸臣害我身。
多亏罗成来救我，念他害死有义人。
于今奸臣来造反，若有罗成怕怎生？"
国公正在心思想，守城将军报事情：
"报与国公秦元帅，不知何方一将军。
年纪虽小英雄好，杀死贼兵多少人。
先锋贼子杀死了，陈七营中破了阵。
杀死贼兵人无数，又在城外喊开城。
他说父亲罗仕信，万岁封他国公身。

他说他是罗通子,神风摄去一年春。
听说奸臣来造反,安国报仇把功成。"

国公一听将军报,忍住痛来上阵行。
元帅来到城头上:"问声将军姓何名?"
少爷一听国公问:"姓罗名通是我身。"
国公听说罗通子,心中欢喜八九分:
"正念你父受屈死,岂知还有报仇人。"
开口便叫罗通子:"多亏你来杀贼人。"
罗通开口叫皇伯:"可恨贼兵围困城。
听说伯父受围困,小侄特来杀贼人。
杀死贼将人两个,献出首级你放心。"
元帅一听心欢喜:"感谢表侄解围恩。"
连忙吩咐兵队接,接进皇儿众助兴。
元帅吩咐忙摆宴,功勋簿上标姓名。

不唱罗通饮酒事,又表败将贼子身。
败兵人马纷纷乱,报与三王得知因:
"关上来了少年将,报名罗通小将军。
两个先锋都杀死,杀人无数记不清。
他说与父把仇报,口口要杀千岁身。"
三王一听心大怒,无知小子太欺人。
口骂不住忙上马:"待我亲自杀贼身。
他的父亲遭我手,杀他只当切菜根。"
帐下走出胡能将:"叫声我主放宽心。
不要主公亲出阵,我去阵前杀贼人。
三王一听心大喜,赐酒三杯将军听:
"阵前交战须仔细,我今亲送出营门。
胡能开口不妨事,我主只管放宽心。"
翻身上骑高头马,丈八长枪手中存。
两军阵前高声骂,无知小子出反兵。

元帅只愁无人去，罗通上前要出征。
国公亲赐三杯酒："我儿阵前要小心。"
少爷即便回言答："皇伯只管放宽心。
我乃英雄罗通子，哪怕贼兵百万人。"
少爷披挂上了阵，点了三万人和马。
三声炮响惊天地，一马当先出阵行。
一见胡能高声骂："你今敢来逞英雄。"
胡能长枪即便使，罗爷与他定输赢。
二人战了几十合，不见输来不见赢。
少爷越战越有力，哪怕千军百万兵。
也是三王时不至，胡能晃刀败下阵。
罗爷便使法宝剑，胡能剑下丧残身。
贼兵一时无主帅，个个各自去逃生。
罗爷一见心大喜："我父冤仇报得成。"
只望三王来接阵，手指奸贼骂几声：
"杀人贼子今何在，来时有路去无门。
定要把你活捉到，剥皮抽筋方甘心。
我今把你捉到手，割你心肝下酒吞。
只要把你来捉到，剥骨熬油点天灯。"
三王手下英雄将，个个被他杀干净。
三王即便开言道，声声只骂小畜生：
"你父当年遭我手，何况小子这条根。"
罗爷一听开言骂："骂声三王狗奸臣。"
罗爷头上冒了火，手执长枪下无情。
三王一时招不住，却被罗爷活擒身。

罗爷把贼捉到手，欢天喜地喜十分。
吩咐手下众将军："与我捆上囚车行。"
鸣金收了人和马，大小三军听令行。
路上探马纷纷言，尽报罗爷捉活人。
大将杀得无其数，小将杀得记不清。
活捉三王先锋死，囚车解往紫禁城。

粮草一齐往京解，要候元帅把令行。

元帅一见心欢喜，好个英雄少年人。
连忙出城来迎接，迎接少爷小将军。
上马连敬三杯酒，大摆宴席贺三军。
有道天子登龙位，个个上将镇乾坤。
元帅使人急发报，连发二报不稍停。
一报万岁得了胜，二报罗府二夫人。
三关探马连忙报，少爷讨令就要行。

表白此地安平了，济南围困不太平。
自古救兵如救火，酒要少饮要兴兵。
秦公急忙传下令，火速校场点三军。
百万兵马如猛虎，炮响三声就动身。
少爷催动人和马，不分日夜往前行。

不唱少爷去得快，又表探马报京城。
探马路上去得快，到了午门把报呈。
就把表章来呈上，君王看表喜十分。
罗通公子如猛虎，盖世英雄无比论。
英雄还生英雄将，忠良又出忠良臣。

不唱君王心大喜，二报人到罗府门。
报将一到往内走，太太、夫人打一惊。
府内边关探马到，不知何处到来临。
太太见报心思想，不觉眼泪落纷纷：
"想起往日贼造反，我儿日夜不安宁。
时时刻刻探马到，只要我儿去出征。
自从我儿身亡故，几年无人问一声。
报将快快来请进，来到我家为何因？"

报将跪下呈书表，夫人看书喜在心。

起笔"不孝罗通子，神风摄去一年春。
金天圣母传武艺，神法件件尽知闻。
不觉就是一年整，尊帅禀命看娘亲。
仙山遇着月娥女，拦路阵上共结盟。
听说三王来造反，围困三关一座城。
儿今就把重围解，杀败四位大将军。
活捉三王反贼子，于今囚车锁其身。
又要兴兵济南去，要与苏烈大交兵。
于今就把书来寄，不得归家看娘亲。"

夫人看书如春梦，尊声婆婆听原因。
太太看书心大喜，皇天今日开眼睛。
抬头就把天来谢，诚心焚香谢上神。
又拜堂上宗和祖，罗家重兴感众神。
太太、夫人心欢喜，今日云开见日明。

不表罗家多欢喜，又唱少爷领雄兵。
济南探马前来到，围困济南不通风。
少爷当时传下令，三万兵马照令行。
安定三万防守计，关道都要埋伏兵。
拦住山上九虎穴，劫杀反兵出路行。
等我进兵追贼子，两边用兵好杀人。

少爷用计停当了，番兵报信苏烈听：
"不知何方兵马到，在此不远扎下营。"
苏烈一听忙准备，麻显、刘煞就出兵。
两匹飞马出阵战，少爷一见笑吟吟：
"我今正要杀贼子。"提枪挂剑似腾云。
一马当先来出阵，好似蛟龙腾海心。
麻显、刘煞二将军，哪把少爷放在心。
谅他年小无大志，二人也把枪来拎。
少爷大喊一声杀，麻显、刘煞命归阴。

少爷越战越有力,遇着苏烈大交兵。
二人战了多一会儿,苏烈不敌败了阵。
少爷进兵如风快,苏烈奔走不稍停。
山上号炮一声响,岩石滚得乱纷纷。
可怜苏烈来逃走,进退两难躲无门。
少爷一见微微笑,大骂苏烈狗贱人:
"你到明关来造反,淤泥射死我父亲。
今日你也遭我手,怕你贼子会腾云。"
喊叫两边快放箭,快放乱箭射贼身。
两边放箭如雨点,乱射苏烈命归阴。
番兵百万人和马,个个死在此间存。
百万人马刀下死,报了杀父大仇恨。
乱箭射死苏烈贼,营中架起火来焚。

少爷马上传了令:"与我去报元帅听。"
报军报到国公帐,秦公一见喜十分。
元帅当时来起报,一阵快马报京城。
君王见报龙心喜,好个众将上将军。

不表君王龙心喜,又表少爷领雄兵。
快运粮草济南去,征剿贼子要除根。
催动人马路上行,晓行夜宿不住停。
兵马来到三关地,安营扎寨把兵停。
少爷吩咐兵和将,又设妙计破此城。
不唱少爷安排定,又表苏烈女儿身。
他的女儿十六岁,名叫金凤女娇生。
达摩祖师传法宝,手段高强武艺精。
听见探马回来报,父死罗通手中存。
小姐一听冲冲怒:"要报父仇我甘心。
当时领了人和马,要与罗通定输赢。"
兵马扎在明关外,四门挡住马和人。

四门都用兵埋伏，炮响三声齐攻城。
等到罗通把城进，中门就起埋伏兵。

金凤用计停当了，正遇罗通兵来临。
金凤看见兵将到，罗爷兵将冲进城。
罗爷就把城来进，只见四面是空城。
少爷知道中了计，连忙退兵出城门。
金凤一见心大喜，一声炮响起伏兵。
四门伏兵一齐到，杀退罗爷百万兵。
城外兵将不能进，城内兵马难出城。
少爷手段真个好，一时围困想出城。
可恨贼兵抵住杀，少爷难杀众贼兵。

不表少爷受围困，又唱月娥仙女身。
坐卧不安心思想，手捧金钱问神明。
五个金钱拿在乎，轻轻摇动鬼神精。
此卦四爻犯白虎，先凶后吉了不成。
殿上要辞父和母，要与罗爷助阵行。
父母一听随儿意："儿到阵前要小心。"
大王当时传下令，发下兵马百万人。
公主领了人和马，辞别父母将起身。
炮响三声兵马动，日夜不停往前行。
月娥公主忙披挂，随带飞刀谨防身。
在路行程不必表，不觉到了明关城。
一马当先出阵战，正遇金凤女佳人。
二人也不通姓名，就到阵前面相争。
兵将报与罗通晓："不知何方发救兵。
展开旌旗书大字，上写奴家月娥身。
不知何将把兵领，领兵相助杀贼人。"
罗爷一听心欢喜，一定公主兵来临。

罗爷当时传下令，兵马火速杀出城。

两下兵马抵住杀,杀败金凤女佳人。
全凤马上回头看,月娥一见嗔怒生。
若把丫头来放了,枉做老母一门生。
放出飞凤刀两把,宝刀弓箭手中存。
搭上一支双凤箭,金凤中箭命归阴。
杀死兵将无其数,杀出幽州一座城。
三王、苏烈归宝段,家人、使女杀干净。
个个都做刀下鬼,就把宫殿化灰尘。
少爷、公主心欢喜,又做护国冤也伸。

班师得胜回头转,百姓点烛把香焚。
一来君王洪福大,二来罗家冤也伸。
除贼安民人无害,仰望少爷万万春。

不唱百姓多感谢,少爷兵到木州城。
秦胡二公来迎接,迎接皇侄有功臣。
大摆宴席来畅饮,犒赏三军笑吟吟。
平番除贼都得胜,得胜回朝奏明君。

炮响三声兵马动,耀武扬威回帝京。
三军浩浩向前走,众将荡荡前面行。
走到州府州官迎,走到府城府官迎。
扬鞭跨马往前走,三军凯歌闹沉沉。
路上威风多热闹,不觉到了帝王城。
满城官员摆驾接,君王亲自出朝廷。

迎接国公把殿进,二十四拜谢明君。
二位国公同启奏,君王亲自下龙廷。
双手一把来扶起:"多劳将军有功臣。"
"我主洪福齐天大,朝中又出好能人。
今有国公罗通子,虎将英雄无比论。
四处解围功劳大,朝中栋梁保国臣。

济南粮草无其数，消灭贼子杀干净。
金银珠宝有数万，只解当今圣主人。
活捉三王囚车内，于今解到五朝门。
番邦杀死苏烈将，宫殿尽把化灰尘。
龙凤山上公主女，她与罗通阵上盟。
明关她杀金凤女，重围解除立大功。"
君王见奏龙心喜，即宣罗通小将军。

罗通来到金阶下，二十四拜口称臣。
秦王天子龙心喜，御手亲扶叫爱卿：
"右边金椅请坐下，报你将军有功臣。
寡人江山全靠你，父子英雄四海闻。
寡人今日封赠你，封你朝中国公臣。
前封俸禄三千石，还管朝中军并民。
龙凤山上公主女，封为寡人公主身。
越国夫人庄氏女，封为太太老安人。
速造你父忠臣庙，春秋二祭敬他身。
少爷即便将恩谢，二十四拜谢重恩。

君王殿上开金口，二位国公受皇封。
又封二位赐重爵，共掌山河一统春。
众位将军加爵位，君敬臣忠庆太平。

罗通即便来跪下：启奏我王纳微臣：
"臣的父亲三王害，害死我父痛伤心。
臣为父亲将仇报，四处征战找仇人。
杀死苏烈人一个，三王被我活擒身。
于今现在囚车内，粮草财宝解朝廷。
我父只为江山死，忠心保国把命倾。
臣今启奏无别事，要得三王祭父坟。"
臣家世代忠良将，我王且看一点情。"
君王当时准了奏，君敬臣来施任行：

留这三王成何用，三王任你怎样行。
罗爷又谢秦皇主："臣谢我主准奏恩。"
君王当时开金口，吩咐两班摆王主。
君王殿上摆酒宴，君臣同乐太平酒。

君臣宴罢把酒散，罗爷辞别转回程。
三王囚车同路走，千军万马一路行。
在路行程来得快，自家门在面前存。
一直走到罗府内，轰轰烈烈闹沉沉。
少年拜了宗和祖，又拜太太与娘亲。
祖母娘亲心欢喜，犹如天上掉下星。
太太、夫人多欢喜，忽然罗家一时兴。
吩咐家里宴席酒，大摆筵席贺三军。

酒席筵前将儿呼："哪里去了一年春？"
罗通见问开言道："祖母娘亲在上听。
自从神风摄儿后，金天圣母传法精。
我在山上一年整，心中思想八九分。
回家要看祖和母，只想父仇把冤伸。
走到仙山遇公主，强迫山上同结盟。"
少爷正在待言说，跪下月娥公主女。
太太、夫人忙扯住，婆媳初逢喜十分。
庄氏叫声娇生女："亏你阵前受风惊。"
少爷又来开言道："祖母娘亲听儿论。
皇上准了你儿本，明日去祭父亲坟。
活将三王来祭父，倒浇蜡烛点天灯。"
太太、夫人心欢喜，拜谢皇天开眼睛。
一夜置办多停当，赏赐三军到天明。

不觉次日天明亮，少爷安排祭父坟。
传令晓谕不禁止，士农工商着忠臣。
众位将军得下令，不敢违令人留停。

百拜祭礼都安排，只等少爷来动身。

罗爷当时来披挂，浑身上下白如银。
大小三军都挂孝，打锣儿郎顶孝巾。
兵将祭礼都预备，炮响三声就动身。
转弯抹角来得快，到了罗爷父坟墓。
百样祭礼坟前摆，三军抬到坟前存。
三王绑在引杆上，桐油一桶淋上身。
文武百官都来祭，万岁御祭在此存。

少爷跪在坟前哭："哭声父亲听儿论。
哭声我父死得苦，都是三王起贼心。
丢我祖母年纪迈，无人侍奉痛伤心。
又丢我的生身母，无舵怎把船来行？
丢下你的罗通子，将将只有两岁零。
无父独母把儿抚，亏了我的娘一人。
孩儿读书得神教，传授武艺法宝精。
苏烈你儿杀死了，活捉三王祭父坟。
杀父冤仇沉海底，也有今日把冤伸。"

不唱少爷把父哭，众官相劝住了声。
百官祭礼都贡献，鼓乐喧天把令行。
忙把香蜡来点起，大炮连天闹沉沉。
金钱纸马坟前化，蜡烛烧香点天灯。
少爷三跪九叩首，学士捧读痛祭文。
看的人儿无其数，老幼男女人挤人。
有人叹息忠臣苦，有的叹息奸贼人。
都说忠臣有好报，今日忠臣把冤伸。
又说奸臣有报应，还要剥皮来抽筋。

不唱众人来叹息，又表众官祭坟墓。
百官祭礼多威盛，坟前陈列甚分明。

爆竹惊天如雷响，四跪八拜乱纷纷。
拜罢已毕方才了，荐灵辞别转回程。
一概冤仇今日报，恭喜老爷放了心。
丈武百官齐开道，国家除害岁万年。
百官一齐都辞别，大小三军合归营。

少爷回到罗府内，拜见太太与娘亲：
"尊声太太、我娘亲，一切冤仇报完成。
我家世代忠良将，尽忠报国把功成。"
这是罗家报仇事，留与后世永传名。
冤仇一本唱完了，几句闲言助助兴。
留得此歌常常在，消愁解闷过光阴。

六十八、王佐断臂

"王佐断臂"故事出自清代钱彩编次、金丰增订的长篇英雄传奇小说《说岳全传》（最早刊本为金氏余庆堂刻本，共20卷80回），"王佐断臂"也是36计"苦肉计"的著名案例。"王佐断臂"故事后被编入京剧《八大锤》（又名《朱仙镇》《王佐断臂》），是著名的京剧曲目。

南宋时，金兵南侵，金兀术与岳飞在朱仙镇摆开决战的战场。金兀术有一义子，名叫陆文龙，这年十六岁，英勇过人，是岳家军的劲敌。陆文龙本是宋朝潞安州节度使陆登的儿子，金兀术攻陷潞安州，陆登夫妻双双殉国。金兀术将还是婴儿的陆文龙掳至金营，收为义子。陆文龙对自己的家世完全不知。一日，岳飞正在思考破敌之策，忽见部将王佐进帐。岳飞看见王佐脸色蜡黄，右臂已被斩断（已敷药包扎），大为惊奇，忙问发生了什么事。原来王佐打算只身到金营，策动陆文龙反金。为了让金兀术不猜疑，才采取断臂之计。岳飞十分感激，泪如泉涌。王佐连夜到金营，对金兀术说道："小臣王佐，本是杨幺的部下，官封车胜侯。杨幺失败我只得归顺岳飞。昨夜帐中议事，小臣进言，金兵二百万，实难抵挡，不如议和。岳飞听了大怒，命人斩断我的右臂，并行命我到金营通报，说岳家军即日要来生擒狼主，踏平金营。臣要是不来，他要斩断我的另一只臂。因此，我只得哀求狼主。"金兀术同情他，叫他"苦人儿"，把他留在营中。王佐利用能在金营自由行动的机会，接近陆文龙的奶娘，说服奶娘，一同向陆文龙讲述了他的身世。文龙知道了自己的身世后，决心为父母报仇，诛杀金贼。王佐指点他不可造次，要伺机行动。

金兵此时运来一批轰天大炮，准备深夜轰炸岳家军营，幸亏陆文龙用箭书报了信，使岳军免受损失。当晚，陆文龙、王佐、奶娘投奔宋营。王佐断臂，终于使猛将陆文龙回到宋朝，立下了不少战功。

金兵入寇侵中原，宋室江山受摧残。
徽钦帝异域蒙难，众黎民饱经涂炭，

为雪之前靖康耻，誓死杀敌战完颜，
宋有英豪岳鹏举，大败金兵仙镇前。
金兀术屡遭败北，一听岳胆战心寒。
为此进表要战将，调来殿下陆文龙，
想那干儿本领大，想把败局来扭转。
文龙年方十六岁，作战勇猛且非凡。
他力敌五员宋将，全不怕车轮大战。
宋将领呼家弟兄，双枪下死得甚惨。
宋营内无力拒敌，免战牌营外高悬。
太平年宋将王佐，战后退归到营盘，
伤心独坐在灯下，不明想后又思前。
陆文龙他年龄小，年纪勇猛又善战，
我军无人是对手，拒敌无策甚忧烦。
岳元帅精忠报国，真叫那气壮河山，
决心要直捣黄龙，败金迎接二圣还。
而今局面难胜算，出此困境怎心安。
元帅待我似手足，此事我直愧心间。
归顺以来功未建，处此局面怎心安。
越思越想心越烦，怎样才能把敌歼。
猛然想起了往事，眼前一亮心豁然。
离先生是前辈贤，预谋刺庆例在先。
诈降兀术敌情探，待机行事杀完颜。
若能所获死心甘，报效国家理当然。
敌营须细心大胆，略一思成竹胸间。
王佐把个人安危，全部丢弃在一边，
主意定了决心下，且看他的意志坚。
站起身来取下剑，左手握剑举龙泉。
照定右臂就一剑，痛咬牙关他自残，
喀哧哧的一声响，他昏倒在桌案前。
为国残身忠心鉴，义勇将军载名传。
苏醒半晌睁双眼，浑身疼痛起立难，
残忍程度不一般，血流满地身抖颤。

强挣扎将身站起，忙把断臂来包严，
吩咐随身的军士，走风声我不容宽，
忍疼迈步出营去，他去要把元帅见。
岳帅见此大惊色，近前来用手相搀，
王佐他口尊元帅，就把计策来详谈，
岳帅为之深感动，连忙把他贤弟唤。
说你这又是何苦，自己非把自身残，
赶快回营去调治，勿轻入虎穴龙潭，
贤弟你切莫任性，哎你要听我相劝。
王佐说我心已定，望元帅莫再阻拦，
不许诈降那番营，小弟死在您眼前，
说着话他就实现，以头撞柱寻短见。
元帅一见王佐决，一心诈降不再劝，
一片感动在心间，只好同意出营盘。

再说好汉这王佐，手拿断臂金营前。
他把金兵小番唤，禀报狼主莫迟延。
就说我是特意前，前来要把狼主见，
这个小番禀明了，急忙禀报兀术前。
番兵带进了王佐，匍匐跪在大帐前。
金帅兀术他一见，王佐面色好难看，
胆大奸细何敢来，来我金营有何言？
王佐跪爬声悲颤，举起断臂狼主观。
我人本是洞庭湖，杨幺之臣皆因奸。
奸人他把地图献，小臣无奈心不甘。
只得归顺了大宋，暂时顺在岳南蛮。
狼主进军宋以来，战无不胜威震天。
日前打败宋兵将，又有殿下来助战，
连日来宋军大败，岳飞为此甚忧烦。
昨夜晚召集众将，商议如何来应战，
小臣我把利害讲，说明关系对他谈。
徽钦二帝已蒙难，那个康王宠幸奸，

奸佞之君只享福，谁敢对他进忠言。
平王率兵二百万，长驱直入进中原。
所向披靡石击卵，只败难胜这一战。
不如彼此讲和好，罢干戈保半江山。
岳飞不听良言劝，说我军中乱胡言。
蛊惑军心好大胆，下令斩首不容宽。
众将上前求赦免，才有现在我这般。
那个岳飞盛怒下，砍我右臂甚凶残。
叫我金营把信送，狼主退兵莫耽延。
如不杀到金国后，鸡犬不留才算完。
小臣我说声不来，他还要把左臂砍，
人无臂膀难活命，前思后想好为难。
无奈才来把信送，详查方知是实言。
金帅兀术这一见，王佐叙述真切言。
溢于言表情可鉴，凄惨情形甚可怜。
顺搭着了这王佐，语言悲怆多委婉，
金帅兀术信为实，破口大骂岳南蛮。
遭此不幸实可惨，封你苦人养天年。
各处大营随你串，晓瑜各营莫阻拦。
王佐闻谢将身站，从此居住金营边。

无所事事经常那，给金小番故事谈。
会说书的苦人儿，金营之中都传遍，
招得那许多番兵，对他都是甚喜欢。
一日来到文龙营，见位妈妈迎上前。
慈祥面容多和善，躬身施礼把话言。
特把殿下来拜见，妈妈说他去游玩。
王佐听话忙动问，姐姐口音定中原。
今天能把亲人见，葬身异国也心甘。
这话勾起伤心事，不由一阵心内酸。
你苦哪有我命苦，流落番邦不再言。
话说至此留一半，不敢继续往下谈。

王佐恭敬一旁站，流露深情眉宇间。
和蔼可亲情无限，屋中落座往事谈。
说我本是陆文龙，乳娘一个想当年。
金宋交兵一场战，他爹妈死甚可怜。
当时文龙刚三岁，小小孩儿多凄惨。
被金兀术掳到了，北国如今十三年。
深仇大恨不知晓，认敌作父老身残。
我为此事终日忧，愁也不敢吐实言。
我见将军宇不凡，此番前来必有见。
老身我才不避生，死也要把往事谈。
若使文龙认了祖，才称老身我心愿，
也不枉我在北国，忍辱偷生这多年。
就是那死去的陆老夫妻也能闭眼，
归宗云龙这样事，定能含笑在九泉。
乳娘抽抽噎噎的，泣不成声讲一遍，
王佐认真仔细想，王佐闻听也心酸。
暗想老人家忠义，心实可敬不一般。
更是难得女人呀，忍辱负重这多年。
想至此处真心劝，您莫悲痛莫伤感，
想方设法使文龙，为他父母报仇冤。
王佐断臂乳娘面，说反文龙返中原。
忠心为国头可断，扶宋室何惧身残。
怀壮志，入虎穴，刺探敌情不避险，
断臂说书美名传，甘冒生命身涉险。
断右臂诈降金营，为的是把敌情探。
金兀术深信不疑，对王佐同情悯怜。
封他苦人留金营，方晓文龙始末源。

王佐探明了情由，心中高兴非一般。
一到次日他准备，停妥来把殿下参。
正赶上那陆文龙，王佐他忙礼搭讪。
苦人儿你会说书，你给我说上一段，

殿下您既然要听，我就献丑在驾前。
文龙手挽着王佐，走进了厅堂之内，
命小番你快些去，给苦人儿备果盘。
再把上好的香茗，给他泡上整一碗，
你一边吃边品茶，一边再把故事谈。
王佐谢过了殿下，我给您说上一段，
叫声千岁听仔细，名字叫越鸟朝南。
春秋时吴越两国，互相征战年连年，
吴国打了大胜仗，班师奏凯把乡还。
战败国越王勾践，只得纳贡称臣贤，
将美女西施敬献，随带鹦鹉人话言。
诗词歌赋会说讲，说出每句人喜欢。
西施吴国十幸宠，鹦鹉一句也不言。
后来越国又战败，西施女把越国转，
那鹦鹉它回到了，越国复又把话言。
这故事意味深长，王佐一边把头点，
我再给您说一段，古有义马恋故园。
名字叫骅骝向北，真乃是奇闻一件，
这故事就发生在，我们大宋真宗年。
杨元帅他派大将，孟良去到那辽国，
盗了来一骑宝马，这匹宝马不一般。
自它到了南朝后，整天蹄跳不安然。
不住的向北长嘶，好像是慨然而叹，
七昼夜它不吃草，有意饿死在中原。
皆因是它思北国，是把故乡来留恋，
兽类它尚且不愿，不在异国把身安。
文龙连连地点头，止不住的来称赞，
良马好比是君子，此话确实是实言。
再把忠孝说一段，好的曲目选一选。
我再给您说一段，殿下您会更喜欢。
只需是您一人听，他人听了不方便。
陆文龙他命左右，全都退到营外边。

众小番们尽散去，王佐取出画一卷，
他急忙地打开画，图让文龙仔细观。
画着有一处厅堂，狼主面带着凶悍，
有员大将中间站，南朝打扮面色惨，
一手拿着把宝剑，自己自刎在堂前。
还画着一位夫人，悬梁自尽说无言，
有个仆妇旁边站，怀中抱个小儿男，
看这光景甚凄惨，文龙王佐把话言。
快把情由说一遍，他尊殿下听我谈。
狼主统兵猛凶悍，要夺大宋的河山。
金兵遍布处处有，无辜人民四逃散，
弃家乡，抛田园，唤地不应忙呼天。
哭泣哀怨声凄惨，丧沟渠尸战火连。
百姓流离经战乱，叫人痛心不堪言。
潞安节度猛奋战，抗强敌兵孤无援。
破城潞安州失陷，节度报国刎堂前。
夫人她也悬了梁，自缢尽节把身陷，
可叹忠良和夫人，他们大义又凛然。
襁褓中的一个人，小公子哭声甚惨，
幸有那忠义乳娘，急忙紧抱在胸前。
父身亡娘亲丧尽，真是令人很浩叹，
山河碎，家国破，就在顷刻战之间。
这情景催人泪下，使人撕肝又裂胆。
陆文龙他听至此，他也倍感到心酸。
听到此处生不忍，忙问小公子可在？
王佐言到孩子他，乳娘带到北国养，
如今长大已成人。如今他可有本领？
武艺超群真英勇，无比能力敌万人。
不替父母报仇恨，心甘情愿认敌父。
他叫什么名字呀？他就叫个陆文龙。
文龙听到勃然怒，说胆大的苦人儿，
竟敢巧借说个书，以书为名辱小王。

上前揪住了王佐，非得治理你瞎言。
就在此时猛听得，后堂有人放声哭，
跑至前厅抱住了，陆文龙说公子呀，
这就是你亲生的，父母为国捐躯的，
一段真实的情况，多年老身何曾忘。
此仇此恨是大事，皆因你年纪尚小，
不敢对你来说明，今有将军断右臂，
冒死前来投番营，对你说明真实情。
此乃你陆家恩人，你你你你不再言。

文龙听到此处时，呆迟半晌泪满面，
扑通跪倒图画前，说不孝儿今日见，
方知二老双亲事，是为国家殉的难，
这种国恨和家仇，今生决不共戴天。
哭罢一会将身站，不杀兀术心怎甘。
你看他剑眉直竖，虎目圆睁浑身胆。
仓啷啷啷响一声，就抽出了佩宝剑，
王佐上前将他拦。说陆公子你孤身，
金兵势多人又众，你去蛮干怎能行？
倘若有失必遭擒，大事难成枉心田。
画虎不成反类犬，长远计议方保全。
文龙闻言忙下拜，王佐上前将他搀。
文龙说多蒙恩公，请您教诲加指点，
要杀兀术该怎样，行事我愿闻教言。
王佐反复要稳健，万万不可露破绽，
必须要和岳元帅，取得联系取方案。
里应外合方稳妥，报家仇，雪国恨，
杀死兀术败金兵，反掌之间就实现。
文龙连声将头点，恩公教诲记心间。
二人就此结下盟，暗地行动把事办，
窥探敌情察军机，不日就得敌消息。
忙把敌情整理好，射箭投书宋营地，

金兵部署全报告,军机全对岳帅谈。
岳帅掌握了敌情,调遣大军勇奋战,
浴血大战败金兵,朱仙镇前捷报传。
好王佐大智大勇,断去右臂入敌营,
令人敬仰令人赞,秉忠心怀英雄胆,
为了国家把身残,青史标名国先贤。
王佐故事这一段,万古留名万古传。

六十九、四郎探母

北宋时期，杨家为抵抗北方各少数民族的南侵，全家男女老少齐上阵，演义出了一个个感人的英雄故事，至今在民间流传。这里单说杨家第四子杨延辉的故事。

《四郎探母》一名《四盘山》，又名《北天门》。取材于杨家将故事，但情节却与《杨家将演义》有所不同，其歌本的基本意思是：杨四郎延辉在宋辽金沙滩一战中，被辽掳去，改名木易，与铁镜公主结婚。十五年后，四郎听说六郎挂帅，老母佘太君也押粮草随营同来，不觉动了思亲之情。但战情紧张，无计过关见母，愁闷非常。公主问明隐情，盗取令箭，四郎趁夜混过关去，正遇杨宗保巡营查夜，把四郎当作奸细捉回。六郎见是四哥，亲自松绑，去见母亲等家人，大家悲喜交集，抱头痛哭。只是匆匆一面，又别母而去。宏观歌本，对四郎、公主和其他重要人物的情感刻画都很鲜明、生动。正因如此，民族之间的残酷争战对人的正常亲情所造成的巨大损害，就更让人思索不已。

【题曰】

南北不合两条龙，一条雌来一条雄。
雄的本是宋天子，雌的乃是肖银宗。

树有根来水有源，前朝后汉表不完，
四郎探母唱一番。
延辉宫院自思叹，想起当年好惨然。
沙滩会上一血战，血成河尸骨堆山，
杨家将东逃西散，杀得儿郎滚马鞍。
本宫改名脱此难，辽国匹配上凤鸾。
天佐摆阵国交战，老娘押粮到北番。

有心宋营去探看，无有令箭咋过关。
笼鸟有翅难施展，浅水困龙在沙滩，
弹打雁失群飞散，离山猛虎落平川。
思母不由肝肠断，想娘珠泪实难干，
眼望高堂母难见，母子相逢梦里圆。

不表延辉自思叹，再说铁镜女貂蝉，
风和日丽思游玩。
芍药、牡丹红一片，艳阳春天百鸟喧，
本邀驸马同游览，看他终日愁眉间。
莫是夫妻冷少欢，思游秦楼玩楚馆，
抱着琵琶想别弹，思乡故土念中原。
公主女流智谋广，猜透延辉腹机关。

延辉心事她看穿，闭口不敢吐真言，
铁镜跪在皇宫院。
过往神听咱誓言，我露消息若半点，
三尺悬梁尸不全。夫妻对面说根源，
未曾开言泪满面：贤妻公主且听言，
听某表表我家园。父老令公官爵显，
母佘太君生七男。只为宋王爷还愿，
仁美诳驾到北番。父保宋王双龙宴，
弟兄上阵会沙滩。大哥替王席前难，
二哥短箭死惨然，三哥马踏尸泥烂，
五弟削发奔深山，六弟掌帅三关战，
七弟被射死高竿。某本四郎姓名换，
得攀公主前世缘。

听他实言说一番，吓得浑身都是汗，
十五载今吐真言。
原是杨将姓名换，思想骨肉不团圆，
走上前去表心愿，驸马听她肺腑言：

父王死在您兄箭，二家仇敌结姻缘，
论理将您绑上殿，夫妻深情人作难。
上天令结成姻眷，又看阿哥情可原。
前事一笔勾休怨，夫妻恩到老百年。
早晚休怪我怠慢，不知不怪要海涵。

我和你好多少年，夫妻恩情实匪浅，
公主海量胸坦然。
当初有苦姓名换，怕坏家声污祖先。
只想辽邦苟残喘，不想与你配凤鸾。
老天撮合难料算，二人白头弃前嫌，
延辉有日眉舒展，不忘公主恩如山，
夫妻果真情匪浅，南北千里良姻缘。

因何事故不能安，终日长吁又短叹，
有甚心事只管言。
非我终日愁眉展，有桩心腹不敢言，
天佐摆阵两国战，我娘押粮来北番，
有心过宋去探看，怎奈深宫难出关。
为人子者讲孝道，人生一世孝当先。
公主一听夫君言，您要见母咱不拦。
多蒙贤妻明大义，允我前去把母探。
怎奈无有金令箭，让我怎得过了关？
有心去拿金令箭，公主怕您不回还。
延辉让她放心宽，一见母亲即刻转。

宋营离此路途远，一夜之间怎回还，
难料福祸心不安。
宋营离此路虽远，快马加鞭一夜还。
适才要咱盟誓愿，您对苍天表一番。
公主要我盟誓愿，双膝跌跪地平川，
我若探母不回转，黄沙盖脸尸不全。

一见驸马盟誓愿，咱家才把心放宽。

驸马后宫巧改扮，盗来令箭好出关，
只等一切准备完。
公主前去盗令箭，本宫心内好喜欢，
备上爷的千里马，扣好连环爷出关。
辽宋不和常交战，千里边关起狼烟，
先夫曾摆双龙宴，不料中箭魂归天。
哀家摄政把兵点，要与先王报仇冤。
天门大阵摆得险，誓夺大宋锦江山。
杨家与我曾结怨，今又领兵犯阵前。
人来摆驾银安殿，处理公务莫等闲。
怀抱娇儿盗令箭，心意忐忑实难安。
将身来在银安殿，见了母后把驾参。
我儿不在后宫院，来在银安有何言？

几日未见母后面，特上殿来问娘安，
皇母心里好喜欢。
我儿仁孝把亲惦，母女何必常问安！
举目抬头四下观，御案现有金令箭，
不能到手也枉然，低下头来忙盘算。
猛然一计想心间，母后爱把阿哥抱，
常拿令箭逗他玩，暗将阿哥掐一把，
阿哥哭得轻叫欢，孙儿啼哭为哪般，
小子平日被娇惯，又要母后令箭玩。
论令条该将他斩，我儿说话理不端。
别人要令该严管，孙要只管拿去玩，
我今交汝金令箭，五鼓天明定归还。

谢罢母后金令箭，速交驸马好出关，
一路之上要安全。
人来摆驾后宫院，兵书战策再细观，

适才后宫巧改扮，脱去胡冠紫罗衫，
无檐毡帽齐眉掩，三尺龙泉挂腰间，
将身且在宫门站，公主盗令好奔关。
巧计诓来金令箭，驸马孝义当成全。
为夫我把母后骗，血海干系担在肩，
叮咛嘱咐莫迟缓，五鼓天明令要还。
虽然分别只一晚，为人必须礼当先。

辞别公主把路赶，公主有话请快谈，
今日一别难得见。
铁镜女儿拦马前，千言万语泪涟涟，
此番见了婆婆面，与咱捎上几句言，
儿愿婆婆常康健，儿愿太君寿绵延，
倘若五更不回转，你知母后法森严。
无令交还银安殿，母子宫闱赴黄泉。
公主不必把心担，本宫誓言记心间，
倘若五更不回转，忘了公主欺了天。
千金一刻不能缓，泪汪汪出雁门关。
驸马出宫把母探，今夜怎能睡得安？
将身且回后宫院，五鼓天明盼夫还。
奉了太后金令箭，命咱把守雁门关，
人来带路关前站，有人过关仔细盘，
乔装改扮把路赶，归心似箭问娘安。

催马来在关前站，叫声军爷听我言，
请开关门要过关。
听说一声要令箭，翻身下了马雕鞍，
取出信物拿去验，把关军爷仔细观，
果是太后金令箭，验罢凭证请过关。
边关来往人混乱，把守关口莫等闲。
我观此人好面善，好像朝中驸马官。
急报国舅去查看，以免惹祸生事端。

不说四郎出了关,又说宗保到关前,
帐中奉了父帅命,巡营瞭哨探敌兵,
三岔路口来站定,黑夜巡察要小心。
宗保马上忙传令,叫声军校听分明:
天佐摆下无名阵,他要夺我锦乾坤。

前者个个有封赠,退后莫怪有军令,
背插令箭去游营。
耳边听得銮铃震,快快撒下绊马绳,
披星戴月赶路径,快马如飞似箭行。
眼望前途灯光影,刀山剑海杀气腾。
大胆且把宋营进,闯进辕门见娘亲。
宋王御驾来亲征,延昭军中掌帅印。
千里押粮老娘亲,天波女将把兵领。
要扫狼烟保太平,军威士气皆大振。
扶保大宋捍黎民,辽邦摆下无名阵。
满营将官解不明,宗保巡营观动静。
中途路上遇贤人,赠我兵书三卷整。
才知番邦阵有名,行兵御敌须谨慎。

群策群力破天门,宗保马上来说定,
见了父帅说分明。
擒住番邦一奸细,奉请父帅问详情。
口口声声要见父,现有令箭为凭证。
六郎听罢忙升帐,快听奸细说分明,
大吼一声如雷震,杨家将令鬼神惊!
迈步且把宝帐进,上面坐定同胞人,
弟兄分别无音信,怎知今日回宋营。
将身且站宝帐等,问我一言答一声,
本帅帐中观形影,见一番汉帐中行,
无檐毡帽戴一顶,黄龙马褂很合身。

龙行虎步非凡等，黑夜灯下看不真，
上前把话问分明。
本帅开言把你问，你是番邦什么人？
家住哪州或哪郡，要见本帅为何情？
延辉听罢忙回应，家住山后磁州郡，
火塘寨上有家门，我父令公官一品，
我母佘氏老太君，十五年前沙滩会，
为兄战败被辽擒，六弟下位把兄认，
我是四哥回宋营，问罢言来知名姓，
原是四哥回宋营，人来快把门掩定，
自己骨肉认不清，与兄亲自松了捆，
弟兄相会放悲声，忽听帐内哭声震。

六郎闻言开口讲，宗保快来听详情，
弟兄分别十五春。
兄在辽邦招了亲，闻听老娘来北郡，
乔装改扮回宋营。四哥失落在番境，
老娘盼坏嫂夫人，宗保进前听一令，
晓谕帐外众三军，你伯今晚宋营进，
帐内帐外莫高声，哪个走漏此音信，
定斩人头不容情！帐中领了父帅令，
急忙晓谕众三军，贤弟老娘可安寝，
现在后帐养精神，有劳贤弟把路引。

拜望老娘诉别情，不说六郎来认定，
又说太君老龄人。
宋王御驾征北塞，太君虽老军务在，
两国不和把兵排，六郎军中挂了帅，
老身押粮千里来，杨门女将把兵带，
要与辽邦把战开，灯花结彩好奇怪。
是喜是忧费疑猜，四哥且站后帐外，
烦禀老娘请罪来，六郎当时把母拜，

四郎返回在帐外，八姐九妹听言讲，
连忙去请四嫂来，抱住四郎泪满腮，
点点珠泪洒胸怀，沙滩会上遭惨败。

杀得杨家好悲哀，父子九人筋头栽，
大哥替王枪刺坏。
二哥短剑赴泉台，三哥马踏如泥块，
儿与八弟落番邦，一十五载未归来，
唯有五弟性情改，削发出家在五台，
我儿六弟他还在，镇守三关为元帅。
可叹七弟被潘洪，乱箭攒身尸无埋，
儿父困在两狼关，无救兵碰死塞外，
死的死来亡的亡，杨门忠烈好哀哉。
为娘只说我的儿，恐怕一命已不在，
今天夜晚哪阵风，把我儿又给吹回来。

延辉听言泪满腮，老娘亲请在上来，
您儿在此大礼拜。
千拜拜了一万拜，也折不过儿罪来：
孩儿被擒番邦外，只想一死早安埋，
怕坏家声姓名改，哪知不死脱祸灾。
肖后还把儿错爱，铁镜公主配和来，
儿困番邦十五载，常把老娘挂心怀。
胡地衣冠懒穿戴，每年花开心不开，
闻听老娘到北塞，乔装改扮探母来。
见母一面愁眉解，愿娘福寿永无灾。

太君听后泪满面，叫声我儿听我言，
细把详情说一番。
沙滩会上大不该，奸臣诓圣驾五台，
敌众我寡遭惨败，杨家送死受祸灾。
儿陷被擒处无奈，改名得福配裙钗，

夫妻恩爱不恩爱，公主贤才不贤才？
公主仁德量如海，可算贤孝女裙钗。
仇家结缘能化解，深明大义巾帼才。
她盗令牌来得快，要儿捎话慰娘怀，
本当过营将娘拜，两国相争不便来。

太君闻言开言讲，媳妇贤德我心爽，
早晚迎她进府堂。
迟早接她过门来，眼望番邦多感慨，
国仇家恨难分开，杨门卫国把民爱，
酸甜苦辣心底埋，六弟请上受兄拜，
贤弟可挂忠孝牌，杨门正气传数代，
常把忠孝记心怀。二妹也来受兄拜，
愧煞愚兄男儿胎。四哥休要把妹拜，
侍奉娘亲理应该。我儿失落番邦外，
你妻未曾伴妆台，听一言来我惊呆，
好似钢刀刺心怀，我在番邦另欢爱，
愧对糟糠理不该，你家四嫂今何在？
巡营后帐未出来，有劳贤妹把路带。

辞了太君出帐来，儿去一会就回来，
六郎后帐把宴摆。
四哥接风莫迟挨，不说六郎忙摆宴，
孟氏夫人是内贤，我夫失落番邦外，
音信杳无苦哀哀，夫妻分别十五载，
不见鸿雁传书来，八姐九妹来见定，
四哥且等后帐外，报与四嫂接您来。
四哥回营把你见，千言万语涌心怀，
失落番邦十五载，不知如何避祸灾？

四郎闻言肝肠断，两眼哭得泪涟涟，
今日再会实在难。

沙滩一战宋兵败，隐姓埋名躲祸灾，
哪料肖后来错爱，铁镜公主配和谐。
得知老娘到北塞，乔装改扮回营来，
来见母来问安泰，免得贤妻挂心怀。
结发之情今不在，错配婚姻理不该，
他日夫妻讲恩爱，贤妻休要把我怪。
我有苦衷口难开，若不如此死塞外。
身不由己命安排，望你再等三五载。
大破天门转回来，夫妻哭得肝肠坏。

三更探母五更转，不觉来到四更天，
辞别贤妻出帐幔。
归期紧迫不能呆，辞别贤妻出帐外，
孟氏夫人哭得坏，拉住夫君不放开。
你要走良心何在，心悬两地意徘徊。
堂前老母年高迈，你把为妻怎安排？
岂知老娘年高迈，船到江心马临崖？
夫妻见面好惨怀，四郎上前来朝拜：
辞别老娘返塞外，耳听帐外哭声哀，
孟氏夫人哭声振，再与婆婆诉苦来，
他刚回来就要转，世上哪有狠心崽？
四郎闻言肝肠断，前有誓言实无奈。

三更探母五更转，不觉已到五更天，
辞别老娘把帐还。
各位都听我来讲，难舍老娘年高迈，
难舍六弟将英才，难舍二妹令兄爱，
难舍发妻两分开，更鼓频催时不待，
转还辽邦莫迟挨，抛别一家把马带，
苍天有眼再回来。太君一听泪满面，
一见我儿回北塞，若再相逢梦中来，
生离死别实无奈，全是命运来安排。

不说四郎回营转，再说门官把言传，
番营又是别样天。
宫廷走了木驸马，太后命我把他拿，
星夜赶到关门下，栅子口儿等候他，
去时谯楼初更打，归来东方已白发，
雁门关前勒住马，要拿之人就是他。
适才关门下战马，二位国舅将我拿，
莫非宫中生变卦，走漏消息害了咱，
军校提刀把人杀，顶天立地何惧怕，
舍得人头高竿挂，舍得两膀用绳扎。

放胆闯进殿脚下，生死二字抛开它，
学个孩童口叫妈。
一见木易跪殿下，不由番后怒气发：
为何出关快回话，莫不私通大宋家？
昨日出关去溜马，回到关前被擒拿，
您儿行事未出岔，岂敢私通大宋家？
你妻诓令有欺诈，想必为你这冤家？
观你不像木驸马，你是大宋哪家娃？
劝你还是说实话，真名实姓一一答。
不通姓名也是死，通了姓名更要杀。

延辉一听心如麻，罢了还是说实话，
且看把我怎发落。
我父杨业陪王驾，我母太君讳赛花，
弟兄七人来生下，八姐九妹女娇娃，
母后问我哪一个，排行四郎就是咱。
太后闻言难相信，不想对头成亲家，
只说留客招驸马，原来他是老杨家！
前世孽债真不假，今生定要赔还他，
哀家偏不还孽债，我要大宋锦中华，
来人推出殿脚下，午时三刻问斩杀。

听得母后令传下，延辉心中乱如麻，
刀手押爷法场下，如今落得用刀剐。

且说公主把郎等，忽听国舅来报信，
叫她着实吃一惊。
前去法场观动静，但见驸马绑法绳，
驸马身犯何等令，快快醒来说分明。
场上绑得昏不醒，只见公主到来临，
盗令探母被指证，因此法场问斩刑。
若念夫妻有情份，快到银安讲人情。
不念阿哥父丧命，斩我延辉嫁他人。
驸马暂受一时捆，咱家上殿讲人情。
迈步且把银安进，问我一言答一声。

我儿不在后宫庭，来到银安为何情，
快快上前说分明？
驸马犯了何条令，因何捆绑问斩刑？
夫妻合计盗我令，反把言语问娘亲？
驸马犯罪理当问，看在儿面把罪轻，
母后不把人情准，倒叫咱家无计行。
下银安把驸马请，一同哀告老娘亲。
我哭一声老太后，我叫一声老娘亲
当初被擒就该斩，不该与儿配为婚，
斩了儿臣不打紧，儿的终身靠何人？

国舅也把情来请，太后闻言怒满横，
尔等是非咋不分？
休与他人讲人情，连你二人同斩定。
母后再三不应允，倒叫咱家怒气生，
当初被擒就该斩，不知驸马出杨门。
斩了驸马儿无靠，再与我儿配为婚。
好马不配双鞍子，终养我儿也可行。

阿哥年幼谁教训，请了乳娘请先生，
万望母后施恻隐，不能不能万不能。
母后心如铁石硬，全可不念母女情。
铁镜一看计不成，下得银安无计定。

再说番后自思论，想起先王丧了命，
纵有国法理要论。
怎奈世事难料定，冤家反结儿女亲，
自古家和万事顺，家有纷争国不宁。
不看僧面看佛情，还看阿哥小孙孙，
我若斩了木驸马，怕得失却母女情，
驸马探母把亲省，我若斩他留骂名。
哪有人子不孝亲，两国交战将材紧，
赦人小过用贤能，登高方能望远景。
本该斩了仇家人，又怕公主受孤凌，
天地人和国事兴，人头暂寄活人颈，
若再有错又论刑，法场赦免驸马命。

国舅闻后好高兴，同呼太后是高论，
我主量大果英明。
快将驸马带上殿，千层浪里翻身转，
百尺高竿得命还，适才太后将我斩，
多亏公主把情宽，千钧道义先谢你，
公主贤德美名传。母后得罪咱赔情，
千万莫要记心间。夫妻双双银安进，
叩谢太后恩不斩，赐你夫妻一支令，
快去镇守北门天。
领兵巡防须谨慎，戴罪立功保边关。

结尾赞

歌唱此处打一等，这是北宋书一本，

四郎探母存孝行。
虽是余下来编唱,礼义人和重万钧,
母后也尊仁与爱,治邦以德国当兴。
乌鸦尚有反哺例,羊儿还有跪乳恩,
可见仁子要行孝,为人第一要忠诚。
为人不孝二双亲,不如走兽与飞禽。

七十、宜城缅怀张自忠将军组歌[①]

1. 抗战史上第一人

自忠将军号荩忱，他是山东临清人。
一身正气受人敬，赤胆忠心动古今，
陆军上将总司令。

少小立下生死愿，为国为民不敷衍。
生要对得起同胞，死要对得起祖先。
只要求得良心安。

十四年抗战威风凛，打得日寇胆战惊。
忠肝义胆报国志，胜似前朝岳家军，
古今中外留美名。

喜峰口打得敌丧胆，台儿庄打得敌掉魂。
随枣战役建奇功，宜城战役他献身，
抗战史上第一人。

---

① 宜城缅怀张自忠将军组歌，1940年5月16日，张自忠将军率部与侵华日军浴血奋战，壮烈殉国于宜城十里长山。张自忠将军是中国抗日战争中以上将集团军总司令身份为国捐躯的唯一一人，也是第二次世界大战中世界反法西斯阵营50余国战死沙场的最高将领。张将军殉国后，宜城的田头、村巷、茅舍、茶馆、酒店，传唱着大量田歌、小调、山歌、曲子等民谣，纪念、学习、宣传、缅怀张将军。妇孺老幼唱，唱了几十年。1989年，宜城文化馆编辑《宜城县民间歌谣集》，"民谣缅怀张将军"成为其中的一个亮点。现摘抄数首（略有改动）。

2. 张将军血战南瓜店

一九四〇年，血战南瓜店①。
敌众我寡力量悬，将军巍如山。

河在人也在，河亡人不全。
誓与襄河②共存亡，虽死也心甘。

将军殉了国，人民泪不干。
哭得长山低下头，襄河怒涛翻。

3. 将军禁烟

集团三十三，官兵抽大烟。
昨天来了李长官③，下令禁鸦片。

将军张自忠，是个血性汉。
听了长官戒烟令，说办就要办。

先缴司令部（烟枪），后搜师和团。
三天之内全禁绝，真是不简单。

4. 修渠

白起灌鄢后，长渠议复修。
高呼喊来瞎空吼，年年似水流。

将军住宜城，访得民要求。

---

① 南瓜店，位于宜城市新街乡的长山，张自忠将军抗日战争时期牺牲于此。
② 襄河，汉江流经襄阳段称襄河。
③ 李长官，李长官即李宗仁。

报告呈请湖北省，电报襄专署。

前线战事紧，要去打日寇。
将军临行千万语，希望早复修。

5. 让道

蛮河岸边林荫道，道上有座独木桥。
桥上只能单人走，人来人往要让道，
常为抢道发争吵。

对岸老乡来抢道，不知将军已上桥。
护兵见状高声喊，将军摆手叫莫吵，
急忙转身退下桥。

老乡过桥脸发烧，下得桥来直检讨。
您老重任在身上，怎能让我小民道，
将军让道自古少。

6. 白鹤子一飞往上升（田歌）

白鹤子一飞往上升，唱个抗日的张将军。
手拿穿山透海镜，仗仗打败日本兵。

白鹤子一飞往上镖，张将军抗日是英豪。
杀得鬼子尸遍野，臭肉黑血肥荒草。

白鹤子一飞像朵云，鬼子最害怕张将军。
闻听将军到枣阳，慌忙逃窜到宜城。

7. 调兵歌（小调）

奴在房中闷沉沉，忽听门外调兵。不知调哪军。
东军西军都不调，单调革命五十九军，调去打日本。
吃菜要吃白菜心，当兵要当革命军，杀敌有本领。
部队原是西北军，军长就是张荩忱，战场有威名。

8. 将军英名留心中（哭长城调）

正月里来是新春，听我唱个张将军。
将军名叫张自忠，他是山东临清人。

二月里来是花朝，自忠天津把学考。
法政大学毕了业，投笔从戎当军校。

三月里来是清明，自忠立志在军营。
精忠报国学岳飞，坚决打败侵略军。

四月里来是立夏，将军带兵有办法。
纪律严明军风好，战场杀敌顶呱呱。

五月里来是端阳，将军战死在沙场。
十里长山鲜血染，南瓜店前将星丧。

六月里来热难当，将军尸骨用船装。
装到重庆梅花山，梅花山上葬忠良。

七月里来七月七，想起将军泪滴滴。
七七事变战火紧，卢沟桥上战强敌。

八月里来桂花香，想起将军有力量。
临沂大捷军威震，接着又战台儿庄。

九月里来是重阳，想起将军有名望。
鬼子闻听吓破胆，个个吓得像筛糠。

十月里来小阳春，想起将军住宜城。
大人娃子都喜欢，不误农时不扰民。

冬月里来雪花飘，想起将军品德高。
人说他是活关公，一身正气冲云霄。

腊月里来一年终，襄河人民哭英雄。
泪水洒满襄河水，将军英名留心中。

9. 民族英雄万代传（哭五更调）

一呀一更里，月儿上山冈。
唱一个张将军过襄江。过江打东洋。
民国二九年，正是麦子黄，
打罢随州打枣阳，又到宜城摆战场。

二呀二更里，月儿渐渐高，
张将军战斗长山腰，手拿指挥刀。
五月十六日，敌人得情报，
发现将军在前哨，三个师团来包剿。

三呀三更里，月儿当了顶。
日寇的包围越发紧，枪炮不行用刀拼，
弹尽粮也绝，援兵无音信，
将军沉着把战应，三次突围都不行。

四呀四更里，月儿偏了西。
将军实在太危急，随从劝他快转移，
将军发誓言，生死不足惜，

临阵逃脱最可耻，要为中华争口气。

五呀五更里，月儿落了山，
将军连中三颗弹，浑身上下鲜血染，
将军殉了国，人民泪不干，
一颗将星归了天，民族英雄万代传。

第五编

秦巴歌本中宝贵历史经验教训

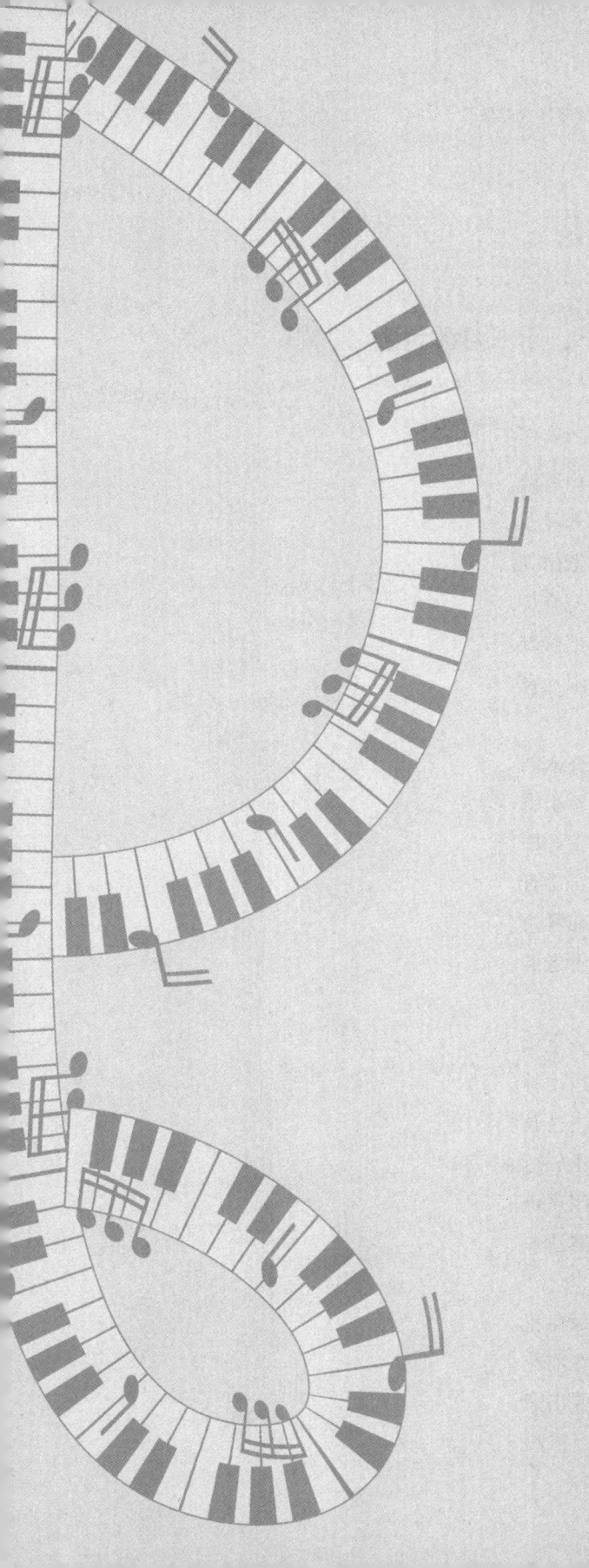

七十一、十二月醒世歌

正月里，是元宵。世人哪晓内蹊跷。
闲来无事回光照，三丹田内养灵苗。
赤龙下山寻海岛，黑虎兴波把山朝。
无影寺中参玄妙，方寸堂前把香烧。
和尚不住鸣金鼓，哑童聋女把磬敲。
抚琴弄笛金鸡叫，天下人民闹元宵。

二月里，惊蛰天，百花开放在人间。
可叹世人迷不醒，迷真逐妄梦里眠。
朝秦暮楚图财宝，贪妻恋子费心田。
有日命尽无常到，阎君面前苦难言。
地狱受苦谁替换，孝顺儿女在哪边。
奉劝世人快快醒，修个长生不老仙。

三月里，是清明，家家户户去上坟。
好笑愚痴男共女，收拾打扮遍山林。
登山玩水观景致，青红紫绿色色新。
牛放桃林耕大地，马入华山不放行。
山中猿猴来献果，林内黄鸟叫声声。
男女快快回头转，不可留恋看清明。

四月里，四月八，闲看池中绿荷花。
看来世事万般假，人生好似春前花。
梵王太子三辞驾，洪基不爱要出家。
因他四门闲游耍，看透生死自叹嗟。

轮回苦恼心中怕，拜求燃灯去削发。
得受真传先天跨，谁不朝贺四月八。

五月里，是端阳，叹尽英雄及帝王。
忠臣义士古来有，未见哪个得久长。
屈原功高盖天下，平蛮诛寇伴君王。
封功袭爵王褒赏，功冤屈原去投江。
盖世英雄且如此，何况草野众愚氓。
不如回头修善果，大家乘舟过端阳。

六月里，暑热天，人生犹如梦里眠。
叹壤无生老父母，倚门悬望泪如泉。
日日只念失乡子，流浪生死为哪端。
贪恋东土虚花景，何年何月才回还。
趁早寻个安身处，拜求明师指玄关。
翻转南阳一片土，种下种子转先天。

七月里，七月半，盂兰大会①在眼前。
古庙老僧承首办，无影寺里会人缘。
回顾黄庭将经念，超度众生入涅槃。
四面八方男共女，各人趁早办盘餐。
不贪名来不图利，抛却家园去朝山。
诚意念佛功圆满，脱离轮回上九天。

八月里，是中秋，善男信女早回头。
眼前有个好门路，太公放下钓鱼钩。
渭水河边下一线，愿者鱼儿快上钩。

---

① 盂兰大会，又称盂兰盆节，是指每年农历七月十五日，也称盂兰盆会、中元节。需要注意，一定意义上，中元节归属道教，盂兰盆节归属佛教。有些地方俗称该节日为鬼节、施孤，或亡人节、七月半等。印度佛教仪式中佛教徒为了追荐祖先举行"盂兰盆会"，佛经中《盂兰盆经》以修孝顺励佛弟子的旨意，合乎中国慎终追远的俗信，于是益加普及。中国从梁代开始照此仿行，相沿成中元节。不过后来除设斋供僧外，还增加了拜忏、放焰口等活动。

趁水合泥莫错过，莫等河干现日头。
抽身快快逃命走，出了三关上龙楼。
跪求皇天来搭救，超出天外任汝游。

九月里，是重阳，普天仙子办道场。
先天发下洪誓愿，要度众生出迷疆。
当时领下玉敕令，四大部洲访贤良。
孝顺人家把船放，明德之人讲纯阳。
荣华富贵三更梦，夫妻儿女梦一场。
大齐约伴归家去，同赴龙华享福长。

十月里，小阳春，苦海茫茫万丈深。
波浪滔滔无限苦，大地众生尽沉沦。
观音慈悲来救苦，放下慈航海上存。
有缘男女来探问，上船拨起顺风行。
艄公拨正渡人舟，水手安下定南针。
客货俱齐方向定，狂风吹到九霄云。

冬月里，雪花飞，遍地鹅毛撒成堆。
雪里寒风吹满地，男女怎不转归回。
贪恋红尘有甚好，死在眼前怨着谁。
雪山太子来修炼，一心向道心不隳。
娑婆①改为银世界，大家着力朝紫微。
忽然一片白云起，飞到金阙显神威。
腊月里，了一年，世人哪晓这机关。
劳碌奔波苦中苦，杀生害命为过年。

---

① 娑婆，不同于"娑婆世界"中的"娑婆"。根据佛教的说法，人们所在的"大千世界"被称为"娑婆世界"。"娑婆"是梵语的音译，也译作"索诃""娑河"等，意为"堪忍"。共有两层意思：一层意思是说"娑婆世界"的众生罪业深重，必须忍受种种烦恼苦难，故"娑婆世界"又可意译为"忍土"，被称为"五浊世间"，是"极乐世界""净土"的对立面，这里容易产生各种罪孽，因此说"大千世界，无奇不有"；另一层意思，指释迦牟尼等佛菩萨很能忍受劳累，在污浊的"娑婆世界"中不懈地教化众生，表现出大智，大悲和大勇的精神。

有的收拾回家转，有的奔忙找银钱。
家中父母悬悬望，倚门悬望泪不干。
年尽世界休贪恋，遗过旧年换新年。
收圆结果回家转，灵霄宝殿会慈颜。

七十二、帝王将相醒世歌

自从太极甲子开，三皇出世治世界，
悠悠闪出帝王来。
盘古开天人之初，圣人传教有诗书。
评训古，名句读，为学者，必有初。
楚汉修起三分路，水流四海归五湖。
宋齐梁陈短阳寿，元明大清一旦休。
无常到了归阴府，只落灵魂一部书。

世上只有天地大，盘古头上分造化，
万物皆是红尘下。
日月本是天地眼，望见青山带笑脸。
生死年多少，红尘皆下因。
期数难以定，去问十阎君。
生日轮回算不清，六十花甲定了心。

六十花甲做得巧，知生知死寿仙好，
生死轮回算不到。
定天定地定阴阳，定生定死定无常。
阳有阳天子，阴有十阎王。
生死簿子判官掌，罚的众生在世上。
不怕当朝为天子，不怕封神又拜将。
无常到了都一样，生死轮回谁敢挡。

劝君莫把名利留，五经四书有讲究。
谁人能得千年寿。

日出东方又转西，水流东海不回头。
眼见龙虎来相斗，回首黄山苦作休。
思想三代夏商周，转眼秦楚齐归刘。
看得春秋战国后，几辈豪杰阎君收。
个个忠良凭天就，汗马功劳一笔勾。

盖世英雄不定义，定义就是刀下鬼，
一涨二退三息水。
昔日武王去伐纣，八百载来最长久，
江山倒了五福寿，一人难把乾坤扭。

铁打的乾坤云道开，提起江山有兴衰，
江山也有兴和败。
昔日霸王别虞姬，一对鸳鸯两分离。
只为江山愁双眉，皇天逼人怎哭啼。
莫道乌江血染衣，铁打的江山一脚踢。

好个三皇并五帝，一朝兴来一朝退，
周辙东来五纲坠。
个个英雄忠良将，没有一个好下场。
个个忠良凭功劳，临死只落血染刀。
不再英雄武艺高，南柯梦中归阴曹。

观看一代帝王主，一驾多少文和武，
无常到了归阴土。
春起东周与强秦，回头望见楚汉争。
楚汉灭了三国兴，司马懿来诸葛孔明。
孔明造就其中情，高过南阳不关门。
无常到了命归阴，都做南柯梦中人。

听得三国息战马，眨眼就是唐天下，
前人造酒后人呷。

单看满江擦眼水，一去东海转不断声。
世上征战全，苦用多少心。
修起江山路，谁知短行春。
哪有天地后人修，哪有龙子和龙孙？

好个关爷浪淘沙，历代帝王多孤寡，
哪个常常坐天下？
说有道君无道王，什么架海紫荆梁。
伍子胥来吴越王，还有韩信和霸王。
挣下功劳草上霜，哪个英雄得久长？

圣人留下文和理，在此来把古人提，
随后再拿古人比。
自有无极生有极，有极返来生太极。
太极又来生两仪，两仪后来生三才。
三才后来生四象，四象生五子。
五子后来生六合，六合生七星。
七星生八卦，八卦生阴阳。
神农皇帝尝百草，轩辕黄帝制衣裳。
禹夏商汤秦楚汉，三分南北至隋唐。
梁晋唐宋多少将，元明大清个个强。
这些前朝英雄将，哪有一个在世上。

古今生死天天有，不唱天长和地久，
来把古人表一首。
自从太极造甲子，上留先天下留子。
算定人间生和死，定尽人间寿高时。
定天定地定阴阳，定生定死定无常。
争名夺利一世亡，无常到了一扫光。

七十三、十二月古人

锣鼓一住我接声，奉请列位侧耳听，
听唱花名带古人。
李子开花李老君，八仙阵上第一名；
萝卜开花小罗成，夜打登州战杨林；
桃子开花陶三春，三下河东打头阵；
葫芦开花胡敬德，手提钢鞭十八节；
阳雀开花杨宗保，穆柯寨上把亲招；
木瓜开花穆桂英，大破天门掌帅印；
前朝古人表不尽，听唱十二月古人名。

正月里来闹元宵，家家户户红灯照，
敬德月下访白袍。
只有仁贵手段能，淤泥河上立功名，
勃辽兴兵犯唐境，御驾亲征李世民，
铁世文他打头阵，围困唐军白虎城，
徐茂功来观天星，唐王出阵亲查营，
夜袭城关铁世文，追赶唐王无路寻，
马踏淤泥在河心，大喊三声谁救命，
江山与他平半分。来了白袍薛将军，
方天画戟手中存，拍马提枪过河心，
搭救唐王转回程。出兵三江白虎城，
并肩王爵封在身，功名世袭天下闻，
后出薛刚闹花灯。

二月里来是花朝，望春花儿开得早，

千里路上保皇嫂。
提起汉朝古一段，东西一汉二世传，
二十四帝交汉献，黄巾造反天下乱，
董卓领兵入朝关，好酒贪色掌大权。
刘备本是景帝传，结拜关张在桃园，
大破黄巾功劳显，又战吕布虎牢关，
只因兵少根基浅，后来兵败泗水前，
大哥北海投孔融，三弟占领古城山，
只有关公带家小，为保嫂嫂糜奵贤，
白马寺前来打尖，奉孝郭嘉心肠险，
兵交三千张文远，英雄来把英雄见，
约法三章见曹瞒：一保嫂嫂行住安，
二要千里马备鞍，三访桃园三兄弟，
千里之外都不远，只要弟兄信来传，
一切万事丢一边。不觉三年事曹瞒，
汉寿侯爵赐金匾，得知兄弟古城边，
封金挂印去相见，杀六将来出五关，
擂鼓三通显手段，怒轩蔡阳古城前，
兄弟相会泪不干，尊兄敬嫂是圣贤，
后保刘爷坐西川。

三月里来是清明，桃李花开碎纷纷，
赛过勤王南点兵。
无道昏君是隋炀，大反天下十八王，
个个英雄难尽讲，各路雄才踞瓦岗。
一边恼了北平王，这厢出了靠山王，
四十六友贾家楼，混世魔王劫贡饷，
罗成又把响马放，老忠臣是伍建章，
大骂金殿美名扬。宇文化及篡朝纲，
昏君游玩凿运杭，又到扬州把花赏，
恼了天下英雄将，扬州灯会出乱棒，
打死杨广扶李唐。

四月里来四月八，葫芦开花倒起挂，
直钩垂钓姜子牙。
好酒贪色殷纣王，万里江山如沸烫，
女娲庙里去上香，提诗淫秽惊三皇。
女娲怒开万妖幡，放出三妖乱朝纲，
九尾妖精出幡来，扰乱天下无纲常。
鹿台逼死姜皇娘，虿盆又杀忠良将，
贤臣死在炮烙上，挖心死了比干相，
又剜杨任眼一双，储君太子荒丘藏，
四路王侯把弓张，夜梦飞熊是姜尚，
身背一道封神榜，辞别师父出山岗，
打神钢鞭三尺长，封诸神来斩万将，
就是要保周文王。

五月里来是端阳，栀子花开满园香，
剑斩白蛇汉刘邦。
昔日有个刘百万，家有财富千万千，
他与常家结姻缘，常氏妇人貌如仙，
刘家接她留香烟，夜得一梦非等闲，
青衣公子降下凡，所生刘邦不一般。
从师学艺天台山，学艺三年转回还，
回家路过芒砀山，见一白蛇把路拦，
口吐人声叫连天，要与赤帝争江山，
本是祝融把世转，一听此言怒冲天，
腰中拔出青龙剑，一刀两断截成双，
两截蛇身各飞天，蛇尾飞到洛阳去，
蛇头飞又到长安，变成霸王争江山，
洛阳王凤后专权，所生王莽人丁单，
平帝懦弱不能干，王莽篡位十八年。

六月里来太阳红，荷花开在水当中，
魏征丞相斩老龙。

紫微星降长安城，星蕴摧动帝位生，
帝王传交李世民，掌管万里景乾坤，
四海清平朝阳生，龙君海底无事情，
龙王太子小熬闹，身到东海去结亲，
只因面红一身青，东海龙女不应允，
二龙不合动刀兵，误了行云布雨情。
他动刀兵不打紧，世间大旱三年整，
举国上下遇灾情，贞观体民动了真，
夜半三更上天庭，状告龙王害生灵，
玉帝接状动慈心，怒斩龙王问罪刑，
钦点文昌为监军，文昌转世是魏征，
接旨梦游龙宫行，午时三刻问斩刑，
他把老龙头斩定，鬼混唐朝几世春。

七月里来七月七，谷子花开在水里，
牛郎织女苦夫妻。
牛郎原本出天庭，他是老君看牛人，
老君炼丹在修行，留下童儿管牛身，
七七四十九日整，不见老君转回程，
童儿一时走了神，手抱膝盖把觉困，
走了青牛害唐僧，悟空天宫问原因，
找到太上李老君，责任追到牛童身，
打下凡间受苦刑，因此身到南山外，
哥哥不爱嫂不亲，放牛度日过光阴。
童儿一时发善心，疼爱牛儿胜自身，
牛是青牛投的生，那日织女下天庭，
南山阳湖把身净，青牛教唆童儿身，
偷了织女彩衣襟，天庭下来女八个，
转回只有七个人，惊动王母狠无情，
织女召回天界去，留下一对小儿女，
哭哭啼啼要娘亲，金梭一对留凡尘，
要追妻子上天庭，二人做了亏心事，

天河隔断夫妻情。

八月里来八月八，遍地花香开桂花，
黎山老母传兵法。
万里江山不一家，吐蕃犯唐把兵发，
仁贵征西出人马，锁阳关前把营扎，
寒江关上遇樊家，吐蕃边关头阵打，
樊家父子把兵发，樊洪老将把帅挂，
樊龙樊虎把鞍驾，还有一女樊梨花，
黎山门下学兵法，学法三年转回家，
正遇两国把仗打，丁山学艺禅门下，
七岁上山学兵法，不觉二九到十八，
兵法武艺谁比他，师父催他把山下，
替父领兵保唐驾，二人冤家变亲家，
惹出一段大笑话，丁山三休樊梨花，
杀夫投唐就是她。

九月里来是重阳，菊花开得遍地黄，
千里救友是宋江。
昔日匡胤红脸汉，陈桥兵变掌大权，
家天下来世代传，至四世来乾坤乱，
丞相太尉太过贪，平民生活实艰难，
各路豪杰各揭竿，临西田虎把兵攒，
王庆起兵在淮南，方腊他把河北占，
晁盖聚义在梁山，曾头市上把命残，
雷碣才来开天眼，上起三十六天罡，
七十二地煞位占，共计一百零八单，
梁山好汉美名传。

十月里小阳春，百样花儿霜打尽，
昔日行孝惊动天地神。
安安送米七岁整，王祥为母卧寒冰，

张孝打凤救母亲，丁兰刻木双亲敬，
孟宗哭竹冬生笋，郭巨卖儿天赐金，
武吉孝母打柴卖，卖身葬父是董永，
黄香温席孝母亲，曹安为娘杀儿身，
孝母耕田是虞舜，文帝尝药敬母亲，
鹿乳奉亲是周剡，周莱彩衣娱双亲，
闻雷泣墓是王裒，陆绩怀橘敬母亲。
二十四孝讲不尽，劝君尽孝莫迟行。

冬月里冬月一，雪花开在北风里，
孟姜女子送寒衣。
葫芦结籽生孟姜，喜结良缘遇范郎，
遇上暴君秦始皇，拆散一对好鸳鸯。
范郎修筑长城死，孟姜哭倒长城墙。
贞烈女子性情刚，为保全节跳了江，
可恨嬴政心不良，万里路上筑城墙，
邪心天怒恨其长，死了烈女小孟姜，
亏了喜良少年郎，始皇臭名从此扬。

腊月里整一年，蜡梅花开朵朵艳，
张公百忍大团圆。
说百忍来话百忍；忍是大人之气量，
忍是君子之根本，不忍小事变大事，
不忍善事终成恨；父子不忍失慈孝，
兄弟不忍失爱敬；朋友不忍失义气，
夫妇不忍多争竞；
刘伶败了名，只为酒不忍；
陈灵公灭了国，只为色不忍；
石崇破了家，只为财不忍；
项羽送了命，只为气不忍。
仁者忍人所难忍，智者忍人所不忍，
思前想后忍之方，装聋作哑忍之准；

忍字可以走天下，忍字可以结邻近；
忍得淡泊可养神，忍得饥寒可立品；
忍得勤苦有余积，忍得荒淫无疾病；
忍得骨肉存人伦，忍得口腹全物命；
忍得语言免是非，忍得争斗消仇恨；
他的毒手自没劲，须知忍让真君子；
莫说忍让是愚蠢，忍时人只笑痴呆；
忍过人自知修省，就是人笑也要忍；
莫听人言便不忍，世间愚人笑的忍；
上天神明重的忍，我若不是姑要忍；
人家不是更要忍，事来之时最要忍；
事过之后又要忍，人生不怕百个忍；
人生只怕一不忍，不忍百福皆散消；
一忍万祸皆灰烬，这是一首十二月古人名，
仁人君子记在心。

七十四、乱唱十古人

一更唱到二更深，前朝古人表不尽，
十个古人唱一阵。
一唱梁山伯祝英台，同学三年来结拜。
日同书案共砚台，他却不知女裙钗。
太白金星实不该，拿了山伯地府来。
金童玉女下尘埃，三次婚姻成亲败。

二唱柏春把年拜，丈人丈母大不该。
二老出去没回来，丢下金花姐裙钗。
柏春拜年去恭喜，金花厨房办酒菜。
酒席吃了都如意，酒醉命送断头台。

三唱湘子来化斋，前门不化后门来。
不化米来不化财，单化林英姐裙钗。
林英一听大发恼，手拿鞭子赶在外。
湘子回了终南山，永断夫妻难恩爱。

四唱雪梅吊孝来，他父教书在讲台。
尚公子，出书房，雪梅要送蚊帐来。
尚公子，回书房，有缘相见女裙钗。

五唱文官包文拯，日夜阴阳把案裁。
断了宫中断午门，又断仁宗认母爱。
无头冤案他明断，得了一根还阳带。

过阴床上过阴枕，无价宝珍荷包①揣。

六唱仁贵征东海，九天玄女送宝来。
无字天书送一本，白虎鞭子也不赖。
仁贵征东称英雄，龙门阵上称豪杰。

七唱罗成把魂现，他报亲恩惹祸灾。
殷齐二王挂了帅，要他先行使了坏。
来到河北战场上，七天七夜粮米衰。
身受一百零八伤，命亡锁喉实不该。

八唱乌江霸王出，他父始皇独断裁。
又赶山来又填海，龙王巧计把他败。
鄱阳湖中开酒店，死鬼访进他门来。
酒席吃完就成亲，半夜偷鞭回城寨。

九唱无道是纣王，东山庙中朝香拜。
女娲娘娘动了怒，配他妲己江山败。
照妖镜上通天性，玉石琵琶一精怪。

十唱世上行孝人，孟宗哭竹冬笋来。
王祥为母寒冰卧，朱氏割肝救母灾。
董永卖身葬了父，玉皇女儿来结拜。
七姐下凡配董永，给他结根传后代。

---

① 荷包，方言，衣服口袋的意思。

七十五、叹世歌[①]

1

亡人无事去游玩，进入南柯梦里边，
梦见白蛇缠竹竿。
太白仙家把梦圆，叫声亡者仔细看，
并非白蛇缠竹竿，那是亡人引路幡。

2

人生在世几秋冬，好似南柯一场梦，
转眼就到夕阳红。
争上下来分雌雄，蜂巢蚁穴瞎折腾，
醒来原是一场梦，一片痴心付秋风。

3

人生在世苦纷争，好似悟空闹天宫，
收场不闻锣鼓声。
富贵荣华一场梦，高官厚禄是虚名，
临死百样影无踪，人争闲气一场空。

[①] 叹世歌，此歌本由博主秦郎哥哥收藏。

4

光阴似箭催人老，不觉转眼白发到，
亡者坟墓后人扫。
日落西山又东升，人生恰似采蜂蜜，
采得花儿春心动，到头还是一场空，
人争闲气有何用，尽赴南柯一梦中。

5

叹红尘花花世界，人生易老天还在，
谁人能保千年泰。
昔日孔子和孟子，哪有人生他不死，
秦王汉王楚霸王，哪个人生得久长，
杨家一门忠良将，个个死得好凄凉，
多少朝臣与帝王，尽是如梦在黄粱，
无常一到都一样，同到阴曹见阎王。

6

叹日月来泉水流，叹人生来驹过沟，
箭离弓弦不回头。
十八王子来争斗，争名夺利不罢休，
周游列国写《春秋》，只为江山添锦绣，
不管帝王和将侯，大限一到万事休。

7

世上多少英雄将，你争我夺立朝纲，
哪个英雄在世上？
盖世英雄数风流，哪个英雄得长久？
心想五湖明月在，且看唐梁晋汉周。

盖世英雄李存孝，临死尸骨分五牛，
盖世英雄李元霸，世间无敌天灭他，
好似龙虎来相斗，临死冤仇一笔勾。

8

粉笔墙上将诗题，名利二字把人迷，
争夺江山有何益。
庞涓只为做高官，残害师兄双膝剜；
马陵道上万箭穿，身败名裂臭名传；
霸王别姬乌江边，江南子弟哭苍天；
黄巢杀人八百万，败寇命归鬼门关；
酆都城里鬼喊冤，无头冤孽万万千。

9

自从盘古开天地，三皇五帝立世界，
至今三十六朝代。
盘古开天人之初，圣人"四书""五经"留，
张良扶汉灭了楚，隐居深山不回头，
韩信封官淮阴侯，逼死霸王乌江投，
三国梁唐晋汉周，江山败后如水流。

10

万里江山如浪滚，黄泉路上无定准，
寸金难买寸光阴。
为人没有早回头，酒色财气一笔勾，
幽王贪色戏诸侯，薛刚贪酒斩满族，
石崇贪财今何处，周瑜争气把命丢，
世事好比浪推舟，能回头早早回头。

11

万里江山如谢花，世事好比浪推沙，
穷了东家有西家。
阮郎刘晨采药间，途中遇见二神仙，
山中方半岁，世上几百年，
去时楚汉争天下，回来刘备坐西川，
八辈玄孙都不认，天台山中去安身。

12

渔樵耕读四大贤，四首佳话留人间，
前人留下后人传。
出世容易处事难，莫把光阴当等闲。
鱼游千江水，虎奔万重山。
一龙养气口，读书做高官。
君子不得志，开口便叫难。
人生几度在梦间，黄泉路上都一般。
日月如梭能运转，谁能躲脱鬼门关。

13

世上只有王为大，太极图上画八卦，
万物都在红尘下。
日出辰时太阳红，照在世间万物生，
江山面不改，天地无止终，
昔日汤伐夏，转眼周辙东。
人生一世在梦中，英雄豪杰一场空，
后来君王做三梦，日落西山又出东。

14

江山万里如墨画，非是一人坐天下，
哪有久贫长富家？
盘古初分并三皇，五帝君王日月长，
夏商周来年久长，春秋战国动刀枪，
赶山塞海秦始皇，并吞六国手段强，
历来多少英雄将，哪有一个在世上？

15

万里江上如谢花，人生好比浪推沙，
哪个永远坐天下。
昔日英雄楚霸王，他与刘邦动刀枪，
日月留不住，英雄谁罢休，
有生必有亡，有败必有伤。
江山好比水推浪，人生好比瓦上霜。

16

万里江山如浪滚，人生好比富贵井，
寸金难买寸光阴。
为人何必苦争斗，能快活来莫忧愁，
穿双登云靴，架起五色舟，
好比老君骑铁牛，要学神仙四海游。

17

始皇蓬莱求寿长，楚汉动起刀和枪，
铁打江山也要让。
不怕文采高百斗，但怕妙计高一筹，
不怕修起江山路，但怕江山一时丢，

且看龙子与龙孙，前人修路后人行。

18

看破世事东逝水，哪怕儿女成双对，
大限一到谁管你。
为人在世好恓惶，东奔西走紧忙忙，
又怕家贫妻儿苦，又怕不慎丢豪富，
无常一到万事休，哪有天长并地久？

19

为人在世莫夸有，哪怕银钱装百斗，
难买阴曹一条路。
昔日有个沈万三，家有银钱堆成山，
有钱难买鬼门关，大限一到丧黄泉。

20

为人莫要与命争，五行八字命注定，
寿长寿短不由人。
昔日有个诸葛孔明，神机妙算比人能，
心想三国归一统，六出岐山也枉行；
昔日有个女英台，她到南学读书来，
结拜公子梁山伯，许配姻缘不得成；
这是由命不由人，命中没有枉费心。

21

为人在世莫夸有，哪怕银钱装百斗，
难买青发不白头。
你有千顷好良田，也有粮钱堆成山，

你有骡马栓满栏，也有牛羊满山间，
大限一到归了天，万贯家财是枉然。

22

观看世界如推磨，花花世界又转过，
长命百岁有几个。
江水滔滔向东流，争名夺利结怨仇，
要想逃脱生死路，除非神仙把道修。

23

人生不知长和短，好似黄粱梦里见，
仔细思量好凄惨。
每日将计巧安排，东山跑到西山来，
哪怕银钱满车载，纵然万贯好家财，
无常一到不准挨，棺材一副土里埋。

24

人生好比一场梦，争名夺利一场空，
大限一到各西东。
夫妻好比同林鸟，儿孙好比鸡一笼，
若是黄鹰来打散，西的西来东的东，
彭祖活了八百春，终久还得见阎君。

七十六、十二月警世歌

正月里，是元宵，世人哪晓内蹊跷。
闲来无事回光照，三丹田内养灵苗。
赤龙下山寻海岛，黑虎兴波把山朝。
无影寺中参玄妙，方寸堂前把香烧。
和尚不住鸣金鼓，哑童聋女把磬敲。
抚琴弄笛金鸡叫，天下人民闹元宵。

二月里，惊蛰天，百花开放在人间。
可叹世人迷不醒，迷真逐妄梦里眠。
朝秦暮楚图财宝，贪妻恋子费心田。
有日命尽无常到，阎君面前苦难言。
地狱受苦谁替换，孝顺儿女在哪边。
奉劝世人快快醒，修个长生不老仙。

三月里，是清明，家家户户去上坟。
好笑愚痴男共女，收拾打扮遍山林。
登山玩水观景致，青红紫绿色色新。
牛放桃林耕大地，马入华山不放行。
山中猿猴来献果，林内黄鸟叫声声。
男女快快回头转，不可留恋看清明。

四月里，四月八，闲看池中绿荷花。
看来世事万般假，人生好似春前花。
梵王太子三辞驾，洪基不爱要出家。
因他四门闲游耍，看透生死自叹嗟。

轮回苦恼心中怕，拜求燃灯去削发。
得受真传先天跨，谁不朝贺四月八。

五月里，是端阳，叹尽英雄及帝王。
忠臣义士古来有，未见哪个得久长。
屈原功高盖天下，平蛮诛寇伴君王。
封功袭爵王褒赏，功冤屈原去投江。
盖世英雄且如此，何况草野众愚氓。
不如回头修善果，大家乘舟过端阳。

六月里，暑热天，人生犹如梦里眠。
叹壤无生老父母，倚门悬望泪如泉。
日日只念失乡子，流浪生死为哪端。
贪恋东土虚花景，何年何月才回还。
趁早寻个安身处，拜求明师指玄关。
翻转南阳一片土，种下种子转先天。

七月里，七月半，盂兰大会在眼前。
古庙老僧承首办，无影寺里会人缘。
回顾黄庭将经念，超度众生入涅槃。
四面八方男共女，各人趁早办盘餐。
不贪名来不图利，抛却家园去朝山。
诚意念佛功圆满，脱离轮回上九天。

八月里，是中秋，善男信女早回头。
眼前有个好门路，太公放下钓鱼钩。
渭水河边下一线，愿者鱼儿快上钩。
趁水合泥莫错过，莫等河干现日头。
抽身快快逃命走，出了三关上龙楼。
跪求皇天来搭救，超出天外任汝游。

九月里，是重阳，普天仙子办道场。

先天发下洪誓愿，要度众生出迷疆。
当时领下玉敕令，四大部洲访贤良。
孝顺人家把船放，明德之人讲纯阳。
荣华富贵三更梦，夫妻儿女梦一场。
大齐约伴归家去，同赴龙华享福长。

十月里，小阳春，苦海茫茫万丈深。
波浪滔滔无限苦，大地众生尽沉沦。
观音慈悲来救苦，放下慈航海上存。
有缘男女来探问，上船拨起顺风行。
艄公拨正渡人舟，水手安下定南针。
客货俱齐方向定，狂风吹到九霄云。

冬月里，雪花飞，遍地鹅毛撒成堆。
雪里寒风吹满地，男女怎不转归回。
贪恋红尘有甚好，死在眼前怨着谁。
雪山太子来修炼，一心向道心不隳。
婆婆改为银世界，大家着力朝紫微。
忽然一片白云起，飞到金阙显神威。

腊月里，了一年，世人哪晓这机关。
劳碌奔波苦中苦，杀生害命为过年。
有的收拾回家转，有的奔忙找银钱。
家中父母悬悬望，倚门悬望泪不干。
年尽世界休贪恋，遗过旧年换新年。
收圆结果回家转，灵霄宝殿会慈颜。

七十七、古人调　英雄谱

别的孝歌前不唱，比段古人悼新亡，
平生爱听又爱问，常听别人谈古今。

混沌初开盘古先，太极两仪四象悬，
子天丑地人寅出，避除兽患有巢贤，
燧人取火免鲜食，伏羲画卦阴阳前，
神农治世尝百草，治下五谷后人餐，
轩辕制衣能遮体，礼乐婚姻后世传，
少昊五帝民物阜，禹王治水引江泉，
无极太极轮洞进，盘古初开一个心，
一个男来一个女，一宗道来一宗生，
乾为天来坤为地，普提老母治世尊，
天上玉帝来掌管，地下皇王坐江山。

天有三宝日月星，地有三宝水火金，
国有三宝忠良将，家有三宝子贤孙。
甲寅年间佛出世，四月初八午时生。
李氏夫人怀道祖，癸卯年间孔子生，
冬月初九子时生，怀胎孔子颜夫人。
孔子怀胎十五载，老君八十单一春，
鸿钧一道传三有，老子一气化三青，
上青太青以玉青，三教原是一派分。
修成仙佛人不死，打坐弹塘装死人，
四大部洲漕溪路，阿弥陀佛一口吞。

洪水滔天换世界，伏羲女娲姊妹婚，
瑶池宫中王母座，群仙前侍护卫着；
凌霄宝殿玉帝坐，四大真人朝贺着；
八京宫中老君生，玉书童子把头叩，
西方莲台佛祖坐，十八罗汉占四角，
玉虚宫中元始坐，十二弟子紧跟着；
王母娘娘蟠桃会，东华帝君邀众仙，
群仙齐赴蟠桃会，会仙桥前遇八仙，
五老下棋笑满面，南极来现常生丹，
牛郎背来伏只干，八卦炉中炼金丹，
老龙胡鬓三排半，孔子眉毛盖眼前，
杨任他有四只眼，苍湖夫子少一肩，
李拐仙师道法高，中离①老祖把扇招，
国舅云板敲得好，果老②骑驴过仙桥，
洞宾背剑青风绕，湘子云端吹王哨，
湘姑手拿长生草，采合蓝内献蟠桃，
财神赐金福金钱，魁星点斗中壮元，
玉帝把旨来传下，七个仙人守桃园，
孙猴园中把桃盗，八卦炉中治罪愆，
孙猴无边法力大，炼得一双金睛眼，
天河上面九个弯，九个弯来九个滩，
二九树木中间站，九棵直来九棵弯，
九棵树上结桃子，九个甜来九个酸，
甜的拿来敬王母，酸的拿来散八仙。

晓星出来酬自个，七星出来妹妹多，

---

① 中离，指八仙中的汉钟离。八仙是中国民间传说中广为流传的道教八位神仙。八仙之名，明代以前说法不一，有汉代八仙、唐代八仙、宋元八仙，所列神仙各不相同。至明代吴元泰《东游记》始定为：铁拐李（李玄）、汉钟离（钟离权）、张果老（张果）、吕洞宾（吕岩）、何仙姑（何琼）、蓝采和（许坚）、韩湘子、曹国舅（曹景休）。据华轩居士考证，北宋中期应铁拐李之邀在石笋山聚会时始有八仙之说。后有八仙过海，各显神通名言。

② 果老，指的是八仙中的张果老，又称张国老。

织女要回娘家去，牛郎出来紧跟着，
跟得织女红了脸，取下金钗化成河；
七月七日会一面，会得情合意不合。
王母打扶绿席裤，老君拾得送上门，
老君使得铁牛叫，铁牛争断铁千金，
甲午年间天失火，癸卯年间地翻身，
烧得铁锅连天叫，烧得罐子就地哼；
张家有得绿席裤，开家有得藕丝裙，
山神拾得鬼离克，龙王拾得鱼眼睛，
山神搬山做板凳，龙王搬海做脚盆，
山神管得山中物，阎王管得世上人。
青龙山上水好吃，白虎山前水闹人[①]，
几朝君王多有道，几朝无道帝王君，
杰王[②]酒色宠妹喜，纣王听信狐狸精，
杀害忠臣无其数，诛妻灭子断后根。
摘星楼上摆酒宴，仙女都是狐狸精，
虿盆[③]肉林害宫女，又把比干挖了心；
大罗神仙犯杀界，五岳门人下山来，
三教共议封神榜，子牙背榜离昆仑，
渭水河中把鱼钓，保得周家八百春。

截教门人把阵摆，燃灯老师掌师印，
秦完摆下天绝阵，广发天尊破阵门；
赵江摆下地列阵，惧留使用捆仙绳，
袁角摆下寒冰阵，普贤真人来破阵，
孙良摆下化血阵，太乙神火来破阵，
圣母摆下金光阵，广成用印打阵门，
姚宾摆下落魂阵，精子下山来破阵，

[①] 闹人，方言，指有毒的意思。
[②] 杰王，指夏桀王。
[③] 虿盆，古代酷刑，将作弊官人光着脚，不穿鞋袜，送下坑中，喂毒蛇。相传为纣王与妲己发明。虿：蝎子一类的毒虫的古称。

白礼摆下烈焰阵，陆牙宝刀破阵门，
玉奕摆下红水阵，直君法宝破此阵，
张绍摆下红沙阵，南极仙翁破此阵，
三宝又要下山来，封神榜上也有名。

黄河恶阵分三才，此却神仙尽受灭，
老君骑牛把阵破，三宝阵中身亡故。
殊仙恶阵四门排，掌教又要下山来，
穿云关前瘟疫阵，子牙灭星又来临；
杨仁下山把阵破，阵主又是命归阴，
圣母又摆万仙阵，万仙恶阵不非轻；
四位教主把阵破，十二弟子得反本，
天下诸侯会孟津，纣王天子自火焚，
周家天下从此作，民安物丰享太平。

秦王他把长城修，如今也是古传名；
王莽篡位十八载，刘秀坐位兴汉庭；
列国孙燕哭洞好，忠孝扭天是孙膑；
司马平生再能忍，过去未来是孔明；
三国英雄表不尽，两晋贤王李世明；
元朝灭宋君宋室，元璋统一大国明；
崇祯上吊清兵进，中原二次外国吞。

仁宗皇帝登龙位，年年月月动刀兵。
杨家住在天波府，大唐山上有家门，
祖代公公杨高旺，父代公公杨救贫，
三代公公名杨滚，要说无名却有名，
杨滚生下杨继业，继业就是令公身，
令公生下七个子，八郎本是抱来的，
八子名叫八虎将，个个朝廷作将军。
作得将军领人马，弟兄闯进幽州城，
大哥江边来刺死，二郎短剑自分身，

三郎马踏如泥浆，四郎失困在番邦，
五郎怕死为和尚，六即三关把身藏，
只有七朗死得苦，七十二箭透心肠。
杨家姐妹个个强，还有八姐与九娘。
天门阵上穆小姐，威风凛凛把名杨。
百步挂帅老令婆，偷营劫寨是孟良，
番邦摆下天门阵，桂英阵前生小人。

天上神仙说不清，地下古人唱不尽。
二十四棵无根树，无根树来花正青。
唐僧西天去请经，八戒钉耙有九齿，
悟空毫毛有三根。
白袍小将来救驾，连人带马一根撬。

无根树来花正黄，把守三关杨六郎，
杀人放火是焦赞，偷营劫寨是孟良。

无根树来花正白，仁贵征东下地穴，
王禅老祖法力大，无字天书仁贵得。

无根树来花正香，刘秀十二走南阳，
姚其马武双救驾，一十八载在南阳。

无根树来花正红，常山有个赵子龙，
独殊四将来冲阵，年近七旬建其功。

无根树来花正黑，三闯袁门张翼德，
一而二来十而百，黄忠年迈发鬓白。

无根花来花正鲜，关公月下斩貂蝉，
百而千来千而万，周瑜出世在江边。

无根树来花正蓝，北宋有支好梁山，
周通酒醉雷官殿，智深大闹五台山。

无根花来花正青，身背宝剑吕洞宾，
洛阳桥上画如景，登断桥头是仙人。

无根树来花正梧，霸王乌江命呜呼，
苏武合蕃十五载，关公单刀赴东吴。

无根树来花正悠，吴汉保的是刘秀，
最久江山人百载，山伯访求祝英台。

无根树来花正长，桃园结义刘关张，
殷部彭越与韩信，夜判三分是重湘。

无根树来花正香，汉相辞朝是张良，
说合六国苏秦嘴，耿青走错上国王。

无根花来花正鲜，昭君娘娘合北蕃，
罗裙脱在金台上，双脚跳进鬼门关。

无根花来花正发，身背封神姜子牙，
大小神圣受朝封，付命还是玉虚宫。

无根树来花正鲜，杨戬大战孟津关，
津关阵前有仙道，陆庄要斩猿猴仙。

无根花来花正红，三次反唐苏保同，
唐王三次与亲征，三次搬兵程咬金。

无根花来花正威，金沙滩前双龙会，
两家大战沙场上，令公死在李陵牌。

七十八、英雄赋　叹古人

东临碣石曹公叹，一代奸雄豪杰揽。
酌酒赋诗争圣主，天下归心社稷撰。
二世曹丕把权握，屡次战绩把功谈。
落英诗酒逍遥在，曹植威临君王坛。
一代倾国冷艳姬，独把神功神技展。
深谋远虑司马懿，锦囊妙施诡计连。
几番忍辱留忍戒，顷刻化神极技显。
威慑连破群英离，真正帅才胆量宽。
更有智谋郭嘉在，扭转乾坤遗计绵。
奋战沙场夏侯惇，负伤驰骋刚烈健。
勇猛豪气唯典韦，千斤战斧强袭歼。
矫健统领独张辽，夜进敌营突袭围。
真人开光血祭兵，曹仁排阵守营前。
兵贵神速援兵来，夏侯渊到冲敌衷。
王佐良谋荀彧卜，阴阳八卦驱邪虎。
出师不意身濒危，锦囊解围节命图。
魏朝大将徐晃临，连施马术猛进军。
携手兄弟杀破狼，庞德连将敌兵凌。
于禁带兵溃散败，英勇毅重独占台。
先锋军统邓艾在，屯粮凿险将难排。
杨修密谋进谏出，恃才放旷啖酪图。
鬼才出策破天荒，惑军乱舞完杀将。
神勇气壮曹彰现，将驰沙场兵服降。
巾帼使者现贞烈，王异秘计将兵灭。
曹魏濒危无奈何，荀攸智愚奇策决。

钟会幼小自立事，手握权计桀骜掠。
吴主孙权谋天下，静观蓄势制兵马。
小妹英姿披红袍，尚香枭姬结婚嫁。
吴王赋权周瑜出，船头都督戴乌纱。
身现雄姿扩兵甲，反间诡计敌寇杀。
静观江湖独操琴，浮萍业炎神技化。
锦帆倚江一游侠，冲锋陷阵卸将马。
儒生谦逊独雄才，陆逊连营卸兵开。
白衣隐士泛舟渡，身怀绝技克己来。
兵从天降屠涉猎，攻心神技敌溃败。
轻身为国苦肉计，黄盖敌兵亦撤离。
意气英发惊五岳，太史天义震宇际。
一代天骄矜持花，倾国倾城女神化。
更有娇媚小乔在，天香红颜为诗画！
敌军欲剐双美艳，二乔从此皆流离。
吴朝惊有战神勇，历经百战啸天冲！
曾为吴主挡箭伤，身受十二犹豪勇！
又有猛将壮孙坚，胜战凯歌英魂现！
还现豪情烈胆在，凌统旋风袭营前。
江东铁壁护江山，徐盛挡兵破军陷。
惊起皇后吴国太，振臂挥袍来救援，
手擎甘露润伤员，补益折兵元气还。
张昭张纮连进谏，直批吴主把略换。
终派霸王孙策出，魂姿、激昂、制霸天！
又有城侯韩当援，弓骑漫天来解难。
吴主心忧敌难却，无冕步练师助战。
解围安恤疗伤患，追忆当年兴国难。
紧护艳姬程普在，三朝虎臣犹善战！
乱石惊空疠火击，还把醇醪退兵团！
蜀国兴起多磨难，皇叔结义现桃园。
为政清廉施仁德，扶贫济世社稷还。
一代武圣关云长，美髯长须赤兔单。

手持青龙偃月刀，英姿武魂顶青天！
更有猛将张翼德，万夫难挡咆哮战！
曾救子龙解围困，横刀立矛喝兵团。
群兵惊恐失魂魄，疾恶如仇将魂夺！
诸葛大名存宇宙，蜀朝兴衰功半留。
通晓阴阳八卦图，大雾火计妖术谋。
七星连击排八阵，呼风唤雨助将侯！
丞相施法观星宇，看破诡计造木牛。
流马储粮省财兵，连弩威震城池楼！
忠肝义胆终为主，苦心操劳白了头。
兵临城下蜀城危，孔明抚琴空城楼。
忠义胆谋无人及，诸葛圣名青史留。
一代武神赵子龙，一身银甲现勇猛。
手持单刀银月枪，一身龙胆震宇空。
为救幼主陷绝境，横刀立马啸天冲！
横扫千军全力开，众兵见龙卸甲来。
气吞五岳震四海，倚天浩荡龙魂在！
归隐杰女黄月英，奇才集智江湖行。
一骑当千花马术，铁骑锁兵将仗赢。
嗜血独狼勇闯兵，魏延狂骨唯独行。
忠肝义胆唯黄忠，老当益壮射烈弓。
一对神谋龙凤雏，操控天下主沉浮。
唯见庞统连环计，鬼才涅盘兵折服。
南蛮狂野争汉宫，孟获统军铁竹笼。
野性女王亦征途，祝融烈刃意气猛。
孔明征派守街亭，马谡自负终断命。
徐庶勇谋举英才，无言对垒相悖派。
阴阳道法通神灵，恩怨情仇皆算清。
法正连施茅山术，蛊惑众生近幽冥。
诸葛一去不复回，千古英豪将泪挥。
今朝重现龙魂钵，姜维志继青史垂。
一代英雄青史铭，后继有人江湖行。

关兴张苞承父魂，笑傲群雄任我行！
历尽沧桑犹报国，老骥伏枥仍执着。
临危受命负重托，连夜潜袭将帅捉。
身手轻盈如游龙，漫天渡海江潮阔！
暴虐魔王唯董卓，酒池肉林迷美惑。
力拔气壮崩山裂，挥兵吟鞭将山夺。
名门贵族血裔亲，袁绍统兵亲阵临。
振臂雄啸千兵唤，排卒步阵万箭侵！
虎将庞德猛进军，策马奔腾入空云。
兵戎枪戟刀相见，人马一体为豪俊！
一员魔将鬼高顺，禁酒妖术为魔尊。
出其不意攻死穴，冲锋陷阵噬血魂。
还有将军公孙瓒，白马义从军令还。
一代毒士降灵幕，阴计鬼招溃兵卒。
缚帅绞首完杀将，乱舞惑心失地府。
虎狼兄弟照肝胆，颜良文丑赴军援。
双雄施计连破兵，互相照应补长短。
茅山道长卜星月，八卦符咒阴谋略。
请神解难急律令，惑将折帅将兵削。
刚直壮烈陈宫谏，唯惜妙计出时晚。
一代雄才仲家帝，唯独袁术策兵奇。
庸肆兵坛独霸权，伪帝称主英魂继。
道家仙圣出左慈，神赋奇才通武技。
凌云化身替灵身，负伤新生现迷离。
华佗圣名传千古，救死扶伤将病除。
青囊灵药解百患，急救还魂明四湖。
自创药剂麻沸散，针灸火罐对疑难。
手握医刀伤口愈，妙手回春神下凡！
四艳美姬貂蝉现，彩装绸缎映光艳。
凄楚仙姿丹凤眼，婉约妩媚身翩翩。
人间少有佳人在，闭月羞花情绵绵。
为国献身离间计，千古犹念惜香叹！

乱世三国英雄多，春秋蹉跎把冠夺。
群英天降人马广，创业问世唱豪歌。
叱咤天下争霸位，雄霸天下勇开拓。
豪杰辈出显才能，勤战奋敌勇护国。
群英芸芸有武神！翎冠金顶甲卫身。
珍禽银靴穿戴好，容绣魁梧威映人。
身驰宝马名赤兔，手擎画戟尺寸精。
身披战袍狂傲主，气吞山河定乾坤。
狂暴一声惊天啸！神威震宇恸五潮。
赤兔一日千余里，鬼仙攒眉亦哭号。
吕布当帅操兵权，振臂高呼全兵到。
一马当先显神威，猛进军前勇挑战。
后兵看准齐放箭！撼宫折兵摧君殿。
奉先冲阵如猛龙！横扫千军破卒胆。
巾帼铁戈敌万兵！不独江山誓不还。
众兵失魄连溃散，独步岿然不动山。
后敌兵见吕奉先，忙派援兵来解难。
布观星宇叹波澜，大江东去不返还。
愿留圣名垂青史，辉映四海传五山。
横刀立马全力开！挥袍亮甲通督脉。
踏马英姿抡神戟，唯见无双圣武在。
举戟擎众兵将散，沙场任我行周旋。
力拔千斤大力神！百步穿杨将帅倾。
三步杀敌五斩将，龙拳凤腿风掣凌。
开天辟地一阵阵，敢去凿山唤雄鹰。
青龙化戟破敌营，麒麟问天降火兵。
白虎饕餮皆惊起，朱雀玄武助布行。
奉先攻城举宫主，便得玉玺掌疆领。
将军神勇为真人，蔽江护主社稷成。
吕布超胆传千古，永垂青史五湖清。

七十九、十二月历史歌①

正月元宵闹满堂，迎春花开满园香，
盘古出世后三皇。
自羲农，至黄帝，号三皇，居上世，
天皇让位地皇坐，后出人皇管万民。
神农皇帝尝百草，轩辕黄帝制衣裳，
女娲娘娘分阴阳，后出八卦管五方。

二月里春风昼夜忙，油菜花开遍地黄，
天昏地暗商纣王。
汤伐夏，国号商，六百载，至纣王，
纣王无道去敬香，吟诗一首惹祸殃。
比干丞相挖心死，杨任挖了眼一双，
贾氏夫人坠楼亡，黄飞虎父子动刀枪。

三月里清明雨濛濛，桃花开得满园红，
渭水河边访太公。
周武王，始诛纣，八百载，最长久，
文王拉车八百步，江山八百单八秋，
万里江山轮流转，妲己娘娘戏诸侯。

四月炎炎是夏天，玫瑰花开满栏杆，
兵退六国名望显。

---

① 张歌莺，杜明亮.房县民歌集［M］.长江出版社，2007：7.此歌本由房县窑淮张明六演唱。

始春秋,终战国,五霸强,七雄出,
夫子借粮困蔡城,公冶长搬救兵,
搬兵要搬哪一个?要搬伍子胥他一人。
吴国来搬孙武子,大战张典定输赢,
搭救夫子出蔡城。

五月五日是端阳,石榴花开红堂堂,
屈原大夫遭了殃。
不听忠言楚国立,屈原汉北受流亡,
然后身投汨罗江,骨化形销人夸奖。
后来又出秦始皇,修筑长城日夜忙。
江山一十三年春,后出刘邦动刀枪。

六月里来热茫茫,荷花开得满池香,
怒斩白蛇是刘邦。
高祖兴,汉业建,至孝平,王莽篡,
刘秀十二去逃难,肚饥好吃麦仁饭,
二十八宿下了凡,保住刘秀坐江山。

七月里来秋风凉,牡丹本是花中王,
桃园结义刘关张。
魏蜀吴,争汉鼎,号三国,迄两晋。
真龙天子是刘君,张飞镇守浪州城,
曹操老贼不安宁,要灭桃园结义人,
卧龙岗上请来诸葛孔明,神机妙算破曹兵。

八月十五月满楼,桂花开在村东头,
无道昏君上扬州。
杨广搭下裙罗会,宇文成都绑万岁,
罗成点了状元位,扬州城围隋炀帝。

九月里来是重阳,菊花开得遍地黄,

高士吉打坐中军帐。
梁唐晋，及汉周，称五代，皆有由，
天降黄巢起弓手，靖王打猎在后头，
飞虎山才把李存孝收。

十月里来小阳春，霜打白花低楞楞，
赵匡胤落在汴梁城。
炎宋兴，受周禅，十八传，南北混，
赵匡胤酒醉斩了郑子明。知道此事斩得不好，
高怀德一旁打和声，怀抱宝剑出城门，
提兵调将往南征，困在南唐十二春。

冬月里来寒风吹，天降雪花遍地飞，
辽东鞑子争龙位。践中国，兼戎狄，
九十年，国祚废。

腊月里来霜雪降，蜡梅花开带雪香，
渭州城里李闯王。
闯王打马追崇祯，追到煤山命归阴，
顺治皇帝人马到，原是吴三桂搬的兵，
闯王打马走过去，顺治皇帝坐龙廷。

八十、四十叹亡喻世歌

一叹楚霸王，英雄谁敢当，
也曾一命丧乌江，八千子弟，
今在何方？

二叹秦始皇，一统大江山，
赶山塞海把名扬，万里长城，
今在何方？

三叹张子房，韬略满胸膛，
枉费心机兴汉邦，争尽闲气，
今在何方？

四叹孔圣人，诗书教四方，
留下三纲和五常，万世师表，
今在何方？

五叹周瑜郎，九宫定阴阳，
千巧百计世无双，争名夺利，
今在何方？

六叹诸葛亮，八卦袖衣藏，
兴汉灭曹是栋梁，神机妙算，
今在何方？

七叹包丞相，文章盖天榜，

夜判阴曹日断阳，明镜高悬，
今在何方？

八叹李广将，杀妻保皇娘，
昏王宠信马奸党，苦害忠良，
今在何方？

九叹郭汾阳①，状元贵子郎，
荣华富贵赛帝王，七子八婿，
今在何方？

十叹古姜尚，年高八十上，
渭水垂钓遇文王，斩将封神，
今在何方？

帝王将相说不尽，千秋万古传美名，
一旦沧桑风雨至，丰功伟绩湮埃尘。
金鼓一住再接音，再来十叹说百姓，
是人都有不了情。

一叹亡者大限到，一家大小哭号啕，
都到灵前把纸烧。
叹亡者来走得忙，未带钱纸和衣裳，
你今一走不回乡，撇下儿女在灵堂，
黄泉路上好凄凉，多把钱纸带几张。

二叹亡者黄泉路，可叹人生不长寿，
一江春水向东流。
叹亡者来走得早，一走就把儿女抛，

---

① 郭汾阳，郭子仪的别称，唐代政治家、军事家。郭子仪早年以武举高第入仕从军，积功至九原太守，一直未受重用。

急着阴曹去报到，转世投胎坐当朝，
衣服都忘带几套，自把自己照顾好。

三叹亡者不该走，三魂上了黄泉路，
撇下儿女守灵头。
叹亡者来不长寿，何必着急赴丰都，
山珍美味没吃够，还剩几筐干腊肉，
万贯家财都不守，一心要奔九龙口。

四叹亡者好薄命，昨日还在床上困，
今日阴阳两离分。
叹亡者来人缘好，在世爱把朋友交，
左邻右舍称厚道，逢人讲话有礼貌，
今日无常大限到，才知守灵夜难熬。

五叹亡者走得快，好多大事未交代，
一走再也不回来。
叹亡者来归天界，躺在棺材不起来，
一走只留空名在，早到丰都早投胎，
儿女喉咙都哭坏，手扒棺材哭哀哀。

六叹亡者人忠厚，不说人前和人后，
一生不与人争斗。
叹亡者来好辛勤，一生耕作在家门，
身边儿女一大群，都送学堂读书文，
今日一命归了阴，灵前哭坏众儿孙。

七叹亡者心肠狠，你只管闭上双眼睛，
儿女哭得好伤心。
叹亡者来文采高，提诗对句好巧妙，
要想相见梦里找，再难一块凑热闹，
愿你灵台受封号，泼墨弄笔握羊毫。

八叹亡者阴阳界，儿女受你恩和爱，
丢下儿女不回来。
叹亡者来莫伤心，好人自有好福分，
在世没做恶事情，阴曹不会受苦刑，
请的道士多念经，超度亡者早脱生。

九叹亡者功劳大，一去西天把鹤驾，
不知你到底为了啥。
叹亡者来好名声，在世为人都平和，
生意买卖讲诚信，不欺年老、年小人，
辞别亲戚朋友门，路遥途远早动身。

十叹亡者叹不成，口干喉痛舌头硬，
相隔阴阳两界人。
叹亡者来苦难当，从此阴阳各一方，
清明节到把坟上，黄钱白纸烧几张，
还想和你把话讲，只等梦里诉衷肠。

天荒地老人先老，世事茫茫皆人性，
十叹亡者叹不休，再来十叹表哀情。

一叹亡者欲商量，不想得病卧高床，
求医并问药，许愿保安康，
不想无常到，一梦散黄粱。

二叹亡者莫要愁，判官主簿把笔勾。
地狱差来鬼，不听说因由，
家业都不管，将身伴土丘。

三叹亡者好心惶，只管收拾上路忙，
眼中双流泪，家乡哭断肠，
金银带不去，空手见阎王。

四叹亡者去如风，千般家业都是空，
牛头马面鬼，勾送地府中，
富穷并老少，一去影无踪。

五叹亡者急如梭，把手相牵过奈河，
衣挂梧桐树，又怕鬼来拖，
铜蛇并铁犬，亡者莫奈何。

六叹亡者路渐多，只怕押去见阎罗，
生前不修善，死后罪孽多，
早知地狱苦，何不修善过。

七叹亡者罪孽深，孽镜台前照分明，
抬头偷眼看，都是面生人，
铜枷并铁锁，真是好惊人。

八叹亡者拿白牌，无论官员并秀才，
劝你英雄汉，都在手里来，
千辛并万苦，想是命安排。

九叹亡者好因由，今生错过来世修，
官员并帝相，文武共诸侯，
三寸气不在，万事尽皆休。

十叹亡者去黄泉，骸骨尽凉悠自然，
亡者今日在，地府免罪刑，
超生往碧落，随路往生天。

古今祸福说不尽，从来寿夭不由人。
寒来暑往春复夏，再来十叹安亡灵。

一叹亡灵养一身，在世来得几多年，

不期今日辞世去，孝子满堂泪涟涟。

二叹亡灵去不归，一旦无常急如催，
难免天书来报取，逍遥自在去如飞。

三叹亡灵去不来，夫妻恩爱思悲哀；
命终寿尽无由处，想来想去想不来。

四叹亡灵到阴间，思量世界总皆闲；
回头不见亲人面，牛头夜叉两边拦。

五叹亡灵到阎罗，都是鬼神闹噜嘈，
不见亲人来借问，思量到此无奈何。

六叹亡灵去冥乡，黄泉一路渺茫茫；
金童玉女来接引，超度亡灵闹纷纷。

七叹亡灵葬坟头，红纱入土使人愁；
地主坟前常拥护，庇佑儿孙出公侯。

八叹亡灵一炉香，日夜不见到厅堂；
亡灵今日来降赴，保护家眷永宁康。

九叹亡灵到西天，香烟渺渺赴苍天；
金童玉女相接引，拜祖谢恩到灵前。

十叹亡灵归阴司，六房吏典两边随；
阳间亲人心痛切，每日思想泪连啼。

古今穷达说不尽，从来万事不由人。
天有风雨神有经，人有儿孙草有根，
天有风雨养万物，神有真经度亡魂。

人有儿孙续后代，草有枯根逢春生，
草死叶落根还在，人死一去不回来。
一张纸儿折四方，亡者姓名写中央，
灵前摆着三牲酒，哪见亡者把口尝。
寒来暑往春复春，一朝天子一朝臣，
山中虽有千年树，世上难逢百岁人。
寒来暑往春复夏，世间好物不可夸，
不信但看池中莲，红莲变成白莲花。
寒来暑往春复秋，夕阳桥下水静流，
将军战马今何在，闲花野草满地愁。
寒来暑往春复冬，劝人行善莫行凶，
霸王行凶乌江死，韩信功劳一场空。
天也空来地也空，人生杳杳在其中，
年也空来月也空，人生忙忙走西东。
金也空来银也空，人死何处在受用。
夫也空来妻也空，黄泉路上再相逢。

八十一、十字歌中唱春秋

闲下无事歌场走,歌师拉住不丢手,
我唱个十字陪朋友。

一字当头一条枪,叶氏夫人生三皇,
三皇五帝演八卦,五行八卦分阴阳。

二字出山一只虎,混沌爷爷生盘古,
拄了一根乾坤杖,又拿开天辟地斧,
开天辟地分世界,乾坤杖下定纲常。

三字下来三字经,白发老祖生鸿钧,
鸿钧老祖传三教,子牙背榜下昆仑。

四字下来麦草黄,神龙他把百草尝,
他把百草都尝过,才有五谷传世上。

五字下来安五方,殷商昏君是纣王,
万里江山铁打样,败在妇人腰杆上。

六字下来十元天,女娲娘娘补皇天,
五色陨石来补起,补齐北方半河山。

七字下来七字青,老君怀胎七十春,
左手拿个太极图,打开黄河水生根。

八字下来两边排，狐狸妖精出幡来，
姜氏皇娘坠楼死，反了西歧武成王。

九字下来九金钩，血法老祖把法收，
他把血法来收了，乱了列国和春秋。

十字一横正穿心，三十六朝数不清，
黑夜三更起了火，前朝后汉烧干净，
小小十字点古人，下次赶鼓一路行。

十字歌好唱不完，容我接唱又一段，
大江小河波浪翻。

轻鼓一住就唱歌，听我唱段十字歌，
不知唱对还是错。
一字一横一条河，二字两横担般多。
三字像个汪字洋，四字关门禁闭着。
五字跷脚家中坐，六子一点三横过。
七字弯弯七姊妹，八字两撇过又不过。
九字称钩墙上挂，十字穿心一条河。
顺唱十字连成歌，反唱十字不好学。
十字头上加一撇，千条大路我走过。
九字旁边加鸟字，斑鸠树上叫咕咕。
八字底下加刀字，分明要唱这首歌。
七字头上加白字，皂横皂路皂了林罗。
六字底下加乂字，交朋结友弟兄多。
五字底下加口字，家有梧桐树一棵。
四字底下加马字，而今唱错莫骂我。
三字中间加一竖，王孙贵子早登科。
二字中间加人字，夫妻二人笑呵呵。
一字中间加了字，子子孙孙坐朝歌。
喜呵呵来笑呵呵，家合人合万事合。

兄台真算是能人，十字歌中见真经，
再唱几个陪先生。
一字红蒙他为先，那时还无地和天，
铁球一个浮尘炼，古祖自此有根源。

二字玄黄昆仑山，气正万化我为先，
黑黑暗暗把法传，把身打坐荷叶边。

三字麦芽老祖先，洪水泡天有三翻，
清水泡天出古祖，才有古祖在弥山。

四字混沌和黑暗，混混沌沌几万年，
无天无地无日月，一点灵气上古仙。

五字盘古昆仑根，出世才把天地分，
盘古分开天和地，才有日月和星辰。

六字伏羲八卦灵，这才分开天地人，
女娲娘娘把天补，补天他是第一人。

七字天皇号为君，弟兄共有十三人，
又无日月和年岁，淡淡泊泊过光阴。

八字地皇阴阳分，一姓共有十三人，
那时才有年和月，昼夜这才开始分。

九字人皇共九人，九人九处都太平，
他坐中央管万民，那时才把君臣分。

十字老祖是洪钧，一师传下三门人。
老君原始通天教，混沌二年才出生，
师徒四个商量定，才让子牙去封神，

提几个古人陪先生，你看这样行不行？

十字越唱越开心，十字歌中有真文，
唱个十字样你是听。
一进门来朝里望，亲戚朋友站两旁，
听我唱个十字样。

一字好比一根梁，架在孝家华堂上，
华堂落就千年载，人居福地万年长。

二字好比龙一双，二龙戏珠缠中央，
左缠三转出贵子，右缠三转状元郎。

三字三点水长流，后檐修成五凤楼，
周公看就兴隆地，鲁班巧妙把房修。

四字好比是金砖，搁在孝家华堂前，
脚踩金砖上金殿，步步高升做高官。

五字好比十金柱，十根金柱两边站，
根根都是擎天柱，五子登科在朝里。

六字好比一座仓，又装金银又装粮，
金仓装满千年宝，银仓装满万担粮。

七字好比麒麟送子，麒麟送子到门上，
今年给你送一对，来年给你送一双。

八字好比两边排，八字门楼朝南开，
两只凤凰门前飞，双双对对朝阳来。

九字好比一金瓦，前檐后檐都用它，

荣华富贵千年载，光宗耀祖显荣华。

十字好比一条街，十字街上好买卖，
生意兴隆通四海，财源茂盛八方来。
听我唱个十字样，后辈儿孙坐朝纲。

古人不见今世月，今月曾经照古人，
唱段十字古人名。
唱个一字去征东，仁贵是个真英雄，
率军大破木天岭，长枪腰斩苏宝同。

唱个二字二个龙，五女镇南杨腊红，
小姐挂的双凤印，她的武艺果然能。

唱个三来三才者，提起桃园三结义，
刘备张飞关云长，结拜兄弟保朝纲。

唱个四字出能人，铁面包公不留情，
四姐坐在中堂上，宋朝有个包丞相。

唱个五字不出头，潘家揽权报私仇，
乱箭穿心杨七郎，令公撞死李碑上。

唱个六字绿茵茵，杨家有个杨总兵，
杨宗保啊穆桂英，领兵破了天门阵。

唱个七来一横长，英雄还是楚霸王，
秦王汉王与霸王，一身白骨葬乌江。

唱个八字十八月，英雄还是胡敬德，
人人说他英雄将，手拿钢鞭十八节。

唱个九字九弯曲，曹操当年把兵提，
凶狠杀人八百万，尸横遍野血成渠。

唱个十字两头长，秦王领兵下校场，
千万人马都点过，缺少一个范喜良。

锣鼓敲起难住音，仁兄数你最咬金，
十字绣里唱古人。
一绣广东城，城里去扎营，
要绣曹操点三军。

二绣花世界，世界好买卖，
京广杂货两边摆。

三绣李三娘①，受苦在磨坊，
磨坊生下咬脐郎。

四绣一笼鸡，雄鸡在笼里，
要绣雄鸡把鸣啼。

五绣一只船，船儿在江边，
要绣舢公把船弯。

六绣杨六郎，镇守在三关上，
随带焦赞和孟良。

---

① 李三娘奉父命嫁与穷汉刘知远，父死后，兄嫂逼迫刘知远休妻，无奈刘知远只得离家投军。李三娘在家，兄嫂逼其改嫁有钱人家，被拒之，兄嫂恼怒之下，罚李三娘白天担水夜推磨。一日晚，李三娘磨坊分娩无人接生，只得用牙咬断脐带，生下咬脐郎，也就是后来长大成人的刘承佑。狠心的兄嫂又要加害咬脐郎，幸被义仆窦成相救，并将婴孩送往刘知远投军处。刘知远投军后娶了将军之女，官越做越大，前妻李三娘之事隐瞒不提。十六年后，刘承佑长大成人。一日，带兵围猎，追赶野兔与生母李三娘井边相遇，方知真相，刘承佑坚决催促做了皇位的刘知远接生母团圆。该剧为中国评剧院演出剧目之一。

七绣胡敬德①，敬德长得黑，
手中钢鞭十八节。

八绣包文拯②，官儿坐得清，
日断阳来夜断阴。

九绣九条龙，绣球在当中，
九龙戏水满江红。

十绣荷包起，拾来装兜里，
梳妆打扮娘家去。

最后来个十字调，十面威风掀大潮，
千古雄杰哈哈笑。
一字出来一条枪，张飞站在古楼上，
哪个打我古楼过，打鼓三声斩蔡阳。

二字出来二条龙，二家爷爷真英雄，
手提金弓银簪子，水仙洞中斩老龙。

三字出来三条街，火龙太子女裙钗，
三战两火杀出去，杀出火龙太子来。

四字出来不留门，文曲星官包大人，

---

① 胡敬德，即尉迟敬德，因是胡人，故民间俗称为胡敬德，为中国传统门神之一。尉迟恭（585年—658年胡敬德）字敬德，鲜卑族，朔州鄯阳（今山西省平鲁区）人。尉迟恭纯朴忠厚，勇武善战，一生戎马倥偬，征战南北，驰骋疆场，屡立战功。玄武门之变助李世民夺取帝位。后尉迟恭被尊为民间驱鬼辟邪，祈福平安的中华门神。传说其面如黑炭，在中国传统文化中，尉迟敬德与秦叔宝（秦琼）是"门神"的原型。

② 包文拯，（999年—1062年7月3日），字希仁，庐州合肥（今安徽省合肥肥东）人，北宋名臣。包拯廉洁公正、立朝刚毅，不附权贵，铁面无私，且英明决断，敢于替百姓申不平，故有"包青天"及"包公"，京师有"关节不到，有阎罗包老"之语。后世将他奉为神明崇拜，认为他是奎星转世，由于民间传其黑面形象，亦被称为"包青天"。

张龙赵虎为首将,夜断阴来日断阳。

五字出来把脚跷,仁贵征东走一遭,
乌泥河中去救主,连人带马一枪桃。

六字出来绿茵茵,杨家有个绿秀英,
杨家大将杨宗保,打破天门穆桂英。

七字出来占两旁,妲己娘娘迷纣王,
比干臣相挖心死,贾氏夫人坠楼亡。

八字出来占两排,八洞神仙下凡来。
人人只打海中过,仙巨送子下凡来。

九字出来九个宽,昭君娘娘和北蕃,
罗裙脱在金台上,双脚跳进鬼门关。

十字出来月战长,韩信追赶楚霸王,
霸王刚强乌江死,韩信收兵丧未央。
这是前朝英雄将,会打会杀会刀枪。
千杀万杀保朝纲,难杀地府活阎王。
唱歌还是你会唱,断案还是包丞相。
断案还数包文正,出阵还是杨家将。
战场还数杨家军,千里做官美名扬。

后　记

一

说起歌本，儿时的一幕永远是那么清晰地一下子就浮现在眼前。一次，去给外公拜寿，酒席过后，就见大姨神神秘秘地分头走近各位女眷亲戚们，每到一处，小声地说上几句，就见听话的眉开眼笑，开心至极的样子，像是遇到了什么大喜事一样。这些人有大姨的同辈，也有晚辈，还有长辈。大姨后来走到我妈跟前，我这回就真真切切听见她的话了："玉莲，一会儿我们一起到三哥那儿，好长时间没听见他唱歌了。"妈妈一听，立即答应，也立刻像那些女眷亲戚一样地快乐起来，手上忙着的打扫拾掇的活儿也顿时加快了节奏。

收拾完杯碗茶碟之后，女眷亲戚们就不分老少，簇拥说笑着来到了三舅屋里。一番寒暄客气之后，各自坐定下来。这时，大姨就代表大家开腔了："三哥，亲戚们好长时间都没在一起了，都想听听三哥的歌儿过过瘾了。"三舅稍微推辞了一下，其实更像是拿捏摆谱了一番，最后在大家的恳请恭维之下，终于答应了下来。接下来就是讨论要听唱的歌本。这个说要听《李世明鬼混唐朝》《程咬金上瓦岗》，那个说《薛仁贵征东征西》《薛丁山射雁》更好听，最后争来争去，大家好不容易一致同意听唱罗成系列：《罗成问卦》《罗成投梦》《罗通扫北》。

说话间，三舅拿出了几本黑黢黢、脏兮兮、几乎快掉渣的歌本，抑扬顿挫、高低起伏地就自顾自地唱了起来。一开始，大家听着、说着、笑着，边嗑着瓜子喝着热茶吃着点心，但听着听着，大家就像着了魔法一样，不知从什么时候都停止了说笑、吃闹，神情全都一下子专注紧张起来，有的瞪大了眼睛，有的张大了嘴巴，有的甚至青筋暴起。原来歌本已唱到罗成损兵折将、单骑奔逃、马陷淤泥生死关头儿，最后等唱到敌人追兵四至，万箭齐发，英雄罗成被射成箭垛的时候，大家已是泪流满面哭成一片了。我也随着大家一起哭着，但同时更为震撼，立志长大以后一定从军，要做一个像罗成一样驰骋疆场的英雄少年。

歌声在大家的流泪哭泣声中延续着，不知不觉就从罗成战死，唱到了罗成显魂投梦，罗通扫北报仇。天也不知不觉地到了黄昏，这时大姨提醒到了要做晚饭的时候，大家才很不舍地站了起来，向三舅约定余下的留着下次再听，同时一起向三舅说着感谢的话，并不约而同地向三舅身上投去钦敬和佩服的目光。我看到，无论大家还是三舅，都获得了前所未有的满足和轻松。虽说是来给外公拜寿，但他们比外公还高兴，像过了一个大节一样。

前些日子，酣梦中醒来，一个非常陌生的名词跳入脑海，竟久久不愿湮灭，这个词就是"阳世镜"。这是一个我从未见过想过的名词。于是，我一下子就疑惑起来，就由着性子想开去，竟想到是否近期一直纠缠着《汉江流域民歌论纲》《汉江歌魂》的著作，梦中还在潜意识思索？由《阳世镜》就无端地想到了《羊皮卷》，再由《羊皮卷》想到了人类的永世智慧，以及这些智慧的流传，再由这些智慧的流传想到了世世代代传承这些智慧的人，然后就想到了为收集手头民歌在田野调查中遇到的形形色色的民歌传人，以及各种歌本的保存者。想着想着，思绪就渐渐明朗，古往今来的民歌其实就是《阳世镜》，就是世世代代流传在我们这个民族中的《羊皮卷》，是我们这个民族的永世不灭的经典或活的元典智慧，是我们这个民族永世不灭的文化思想的灵魂，传统智慧的宝库，伦理道德的法典，精神信仰的支撑，也是每一个民歌传人或本头保存者的心肝宝贝，命根子，人世间的念想和人生的价值所在。

二

民歌，顾名思义，来自民间民众百姓的歌唱。首先，它是民间的，相对于文人诗歌而言，其野生性是很强的，并由之衍生出几个必然的特质：一是其具有鲜明的独特性，它往往属于特定的区域、特定的人群、特定的传统、特定的风格，以及特定的历史文化；二是具有本土、本根、本色性，往往体现出十足的原生态，发乎自然，发自本心，原声原气，原腔原调，原汁原味，接近生活的本相本态和本性本质；三是其具有自然性，自然孕育，自然生长，自然净化，自然超越。由于是自然生长，便不像文人诗歌，主题鲜明，华丽精致，章法谨严，相反，自然显出不少差乱无序，粗陋差错，低俗庸常，呈现出一种自然的艺术留白。这种留白，粗看上去，仿佛是民歌的瑕疵，但深究下去，你会觉得它反倒是民歌的一种魅力所在。一则它是民歌的本色本相所在，二则它形成了一种内在召唤力，召唤关注的发生，思考的发生，以及被完善、被美化的发生，召唤着主流正统艺术和艺术家们对民间艺术的干预。而正是这种干预，一则使民歌由江湖之远走向了庙堂之高，由田间地头与民间里巷走向了大雅之堂，由野花、野草走向了阳春白雪，不仅获得正统的文化装饰而登堂入室，有时甚至就直接升华、涅槃为正统、高雅文化本身；二则则反向强化着民歌这种固有的瑕疵，使民歌更加注重自己的本根本色、原汁原味，更加珍重自己的野生特质。也正是因为如此，长期以来，民歌文化整理与研究一直处在一种半文半野、草率与精致并存的状态。

其次，民歌是民间文化的灵魂，更确切地说，民歌更是一种行走的灵魂、奔跑的灵魂，飞翔的灵魂，歌唱的灵魂，是一种更为持久、更有生机、更富活力、影响更加广阔的文化的力量，是我们民族蕴藏在民间文化中取之不尽用之不竭的精神思想养料。

魂，魂魄、魂灵者也。这种东西，虽然是一种精神意识性的存在，但在很多时候，相对于很多人来说，则是一种说不清、道不明的存在，就像"道"在老子和庄子那里一样：恍兮惚兮，其中有物；恍兮惚兮，其中有象——它是古老悠久的，先天地而生，先万物而存；它是广博无限的，充满在宇宙天地之间；它是深厚混沌的，它包裹了一切又被一切包裹，它渗透了一切又被一切渗透，它主宰了一切又被一切主宰；它是无限的存在又是存在的无限，像雨水，浸透了大地的每一块泥巴的颗粒，像空气，拥抱着天空和大地，像种子，孕育着苍生万有的生机，像火焰，可以燎原，可以焚烧死亡枯寂，可以战胜寒冷，可以带来温暖……古老悠久，无处无时不在，主宰一切掌控一切，万古不化，与世长移，永生不灭。可以说，这种可以以魂命名的东西，对读者大众来讲都有一种共同的认知和感动，那就是：总有一种挥之不去的眷恋，总有一种无法绞断的钮结，总有一种按捺不住的回望冲动，总有一种千古遥通的内在旋律，总有一种人性共通的感动和认同，对你勾魂摄魄，让你灵魂震撼……正是基于此，我们才将本辑来自秦巴大地的民歌歌本丛书名之为"秦巴歌魂"，一则显示其古老悠久，博大精深；二则彰显其影响深远，深入人心；三则昭示其生机勃勃，永生不灭。习近平总书记指出，文化是一个国家民族的灵魂。可以说，《秦巴歌魂》的问世，正是从民间文化的一个侧面对习近平总书记这一精辟论断的有力佐证。

再次，民歌有助于人类情感与灵魂的复苏回归。喜爱民歌，是历经漫长农耕文明的人类挥之不去的一种传统的故里故土故乡回归，甚至可以说是一种人类本能、本性和情感灵魂的回归，这种回归就像人类对于大地和母亲怀抱的眷恋。母亲的怀抱虽则温馨，但人类终究要脱离襁褓，不然就永远无法长大。人类对民歌的热爱也没有让人类沉迷，没有让人复旧复古，而是让人在回归之中，获得一种情感的、灵魂的、思想的、精神的滋养复苏和强健壮大，然后再以强壮健硕之身投身现代生活的洪流。可以说，人类在民歌之中获得了一种原始洪荒之力，却没有回归到民歌产生的洪荒时代去开疆拓土，深耕细作，反而却逆向运动，更加坚定有力地投身现代生活洪流。这就形成了一种回归与挣脱、认同与叛逆、融合与分裂之间的张力。这种张力总是立足当下现实，以一种神秘的纽结力量，连接着从来、本来和正来、未来，连接起初心、本心和成心、愿心，使人类在一种进退离合、拉扯撕裂的状态中变得更加健康强壮，更加富有生机与活力。这既是宇宙世界的本相，恐怕也是苍生万有、万事万物不断变化发展的永恒动力，更是民歌永远生机勃勃、长盛不衰的深远动力。

作为一种集体创作，民歌已经成为一种类似天地日月、阳光雨露、蓝天白云的公共产品，追寻其原作者万分艰难，也毫无意义，这就好像要追寻苍生万有的造物主一样，其实也根本不可能。任何歌手都没有权利申明对于某支民歌的版权，因为任何一支民歌都不是一时一地一人一家的创造，而是大众的、民族的、历史的，是人类文明演进的结晶。也正是立足于此，我们可以说，每一首民歌的生命形成，都是多种交互生成运动的结果，即古今迭代的交互生成、历史与现实的交互生成、东西南北空间的交互生成、不同民族国家文化的交互生成、江湖民间与堂庙社会的交互生成，乃至于宗教与世俗的交互生成、科学与迷信的交互生成等，而这也正是古今民歌顽强的生命力、永恒的成长力、强大的传播力、深远的影响力和传统的亲和力与感召力之所在。

三

巍巍秦巴，横空出世，其政治经济、军事战略、历史文化地位非常特殊，乃国家地理腹心、历史文化奥府之所在。这里北接黄河，南连长江，勾连南北，连通西东，历史上东南西北的文化都在这个区域沉淀下来，然后向四面八方传播，所以在这个地方中国传统文化积淀就特别的深厚丰富，特别有汉民族的特色。就秦巴地区民歌特色而言，其特别典型的风貌就集中体现在一个"全"字的五个方面：第一是多而全，民歌在秦巴地区特别多，光房县就收集了13000多首民歌，从大的方面来看在这个区域全国民歌之乡有三个。其次省级的民歌之乡有十余个之多。据不精确的统计，整个秦巴地区原生态民歌有两万首左右，各种曲牌、腔调、种类、主题应有尽有。第二是大而全，秦巴地区民歌涉及的主题非常重大深刻，鸿篇巨制、情节复杂、时空跨越广大深远的故事有很多，仅吕家河官山镇就挖掘出了一本有70多部长篇故事的歌本集。第三是古而全，秦巴地区民歌历史特别悠久，中国的现实主义代表《诗经》和浪漫主义源头《楚辞》，都在秦巴地区交融交汇。十堰、陕西省安康、商洛、商南、荆襄等多处都是《诗经》《楚辞》的发祥地，在这些地方都发现了《诗经》《楚辞》的原唱民歌作品。从古而言，最值得我们关注的是汉民族的神话史诗《黑暗传》诞生在这个区域，此外还有《创世歌》《涢山祭祀曲》《灶王传》《地母经》《盘庚歌》等等。这一带有关汉民族的史诗发现特别集中，显示出了这个地区民歌的古老、悠久、深远。第四是美而全，秦巴地区民歌在审美风格上特别的完备：既有阳春白雪，也有下里巴人，既有金戈铁马，也有小桥流水。各种曲牌曲调在这里都可以找到，审美风格南北兼备，丰富多样。第五是高而全，起点非常高、水平非常高、价值非常大、影响非常广，具有多维的能级潜藏。譬如吕家河民歌发现之后，前前后后就有30个国家民间文化学者到这个地方学习研究，像对待古代化石一样被珍视与探究。

秦巴民歌在风格特色上可以以汉江上中游为中心，划分为三个区块：上游集中体现为一个"野"字，基本格调是狂野，此外还有野中带艳，且野且艳的趋势。可以说上游民歌是狂野率真、自由不羁，直接指向本能，直接指向生命，直指人心，非常自然狂放。汉中、安康、竹山官渡、竹溪向坝等地都体现了狂放不羁、野性十足、浪漫绮艳的特点。无论是山歌小调、荤歌素歌，还是锣鼓三弦、高腔花鼓，无不热烈泼辣，风情万种。襄阳、商洛、南阳、房县、吕家河、神农架一带，这里的民歌集中体现为"古奥"的色彩。它们重历史、重风俗、重思想、重哲理，直接把视野投向了天地宇宙的演化、人类的诞生、人类的生存发展史等方面，在故事情节、思想情感上非常古老悠久、深奥深邃，像汉民族的史诗就是产生在这一代，很有《诗经》《楚辞》的风华。《沧浪歌》就和孔子和屈原联系在一起，雅的成分十足。在豫西南阳、渝东巴蜀、巴中一带，包括秦巴地区边缘江汉平原局部，这些区域的民歌就显得清丽灵秀、玲珑剔透、生动鲜活，在民歌中你能体验到诗情画意和古代文化哲学的沉淀，其灯歌、渔歌听了过目不忘。

秦巴地区确实是一片歌手辈出的沃土，是民歌兴旺发达的王国，是研究中国民歌最好的地方。我们在做民歌研究项目的时候，在汉江流域和秦巴腹地做了大量的调研，发现民歌的生存发展也面临着截然不同的冰火两重天：重视民歌的地方精心精意，大力发掘保护，普及推广；忽视民歌的地方则是毫不经意，视民歌为可有可无，一方面是大张旗鼓、热闹翻天，一方面则是悄无声息，任其生灭。即便是在表面繁荣昌盛的地方，也有不可忽视的危机潜伏，不容乐观。具体地说，第一是民歌发展的社会水土不服。有与我们整个时代的脱节的危险。第二是受众流失。当代社会听民歌、爱好民歌的人越来越少，民歌有游离生活的危机。第三是民歌除了国家民间文化机关培育的人才之外，民间传人越来越少，出现了人才断层的危机，有一种游离价值的危机。过去唱民歌可以得到很多东西，现在又出不了名，得不到利。第四是民歌在传承发展过程中走形变样、变腔走调，游离了它的本体，甚至有的游离了它的传统，面临着异化变质的危机。

我们认为，民歌重新繁荣兴旺、与时俱进，必须从以下几个方面着手：第一，要多管齐下，整合多方面的力量和资源，发挥政府和乡村社会组织的积极性，实现政府引导、地方主导，社会组织发挥重要的普及作用。第二，要建立民歌保护传承创新转化的抢救机制，给民歌发展提供长盛不衰的热土、沃土。建议推进民歌发展的"四化"道路，让民歌发展借助制度化、节日化、生活化、风俗化的劲风展翅高飞。第三，要突出民歌在乡村振兴战略中的地位与作用，给足重视与支持。各地政府将其提上日程，设立考核体系，给足经费投入，保证歌手传承人的待遇，像对待军人一样享受到社会的尊荣。第四，要注意原生态民歌的保护和传承，最大限度地保持固有的特色，防止现代文人、科技技术对民歌过度的侵入。

四

  秦巴地区最让人意想不到、叹为观止的还是其大部头歌本的藏量。这个藏量，有人说数以百计，有人则说数以千计，但无论哪一种说法靠谱，都可以毫无质疑的则是，近千种歌本已经进入《秦巴歌魂》的视野，这与我们的经验印象和各种图书馆给我们的实体印象已经大相径庭。这里简直就是一个活生生的歌本库、歌本图书馆！这一方面可以雄辩地说明，秦巴地区是中国民间歌谣的一座无法企及的富矿；另一方面，也充分说明中国优秀传统文化在这里积淀、保存、传承的强大活力和持久韧性。同时，更从一个被习惯经验一直忽略的侧面充分昭示着中国传统文化的源远流长和博大精深！令人欣喜的是，在这些歌本中，我们发现，岁月的沧桑和历史的无情，国家的兴衰存亡和世道人心的阴阳晦朔、中国优秀传统文化的核心价值观、炎黄子孙代复一代的奋斗和创造、人民千古不朽的经验和教训、普通大众的民生疾苦和喜怒哀乐、民族道德伦理的璀璨光华和族群人性情感的温馨浪漫等，无不在这里走进歌谣歌本的洪流，熔铸进民族共同的不老记忆，无不在这里交相辉映出崇高耀眼的光辉，无不在这里弥散出永恒不息、历久弥新的文明魅力。

  根据人类历史和社会生活的不同属性，《秦巴歌魂》共设七大主题，分为9册，囊括近800个100行以上传统民间歌本，近250万字，全景式地反映了秦巴地区传统社会生活、历史文化的方方面面。譬如，在《秦巴古老历史传说歌谣汇编》中，我们看到的是民族共同历史记忆、历史朝代演变、著名历史人物、著名历史传说故事、宝贵历史经验教训，在《秦巴古老长篇孝歌歌谣汇编》中，我们看到的是民族孝行历史记忆、民族孝思绵延、民族孝德推崇、著名孝子历史人物、经典孝仪历史回眸、传统孝道当代参悟和永恒的民族孝训传承，在《秦巴古老长篇爱情歌谣汇编》中，我们看到的是秦巴歌谣中缠绵生死的千古爱恋与痴情，万古不化的青春爱恨情仇，痴心不改的青春狂热与莽撞，代复一代的爱情沉湎与忧伤，风情万转的梦幻臆想与呓语畸恋和传承千古的百姓婚恋审美和核心价值。在《秦巴古老长篇诫喻歌谣汇编》中，我们看到的是著名的伦理道德诫喻故事，民族传统伦理道德诫喻与反思，古老的世道经验凝练与阐释、永恒的历史教训体认与追溯和民族传统核心价值凝聚与传承。而在《秦巴古老长篇风物节令歌谣汇编》中我们看到的则是秦巴歌谣中民族古老自然风物节令共同历史记忆，民族古老自然伦理风物节令共同历史记忆，民族古老社会伦理风物节令共同历史记忆和民族著名风物节令历史记忆个案选录，以及自然风物录。在《秦巴古老长篇传说故事歌谣汇编》中，我们看到的则是秦巴歌谣中著名爱国传奇，经典公案传奇故事，著名商旅传奇故事，风俗风情风物传奇，社会传奇故事，家庭伦理传奇故事，灾异战争传奇故事和信仰与宗教长篇传奇故事。在《秦巴古老长篇时令歌谣汇编》中，我们看到的则是秦巴歌本中的长篇时辰歌谣，长篇月令歌谣，长篇季节歌谣，长篇年节与节气歌谣和长篇仪式歌谣。

五

在本丛书修订即将付梓之际，首先我要感谢的是教我历史、古代文学和古文字学的匡裕从、于宝成、喻斌、尚永亮、张新科、曹伯庸教授，是他们的传道、授业给了我考古文献学和田野调查的基础。同时，我还要诚挚感谢的还有我现在工作的汉江师范学院党委书记杨鲜兰博导和付永昌校长，以及学校领导班子全体同人，没有他们的直接支持和鼓励，也就没有本书的顺利问世！

同根谊重，师生情深。在华中师大文学院和华中科技大学教科院，我的硕士学位导师邱紫华博导和博士研究生导师张应强教授不仅给我以严格的要求和训练，更将智性的思维和宽阔的学术视野带给了我，使我能够走出墨守成规的樊篱，得以鼓足勇气在知识的大海里起帆。此外，一批才德齐高、令名远扬的老师都给了我们无私的垂爱和诸多的素养，让我们受益终生。其中，王先霈、黄曼君、王忠祥、曾祖荫、胡亚敏、樊星、王又平、孙文宪、赖力行、尤西林、畅广元、王志武、吕培成等教授都对本书的写作给了直接或间接的指导，在此，让我对他们一起说一声：老师，谢谢。

同饮一江水，终是一家人。我更要诚挚感谢汉江流域所有的地方文化研究的知名学者，他们其中的突出代表分别为陕西文理学院叶孟理教授、张社民教授、巫其祥教授、马强教授、梁中效教授、张西虎教授、李青石教授、蔡云辉教授、李大庆教授、王利民教授、陈辉博士、王吉清博士、姚璞先生、刘莉女士、闫向莉女士、蒋丽女士，安康市和安康学院的戴承元教授、杨春清先生、张宣强先生、徐山林先生、赵书鼎先生、丁文先生李发林先生、姚敬民先生、杜文涛先生、刘永强教授、刘继鹏教授、周政教授、余海章先生、张会鉴先生、李佩今先生、周邦基先生、黄平安先生，商州市和商洛学院的黄元英教授、雷家炳先生、余良虎先生、刘全军先生、李继高先生、刘克先生等，南阳市和南阳师范学院的郑先兴教授、刘克教授、徐宛春教授、牛天伟教授、冯建志教授、吴金宝教授、冯振琦教授、曾祥旭教授、刘太祥教授、李法惠教授、杜青山教授、王连生教授、刘霄教授、贺宝月教授、尹永德教授、李世桥教授、高梓梅教授、逯富太先生、鲜文涛先生，荆州市长江大学的魏昌教授、殷满堂教授，荆门市和荆楚理工学院的杜汉华教授、梁小青教授、全展教授、湖北第二师院的杨昌江教授、孝感学院的吴崇恕教授、叶继宗教授、湖北省孝文化的王勇、彭汉庆、万由祥和田寿永先生，湖北土家文化研究会的胡茂成会长，襄阳市和湖北文理学院的黄有柱教授、熊万里教授、朱运海教授、魏平柱、毛运海教授、张弢教授、刘克勤先生、李治和先生、李秀桦先生，荆楚文化研究会的陈心忠会长、王善国副会长、神农文化研究会的陈人麟会长、胡崇峻先生，十堰市汉水文化和文学艺术界的杨立志教授、匡裕从教授、喻斌教授、廖延堂教授、杨洪林教授、程明安教授、周进芳教授、王一军教授、郑春元教授、聂在垠教授、罗耀松教授、饶咬成教授、王道国教授、王洪军教授、徐永安教授、计毅波教授、徐永安教授、杨郧生先生、袁绍北先生、杨启国先生、杨广智先生、李征康先生、袁正洪先生、陈志忠先生、常怀堂先生、闫进忠先生、潘彦文先生、冀丹丹女士、高飞先生、潘能军先生、华赋桂先生、袁林先生、王素冰先生、张道远先生、付修军先生、张明庚先生、陈如军先生、陈宏斌先生、陈劳生先生、兰善清先生、胡哲先生、徐堂根先生、邢方贵先生、无患子先生、赵天禄先生、王永国先生等，以及黄永昌博士、李晓军博士、赵崇璧博士、钟俊博士、胡玉博士、柯尊伟博士、郭唛博士、左攀博士等，他们有的给了我们直接的指导、指示和帮助，有的给了我极大的鼓励和关切，而他们的探索和成果，既给了我们极多的营养和启发，也极大限度地丰富了本书的内容。借此机会，让我们向他们致以崇高的敬意和深深的谢意！

最后，我们要特别感谢的是北京人文在线文化艺术有限公司。他们不仅大力支持我校汉水文化研究基地的建设，专门捐赠相关研究图书，更以敏锐的眼光发现了我校地方文化研究的独特历史文化和经济社会价值，长期承担基地相关书籍出版，助推我校湖北省重点人文社科研究基地汉水文化研究基地的系列研究项目。尤其是公司老总潘萌先生和主编范继义先生，他们都给了我们难得的指导和极大的鼓励。我们和他们可以说素昧平生，但凭着直觉我们感觉这次是遇上了一批好人。尤其是他们严肃的政治站位讲究、高超的课题策划艺术、精湛的课题编辑水平、强烈的爱岗敬业意识，以及对人文科学的敏锐眼光和献身热情、倾重学术的古道热肠和成人之美的人格魅力，更让我们崇仰有加。

潘世东于汉江师范学院图书馆502室
二〇二一年六月一日